记住乡愁，就是记住春天

2015—2016《散文海外版》精品集

贾平凹　迟子建等　著

天津出版传媒集团
百花文艺出版社

图书在版编目（CIP）数据

记住乡愁，就是记住春天：2015-2016《散文海外版》精品集 / 贾平凹等著. -- 天津：百花文艺出版社，2017.1（2023.8 重印）
ISBN 978-7-5306-7194-8

Ⅰ. ①记… Ⅱ. ①贾… Ⅲ. ①散文集-中国-当代 Ⅳ. ①I267

中国版本图书馆 CIP 数据核字(2016)第 294916 号

记住乡愁，就是记住春天：
2015-2016《散文海外版》精品集

JiZhu XiangChou,JiuShi JiZhu ChunTian:
2015-2016 SanWen HaiWaiBan JingPinJi

贾平凹等　著

出 版 人：薛印胜
责任编辑：王　燕　徐　姗　**整体设计：**郭亚红
出版发行：百花文艺出版社
地址：天津市和平区西康路 35 号　**邮编：**300051
电话传真：+86-22-23332651（发行部）
+86-22-23332656（总编室）
+86-22-23332478（邮购部）
网址：http://www.baihuawenyi.com
印刷：河北浩润印刷有限公司
开本：880 毫米×1230 毫米　1/32
字数：300 千字　**插页：**2 页
印张：11.25
版次：2017 年 1 月第 1 版
印次：2023 年 8 月第 2 次印刷
定价：55.00元

如有印装质量问题，请与河北浩润印刷有限公司联系调换
地址：河北省沧州市肃宁县河北乡韩村东洼开发区 188 号
电话：(0317)3220409

〈中小学推荐阅读书目〉

目录

特别推荐

作家视野

性情写作

作家专栏

别具只眼

特别推荐

任何生命都把生存当作至高无上的目的,这是生命世界的铁律。万物都以上苍设定了的方式存在与活动。

我的阿尔维德·法尔克式的生活

◎ 余 华

我最早读到的斯特林堡作品,是他的《红房间》,张道文先生翻译的中文版。那是1983年和1984年之间,二十多年过去了,有关《红房间》的阅读记忆虽然遥远,可是仍然清晰。斯特林堡对人物和场景的夸张描写令我吃惊,他是用夸张的方式将笔触深入社会和人的骨髓之中。有些作家的叙述一旦夸张就会不着边际,斯特林堡的夸张让他的叙述变得更加锋利,直刺要害之处。从此以后,我知道了有一位伟大的作家名叫斯特林堡。

当时我正在经历着和《红房间》里某些描写类似的生活,阿尔维德·法尔克拿着他的诗稿小心翼翼地去拜访出版界巨人史密斯,很像我在1983年11月跳上火车去北京为一家文学刊物改稿的情景,我和法尔克一样胆战心惊。不同的是,史密斯是一个独断专行的恶棍,而北京的文学刊物的主编是一位和善的好人。史密斯对法尔克的诗稿不屑一顾,一把拿过来压在屁股底下就不管了,强行要求法尔克去写他布置的选题,法尔克因为天生的胆怯屈从了史密斯的无理要求。屈从是很多年轻作家开始时的选择,我也一样。我的屈从和法尔克不一样,我是为了发表作品。

我至今难忘斯特林堡的一段经典叙述。法尔克从史密斯那里回家后,开始为那个恶棍写作关于乌尔丽卡·埃烈乌努拉的书,法尔克对这本书一点兴趣都没有,可是胆怯的性格和家传的祖训“什么工作都值得尊重”,促使法尔克必须写满十五页,斯特林堡几乎是用机械的方式叙述了法尔克如何绞尽脑汁去拼凑这要命的十五页。与乌尔丽卡·埃烈乌努拉有关的不到三页,在剩下的十三页里,法尔克用评价的方式写了一页,他贬低了她,又把枢密院写了一页,接下去又写了另外的人,最后也只能拼凑到七页半。这段叙述之所以让我二十多年难以忘记,是因为斯特林堡在不长的篇幅里,把一个年轻作家无名时写作的艰辛表达得淋漓尽致。我读到这个段落的时候,自己也在苦苦地写些应景小说,目的就是为了发表,那个时代我还不能按照自己的意愿写作。了不起的是,斯特林堡几乎是用会计算账似的呆板完成了叙述,而我读到的却是浮想联翩似的丰富。斯特林堡的伟大就在这里,需要优美的时候,斯特林堡是一个诗人;需要粗俗的时候,斯特林堡是一个工人;需要呆板的时候,斯特林堡就是一个戴着深度近视眼镜的会计师……然后他写下了众声喧哗的《红房间》。

法尔克竭尽全力也只是拼凑了七页半,还有七页半的空白在虎视眈眈地看着他。这时候斯特林堡的叙述灵活而柔软了,可怜的法尔克实在写不下去了,他“心如刀绞,难过异常”,思想变得阴暗,房子很不舒服,身体也很不舒服,他怀疑自己是不是饿了,不安地摸出全部的钱,总共三十五厄尔,不够吃一顿午饭。在法尔克饿得死去活来的时候,斯特林堡不失时机地描写了附近军营和隔壁邻居准备吃饭的情景,让法尔克的眼睛从窗户望出去,看到所有的烟囱都在冒着煮饭的烟,连船都响起了午饭的钟声;让法尔克的耳朵听到了邻居刀叉的响声和饭前的祈祷。然后斯特林堡给了法尔克精神的高尚,法尔克在饥饿的绝境里做出了令人赞叹的选择,他将全部的钱(三十五厄尔)给了信差,退回了出版界恶棍史密斯强加给他的写作。“法尔克松了一口气,躺在了沙发上”,所有的不舒服,包括饥饿,一下子都没有了。

斯特林堡的这一笔在二十多年前让我震撼,至今影响着我。我那时候对为了发表的写作彻底厌倦了,这样的写作必须去追随当时的文学时尚,就像法尔克写作乌尔丽卡·埃烈乌努拉的故事一样,我也经受了心理的煎熬,接着是生理的煎熬,一切都变得越来越不舒服,我觉得自己的一切都走进了死胡同。然后与法尔克相似的情景出现了,某一天早晨我起床后坐在桌前,继续写作那篇让我厌倦的小说时,我突然扔掉了手里的笔,我告诉自己从此以后再也不写这些鬼东西了,我要按照自己内心的需要写作了,哪怕不再发表也在所不惜。接下去我激动地走上了大街,小小的屋子已经盛不下我的激动了,我需要走在宽阔的世界里,那一刻我觉得自己重生了。

《红房间》第一章里有关法尔克去"公务员薪俸发放总署"寻找工作的描写,是我和几个朋友当时最喜欢的段落。这个庞大的官僚机构里,门卫就有九个,只有两个趴在桌上看报纸,另外七个各有不在的原因,其中有一个上厕所了,这个人上厕所需要一天的时间。总署里面的办公室大大小小多得让人目不暇接,都是空空荡荡的,那些公职人员要到十二点的时候才会陆续来到。寻找工作的法尔克来到了署长办公室,他想进去看看,被门卫紧张地制止了,门卫让他别出声,法尔克以为署长在睡觉。其实署长根本不在里面,门卫告诉法尔克,署长不按铃,谁也不许进去。门卫在这里工作一年多了,从来没有听见署长按过铃。

我当时因为发表了几篇小说,终于告别了五年的牙医工作,去文化馆上班了。文化馆的职员整天在大街上游荡,所以我第一天上班时故意迟到了两个小时,没想到我竟然是第一个来上班的。然后我去一家国有工厂看望一位朋友,上班时间车间里的机器竟然全关着,所有的工人都坐在地上打牌。我对朋友说:"你的工作真是舒服。"朋友回答:"你的也一样,上班的时候跑到我这里来了。"

我第一次阅读《红房间》的时候,中国的出版市场还没有真正形成,也没有证券市场。出版界巨人史密斯无中生有地编造谎言捧红了古斯塔夫·舍霍尔姆,一个三流也算不上的作家,这个段落让我十分陌生,让我感到陌生的还有特利顿保险公司的骗局,当时我万分惊讶,心想世上还有这样的事。

我第二次阅读《红房间》已经时隔二十多年,四天前拿到李之义先生翻译的《斯特林堡文集》。一般阅读外国小说都会遇到障碍,李先生的译文朴素精确,我阅读时一点障碍都没有。我重读了《红房间》,又读了四个短篇小说,还有《古斯塔夫·瓦萨》,斯特林堡这个剧本里的戏剧时间,紧凑得让我喘不过气来,而且激动人心。现在当我重温二十多年前的阅读,写下这篇短文的时候,觉得自己仿佛成了斯特林堡《半张纸》中的那个房客,这个要搬家的年轻人在电话机旁发现了半张纸,上面有着不同的笔迹和不同的记载,年轻人拿在手里看着,在两分钟内经历了生命中两年的时间。

我花了两天时间重读了《红房间》,勾起了自己二十多年来有关阅读和生活的回忆,甜蜜又感伤。过去的生活已经一去不返,过去的阅读却是历久弥新。二十多年来我在阅读那些伟大作品的时候,总是在不同时代、不同国家、不同语言的作家那里,读到自己的感受,甚至是自己的生活。假如文学中真的存在某些神秘的力量,我想可能就是这些。

我想到了另外的一个话题,别林斯基在评价托尔斯泰时,说《安娜·卡列尼娜》里的每一个人物都是托尔斯泰。别林斯基说出了什么是人的内心,那地方不是为了安放隐私,那是世界上最宽广的地方。内心的宽广让托尔斯泰写下了这么多不同的人和这么多不同的命运。与此相反,那些热衷于描述自己隐私的,其实不是在表达自己的内心,是在表达自己的内分泌。一个作家一生写下了众多的人物,这些人物可能都是他自己。当他离世而去后,“我们应该从他身上看到还在的人”。

龙城遐想

◎ 李存葆

一

作家遇上数字,常会觉得干瘪枯燥,索然无味。然而对于科学家来讲,数字虽无色、无声、无味,但它常是无所不包,无处不在,无远不届。天衣散合,造化沉浮,万物兴衰,亿载变幻,粒子之微,宇宙之大,无一能避开抽象数字所含纳的严谨的逻辑。

在玛雅历法中所预言的"世界末日说"像秋风过耳一样,于当今地球村闹哄哄喧嚷了一阵儿,又悄无声息地飘走的2012年岁尾,我又一次来到了被国土资源部命名的"中国龙城"——山东诸城市。在参观了有关恐龙的几个场馆之后,当地的恐龙研究专家脱口说出的一组数字,在我的心灵中引起极大的震撼:假若将有着46亿年的地球,换算成一天的24小时,曾统治过地球长达1.6亿年之久的恐龙在地球上存活了约五十分钟;设若从160万年前,地球上始有古人类算起,迄今人类也不过生存了区区30.2秒;如果将初始农业文明作为人类文明史的起点,至今也只有五千余年,照此推算,人类文明史仅有微不足道的0.1秒钟。

正是这组晓畅简洁的数字,触发我汗漫无边的联想,游云般飘忽的思绪，乃至对当今人类面临的诸多生存窘境，产生了解不开、排不尽的焦虑与追问。

二

诸城之所以被国土资源部绝无仅有地命名为“中国龙城”，是因为在这方土地上，包含着太多太多让全世界古生物学家叹为观止的有关恐龙的化石标本和元素。

大地靠大地创造出种种神话、童话和梦幻。大地靠大地建立起座座宫阙、殿堂和庙宇。大地里深藏着层层叠叠的生的成因、死的奥秘，更深埋着地球演变史的信据和生物进化史的显证。但大地从不会心甘情愿地让那些比比皆是、恒河沙数的成因与奥秘、信据和显证从地缝里蹦跳出来。

意外地发现常是一门科学发展的初始。即使世界首块恐龙化石的发现，也带有极大的偶然性。

1822 年的某日，英国青年乡村医生曼特尔在巡诊路过苏塞克斯州的一采石场时，捡到一枚动物牙齿化石。回寓所后，他凭借广泛的学识、卓异的识力，确认此动物生长于白垩纪早期，并定名为“大鬣蜥”。这一意外发现，如春雷乍响，给恐龙研究的天幕撕裂开第一道缝隙。中国学者将此动物译为“禽龙”。1842 年，英国古生物学家理查德·欧文，在研究中生代那些庞大的、已灭绝的爬行动物化石时，又将此类动物称为“恐怖的蜥蜴”。龙在中国，普及时空，广被万象，是华夏民族的图腾。中国古生物学者将“恐怖的蜥蜴”又意译为“恐龙”。

前人留下的符号，是一个个未完成的追求，一个个未终结的期待。发现、寻找、超越，再发现、再寻找、再超越……至 1989 年南极洲也发现恐龙化石后，世界七大洲都有了恐龙化石出土。美国、加拿大、蒙古、法国、德国及非洲的一些国家先后成为恐龙化石大国。1915 年，黑龙江畔的渔民在我国首次发现了恐龙化石，被俄国人强行采集开掘运回其国内，组装成了"满洲龙"。此后，对恐龙化石的发掘与研究，起步较晚的中华民族却后来居上。如今，除福建省和台湾省外，我国其他地域均有恐龙化石出土，其属种占世界的四分之一，跻身于世界恐龙化石大国的行列。

倘若把中国近百年以来对恐龙的发现、挖掘和研究，喻作一部卷帙浩繁的史诗；而诸城大量恐龙化石的产出，则是这部史诗中最绚丽多彩，最扣人心弦的章回。

科学是从广泛存在的偶然性中发展的。诸城能成为今日的中国龙城，也是由一次偶然的开掘奠基的。

距诸城市城区西南10公里处，有一村庄叫库沟。库沟村北有一条自然形成的大冲沟。它东西长800米，南北宽240米，深约十五米，当地百姓称之为龙骨涧。1964年，国家地质部石油勘察大队来龙骨涧普查石油资源时，挖掘出一块一米多长的古动物化石。此化石送到北京后，经古生物学家研究，认定是恐龙大家族中的鸭嘴龙化石。

其实，库沟村周围的百姓，对这种化石并不陌生。不知从何朝何代何年起，农人在掘水井、挖树根和犁地时，不时能见到这种大得出奇的像骨头一样的石头。有农人还意外地发现，将这种骨石研成粉末，涂抹外伤，竟有云南白药之奇效。此地有条涓河，两岸百姓世代流传的神话传说里云：很久很久以前，涓河里隐藏着白、黑两条巨龙。两龙为争夺地盘，常斗得双锋插云，难解难分。后来，在百姓的襄助下，善良的白龙终将凶残的黑龙战死。百姓捡到的骨石就是黑龙的遗骸。龙作为传说中的神灵，其骨自会被农人视为天赐之宝，"龙骨涧"一名遂由此而得。

我的故乡五莲县与诸城市毗邻。我儿时所住的村庄距库沟村仅有10公里之遥。库沟村周围百姓到我的故乡一带访亲串友时，常将龙骨粉作为疗伤的奇药相赠。但当时没有任何人，会将这骨石与恐龙联系在一起。

眼睛的光波是有限的，既看不清云遮雾罩的山顶，也穿不透土压石埋的深壑。唯有科学家那探求的精神光波，才能穿过被时空封闭的高墙，辐射到遥不可测的年代。1966年5月，来自北京的中国地质博物馆的古生物学家们，住进了库沟村，钻进了龙骨涧。他们风餐露宿，胼手胝足，东挖西寻，用了两年的时间，采集到恐龙化石三十余吨，并装架出了一具高8米、长15米的当时世界上最大的鸭嘴龙骨架。古生物学家将此龙命名为"巨型山东龙"。此龙不仅被写进《辞海》，而且在国内外巡展后，被恭请进常州市的中华恐龙园。

诸城的龙事，第一次声名远播。

曾统治地球长达1.6亿年的恐龙，留给当今人类的是一门极为深奥的、艰涩的，且涵盖了多学科、多门类的大学问。即使把当今最智慧的头颅集中在一起，他们也难以全部破译恐龙那被层层地壳所包裹、被邈远时空所湮没了的未知。近些年来，全世界的古生物学家所形成的共识是：恐龙分为鸟臀目和蜥臀目两大类。鸟臀目恐龙，均为植食恐龙，它们主食植物的茎叶。蜥臀目中的恐龙，或为植食，或为肉食；肉食恐龙以捕猎动物为生。目前，全世界已发现恐龙八百余属，一千余种。中国是发现恐龙属种最多的国家之一。

写进《辞海》的鸭嘴龙——"巨型山东龙"，属鸟臀目中的恐龙。

发现的过程是伟大的。挥洒智慧和汗水的过程也是伟大的。1989年至1992年，中科院的恐龙专家又组织人马，在诸城市龙骨涧周围，对恐龙化石进行了第二次发掘和采集。专家那深邃的目光像巨大的筛子，又从地层里筛出了新的珍奇——巨型鸭嘴龙骨骼化石，后来，被恐龙专家赵喜进先生命名为"巨大诸城龙"。它高9米，长16.6米，荣登吉尼斯世界纪录。

"巨大诸城龙"的横空出世，让诸城的龙事，继"巨大山东龙"之后，再次名噪域内海外。

万物皆有时，时来不可失。面对千载难遇，天馈地赠的丰厚的恐龙化石资源，聪明的诸城人自会紧紧地攫住不放。于是，诸城市聘请了中科院的享有国际知名度的专家领衔，组织了一支专门的队伍，从2008年1月开始，历时三载，第三次展开了对恐龙化石的探查、发掘和采集。这次行动，计划之审慎，方案之周全，各方配合之紧密，都超过了前两次开掘。这支专门队伍，仍以龙骨涧为中心，向四周延伸，且把开掘重点放在距龙骨涧之南不远处的臧家庄的化石点上。

臧家庄仅有百户人家，是已故世纪诗翁臧克家的故里。在中国和世界地图上，根本不可能找到这个村庄的名字。这次开掘将臧家庄的一片荆棘丛生的野坡作为重中之重，一些不明就里的人，曾认为这是一次劳民伤财的"豪赌"。

机遇不会帮助准备不周的人，偶然也只垂青那些懂得怎样去追求它的人。正是这次发掘，让诸城人幸运地打开了一座珍异丰赡、洋洋大观的恐龙王国的地下宫殿。这宫殿的主体部分，就在臧家庄的那片野坡下。

这历时三年的发掘，相继产出了"世界四大龙王"，臧家庄就占其三。另外，臧家庄的化石点里，还发现了4000平方米、厚达七层的化石重叠区。

和龙骨涧一样，臧家庄带给世界恐龙学界的是一次次的拍案惊奇。

臧家庄产出了高11.3米，长18.7米的鸭嘴龙，被命名为"巨大华夏龙"。它刷新了此前"巨大诸城龙"的吉尼斯纪录，成为鸭嘴龙的新的世界龙王。

臧家庄产出了世界最大、亚洲唯一的蜥臀目中肉食恐龙——暴龙。它高4.6米，长11.6米，推算其体重可达7吨。这世界暴龙之王的出现，一时间使臧家庄成为世界恐龙专家们的兴奋点。

臧家庄产出了鸟臀目中的世界上最大的甲龙——"巨大诸城甲龙"。它高2米，长10米，足使世界其他地区出土的甲龙相形见绌。这世界甲龙之王的出现,使得臧家庄再次成为古生物学家们目光的聚焦点。

另一龙王,则出现在早已声播遐迩的龙骨涧南不远处“化石长廊”的一化石点上。它是世界目前所发现的鸟臀目中最原始、个体最大的角龙,被命名为“意外诸城龙”。说其意外,原因有二:一为这具世界角龙之王的骨架化石较为完整,是在一片鸭嘴龙骨骼化石中发现的,这种现象为世界所独有;二乃“意外诸城龙”是除北美以外,世界所发现的唯一真正意义上的角龙化石。这不仅模糊了尖角龙和开角龙之间的界限,颠覆与动摇了角龙科恐龙分类学和其间的演化关系,也支持了大型角龙起源于亚洲的假说。“意外诸城龙”所含有的新命题,会令古生物学家们超越孤独和惆怅,继续让探索和发现的思绪,在心底深处荡漾。

“四大世界龙王”的发现,足使古生物学家和诸城人大喜过望。但更多的始料不及的发现,使诸城这片古老的土地,愈发显得神圣和神秘。

2011 年,诸城在龙骨涧一化石点上挖掘出一块长 4.6 米、宽 3.3 米、高 1 米的立方体砾岩,里面嵌满了恐龙化石,人们形象地称之为“龙立方”。经专家鉴定,这立方体内,竟是一具完整的鸭嘴龙骨架。其集中性、稀有性和代表性,在世界恐龙化石发掘史上,是极其罕见的。

几乎是在同时,在龙骨涧附近,诸城人经过开挖,还发现了一条世界上最长、最壮观的恐龙化石长廊。最令人费解的是,长廊北面岩壁上是白垩纪的岩层,但不见一块恐龙化石;而长廊南面的岩壁上,却缀满了近万块恐龙骨骼化石。联合国教科文组织世界地质公园执行局的专家来此考察后惊呼:“这是无与伦比的地质奇观。”

地处山东半岛东南部的诸城,曾孕育了上古明君虞舜,为炎黄子孙开化最早的地域之一。诸城西汉时置县,隋代始称诸城,宋时为密州治所。自宋以降,诸城更是诗书宝卷的流光之野,其耕耘风雅、播种斯文的遗韵，历千载而不衰。绝代词家苏东坡任密州太守时，他在超然台上“把酒问青天”，写下的《水调歌头·丙辰中秋》；他在龙骨涧一带“老夫聊发少年狂”，吟成的《江城子·密州出猎》；他梦中月夜抚松，醒来吟哦的悼亡妻《江城子·十年生死两茫茫》，都是苏词中最具代表性的作品。从这片土地上走出来的宋人张择端，绘制的《清明上河图》，应是中国绘画史上不朽的丰碑。宋人赵明诚在婉约派词家代表人物、其妻李清照的协助下，完成的30卷本的《金石录》，至今仍是人们研究上古三代至隋唐五代之钟鼎彝器、金石铭文的必读书。清代体仁阁大学士、名相刘墉，《四库全书》总阅窦光鼐等历史文化名人，也都是诸城人的骄傲。如今，诸城在三十余处恐龙化石点上，发现这么多的恐龙“世界之最”，无疑会给这座郁郁乎文化名城，平添了意义更加非凡的亮光奇彩。

凭借天缘、地缘、龙缘，1997年诸城就在北靠潍河的城区边，修建起一座占地一千余亩的恐龙文化主题公园。园内建有诸城恐龙博物馆，并将写入吉尼斯纪录的“巨大诸城龙”，陈列在馆内的显要位置。这恐龙博物馆的外形，像八条巨龙相互拥抱，给人以飞腾灵动之感。

近几年，诸城又依托龙骨涧和臧家庄的恐龙化石遗址，建起了山东诸城国家地质公园。公园内的场馆里，分别设有地球厅、化石群厅、鸭嘴龙厅、暴龙厅、角龙厅、甲龙厅和恐龙蛋厅等。另外，诸城人还在龙骨涧附近，修建了一条可穿越中生代时空、保持着原貌的恐龙化石长廊。这座国家地质公园内的建筑，别出机杼，诡谲乖张，既蕴含着远古洪荒的某些美的元素，又糅进了当代人的审美意识。馆中厅内，声光电及动感影像的巧妙运用和演示，既能大体再现6500万年前诸城的自然环境，又能形象地演绎恐龙生存、繁衍和消亡的生命轨迹。

普遍是共有的世界。

个别是独有的世界。

独特是永恒的缩影。

纵观全世界凡有恐龙骨骼化石出土的地方,常是有骨骼化石而没有蛋化石,即使偶有骨骼化石和蛋化石,也绝不会再有恐龙足印化石。诸城是世界独一无二的。近几年,诸城人不仅在城南一水库边的几个化石点内,发现了一批恐龙蛋,还在城东南20公里处黄龙沟的一片岩坡上,发现了世界上面积最大、数量最多的恐龙足印化石……

两难具,三美并。诸城在龙事上出现的这种舍我其谁的独特,焉能不使恐龙爱好者趋之若骛,焉能不令国内及世界的恐龙研究专家们近悦远来!

至此,我们完全可以说,国土资源部将一顶沉甸甸的“中国龙城”之桂冠授予诸城,诸城应是当之无愧。

二

凭借现代科学技术,古生物学家根据一块恐龙化石,便可判定出这只恐龙生活的地质年代和死亡时的年龄;再根据恐龙的头骨、胫骨、肱骨、肩胛骨等化石的长短,便可准确推算出一只恐龙的大小和体重。将支离破碎、残缺不全的恐龙骨骼化石,严格按属种和骨骼比例修复成的一具具恐龙骨架,可使得恐龙有了站立的思辨,也有了复活的灵魂。

我徐步行进在诸城国家地质公园的建筑群内,时而驻足仰望着一架架高大的恐龙骨架,时而留步触摸着厅内竖立的粗壮的恐龙肱骨化石,时而盘桓在龙骨压着龙骨的“龙立方”的砾岩边,时而凝睇着玻璃窗内的一组组恐龙蛋化石……我似乎走进了亿万斯年的恐龙世界,也似乎感受到中生代的地球霸主生命的呼吸和脉动。听着讲解员那声情并茂、有科学根据的解说,我们完全可以凭借着已经发酵了的想象力,去再现6500万年前,恐龙在这片土地上的生活环境和生存状态。

白垩纪时期今之诸城,属热带海洋性气候。那时,这里湖泊沼泽,星罗棋布;河流纵横,干湿地交叠。河水青绿凝碧,湖面烟水空濛。早在古生代志留纪就出现的众多鱼种,在河里湖中穿梭游弋,击水翻波,浮沉自得。河畔湖边的浅水区和沼泽中,密集生长着的蚶、蚌、角贝、牡蛎,悠闲地张合着贝壳;蜗牛们不时地伸出长长的触角,吐出串串水泡;龟鳖们游过深水区,划过浅水湾,爬到高地上,懒洋洋地晾晒着坚硬肥厚的甲壳……

沼泽里,湖岸边,河道旁,丰润的水草竞相茁拔。在明晃晃、热辣辣的阳光照耀下,萋萋连连的水草随着熏风肆意地摆动,荡起一层层一叠叠的绿浪。湿地里,干地上,到处长满远在古生代志留纪就大量出现的蕨类植物。它们多生有回羽状复叶,葱葱茏茏,叶汁丰沛;其根其茎其枝,粗壮肥硕,富含淀粉,是植食恐龙可放开肚皮,尽情享用的美食。大地上,崖坡间,到处都疯长着松柏目、银杏目、铁树目、麻黄目的裸子植物。那翠叶毵毵的松柏,高大巍峨,直插云霄,只有体魄雄劲的大鸟,才敢在它的巨枝上栖息;即使大风卷起地上的枯枝烂叶,也污染不到松柏那绿色的拱顶。那伟岸英武的银杏,树干粗壮,突露地面的树根,盘曲纠结,四处延伸;它浓枝密叶的树冠,大如垂天之翼。凡有银杏的地方,就给大地披上一大片浓阴,这给热得快要腾云驾雾的陆上爬行动物,投下一片片清凉。看似低矮的铁树,却以钢铁般的躯干镇定地屹立着,即使雷霆与闪电交织,也难以撼摇它们耸绿拱翠的从容不迫。一丛丛、一簇簇的麻黄,枝叶相挽,攒攒济济,争相攀附,远近错落,倩影婆娑。麻黄的茎叶之汁有药用功效,植食类恐龙若在暴风骤雨里偶感风寒,吞食了麻黄,当可强健如初。

斯时,“根茎叶花果种”六种器官皆有的显花植物(亦称被子植物),已层见叠出。白垩纪时期今之诸城,也当是一个鲜花怒放的世界。单子叶的百合、兰花,亭亭玉立,繁花压枝,清香缕缕,芬芳四溢;双子叶的各种菊花和杜鹃,美魇如月,灿若云锦,绚丽多彩,奇异多姿。不论是单子叶还是双子叶的鲜花,都猛生狂长,开谢有常;但这不是为他类们的观赏与微笑而绽放。只有蜜蜂和蝴蝶,才是遍野鲜花最忠诚的追星族和粉丝。成群结队的蜜蜂,在群芳争艳的花丛里,奔忙穿梭,不知疲倦地嘤嘤吟唱;蹁跹轻舞的蝴蝶,雄飞雌从,时聚时散,在硕大的花朵上,扇动着美丽的翅羽,任意嬉戏。蜂飞蝶舞,把这片生机盎然的土地,点缀得更加妖娆。

叶凋花落,辗转成泥;兽亡虫死,腐化为土。白垩纪时期今之诸城,是一片水肥土沃的膏腴之壤,也是两栖爬行动物们的洞天福地。恐龙们只消用两只后脚轻踩而过,便能在土地上踮出油来。

大自然的首要目的是繁殖生物。上苍为保障它创造的生物都能快意生存,便从气候到环境,从阳光到空气,从水土到氛围,都给予了恰到好处的设定。正因如此,白垩纪今之诸城,才呈现出了一幅和洽的、协调的、律动的、色彩斑斓的、布满了生机的立体生命之图画。

当恐龙称霸陆地时, 与恐龙同属爬行动物的翼龙却掌控着天空。今人常把翼龙误解为是会飞的恐龙;实则,翼龙仅是恐龙的近亲。翼龙的个体大小和形态差别极大。其大者如二十世纪七十年代于美国德克萨斯州发现的翼龙化石,其两翼展开竟长达 16 米,相当于一架 F-16 战斗机;其小者仅如同麻雀。当一只只矫健的大翼龙拍击着宽舒的翅膀翱翔碧空时,它们振翼发出的呼啦啦的声响会直上九霄,回旋大地。它们小憩时,有的会像今天我们看到的蝙蝠一样,以其双足倒挂在悬崖或巨树上。这无疑又给白垩纪今之诸城的动物世界,平添了一种不可思议的神奇。

在中生代侏罗纪就已出现的鸟类,到白垩纪已是家族繁盛。它们抖展着丰满而轻盈的翅羽,或啁啾鸣啭于松柏林间,或嬉戏追逐于银杏树上,或叽叽欢啼着掠过水草……

早在古生代泥盆纪就出现的两栖爬行动物中的鳄类们,则潜居在湖岸畔、沼泽边,以冷血动物的生存方式,焊接和填补着斯时生物链中不可或缺的空隙……

庞大的、微小的、开花的、结果的、吃草的、食肉的、潜游的、高翔的、爬行的、飞奔的、诡谲的、乖张的……白垩纪今之诸城的大地,就以斑驳的、摇曳的万物,构成了生物世界神秘的"生命机制"。当然,斯时主宰称霸这片土地的无疑是恐龙。从已出土的大量的恐龙化石来推断,当时这里曾有鸭嘴龙、暴龙、角龙、甲龙、鹦鹉嘴龙等近十种恐龙,同时生存。

上苍允诺动物现身,食物供养着动物。中生代时期今之诸城,有着那么丰饶的食物链,焉能不使恐龙以大化之元气,生生息息,绵绵瓜瓞,昌盛无比。

基于此,今日诸城产出了那么多恐龙化石的"世界之最",自会不难理解了。

四

任何生命都把生存当作至高无上的目的, 这是生命世界的铁律。万物都以上苍设定了的方式存在与活动。对于动物来说,每个物种躯体上的一切器官,都是因生存的需要而生成的。作为古爬行动物的恐龙,概莫能外。

在白垩纪晚期今之诸城,属鸟臀目的鸭嘴龙,是恐龙世界中最大的族群。它们一倡百和,前呼后拥,成群结队,多如潮涌。

鸭嘴龙因吻部扁阔,喙酷似鸭嘴而得名。鸭嘴龙前肢短小,后肢粗壮,脚趾间有蹼。作为爬行动物,它四肢都可着地,但主要以后肢行走。别看鸭嘴龙躯体笨重高大,但遇到劲敌,却能调动起周身的气力,呼啸起强大的生命旋风,像马一样奔驰。鸭嘴龙生有一双机灵有神、流光四射的大眼睛,眼睛周围有一圈能转动的骨质巩膜板,其作用等同于照相机的锁光圈。上苍虽没给予鸭嘴龙过多的防身武器,却能让它借着这双慧眼,提早发现敌情。鸭嘴龙的喙上长有两个大大的鼻孔,能精确地感受到从远处传来的异味。它的一对小小的耳朵与硕大的身躯虽极不相称,但却能听见天地间的秘密。

鸭嘴龙的嘴虽酷似鸭嘴,但吃食却与鸭子大相径庭。它有时用前肢当手,摘下植物的枝叶,投进口中;有时也用喙直接吞食。它的上下两片薄薄的喙中,排列着两千余枚牙齿。当它吞进松柏、银杏、铁树、棕榈、麻黄之类的粗糙的枝叶后,那密密麻麻的牙齿,会像搓板一样将植物枝叶磨食。古生物专家研究发现,不管是植食的鸟臀目、蜥臀目中的恐龙,还是蜥臀目中一些肉食的恐龙,都有吞食石块的习性,并在它们的胃中形成"胃石"。食量巨大,对植物只能猛吞猛咽的鸭嘴龙,也进食石块,让"胃石"随着胃腔的蠕动,像搅拌机的齿轮一样去进一步将食物搅碎,以利消化和吸收。仅食植物枝叶,未免味道寡淡;鸭嘴龙还不时到湖边河畔,吞食些蚶、蚌、牡蛎和小鱼小虾,改善一番生活,打打牙祭。成年鸭嘴龙胃口极佳,日食草木近千斤。白垩纪晚期今之诸城,气候炎热,草木繁盛,鱼虾甘美,足可使得鸭嘴龙既无寒冷之感,又无饥饿之忧。它们饿了就吃,困了就睡,不住地吃,不住地睡,不住地长,这便有了写进复又刷新了吉尼斯世界纪录的"巨大诸城龙"和"巨大华夏龙"的出土。

有恐龙学者用计算"脑量商"的技术,去检测恐龙的智力水平,得出的结论是:鸭嘴龙在鸟臀目恐龙中最富智慧,其"脑量商"在 0.85~1.50 之间。鸭嘴龙虽脑筋灵活,但它与同类打交道时,用的是"大心眼儿",从不小肚鸡肠。它绝不小瞧个头儿比它矮小、"脑量商"比它低下的纤角龙、原角龙、角龙、甲龙等同属鸟臀目的恐龙。鸭嘴龙对同类们不矜不持,彬彬有礼,视它们为自己的"铁哥们儿",并与它们结成了广泛的"统一战线",一道去对付经常觊觎和劫难它们的属蜥臀目中的肉食恐龙——暴龙。植食恐龙,在分享"伙食"时,大体来说是讲原则的。成年的鸭嘴龙,在丛林中总会伸长脖颈,去采摘和啜食高三米以上的植物枝叶,而将低矮植物尊让给个头儿不如它高大的小"铁哥们儿"去食用，可谓蔼蔼然有“仁者”之风。鸭嘴龙从来不像蜥臀目恐龙中的那些身躯巨大的植食恐龙一样，仅有自我。那些“大家伙”霸道自私，蛮横无理，不管植物高矮，能抢就抢，能吃就吃，巴不得将美枝甘叶，一下子吞进口中，直到吃得肚儿滚圆为止。

天伦之爱是绝大多数动物的天性。上苍设定了一条无形的丝线，将动物的父母与子女紧紧系结在一起。这种爱是为爱而爱，不讲任何条件。鸭嘴龙在同类中是呵护幼龙的楷模。整个恐龙世界，都是靠卵生去繁衍子嗣的。每届繁殖季节，雌鸭嘴龙便会到湖边、河旁向阳的高坡上，挖个土坑做窝，将蛋产在里面。它会将生下的一枚枚蛋摆成一个圆圈儿，排列有序，呈放射状；接着它又叼来树叶、青草盖在蛋窝上；继而又用喙拱土把蛋窝封得严严实实。这时，它才一步三回首，五步一徘徊，藕断丝连地离开。除少数躯体小的恐龙，会像鸡鸭一样去用体温孵化后代外，绝大多数恐龙是借助外在的阳光和温度，让幼龙破壳而出的。鸭嘴龙在蛋窝上面盖草、培土，是为了保温与增温。雌鸭嘴龙会经常到产了卵的蛋窝去巡视，以防不测。当幼龙快要破壳时，雌鸭嘴龙会提前赶来，日夜守候在侧，耐心等待一群小生命的诞生。幼龙降生后，鸭嘴龙妈妈会衔来鲜嫩多汁、容易消化的蕨类植物的叶片，喂进龙宝宝们的嘴里。

在鸭嘴龙妈妈无微不至的眷顾与体贴下，龙宝宝们长得很快。起初幼龙还仅能在土坑里戏耍，不日便能爬出土窝，在高坡上、花丛间嬉戏、打闹、撒欢儿。这时，其他土坑里的小鸭嘴龙也纷纷出世。它们汇拢在一起，昂着幼喙，你呼我叫。湖岸上，小河旁，俨然成了流淌着欢乐旋涡的“幼龙园”。由此，有古生物学家将鸭嘴龙誉为“慈母龙”。

仁者高寿。在恐龙世界里，鸭嘴龙是寿高者。它们的平均年龄超过百岁，一般能活到120岁，甚至更长。在恐龙世界中，鸭嘴龙可谓阅龙多矣，阅世多矣。

动物的生命，总是沿着一个完整的“食物圈”而运行的。上苍允诺各类恐龙现身时,也为它们制定好了各自的“食谱”。

蜥臀目中的肉食恐龙暴龙,亦称霸王龙。从诸城出土的世界暴龙之王复原后的形象上,我们会看到,它长有一颗肥硕的脑袋,仅头骨就有一米多长。它那血盆似的大口里,上下长满了白凛凛、寒森森的巨齿,最长者竟达18厘米。更为奇特的是,它的牙床上巨齿的缝隙里还常冒出新牙的嫩芽。这佐证着暴龙会不断更换撕咬猎物的“利器”。暴龙的“咬合力”大得惊人,据专家推算,其“咬合力”当在三吨以上。它咀嚼起又粗又硬的鸭嘴龙的骨头,会像我们嚼食薄如纸页的周村烧饼一样轻易。它的前肢退化得出奇的短,只剩了长长的指爪,指爪直如镶嵌在足上的尖尖的箭镞,锐利无比。它的两条后肢壮如石柱,又粗又长,这就使它在捕捉猎物时,腾挪扑闪,既稳健又敏捷。暴龙的眼睛突兀于头前,贼亮贼亮,似双筒的望远镜,两眼聚焦,能精确地判断猎物。暴龙靠两足行走,跑起来时速可达40公里,且很有耐力,堪称恐龙中的长跑健将。

以捕猎为生的肉食恐龙,倘若木头木脑,冥顽不灵,肯定会饿得皮包骨头,整日处于饥饿状态。然而,上苍却赋予肉食恐龙比鸟臀目恐龙聪明得多的头脑。据古生物学家测定,暴龙的“脑量商”高出鸭嘴龙近一倍。

另据古生物学家考证:蜥臀目中的肉食恐龙,常是个头儿越小,“脑量商”越高,奔跑速度越快,视力也越好。

恐爪龙和窄爪龙的“脑量商”竟高达5,是暴龙的3–4倍。

虚骨龙飞奔起来,时速可达80公里,无疑是恐龙王国里的“飞毛腿”;其眼睛像鸵鸟的眼睛一样位置很靠前,眼睛之大与其躯体也难成比例。因此古生物学专家赞誉虚骨龙有一双“火眼金睛”。

有的肉食小恐龙,甚至还具有夜视能力。

在动物世界里,每种生命都有其适应性,它们都以不同的途径达到生存的目的。小型肉食恐龙之所以“脑商量”高,跑速快,视力好,是因为它们猎食的多为行动快捷的鼹鼠、鬼鬼祟祟的老鼠之类的小型哺乳动物和轻灵飘忽、飞踪难定的昆虫……

白垩纪晚期今之诸城，一个庞大的恐龙王国已达鼎盛。其中，鸭嘴龙占到了恐龙总数的九成。为数不多的暴龙却凭借坚牙利齿和灵光的大脑，无时不做着称王称霸的美梦。暴龙把主攻目标指向周身是肉的鸭嘴龙以及肥胖的角龙、甲龙等植食恐龙。面对暴龙这气焰嚣张、不可一世的“暴君”，鸭嘴龙和它的“铁哥们儿”，各自使用身上的防御利器及生理上的强项，或与暴龙巧妙周旋，逃生有术；或与强敌肉搏骨并，以死相拼。

鸭嘴龙仅靠着熠熠流转的大眼睛和那虽小巧却能扩大收音量的双耳，是难以与嗜杀成性的暴龙匹敌的。但上苍又赋予鸭嘴龙善于游泳的本能。每当暴龙来袭，时刻保持警惕的鸭嘴龙便会迅捷地跃入湖中。它们以生着蹼的四足为桨，以扁平的长尾为橹，像一艘艘快艇似的劈风斩浪，身后留下了一大片碧波闪烁的涟漪。气急败坏的暴龙，也只能徒唤奈何，望湖兴叹。

暴龙擒获个大肉肥的鸭嘴龙，常采取前拦后截，两龙夹击的伎俩，使鸭嘴龙毙命。这从有的鸭嘴龙骨骼化石上，有着两只暴龙的牙痕而得以印证。

诸城产出的世界最大的角龙，也是恐龙生命史上的一大奇观。

角龙的头上大都斜长着三只角，而诸城角龙仅生有下粗上尖的独角。角龙之角的锋利程度，比之暴龙的巨齿有过之而无不及，是它进攻的“矛”。在与暴龙拼杀时，它只要低首猛地撞向暴龙，用角对着暴龙肥厚的肚皮用力一挑，便会顷刻间刺破暴龙的肚肠。角龙的脖颈上方还生有扇形的棱角隆起的“颈盾”，看上去如同古代武士胸前的盾牌。暴龙的利齿尖爪碰上这坚硬的颈盾，也很难在上面留下痕迹。角龙的“矛”与“盾”的完美和谐的结合，使消极的防守变成了积极的防御。角龙的个头虽不及暴龙高大，但它的前肢与后肢一样粗壮，能让整个身躯稳稳地立在地上，即使缓步行走，也能踏得地面咚咚作响。角龙是鸟臀目恐龙中的“拼命三郎”，也是暴龙的“克星”。暴龙与角龙单打独斗时，往往施尽浑身解数也鲜有斩获。

诸城产出的世界上最大的甲龙，通过古生物学家将其重达七吨的形象还原，又一次让我们大饱眼福，看到了恐龙生命的另一奇迹。

甲龙体宽、颈短，粗矮的四肢浑圆结实，躯体强健。靠四肢行走的它，行动缓慢，时速仅有6–8公里。上苍为了让它生存下去，又在别的器官上，多方面填补了它走得慢的弱项，使它成为恐龙中的“防御专家”。它的双眼和嘴角两边，各生有一只粗短而尖削的角。这四只角，当是它防御的第一种利器。它的整个背上乃至尾部，皆生有一个连着一个的铁皮状的坚硬骨甲，每个骨甲上都长着锋利的骨刺。甲龙这厚甲坚盔，是它的第二种防身法器。这能使暴龙的锐牙利齿，无从下口。为增加甲龙的安全系数，上苍还让甲龙的尾端生有一个骨质的椭圆锤状物，看上去颇似古装戏里岳家军中小将岳云上阵时挥动的铁锤。

身有三种防御武器的甲龙，却时刻没有松弛对暴龙警惕的神经。甲龙倚仗着身躯的低矮，吃饱后便趴在浓密的草丛里不动，以避免目光如锥的暴龙发现它。甲龙知晓它的优势和“软肋”，它那没有骨甲保护的腹部，是致命的防御空白点。一旦与暴龙遭遇，甲龙便快速卧倒，蜷缩起来，将腹部紧紧收缩进“刀枪不入”的背上铠甲里，做俯首就擒状。暴龙一次次地挑衅，奋力想将甲龙翻了个个儿，让甲龙暴露出那柔软的肚皮。冷不丁，甲龙会以迅雷不及掩耳之势，挥动起尾巴上力达千钧的“流星锤”，击打得暴龙眼冒金星，晕头转向……

鸟臀目恐龙和蜥臀目中的植食恐龙，为避免它们的躯体成为肉食恐龙的口中之物，有的善跑，有的会溜，有的能爬树，有的擅潜水。在这些恐龙中，身躯较小者，都生有一条骨质的尾巴，其尾巴有的似鞭状，有的若锤形，它们都能运用得出神入化，是相当有效的防卫武器。在抵御暴龙时，它们还有强烈的群体意识。有时，生有“流星锤”的植食恐龙，会不约而同地头朝内，尾朝外，结成一个防卫圈。肉食恐龙侵犯时，它们会同挥“流星锤”，戮力抗击劲敌……

抑或暴龙在捕猎时的奔跑与厮杀，透支了它们的体力；抑或暴龙为获得猎物，消耗了过多的“脑商量”；更抑或上苍为了维系恐龙世界的生命平衡，一个不争的结论是：强悍的暴龙是恐龙王国里的“短命鬼”。据古生物学家考证，暴龙的平均年龄仅为16岁，寿长者也不过28岁。

在生物世界里，有强就有弱，有高就有低，有显就有隐，有刚就有柔，有坚就有脆，有此就有彼……正是上苍编排了如此严谨的生命布局和运命逻辑，使任何生物都有着它的正反两极。

在恐龙统治地球的时期，能够制约恐龙的是怖鳄。怖鳄是两栖的肉食爬行动物，头长两米多，身长约二十米，7辆北京吉普车首尾相接就是它的身躯规模。怖鳄力大无朋，口生利齿，生性异常凶猛。它潜在浅水里，以逸待劳，是吞食恐龙的“伏击专家”。当恐龙们到湖边河畔饮水时，隐藏在水草中的怖鳄会突然发起袭击，即使暴龙也难以逃此一劫……

试想，从三叠纪到白垩纪，主宰地球长达1.6亿年的恐龙，如果没有怖鳄这一共同的“克星”，而毫无节制地繁衍生殖，恐龙世界恐早就龙满为患，“龙丁爆炸”了。

在恐龙主宰地球的极为漫长的时空隧道里，大地上并没有像当今这样，由国家中央机关或各种组织管理部门，去统治生命体，去掌管山川河流，去分配森林草原。一切生物都是自生自灭。它们通过相互制约，相互激励，相互补偿与转化，维系着生物世界的生态均衡。

宇宙之神秘，自然之伟大，万物之神奇，是一叠叠、一堆堆人类永远无法彻底解开的谜。在6500万年前的白垩纪晚期，今之诸城恐龙王国里的恐龙，同地球上的所有恐龙一样，全部灭绝了。它们是怎样消亡的？这给当今人类留了一个又一个的“天问”。

五

同样的过去,会被现在和将来理解为不同的过去。对恐龙的研究,也是如此。

在诸城国家地质公园的化石珍品厅内,我观看了形成于1亿年前白垩纪早期的一窝鹦鹉嘴龙化石。窝中有大大小小十只鹦鹉嘴龙,大者长约米余,小者则不盈尺,骨架都相当完整。鹦鹉嘴龙是小型植食恐龙,最长者也超不过1.5米,因嘴巴酷似鹦鹉而得名。据专家推断,这窝鹦鹉嘴龙,是小龙崽们刚出生不久,便和它们的父母一起遭到毁灭,定格成今天这等模样。可怜那些刚出生的小精灵,还没有来得及在父母的呵护下看看周围的世界,更没有接到死神预先发出的通知,便把生之梦变成了死之梦。

在诸城国家地质公园臧家庄化石层叠区的场馆中,那一大片的恐龙化石遗址,看上去令人周身觳觫。说这里是个"万龙坑",也许更恰如其分。这里的恐龙化石分为七层,层层叠压,裸露于表面的三千余块恐龙巨骨化石,交织错落,可谓"白骨累累"。经鉴定,这"万龙坑"中,多为鸭嘴龙化石,也有暴龙、甲龙和角龙化石。令人惊愕的是,有些植食恐龙的骨骼化石上,竟能清晰地看到暴龙牙齿留下的咬痕。面对着这真实发生过的集体大死亡的存在,我们不妨去做这样的推想和描述:一群群的鸭嘴龙、甲龙和角龙,在蓝天白云下的葱郁的森林里,丰美的草丛中,正优哉游哉地或进食或戏耍。这时,一群暴龙从斜刺里飞奔而来,欲将这里的植食恐龙变成口中的美味。正在撕咬混战之际,一场灭顶之灾,猝不及防,骤从天降。正在决斗的植食恐龙和肉食暴龙,或许有的还来不及绷起惊恐的神经,有的甚至还来不及发出最后的一声哀鸣,便都毫无幸免地一起踏上了不归之路……

看罢那窝刚出生不久便和它们的父母一起变成了化石的鹦鹉嘴龙,又见这白骨累累的恐龙化石层叠区,观者的精神地层焉能不产生裂变,思索的岩浆怎会不炙烤着心灵。

当今,尽管“小行星撞击地球说”已成为恐龙消亡的主要说法,但仍有不少恐龙专家对此提出质疑。他们或沿波讨源,探赜索隐;或牵强附会,大发凿空之论。

据专家考证,诸城臧家庄恐龙化石层叠区,约形成于七千万年前。这比 6500 万年前小行星撞击地球,要提早了 500 万年。在地球生命史上,500 万年虽是电光石火,奄忽一瞬,但却占了恐龙生命史的 1/30。倘若再按恐龙中寿命最长的鸭嘴龙平均寿命 100 岁演算,这 500 万年可让鸭嘴龙繁衍五万余代的子子孙孙啊!

显然,用“小行星撞击地球说”来诠释白垩纪晚期今之诸城的恐龙集体灭亡,是难以成立的。

另据专家考证,诸城龙骨涧和臧家庄一带,曾是一个古河床,地层由冲洪沉积所形成。有学者还在这一带目前世界上恐龙化石暴露面积最大、化石最多的岩层中,发现了其上下层位,都有古地震遗留下的痕迹。由此,他们判定,是突如其来的大地震引发的洪水和泥石流,将大批死亡的恐龙搬运并掩埋在这里。后经过地壳的变动、抬升,将这些变成化石的恐龙骨骼,托送至接近地表的地层。

恐龙作为地球生命史上最庞大的生命,有关它们何以消亡的假设和猜想,考究和印证,似乎都不能完全解开个中的谜底。有些说法虽然偏激片面,甚至离奇荒诞,但为了更抵近恐龙灭亡的真实,各种说法都似能为研究恐龙的最终灭亡,去拓展不同的视野,提供不同的视点。

有古生物学家认为,白垩纪晚期,地球上的造山运动还没结束。平地上一道道山脉的突起,造成了沼泽地大面积减少;而新山脉形成的地域,气候变得干冷干热,植食恐龙因无植物可吃,遂冻饿而死。肉食恐龙失却了猎物,也一道殒命。这种说法,看似有理,但略加思索,便觉得有些以偏概全。此说留给人们的一个大疑问是,地球赤道左近的气候,一直是温暖湿润的,那里的恐龙怎么也灭绝了呢?

有科学家猜测,是宇宙间超新星的爆发,引起地球气候剧烈变化,使地球的温度骤然上升又急剧下降,恐龙便同时陨灭。这种猜想过于玄奥,又没提供令人服膺的印证,愚钝如我,不能妄加评论。

另有一种恐龙灭绝说,称得上标新立异。此说称:因为恐龙的肉特别好吃,外星人到地球上狂捕乱杀,造成了恐龙的灭亡。其证据是,他们在北极发现的恐龙骨骼化石上,有被激光切割的痕迹。在人类还没有证明是否有外星人存在的今天,可将此说视为齐东野语,天方夜谭。

还有一种"恐龙鲜花中毒灭亡说"。其论据是:白垩纪晚期,地球上的裸子植物由盛而衰,被子植物(亦称显花植物)大量出现。食量巨大的植食恐龙,因吞食了大量含有毒素的花朵,中毒而亡。一损皆损,一亡俱亡,肉食恐龙也随之消亡。根据这一论断,有学者对同时期的恐龙蛋化石深入考究,发现这些蛋化石是软皮蛋,而软皮蛋是不能孵化出小恐龙的。软皮蛋形成的缘由,是因恐龙食了有毒花草,使雄性恐龙精子变异,雌性恐龙才生出软皮蛋。

2006 年,国家有关部门曾做过调查,我国不育人群的比例,20 年内就增加了 10 倍。在每八对育龄的夫妻中,就有一对不能生育。究其原因,多因喝了污染的水,食了含有超量有害元素的食品所致。据世界卫生组织预测,不孕不育症将成为人类仅次于肿瘤和心脑血管病的第三大疾病。据此,"恐龙鲜花中毒灭亡说",似乎不无道理。但略加思索,我们会觉得此说也有漏洞。恐龙蛋不能孵化出小恐龙而使恐龙全部消亡,应有个渐进过程。那么多的恐龙在同一时间、同一地点集体灭亡,"鲜花中毒说",也难以深中肯綮,一语破的。

据古生物学家稽考,恐龙形成化石的概率仅为千万分之一。通常情况下,能变为化石的是动物遗体的硬体部分。恐龙被埋入地下后,肉体部分会很快腐烂,骨骼只有在不受到细菌等微生物的作用而分解的情况下,骨骼中的有机质才会被地下水分中的无机盐等矿物质所替换填充,经过漫长的岁月方可变成化石。

在诸城国家地质公园内，游人面对龙骨涧附近的世界上最长的库沟恐龙化石长廊，总会嗟呀生叹。这个东西长五百多米，均深30米的长廊里，暴露出的一万余块恐龙化石，分布在长廊南侧呈45度斜坡的岩壁上，看上去宛若一举目望不到边的巨幅浮雕。经恐龙专家鉴定，这里的恐龙化石与臧家庄的恐龙化石层叠区，同是于7000万年前形成的；其间，恐龙属种当不少于十个。恐龙化石生成的概率是那般少之又少，生成的条件是那样苛而又苛；由此，我们不难想象，白垩纪晚期今之诸城的恐龙的数量和属种，是何其多也，何其盛也。

在恐龙于6500万年前最终灭绝的诸多说辞中，唯“小行星撞击地球说”，在当今世界上有着一定的认同度。

6500万年前的一天，一颗直径约十公里的小行星，以65000公里的时速冲向地球，穿过大气层后，时速增至70000公里，撞击在今墨西哥东南部尤卡坦半岛的浅海区。其威力相当于10亿颗美国投在广岛的原子弹。撞击后形成的巨坑为140平方公里，最深处约三十公里。撞击产生的巨大热能，先是使撞击点周围5000平方公里的地域，变为烈焰滔滔升腾的火海。两分钟内，这一地域的恐龙全部毙命。几小时后，北美大陆的草木都被烧焦，往日一片片的恐龙乐园，都变成了死亡的地狱。继而，300摄氏度的高温向全球蔓延，到了东半球今蒙古国时，气温仍高达150摄氏度。整个地球变成了一个大窑炉。撞击产生的飓风掀起沙尘，将今蒙古国和我国内蒙古一带的恐龙，埋进了灼热的沙土……撞击所产生的尘埃，树木燃烧所形成的浓烟，遮天蔽日，厚厚地笼罩着全球，终年不散。见不到阳光的地球，进入了漫长的寒冬。生性喜欢温暖潮湿的恐龙，便全部冻饿而死。

小行星撞击地球使恐龙灭绝，当在情理之中。

不完全支持这一学说的古生物学家，也大有人在。他们提出的一些质疑，似乎也不无道理。为什么在这场大撞击之后，地球上仍有20%的生物得以生存和赓续？为什么与恐龙同为爬行动物的龟鳖、鳄鱼仍能存活至今？为什么当时生活在陆地上的大部分哺乳动物非但没有灭亡，反而渐次繁盛起来？为什么松柏类、铁树类、黄麻类的植物至今仍枝繁叶茂……

在有恐龙化石的地域，还有恐龙灭亡的“地震说”“火山爆发说”“沙尘暴淹没说”等等。

不管这说那说，有一点是所有恐龙研究者的共识：生态环境和生存条件的大变异、大恶化，是恐龙灭亡的根本原因。

六

2013年春节刚过，我又一次来到诸城，专程观看了黄龙沟的恐龙化石足迹群。

恐龙足迹化石属生痕化石，它的生成条件比之恐龙骨骼化石更为苛刻。它需要恐龙在黏度、湿度和颗粒度都非常适中的土地上先留下脚印，还需要印有恐龙足迹的地面要适时被外来沉积物覆盖，覆盖过早或过晚都难以形成足印化石，更需要地壳运动时嵌有恐龙足印的地层不遭到破坏。

二十世纪八九十年代，陕西商洛地区曾先后发现了恐龙足印化石各一枚，一度引起世界恐龙专家的高度重视。世界范围内，恐龙足迹化石群极为罕见。先前，澳大利亚发现的恐龙化石足迹群，仅有十几平方米，便在世界恐龙界卷激了一股波澜。

黄龙沟恐龙化石足迹群的面积为五千余平方米，上面印有蜥臀目、鸟臀目中的恐龙足印一万一千余个。如此多的庞大生命能在地球上清晰地留下它们的足迹，这怎能不令人感到一种生命永恒的惊奇！

黄龙沟位于诸城城东南20公里处。昔年，当地百姓于这一带山坡上，在雨水冲刷后或开山劈石时，偶尔会看到一种巨鸟爪状的足印，人们俗称为“天鹅爪”。诸城恐龙骨骼化石大批出土后，该市的恐龙研究者们,凭着智慧深处的隐秘感觉,觉得黄龙沟“天鹅爪”的背后,也许有一场“大戏”“好戏”尚待揭幕。于是,便在黄龙沟已露出一小片“天鹅爪”的斜坡上除掉表层土,寻寻觅觅。上苍在交给人们一双眼睛的同时,也赋予人们发现的权利。2009年春,这台“大戏”的幕帘终于拉开,世界上面积最大、数量最多的恐龙足迹化石群,终于呈现于世人面前。国内外恐龙专家们闻讯而来,趋踪而至。咂舌。骇异。狂喜。惊叹。手舞足蹈。抚膺长啸。他们无不认为这是“极为罕见的地质奇观”。黄龙沟遂有了“神州第一沟”之誉。

我迫不及待地来到这“神州第一沟”后,在一呈50度角的山坡上,放眼望去,但见大小不一、深浅不同的各种恐龙的足印,或疏或密地排列在岩层上,大者直径可达八十余厘米,小者不足一拃长,明晰可鉴,历历可数。看上去,这些“天鹅爪”宛如一朵朵大大小小的百合花印在了石坡上,组成了一幅偌大的“岩画”。这恐龙足印组成的“百合花岩画”,和璧隋珠无以喻其珍,凤毛麟角难以比其贵!

据专家们考证,黄龙沟的恐龙化石足迹群形成于1.1亿年前的白垩纪早期。从足印的大小和形状判定,这“岩画”中至少有七种恐龙足印。国际最权威的恐龙专家来此考察后认定,其中一组足印为全世界新发现的恐龙属种所遗,并为这新属种的恐龙足印化石起了个美丽的名字——“东方强壮百合”。

1.1亿年之前,今日之黄龙沟何以会有那么多的恐龙在此聚会,而且足迹的方向大都是由西向东?恐龙专家们有的认为,这些足印是恐龙成群结队迁徙时,在这曾是古河床的地层上留下的;有的认为这些足印是成千上万的恐龙,为躲避暴龙的追击,仓皇逃遁时而遗下的……

面对百合盛开的“岩画”,专家们心涛如捣。有人竟用形象思维替代了逻辑思维,说“黄龙沟曾是恐龙举行马拉松赛的大赛场”,“曾是恐龙举行盛大舞会的大舞池”。

妙哉斯言！面对这举世无匹的“岩画”，我感到，黄龙沟恐龙足迹化石群，是大自然用天然的录像机为恐龙活动录下的“特写镜头”。它丁一确二地告诉世人：恐龙作为地球生命史上最庞大的生命之花，曾像“强壮百合”一样，迎着三叠纪、侏罗纪、白垩纪的阳光，盛开了1.6亿年！这些百合花状的恐龙足印，是天地之大著，生命之大著，灵性之大著的铁证！

毫无疑问，在人类未出现之前，恐龙是上苍无与伦比的杰作，也是地球生命史上最为成功的物种。在地球生命史上，生存与竞争是永远不变的法则，变化的是生命舞台上的竞争对手。恐龙灭绝之后，陆地上的哺乳动物由小变大，迅速兴盛起来。林林总总，含宏万汇的哺乳动物，每一个属种都是一部绝妙的奇书。每部奇书的每一页上，都写满了无穷无尽的生命奥秘。狮虎豹象们，或体硕或力大或性猛，但它们也只能在某片森林，某座山峰，某段河床，某块草地之类的领域内称王称霸；猩猿狐獾们，或机敏或灵动或狡猾，但它们也仅靠着天赐的本能，在固定的食物链上寻求生存……所有的哺乳动物，都没有像恐龙那样主宰过地球。只有在160万年前方出现的人类，才逐渐成为继恐龙之后，再度主宰地球的无可訾议的统治者。

恐龙主宰地球，靠的是种群的强大，靠的是本能和力量。人类，显然是为了思考而被上苍创造的。天赋予人的智慧，远远地胜过了一切走兽飞禽。近百年来，人类凭借现代科技的司天魔杖，使人的力量得到了难以想象的延伸，也使得人的征服欲和占有欲得以无边际的扩张。如果人类勇于拷问自己的灵魂，便不难发现，财富的急剧膨胀，并没有使人类天使的基因潜滋暗长，而魔鬼的成分却有增无减。

“人为动物，惟物之灵。百忧感其心，万事劳其形”(宋·欧阳修)。人类自进入阶级社会以后，看起来是愈来愈热闹，实则是愈来愈寂寞，愈来愈无奈。历史学家统计出：自罗马帝国结束以来，与玛雅历法中所预言的2012年12月21日是“世界末日”的大同小异的说法，竟在世界各地先后出现过 187 次。如果说，在现代科技尚未兴起之前，“世界末日说”之所以一次次地在人类柔弱心灵的回音壁上回响，那是因为人们对大自然的神秘莫测和天灾的骤至，产生的敬畏与恐惧所造成的；而近些年来，“世界末日说”仍不绝于耳，绝非空穴来风，实乃事出有因。

在信息时代，“世界末日说”竟还能成为全世界的一个话题，究其深层的原因，首先是来自当代人对自然环境日趋恶化的焦虑。

气候变暖是生态环境在全球恶化的一个综合指数。半个多世纪以前，北极还称得上是一片净土。伴随着财富争夺战的序幕在这里拉开，世界顶尖级的气候专家已经精确算出：在过去的近四十年中，北极的气温已经上升了 2 摄氏度。这里的永久性冻土层已几乎不存在；北极那原本纯净的空气里，甲烷的含量也日益剧增。据气候专家推算，再过三四十年，每届夏天，北极的冰层会完全融化。那时，极端气候会更加疯狂地肆虐全球。

这绝不是危言耸听！

刚刚过去的 2012 年，全球一些国家和地域的极端气候，都是史无前例的。这年 1 月，美国阿拉斯加州的降雪量之大，创下历史纪录。2 月，欧洲遭遇寒流，使得数百人在冰天雪地里冻馁而死。进入夏天，美国内布拉斯加州遭遇有气象记录以来最干旱的一年，旱魃为虐，热浪蒸腾，令人窒息。动物与植物，更是受到致命的影响。美国国家海洋和大气管理局公布的一份声明称，该年度大西洋飓风活动期间，共发生了 19 次有命名的风暴，远远高于先前年均 12 次的水平。其中的飓风“桑迪”，以难以抵御的摧毁力和破坏力，被载入了美国的飓风史册。2012 年，亚洲也是自然灾害频发之岁。那接踵而至的超级台风席卷了整个朝鲜半岛、日本及我国沿海地区，并在多地引发了创纪录的洪灾。即使进入 12 月份，超级台风“宝霞”还袭击了菲律宾，造成千余人死亡……

水、空气和阳光，是人类赖以生存的三大要素，而水更是一切生命的终生乳娘。

当今世界，对人类安全威胁最大的不是飓风，不是水灾，不是地震，也不是战争，而是因为人类行为所造成的水污染。世界卫生组织的有关资料显示，全球80%的疾病，是由于饮用被污染的水所致。近年来，有关专家对饮用水源中毒害物的研究表明，水中已检测到的化学物品多达一万余种，其中致癌与可致癌物，竟有一百多种。全球50%的癌症，与饮用不洁水有关。

污染的水，成为人类的第一杀手！

敢于正视现实，真理才能赤裸；勇于摒弃谎言，真相方可显形。聚焦今日中国的水污染，实在令人心折骨惊，惴惴不安。

中国人均淡水资源的占有量，仅为世界平均水平的四分之一。联合国公布的13个贫水国，其中就有中国。综观我国的地表水，还有哪个湖泊没有被污染，还有哪条江河里的水可直接饮用？而地下水的污染，更是令人胆破心寒，神难守舍。据《2012年中国环境状况公报》显示，我国地下水的水质，较差和极差的地区已达57.3%。最典型的个案是河北省沧县小朱庄的水污染事件，那些从地下抽出来的水呈铁红色，家禽饮后毙命，用以浇地，苗枯叶焦。自从这里有了污染工业后，23年来村民只能靠买桶装水度日……在我国中东部，一些地表水和地下水严重污染的地域，出现了多少个癌症村、不孕庄！又有多少百姓因为喝不到洁净水，而使得身心受到了难以想象的摧残！

呼吸不到清爽的空气，也是我国中东部一些地区面临的时代困境。细微颗粒物(PM2.5)超标，可吸入颗粒物(PM10)超标，二氧化硫超标，二氧化氮超标……这超标那超标，使我国多少城市变成了雾都雾城？

水、空气和阳光，是大自然对人类最慷慨的赐予。想不到，能喝上纯净的水，能呼吸到新鲜的空气，竟成为当今多少人的一种奢求。在雾霾不时会遮住阳光的城市里,中小学生写作文时,要写出“蓝天如洗,阳光灿烂”之类的句子,恐怕只能参照祖辈父辈的文本,去展开想象了。

一个国家、一个民族乃至一个人,要想生机勃勃,精神焕发,必须要同大自然亲密无间,必须从大自然那里感受到一种不可分割的友情。一旦大自然对我们失去了同情心和耐心,一旦大自然不再同我们进行和谐的交流,那么我们最终也就失去了赖以生存的根基。

当我们经济发展和生态失衡形成恶性互动的时候,恢复生态环境,就成了比国人切齿痛恨的权力腐败更加难以治理的“天字第一号”的难题。

就环境而言:破坏如同浪冲沙,治理却如针挑土。二十世纪六七十年代,日本有两座湖泊曾被严重污染。该国投巨资、耗时近四十年,才完成了一期治理。日本有专家说,若想让这两座湖泊的水质甘冽如初,还需再治理四十年。中国要治理严重污染的太湖,国内有关专家推算,先期治理需斥资1300亿元。前几年,湖南因湘江污染,导致有些地域产出了含毒大米。湖南省政府决定拿出480亿元治理湘江;但有识之士认为,治理湘江是多元化的系统工程,要想再现昔年湘水“漫江碧透”的景象,480亿元恐是杯水车薪……治理地下水污染,更如同铸山煮海,戛戛其难。有个别专家甚至悲观地认为,即使现在停止污染,那些已被大面积严重污染的地下水,欲恢复到原来的水质,需要治理和等待一千年,耗资更是难以计算的天文数字!在一些地表水、土壤和地下水被严重污染的区域,即使将人们几十年来赚取的财富累加起来全部投入治理,亦很难使这些区域生态环境得以完全恢复。

环境问题可从地球生命史和人类发展史中寻找出某些答案。当今世界上之所以有那么多的恐龙专家,去痴迷地破译恐龙消亡的缘由,是因为他们隐隐感到,人类正面临着类似于恐龙灭亡时的一些前兆。

人类是有宗教情结的动物。世界上有多少种宗教,就有多少种信仰。当今世界之所以有那么多人对“世界末日说”萦绕于心，除了人类生存环境恶化外，还因为《圣经》《古兰经》和《吠陀经》等，都有着对世界末日的描述。《圣经》是全球21亿4千万受洗者的必读书。《圣经》中有多处对“世界末日”的描述。概言之，世界末日即将到来时，会出现这样的情景：人心败坏，人专顾自己，贪爱钱财，贪食好色，不相信真理，骗子迭出，装扮成假基督以谎言欺骗信徒；国与国、民与民的战争连绵不断，各种自然灾害频频发生……

不言而喻，这些预言，在当今世界多已得到印证。

倘若小行星撞击地球导致恐龙灭亡一说能够成立，那是恐龙遇到了无从觉察、不可抵御的天灾所致；而当今人类面临的生存和生态环境的日趋恶化，则是“人祸”造成的。

半是天使半是魔鬼的人类，是上苍未完成的动物。在游牧文明和农业文明时期，人类对大自然的敬畏和恐惧，能在相当大的程度上遏制人的动物性本能中恶的因子。当人类跨入信息化、数字化时代，我们看到的是，人世间的物质大厦摩天而矗，而人类的精神房舍却在日益矮化。

在中国，伴随着现代化进程的不断提速，人们追逐金钱的活动，从来没有像今天这样来势汹汹，对金钱意义的张扬，也从来没有像今天这样明目张胆。官德的失范，公德的淡漠，权与钱与色的交易所形成的腐败文化与不良世风的相互耦合，使得至高道德流于口号，而道德底线却连连遭到突破。片面追求GDP的考核，职业道德的缺失，经济信用的失常，恶性竞争的无序，短期经济行为的放纵，造成了某些群体和个体，或漠视民生去创造“政绩”，或不顾一切地去攫取金钱。上流社会的奢靡之风与草根阶层的蛮荒化，机会的不均与分配法则的畸形，也无时不动摇着以公平、正义为准则的道德和法律的基石……这些剪不断，理还乱的社会现象投射到生态环境上，必然会使一些群体和个体，为拥抱“赵公元帅”而乱排浊水，乱放毒气，乱伐山林，乱采矿藏……我们共有的自然家园，焉能不污水横流，浊气升腾，雾霾遮天！

生态环境常常是城门失火，殃及池鱼。西方发达国家在工业化进程中的碳排放，使人类头顶上共有的臭氧层首先遭到破坏；近几十年来，新兴国家的碳排放又迅猛地加入进来，使得气候变暖成为全世界亟待解决的难题。然而一国一族的利益的砂轮，消磨着人类的共识；使一次又一次的国际会议，常是各执一词，不欢而散。

当人类的欲望之嘴张得比暴龙的血盆大口还要大的时候，人类的"类前途""类命运"，就可想而知了。因为各种自然因素的极高度吻合，曾使统治地球1.6亿年的恐龙，在诸城黄龙沟的石坡上留下了一大片明晰的脚印；而今，地球已不再具备生成化石的条件，人类的脚印变成化石的概率几近于零。核武器的出现，已使得二度主宰地球的人类，成为地球生命史上唯一能集体毁灭的物种。一旦这种毁灭成为现实，人类到底又能在地球上留下些什么呢……

七

今年初夏，一个清风徐吹的夜晚，我登了诸城市城北的超然台，遥望星河灿灿的天空。

超然台原名北台，始建于北魏。苏东坡任密州太守扩建时，其弟苏辙取《老子》"虽有荣观，燕处超然"之意命名为"超然台"。生性旷达，知足常乐的苏东坡非常喜欢苏子由起的这个名字。东坡居士知密州时所撰名赋《超然台记》中，有这样脍炙人口的句子："哺糟啜醨，皆可以醉；果蔬草木，皆可以饱。推此类也，吾安往而不乐……人之所欲无穷，而物之可以足吾欲者有尽。"后来，他贬居黄州时，在《前赤壁赋》中又发出了"寄蜉蝣于天地，渺沧海之一粟"的浩叹，将他参悟人生的哲思发挥到极致。在这位旷世文豪看来，放在无涯无际的宇宙时空里，人如同朝生夕死的蜉蝣，生命何其短暂；人的渺小，也不过沧海一粟。如今，在他曾任太守的密州腹地今之诸城，接二连三地发现了那么多恐龙化石的“世界之最”。我想，东坡居士若地下有知，他定会在无比欣喜的同时，仍固执地认为：恐龙的躯体再庞大，它们主宰地球的时间再长，依然是沧海之一粟，依然是时间的匆匆过客！

我站在超然台上，仰望夜空。繁星安详地闪烁着，天空是在当今难得一见的蔚蓝色与翡翠色。亮晶晶的星星像宝石缀满幽远高深的天幕，银河如同一条宽阔的白色锦缎，穿过无垠的天际伸延开去。唯有大自然的原始美，才能美化一切。在这样星斗满天的夜晚，我们才是大自然的婴儿，惬意地静卧在宇宙的摇篮里。

粗读过一些天文书籍的我知道，地球是太阳系中的一员，而太阳系仅是银河系中一个微不足道的小支系。人用肉眼看天宇，最多能看到六千颗小星星；若用当今最先进的天文望远镜看宇宙，则能在 11 亿光年的范围内，发现有三百余万个银河系。每个银河系内，仅恒星就有约五百亿个，其大多数的体积比太阳大过万倍，光度也强过千倍……宇宙到底有多大，有人说，即使将全世界最伟大的数学家全部汇集在一起，用最先进的计算机来计算，全人类都在他们的后面添零，也难算出无限的宇宙之大。这原本就不是一道数学题。

由是观之，地球在宇宙中只不过是一粒微尘。

然而，正是在这粒小小的“微尘”上，却有着人类迄今为止所知的唯一存在生命的地方。地球何以存在生命，仅就太阳、地球、月亮三者之间及地球自身而言，因有着那么多的暗合、切合、契合、巧合，才使地球具备了生命存在的条件。这也不是数学家、天文学家、哲学家等这家那家们，所能诠释得了的。

地球距太阳平均距离为 1.5 亿公里，方使得太阳表面 6000 摄氏度的高温照射到地球上，不会过热，也不会过冷。如果地球距太阳的距离减少 1/10，那么炎热的阳光会把地球上的生物烤焦；反之，则会冻死。地球绕太阳旋转时，必须倾斜 23 度角，才能产生春夏秋冬；地球旋转时如果没有这个倾斜度，海洋的蒸汽就会走向南北两端，地球就成了冰的大陆。地球自转一周为40000公里，如转速过快或过慢，现在的一天就不是24小时了；过长或过短的昼与夜，都极不利于生命的存活。假如地球的地壳再厚十尺，那么空气中的氧气就会用以制造地壳，动物便没有了呼吸的氧气；如果海平面抬高九尺，空气中的二氧化碳和氧气，就会被海水全部吸走。如果我们头顶上的大气层没有一定的厚度，那么每天几百万个飞向地球的陨星，便不会在大气层中氧化消失，而会撞向地球的每个角落，使得天火遍地。月球是地球的卫星，距地球平均距离为38.4万公里，恰是这个距离，月亮的吸力不仅使大海有规律地潮起潮落，更使得地球转动时才有了倾斜角。如果月亮距地球的距离过远或过近，地球上的生态环境将变得非常严酷……

正是上苍这些无比精确、无比美妙的设定，才使得地球有了生命。在宇宙的大智慧面前，人类只不过是无知的小儿。

人类属于地球，而地球不仅仅属于人类。

大自然从不破坏自己的法则，破坏大自然法则的常常是人类。

人类对地球的生态进行一分破坏，地球就会向人类施以百倍的报复。

近些年来，面对气候变暖，海平面上升，臭氧层稀薄，不可再生的资源在可预计的时间段内将被耗尽……为了人类长远的前途，近半个多世纪来，不少科学家在太阳系及周边的太空里，一直在苦苦寻找宜居星球。但直至今天，人类还未找到哪个星球可供移居。即使将来发现了宜居星球，但它们与地球的距离动辄以光年计，人类又如何实施大规模的太空迁移？

人类只有一个可供生存与发展的地球。欲无涯而物有限。知足是天然的财富，奢侈是人为的贫穷。有着理智的人类，若能遏制无边的欲望，应该比主宰地球1.6亿年恐龙的生命史更长一些。

如果我们仍按照恐龙专家的计算方法，将有着46亿年的地球史，压缩为一天的24小时,那么恐龙的生命史约为50分钟;若从古人类算起至今,人类的160万年生命史只不过30.2秒;仍照此推算,从初始的农业文明至今的五千余年,人类的文明史仅为0.1秒……面对这个发人深省的数学算式,我们不禁要大声发问——

如果人类仍执迷不悟,仍像现在这样无节制地虐待自然,破坏生态,人类的文明史还能再延续0.1秒吗?!

最是花影难扫

◎ 迟子建

在故乡的春夏，要问什么店铺的生意最清冷？无疑是花店了。因为这时节大自然开着豪气十足的花店，谁能与它争芳菲呢。花儿开在林间，开在原野，开在山崖，开在水边，当然，这样的花儿都是野花，达子香，白头翁，蒲公英，百合，芍药，铃兰，鸢尾，绣线菊等，它们仿佛彩虹的儿女，红红白白，紫紫黄黄的，绚丽极了。

这时节的居民区也是花团锦簇，农人们栽种在花圃的虞美人，大丽花，步步高，牵牛花，金盏菊等，呼应着菜圃中的土豆花，豆角花，茄子花和倭瓜花。野花和花圃中的花儿，专为悦人眼目的，不肩负给人提供食物的使命，大抵是只开花不问结果，如热烈的情人，不计前程，恣意盛开。而菜圃中开花的植物，命系人类的餐桌，花开得就规矩，适度，收敛，除了倭瓜花开大朵，其余的细细碎碎的，它们得留着精气神儿坐果呀。

菜圃中每朵花的背后，都有一个看不见的宇宙，这个宇宙就是果实。西红柿能否饱满红润，决定了它与鸡蛋为伍时，能不能在金黄和雪白之间，为它注入最炫目的落霞；茄子是否硕大，决定了它与鲇鱼相遇时，能吸纳多少鲇鱼肌理的鲜香；豆角是否厚实，决定了它出锅时是否跟入锅时一样的出息，不让主人的碗盘亏空；土豆是否圆滚滚，决定了它们在被蒸煮的过程中,能否像孩子一样绽开笑脸;辣椒是否挺实鲜辣,决定了它能为姑娘们省下多少口红。

花圃和山间的花儿还开着呢,菜圃的花儿早就谢了,结了果子。待到秋天,人们收获了果实,霜也来了。霜是花朵的敌人,它们一来,花季就结束了。被霜打过的花儿,在阳光中耷拉着脑袋,憔悴不堪,满脸是泪。它们哭也是没用的,想要绰约的风姿,想要蜜蜂与蝴蝶同欢的快乐,只有等待春回大地了。此时它们也许会羡慕菜圃那些不起眼的花儿,它们结了果,在冬天还活着——谁家的地窖不储藏着土豆和萝卜呢。

冬天的花朵是什么呢?是雪花和霜花,可这样的花儿太素白了,又太脆弱了,说化就化,于是喜欢鲜亮颜色的女孩子们,不想让漫漫长冬为这样的花儿所统率,她们在深秋糊窗缝时,就在两层窗中间的隔层里,造了一个花园。

那是独一无二的梅园。

极北的房屋,为了抵御寒流,玻璃窗都是双层的。这双层窗,一拃间距。深秋时节,人们在用毛边纸或是废报纸糊窗缝时,会在二层窗间,放上二三十厘米厚的保暖的锯末子,然后插几枝用蜡油捏成的梅花。

那时北方偏僻的山村大都没通电,蜡烛是我们的光明神。蜡烛通常红白两色,从供销社买来。蜡烛将要燃尽时,烛芯气数已尽,侧歪了身子,人们只得吹灭蜡烛,留下烛头。女孩子们最喜欢那一块块润泽的蜡烛头了,尤其是红色的。我们会把它们珍藏起来,到了糊窗缝时,将收集到的蜡烛头,放到一个空的铁皮盒里,坐到火炉上融化了,一手擎着选好的形态妖娆的干树枝,一手在滚烫的烛油和凉水之间飞转,让干树枝瞬间成了干枝梅。

捏蜡花要眼疾手快,勇气也不能少。大拇指和二拇指要紧密团结,先是共同探入滚烫的烛油(有点赴汤蹈火的意味),然后赶紧撤兵,再探入事先备好的一碗凉水中,让沾在指尖的那层烛油,瞬间冷却而不失黏性，再飞速移兵至干树枝，随你选什么位置，以枝条为主心骨，大拇指二拇指对着它一捏，奇迹出现了，花瓣似的烛油从指尖脱落，一朵粉红娇嫩的梅花，灿灿绽放了！一朵，两朵，三朵，七八朵，数十朵，干树枝瞬间春色贯通，梅花点点了！因为女孩手指粗细有别，再加上所蘸蜡油厚薄不同，蜡花有大有小，有胖有瘦，有深有浅。但不管怎么的，它们都是霜雪时节开得最烂漫的花儿！我们把这样的梅花，插在二层窗格芳香的锯末子上，它们就像开在金色的泥土里。这时你封上窗，一个冬天就有花儿看了。

这样的梅园什么时候消失呢？当寒风撤兵，春风长驱直入，把山岭涂抹上绿色，野花和庭院的花儿姹紫嫣红时，人们要开窗闻花香鸟语，破败的梅园也就成为春风中的垃圾，被清理掉了。

我很喜欢苏轼的那首《花影》："重重叠叠上瑶台，几度呼童扫不开。刚被太阳收拾去，又教明月送将来。"研究者总把它说成政治抒情诗，说是苏轼在抒发他内心的愤懑，可我更愿意把它看作一首清新的自然诗。花影在台阶摇曳，任凭什么扫把，也扫不开它。这日光和明月下永不消散的花影，就是时光，不管它穿越多少年，总会把美留在人的心头。就像我遥想逝去的花儿，无论是山间的，还是花圃和菜圃中的，抑或是我们亲手在二层窗格打造的梅园，它们没有随着时光流逝而被遗忘，而是像风一样，一直吹拂着我的记忆，不让它沉睡。

哦，还忘了说，我父亲当年看我捏蜡花，还帮我修剪过干树枝呢。他会掰下一些枝条，让它变得疏朗，且斜斜地朝向一侧，好像拱着虾米腰。我嫌这样的花枝没有精神，老态龙钟的，撇进炉膛烧掉。他还叫我不要在干树枝上，捏那么多的蜡花，说花多了反而不受端详。我才不听他的呢，那时我和所有的女孩子一样，觉得花满枝头才美。等我到了父亲那般的年龄，真正懂得美以后，父亲已去了另一世界，再无人为我修剪那样的梅枝了。而且，我们也不再捏蜡花，村落通了电，我们不用蜡烛了。我们得到了永恒的光明，却失去窗格里的梅园了。

从漂泊到归来

◎ 叶嘉莹

我是1924年生人，差不多将近一个世纪了，是一个老人。我一生漂泊，现在回想从前，真是往事如烟，前尘若梦，很多详细的情况都追忆不起来了。不过幸而我有作诗的习惯，这让我随时内心有什么感动，常常用诗记写下来，我记写的都是当时我非常真诚的感情。

晚风翻怯舞衣单

我1924年出生，那是民国建立各地军阀混战的时期。当时很多的有志之士都希望能够从事有建设性的事业以复兴祖国，因为甲午之战清朝海军溃不成军，至于空军更是一无所有，所以我的父亲北大外文系毕业后就进入了当时中国第一个从事航空建设的机关——国民政府的航空署工作，后来改名叫作航空公司。当七七事变后，北平沦陷、天津沦陷、南京发生大屠杀、上海也陷落了，我父亲就一路随着国民政府退到重庆，而母亲带着我和我的两个弟弟在沦陷区北平。由于父亲多年没有音信，母亲忧伤患疾，到天津租界进行手术治疗，在从天津回北平的路上，母亲因术后伤口感染病逝在火车上。我从小就遭遇到国和家的各种苦难，母亲早逝，父亲杳无音讯，我和两个弟弟由伯父伯母照顾。

我对于外面的事情不大留意，幸而我有诗记下来，从我的诗中还可以回忆到当年的情景。1939年，我15岁，写了《蝴蝶》这首小诗：

几度惊飞欲起难，晚风翻怯舞衣单。
三秋一觉庄生梦，满地新霜月乍寒。

当年我在北平的老家是一个大的四合院，方砖铺地，我母亲在我们西屋的房前开辟了一片小小的花池，夏天萤火虫、蝴蝶都在花丛中翩跹起舞。一个秋天寒冷的傍晚，一只小小的白蝴蝶落在院子中间地上后再也飞不起来了，我一个小女孩就蹲下来看了它半天，当时真的觉得生命是如此之短促，如此之脆弱。我也没有什么清楚的想法，就写了这首小诗。

1940年的夏天，我又写了首小诗《咏荷》：

植本出蓬瀛，淤泥不染清。
如来原是幻，何以度苍生。

这首诗有一个引起我写作的动机。那个时候我的父亲已经多年没有音信，只知道父亲所在的地方国民党军队一个城一个城地陷落，而我的母亲已经去世了，我就想到人世间有这么多的战争、这么多的灾祸、这么多的苦难，我们都是在人生的苦海之中迷失了自己，我们不知道这苦难的一生有什么价值，我们来到世界到底该做些什么，反省些什么，什么才是我们人生的目的。

还有一个很巧合的事情，我出生在六月，在中国传统说法里六月的花是荷花，所以我的小名就叫作荷，我从小就对荷花有一种特别亲切的感觉。荷花从佛法上说，是一种救度的莲舟，而我们家里没有宗教信仰，所以我说“如来原是幻，何以度苍生”。我想我也是苍生中的一员，什么时候才能够被度脱？

后来我考上了辅仁大学，顾随先生教我唐宋诗，有时就叫我们作诗。我从小就在家里作诗，将旧作抄了几张纸送给老师看，顾先生看了以后对这些诗很赞赏，这更加激发了我写诗的兴趣。有一天，顾先生把我作的诗发回来，说都写得不错，想帮我发表，问我是否有笔名？我当时没有笔名，顾先生让我起个笔名，我突然想起有种鸟叫迦陵，想迦陵和嘉莹的读音差不多，我说就叫迦陵吧，我就有了一个迦陵的笔名。

1944 年秋冬之际，我突然间想写律诗，就一口气写了好几首。第一首诗叫《摇落》，那是写秋天刚刚来的时候的景色。我写道：

高柳鸣蝉怨未休，倏惊摇落动新愁。
云凝墨色仍将雨，树有商声已是秋。
三径草荒元亮宅，十年身寄仲宣楼。
征鸿岁岁无消息，肠断江河日夜流。

我到现在读这些旧诗，当年的情景就恍如仍然在眼前。我们家里有棵很高大的柳树，前两天蝉还在鸣，没想到一场秋雨一场寒，转眼之间盛夏就过去了，我就写了这首诗。

秋天越来越深了，我就写了 5 首晚秋杂诗。后来我将《摇落》和《晚秋杂诗五首》交给了顾随老师，老师读后，不仅一字未改，还以《晚秋杂诗六首用叶子嘉莹韵》和了我 6 首诗。这时候已入寒冬，我继而又写了一组诗，题为《羡季师和诗六章用晚秋杂诗五首及摇落一首韵，辞意深美，自愧无能奉酬，无何，既入严冬，岁暮天寒，载途风雪，因再为长句六章仍叠前韵》，其后顾随先生再和了我 6 首诗。

这组诗中，有一首我写道：

尽夜狂风撼大城，悲笳哀角不堪听。
晴明半日寒仍劲，灯火深宵夜有情。
入世已拼愁似海，逃禅不借隐为名。
伐茅盖顶他年事，生计如斯总未更。

第一句是写实，呼啸的北风吹得好像大地都要摇动了，那是1944年，是胜利的前一年，也是抗战最艰苦的一年。我们在北平，傍晚至深夜，就能听到日本人在街道上喝醉酒唱着歌，开着卡车呼啸而过，所以我说“尽夜狂风撼大城，悲笳哀角不堪听”。当时已经是抗战的后期了，有时有一些好消息传过来，但是毕竟战争还没有结束，我们仍然承受着苦难，所以我说“晴明半日寒仍劲”。

尽管外面是这样的战乱，但是我在沦陷区中关在自己的房间，还有一盏煤油灯，还有一炉火，我就还有光明还有温暖，我也就还有希望，所以说“灯火深宵夜有情”。后四句是说你身为人活在世界上，就该为人类做一些事情，你要做事就会有责任，就会有人批评指责，你要有这种担荷和牺牲的精神，你的心必须要有一定的持守。

昨宵明月动乡思

我还写过一首诗是《转蓬》：

转蓬辞故土，离乱断乡根。
已叹身无托，翻惊祸有门。
覆盆天莫问，落井世谁援。
剩抚怀中女，深宵忍泪吞。

24岁时，有人给我介绍了一个男朋友。我天生就是个好学生，从初三到高三毕业，我一直是第一名，大学从二年级到四年级毕业，也是第一名，但是我从来没有争过第一，我只是觉得我应该尽我的力量把书读好。我的老师都喜欢我，不仅教我诗词的顾随先生喜欢我，中学时候一个教英文的女老师也喜欢我，这个女老师有个弟弟，于是这个老师就很热心地把我介绍给她的弟弟了。

1948年，我们结婚后，他在南京工作。转眼之间国民政府败退，当时我父亲是中国航空公司的人事科科长，我先生在海军学校教书，他们都要随国民政府去台湾，所以我们就在1948年11月来到了台湾。到了台湾以后，我在彰化女中找到了一个教书的工作，1949年生下了我的大女儿。1949年12月的一个晚上，我先生趁着假期从左营来看我们。12月25日圣诞节的一早，天还没有亮，来了一群官兵，把我的房间都翻搜遍了，然后就说要把我先生带走，说他有思想问题。我不知道有什么事，当然我要探寻个究竟，所以我就匆匆忙忙地拿了一个小包袱，把女儿的尿片尿布装一装，就跟他走了。那个时候，台湾只有火车，而且是一站一停的慢的火车，我和先生上了火车。到了左营的海军军区，就把他带走了。我等了两天，什么消息也等不出来，后来我就回了彰化。第二年，我的女儿还没满周岁，彰化女中考完了学期考试放暑假，彰化警察局又派了一群人把女校长、我，还有另外一个住在那里的女老师，把我们3个人都带到警察局了，我到警察局一看不只我们3个人，把彰化女中的老师抓了六七个，说我们都有思想问题，就叫我们写自白书。后来警察局长看了我写的自白书，说这人真是不懂政治，就是教书作诗，就把我和我女儿放出来了，放出来我就无家可归了。所以我就投奔了我先生的姐姐家，他们家在左营，可以顺便打探我先生的消息。他姐姐家里也不宽敞，只有两间窄小的卧室，姐姐、姐夫住一间卧室，她的婆婆带一个孙女和一个孙子住一间卧室。所以我跟我的女儿，到晚上等更深夜静，大家都睡了我就拿一条毯子铺在他们的走廊上，带我女儿睡觉。你要知道一个妇女，要等人家都睡了我才能睡，第二天早上要在人家都没起床以前，我就要把一切收拾干净，把毯子都卷好了。下午人家睡午觉，我女儿要哭闹呢，我就把女儿带出去。海军军区在左营，那是比台南还要更南的地方，烈日当空，我就抱着我的女儿在一片树荫下走来走去，这就是我当年的生活，所以我就写了《转蓬》，我说从漂泊到归来，这是我的漂泊。

我的诗说“转蓬辞故土，离乱断乡根”，那时我们在战乱之中，真是身不由己，人飘落到哪里都不是自己的选择。离别战乱断了乡根，那个时候我们不敢和大陆通信，连家书家信都不敢写，完全没有一点儿故乡的消息。“已叹身无托，翻惊祸有门”，是说我没有托身之所，灾祸无缘无故就降临了。“覆盆天莫问，落井世谁援”，当时台湾白色恐怖非常可怕，你要是被怀疑有问题，你的亲戚朋友都不敢跟你来往。“剩抚怀中女，深宵忍泪吞”，我在别人家里寄宿不可以痛哭流涕，只有自己把泪咽下去。

在这样苦难的日子，我就常常做梦，总梦见我回了老家，回到我的故乡北京。有一天我梦见我在北京教书，在黑板上写了一副对联：“室迩人遐，杨柳多情偏怨别。雨余春暮，海棠憔悴不成娇。”人在梦里脑筋糊里糊涂，梦里的诗通常是我以前读过的诗中的句子。“室迩人遐”出自《诗经》，是说你虽然住得很近，但是人很远，就像我梦到我回到老家四合院里，门窗都是关的，一个人都见不到。杨柳的柔条本来代表绵长的相思情意，因此古人才折柳送别。可是杨柳的多情，却总是在留别的时候被人折断送别的，所以“杨柳多情偏怨别”。1949 年的冬天我先生被关，1950 年我被关，我只有二十多岁，我真是“雨余春暮”，经过了多少风雨的摧残，春天就走了，我的青春就走了，所以“海棠憔悴不成娇”。

那时公立的中学我不敢申请去教书，我在台南的私立光华女中有一个亲戚，他找到更好的工作空出了职位，说你去替我代课吧。我带着孩子需要一个宿舍，所以就到这个有教职员宿舍的女中教书了，在那里教书教了3年。1951年，我写了一首《浣溪沙》：

一树猩红艳艳姿，凤凰花发最高枝，惊心节序逝如斯。
中岁心情忧患后，南台风物夏初时，昨宵明月动乡思。

台南有一种给人印象特别深刻的树叫凤凰木，非常高大，夏天在树顶上开出火红的花，非常漂亮。李商隐写过一首绝句："春日在天涯，天涯日又斜。莺啼如有泪，为湿最高花。"李商隐一生都漂泊在外地的幕府之中，妻子儿女都隔绝了，他说在我漂泊孤独的天涯又是一天过去了，假如黄莺鸟要是有眼泪，会把眼泪洒在最高的花朵上，那是何等的悲哀。所以我说"一树猩红艳艳姿，凤凰花发最高枝"，这是多么美丽多么高的花，却又是多么大的悲哀。我真是没有想到我经历了抗战的苦难，经历了漂泊流离的苦难，经过了牢狱之灾，所以说"惊心岁月逝如斯"。"中岁心情忧患后"，其实我那个时候只有二十多岁，可是我经过了那么多忧患，我的心情已经是中岁的心情。"南台风物夏初时"，是说我眼前看到的是南台湾的景色，这不是我故乡的景色，北京没有这么高大的凤凰木。"昨宵明月动乡思"，是说我昨天晚上看到天上的一轮明月，想到往事如烟，前尘若梦，当年在故乡的那些欢乐的时光永远不会回来了。

却羡浮槎有定期

后来，我先生出来了，证明他没问题，我也就没有白色恐怖嫌疑了。我当初在彰化女中教书的时候，有些在那里的同事，觉得我教书教得好，就把我请到台北的二女中去教书。我一到台北，台湾大学就也请我去教书，然后辅仁大学在台湾复校了也请我去教书，淡江大学也请我去教书，我都是不教书则已，一教书就会有很多所学校请我去教，我的生命都用在教书上了。

后来开始有了电视，我是第一个在台湾电视上讲古诗的人，也在教育电台广播讲过“大学国文”。西方的汉学家，那时候到台湾来看见我到处在讲课，就有人邀请我去美国讲课。密歇根州立大学与台湾大学有交换计划，台大钱思亮校长就说要把我交换过去。

去美国教书之前，台大安排我去补习英语。当时我在3个大学两家电台教书忙到什么程度，上午3节课，中午回家吃完饭，下午3节课，晚上吃完饭，夜间还有两节课，星期六晚上还有广播的录音。我英文补习的课就在星期六的上午，当时英语补习班里都是三十来岁要出国的年轻人，我大概有42岁了吧。那时用的课本是《英语九百句》，内容都是生活用语。教书的是一个美国来的女老师，她要求我们一定要背诵。我这个人从小就喜欢背书、背诗，我就很能背，后来结课时有人告诉我，我平均分是98分，是全班第一名。

光学完英语还不行，要出去之前，美国派哈佛大学的海陶伟教授来口试，他口试完了以后就要把我邀请到哈佛大学去。但钱校长说不可以，他说我已经跟人签了约的，所以我就必须去密歇根，然后第二年哈佛大学就把我请去做客座教授。

在哈佛海陶伟教授特别优待我，五点钟图书馆的学生和老师都走了，我一个人可以在四壁图书的图书馆里工作到任何时间，那真是我觉得最美好的一段时光。到了暑假，两年的交换期满，我就要回台湾。海陶伟教授就留我，但我坚持要回去，我说第一个我要守信用，我的交换期是两年，台湾那3个大学、两家电台还在等我回去开学教课，我不能失信于他们。还有我80岁的老父亲在台湾，我不能把父亲一个人留在那里，所以我坚持要回去。临走的时候，我写了《一九六八年秋留别哈佛三首》，其中一首写的是：

又到人间落叶时，飘飘行色我何之。
曰归枉自悲乡远，命驾真当泣路歧。
早是神州非故土，更留弱女向天涯。
浮生可叹浮家客，却羡浮槎有定期。

当时是9月，我从哈佛远东系要穿过一个广场，周围的树都开始落叶，而落叶归根，我又要归去哪里呢？所以说"又到人间落叶时，飘飘行色我何之"。我是留在美国，还是回台湾，还是回到我故乡北京？我当然愿意回老家北京，但是1968年正是"文革"动乱的时候，我回不去，所以我说"曰归枉自悲乡远，命驾真当泣路歧"。"早是神州非故土，更留弱女向天涯"，是说我回不去故乡，又把我的两个女儿留在美国。"浮生可叹浮家客，却羡浮槎有定期"中的"浮槎"，是古人的一个传说，有一个浮槎每年来去，如期而至，而我却不知道是否能够再回美国跟先生、女儿见面，更不知何时能回到故乡北京。

人生易老梦偏痴

后来中国和加拿大建交了，我想国家间都建交了我应该能回去了，1974年我申请回国探亲。回国后我写了一首长诗《祖国行》，有1870个字，其中有一段写道：

卅年离家几万里，思乡情在无时已。
一朝天外赋归来，眼流涕泪心狂喜。
…………

离开了我的故国故乡30年，我在飞机上远远看见北京一片长街灯火，我想那是不是我小时候常常来往的西长安街，当时我的眼泪就流下来了。那次探亲，我见到我两个弟弟、弟妹，侄子、侄女。

1976年3月24日，我的长女言言与女婿永廷发生车祸双双殒命，我日日哭之。之前我去美国开会，曾沿途先到多伦多大女儿家，开完会又去费城看望小女儿家。那时候，我真的是内心充满了安慰，我想我这一生受尽了千辛万苦，现在毕竟安定下来了。但谁知就在我动这一念的时候，上天给了我惩罚。我的大女儿跟我大女婿，出去旅游开车出了车祸，两个人同时不在了。所以我就写了哭女诗十首，其中有一首诗是：

从来天壤有深悲，满腹酸辛说向谁。
痛哭吾儿躬自悼，一生劳瘁竟何为？

我辛辛苦苦地工作，主要是为了维持我的家，各种艰辛都受过了。可是经过那次大的悲痛后我忽然间觉悟了，把一切建在小家小我之上，这不是一个终极的追求，我要有一个更广大的理想，我决定回国教书，我要将古代诗人们的心魂、志意这些宝贵的东西传给下一代，所以我就开始申请回国教书。

当时我决定申请回国，就开始注意国内的新闻，我看到一个消息：南开大学李霁野先生复出担任外文系主任。我之前就认识李霁野先生，我在辅仁大学中文系读书时，李先生是辅仁大学外文系的教师。他是我的老师顾随先生的好朋友，台湾光复后，曾经被邀请到台大教书，我在经历白色恐怖之前，曾在台大见过他。我马上给李先生写了一封信，说我现在正申请回国教书。李霁野先生很快给我回信说，你回来正好，现在祖国的形势一片大好，我们都在努力做一点儿事情。后来我写了一首诗：

却话当年感不禁，曾悲万马一时喑。

如今齐向春郊骋，我亦深怀并辔心。
海外空能怀故国，人间何处有知音。
他年若遂还乡愿，骥老犹存万里心。

我说我在这个时候也愿意回来，为祖国的教育尽上一分力量。

1979 年，我接到了当时国家教委的一封信，批准我到北京大学教书。我回国后就给李霁野先生写了一封信，告诉他我已回国。李先生一见这信就回复说你赶快来南开吧，南开更需要你。我就答应了，从此以后就与南开结缘了。南开师生对我都很热情，我讲课的时候，教室里坐满了学生，以至于我都上不去讲台。看到我们祖国的年轻人对中国古典文化有如此的热情，我真是非常感动。那时候我还没有从 UBC 大学退休，但只要他们 3 月底一停课考试，我马上就回到南开大学教书，至今已经三十几年了。

1993 年，南开大学成立了中华古典文化研究所，并聘请我为所长。最初研究所没有办公室，也没有教室，更没有经费，只能借用东艺楼内一间办公室工作。后来，温哥华一位热心中华传统文化的华人实业家蔡章阁老先生，听说了这个情况，就出资二百余万元人民币为研究所建立了大楼。我在对蔡先生及南开校方表示感谢之际，也当即决定把我从国外所领到的退休金的一半 10 万美元，捐给研究所设立了奖学金。研究所大楼于 1999 年正式落成，次年我应邀参加澳门大学举办的首届词学会议，会后宴请席上又得与澳门华人实业家沈秉和夫妇同席，沈先生即席提出要为研究所捐款，不久就从澳门邮汇过来 100 万元人民币作为研究所购买书籍及设备之用。从此，研究所的一切工作遂得顺利展开。

这两年，海外又有朋友为我捐建了迦陵学舍，我真是感谢，尤其要感谢那些海外喜爱中国古典文学的朋友。现在，我把我所有海外的录音、录像、研究资料都搬回来了，我希望自己还能够有短暂的余年，协助爱好诗词的学生朋友们把资料整理出来。

我写过一首诗：

又到长空过雁时，云天字字写相思。荷花凋尽我来迟。
莲实有心应不死，人生易老梦偏痴。千春犹待发华滋。

在中国古诗中，常用雁排成人字来表达对人的思念，而这种思念不应是小我的、私人的那一点儿感情，而应该是对国家、文化更博大的情谊。我知道我虽然老了，但对我的理想、感情还是有痴心。我相信只要有种子，不管是百年千年，我们的中华文化、我们的诗词一定会开出花结出果来的。

后来我们南开大学倡立了荷花节，我又写了一首绝句：

结缘卅载在南开，为有荷花唤我来。
修到马蹄湖畔住，托身从此永无乖。

我喜欢南开园里马蹄湖的荷花，现在各方的支持下，在离马蹄湖不远的地方建了迦陵学舍。我说我不要私人的住房，但要一个讲学的地方，就像古代的书院，可以在里面讲学、开会、研究。

这就是我的从漂泊到归来的故事。我虽然老了，但还是愿意尽我的力量，把我们诗词的种子传承下去。

时光刺绣

◎ 席慕蓉

前不久，著名诗人席慕蓉到南开大学，参加庆贺叶嘉莹先生执教70周年活动，并做了题为《时光刺绣》的讲座。她讲了与叶先生惺惺相惜的缘分，讲到时光中的诗歌印迹，讲到时空交错中的乡愁……今天，且让我们以纸为坛，观摩其“刺绣过程”。

今天的题目——《时光刺绣》。《时光刺绣》是我一首诗的题目。“时光是一匹白的丝绸，我们都是在时光里刺绣的人，每个人都开始绣了。”所以我想，不光是我，不光是叶先生，还有各位老师，尤其是年轻的学生，你们已经开始在“绣”了。

迦陵学舍与海棠树

今天是叶老师从教70周年的一个庆典，也是叶老师的迦陵学舍落成的一个庆典。在生命里长久地坚持，今天叶老师都得到了。昨天在迦陵学舍里面，我一直有一个感动，在1974年吧，叶老师回来教大陆的学生。1979级的学生说，当年，叶老师是我们学校里的风景。当然，这个风景是走动的。海明威说，当他去了巴黎，巴黎就是他一生的流动的盛宴。在南开校友的心里想到的是，叶老师在大家最困苦的时候，心里最空虚的时候，回来教大家古典诗词。除了她自己本身在校园里走动，是一道流动的风景；她传授给这么多学生的古典诗词，一代代的，也是一种流动的生命力。这些学生，有的人做了校长，有的人做了学者，有的人继续教中学，有的人继续在诗词方面做各种研究；唯一可以回报老师的，就是为老师修个可以继续诗词研究的居所。其实，能够建成迦陵学舍的原因简单得不得了，就是学生给老师的，简单、真诚的爱——这种爱是可以这么简单，直接的。

迦陵学舍里两棵海棠树是从恭王府(挪)来的。叶老师说，从前的恭王府，女生是不能进去的，只能远远地看着海棠开花。而现在呢，人家听说叶老师想要一棵春天可以开花，秋天可以结果的树。恭王府的人就说，叶老师，我们帮你挪两棵来好不好？所以，17 岁时候认得的海棠树，在老师 91 岁的时候，在院子里面开花了。如果我们要把这件事写成小说，人家会说，太美化了——没有！迦陵学舍就是一个真实的，美的东西。

神圣的年龄

如果非说不可，就说我为什么喜欢写诗。我想到了 11 岁的年龄——叶老师 11 岁时听了叶赫水（按：叶嘉莹祖籍在今吉林省梨树县，2002 年席慕蓉陪叶嘉莹去此地寻根）的名字，就永远记得。11 岁的年龄，多么少的经验，可是 11 岁时很多事都记得——所以我的好朋友张晓风，她听到我讲叶老师 11 岁时听到叶赫水就永远记得，她说 10 岁、11 岁是神圣的年龄——你已经读书了，明白事理了，但是还没有接受尘世间一切的污染，所以如果你们家里有这年龄的孩子，请好好珍惜。因为这个年纪，你给他/她什么，他/她接受什么；你(说)希望什么，他/她记住什么。

我自己也差不多是这个年龄开始写诗，从初中的日记本上开始。原因是什么呢？很简单，我没有朋友，因为我从小经历战乱；当然，没有办法跟叶老师比，我一直有父母在保护着。我5岁在南京读小学，南京那个时候小学比较紧张，每个小孩去上学要抬一个凳子。大我两岁的姐姐要去上小学，她抬不动这个凳子，所以我也跟着去上小学——就是为了帮姐姐抬凳子。当时我不知道在小孩的世界里面，1岁与6个月的智力都会差很多——我以为我很笨，很多事都不会：老师教我，我不会；很多布置的作业，我也不会。所以，从小我就知道，我是一个很笨的人，很多事不能做，但我并不知道(是因为)我年龄小。

后来到了香港，刚开始的时候，大家都讲广东话，而我什么都不会。我5岁以前说的是蒙古话，到了学校里就讲汉语，而到了香港呢，我不习惯广东话啊。读小学时，老师就教我们用广东话朗诵诗句。那个时候，我从不会讲广东话倒可以(用粤语)朗诵。

我在香港那么快乐，但之后我到了台湾。我要回到我的“悲惨”岁月了。我考到了初中二年级，而台湾的初中一年级就学代数，而香港没有。所以，我上了一年代数，相当于听了一年天书。我的代数课本上画满了图。我的家人知道我难过这一关，就帮我请了补习老师。那个老师是理工学院的老师，为了补贴家用，来教我这个笨拙低能的人。(他)打开了我的几何课本、代数课本一看，都画满了图。有一天他跟我说，席慕蓉，你的书可不可以借我一下。我想老师借我的课本，很荣幸啊。结果二十年后，有人在街上看到我说：你是不是席慕蓉？哈哈哈，我看过你的几何课本——我画满图的几何课本，原来对他们来说是很有趣的。

给最初的时光

对于一个学生而言，如果是同时入学，很快就能找好各自的朋友。

但是,我是插班生,(人家)所有人都有朋友了;大家并不是讨厌我,只是不需要我。我到现在还记得,有一次下课,一个对我还不错的女孩子,蛮温柔的,我就想跟她一起回家,结果她有一起回家的朋友,她们很快就走了。那个委屈的感觉,到今天还在。所以,我就有了日记本这个朋友。我在初中二年级开始写日记。

我前年在台东美术馆开画展的时候,找一些短诗放在墙上。我特别找了那首一塌糊涂的诗。我的开始就是那样,那首诗里面其实就是生命本身的一种寂寞。我本身就是很辛苦,我自己写自己的诗,所以请你们听这首《自叙》,我的小标题是——给最初的时光。

很早很早,我们就已经开始写诗
用年少的心,学着在灯下去辨识这陌生的人世
是无声的存在,无害的习惯
遂无人察觉也无人加以监管
一如暗夜无风的海洋,在远远地辨识着沙岸
这反复触及,却又难以拥有的一切
以一种极其静谧的悲伤和喜悦

我想,其实在最早的时候,我可以把悲伤放在诗歌里面;因为把悲伤"放"进去了,所以就会有一种淡淡的喜悦。可是想一想,初中二年级,人生知道多少呢?每一个人心里面的诗可能很幼稚,但是在每一个人的心里不能缺少。我要引用叶老师的一句话:"读书和写诗是生命的本能。"所以我在12岁的时候,遇到触动我生命的本能,我就开始写诗。

诗歌与故乡

《时光刺绣》是最近几年才写的一首诗,是因为有一位朋友,有一

位诗人——在他的书中写过这样一句话：任何时空，诗都是绝望的。我好像不以为然，因为这样一句话，我写了《时光刺绣》这首诗，小标题用了这句话："任何时空，诗都是绝望的。"

然则，于我而言，诗是一切的完成
是年少时何等珍贵的抚慰与魅惑
是生命从不曾自觉的逗留，到固守
是此刻才逐渐呈现，如你所见
一幅色彩斑斓，古老华年的，时光刺绣
是今夜灯下，给你写这几行字时的澄澈无穷
当然，疼痛总是在的
任何时空，诗成之后，才袭来的那种悲伤
一如那些细碎的波光，闪亮
从那些遥不可及的远方
总是会让我微微地恍惚，回眸

还有一首是最近写的，想写一首小标题，后来没有写，是要给谁的，你们来猜。我的题目叫作《除你之外》。

除你之外，无人愿意相信，那恒久的，且又需要时时变动消亡的存在。

除你之外，无人愿意原谅这谨小慎微，却又总是渴望，能够为了什么，去挥霍殆尽的，我的一生。

除你之外，无人见过那曾经迫使我流着泪仰望的，何等奢华，何等浩瀚的星空；无人来过，我曾经那样悸动着的心中。

除你之外，无人知晓，那一处狂野中的存在。

是的，除你之外啊，除你之外。

已经可以猜得到了吗？好，应该可以慢慢猜得到，这个人，她是谁——

说一个我自己的经历。去年来这里演讲的时候，我还没有遇到这件事，今年遇见了，所以很高兴，可以和大家分享。我想大家都知道，第一次上草原，大家说我是返乡，我说，不是不是，我四十多年都长在中国的南方；我没有见过蒙古高原，这是我第一次见到蒙古高原。所以谁说我返乡，我就不高兴。但是我今天要跟各位说，我确实是返乡了，完全承认了，什么原因呢？请听我说。

我从1989年8月底上蒙古高原，坐飞机到北京，再坐火车到张家口，再坐吉普车到张北，再从张北开始上，高原就像往上的坡，一层平的，再一段坡度，到了一千两百公尺的时候，草原突然出现了。真的是突然，本来还是树啊农家啊——草原就突然间，一下子，在你前面铺得无限的远。

我当时是坐着北京吉普，1989年的北京吉普，马力很大，司机是快车手。我觉得一下进到草原的中间，我被草原整个环抱起来。我那个时候就开始叫起来了。我说，我来过我来过我见过。我旁边那位大哥也做证，说我那时候一直在尖叫，说我来过我见过，我觉得我来过。后来别的朋友问我，你第一次踏上高原有什么感觉？我说，我觉得好像走在自己的梦里，那种似曾相识的梦里。

海马回里的蒙古高原

当然了，大家说这是一种基因的遗传，是绝对没有错的，是基因。但是，如何遗传呢？2014年10月初，诺贝尔医学奖颁发，台湾的报纸报道颁给三个人。一位是约翰·欧基夫，一位老先生，他在1971年发现了一个东西。另外两位呢，是一对年轻夫妇，梅·布莱特·莫索尔以及爱德华·莫索尔,2005 年，他们在挪威发现了一件事。他们三个人合得了 2014 年的诺贝尔医学奖。他们一起发现了什么呢?

我们大脑里有杏仁核,杏仁核是管情绪的。我们还有海马回,海马回是管记忆的。欧基夫先生在 1971 年发现了海马回里有位置细胞,莫索尔夫妇在 2005 年做继续研究,发现(海马回)有网格细胞;那么这个位置细胞和网格细胞就组成一种空间认知。发言人说,这二位科学家的发现是解决了哲学家几百年都没有解决的疑惑:我们第一次去一个地方,第二次去怎么就不用带地图了;那么,她说,让我们所有生命之道——空间方位空间认知,准备什么呢?准备储备了知识以后,重临旧地——很美的,像诗一样。

原来,我们大脑里的海马回是有这样一个功能,以前我们只知道它管记忆,我们不知道它还管空间认知。所以,我读到这个以后,就赶快把每一张报纸里面关于这个的报道都剪下来。因为我觉得,这个是解决我的疑惑的最好证据。就是说,原来在我的海马回里(在我们每一个人的海马回里),储存的记忆,除了我出生以后的记忆,还包括我的先祖的一层一层记忆(集体无意识)。所以我才会说,在那之前除了照片和电影,我从没见过蒙古高原,我是第一次见蒙古高原——可是,不是我的海马回。

活在身体里的故乡

当我站在蒙古高原,站在父亲的草原上,包括后来我站在大兴安岭,站在呼伦贝尔,站在任何有蒙古族痕迹的地方,只要是没有被毁坏过的,我觉得就好像一泓清泉,解我心里的渴。我心里有一种我自己不知道的焦渴,必须要看到这样的风景;我就觉得好像,我不能走开,我一定要看,我一定要努力地看,才可以解心里面的渴。

所以,一切就有了解释,当我站在草原上,我觉得似曾相识的原因是什么？是我的基因，在我的海马回里，所有祖先曾经见过的草原，他们所有的讯息，在我到了草原那一刻，全部苏醒过来。所以好像重临旧地，重温旧梦，所以我觉得好像是走在梦里，我可能是走在我祖先的梦里。

我是说，这样一个科学的发现，让我觉得，当你们可能看到(我)有时候爱哭啊，有时候人来疯啊，(觉得我)是一个不可救药的疯狂的人——其实不是。我一说到蒙古高原，一说到乡愁，就流泪，你们觉得我是一个易感的人——不是。还有别的东西，在我们的身体里支配我们。

当每次讲到内蒙古，我会流泪的时候，是不是有一个故乡是跟着我们走？无论走到哪里去，那个故乡都还是活在我们的身体里面的？我问过这样的问题。结果，我发现是真的，我的故乡，对故乡的空间认知，在我的海马回里，上百年、上千年，甚至可以说是上万年，在我的海马回里存着，可能是半睡眠状态。可当我站到那个旧地的时候，它们统统活过来，统统醒过来，所以我们不能解释只是情绪上的，情感上的(乡愁)；我们的乡愁是科学的、有根据的、生理上的乡愁。

蒙古马的乡愁

2014 年 9 月，我去呼和浩特内蒙古博物院演讲，拜访了一位很早就认识的朋友恩和教授。他跟我说了一个蒙古马的故事。他说，马本身的记忆和(对)故乡的想念；它的乡愁，和人是一样的。

一位内蒙古著名画家在 1972 年到越南——那个时候所有社会主义国家定期有艺术家的例会——和艺术家们一起开会。那天呢，很多艺术家聚在海边草地上聊天。他正和画家一起聊天。这时，他看到远远有一匹马望着他，在吃草。他也没有特别注意。但是，大家注意到，那匹马直直地就向这位画家走过来。这时，画家也警觉到了，正式看了马一眼，才看出来这匹马是一匹蒙古马。这是一匹白马，虽然很脏了，但画家还是认出来，这是一匹蒙古马。虽然大家都想拦住这匹马，不让它走过来。但是,马不知道为什么,虽然骨瘦如柴了,力气却大得不得了,一定要向画家走过来。那个内蒙古画家西装革履打着领带,就拥抱住这匹又是眼泪又是鼻涕的蒙古马,摸着马的头,拍着它的颈说,你怎么认出我来的?你怎么认出我来的?

他的激动,我想我们都可以料想得到:这匹马知道——你是从故乡来的,你可不可以带我回故乡去?可当时这个画家没有能力把这匹马带回去,只能抚摸着它。后来在画家的回忆录里,用了很大篇幅写对这匹马的愧疚。但画家把这样一匹蒙古马的乡愁,都告诉给所有的蒙古同胞听。

野性与创作

游牧社会里,可能几匹马或一匹马放在屋子前"当班",但两三天以后一定会被放回马群里去。换上去的马就会一副"好倒霉啊,要上班了"的样子;而换下的马,主人都替它把额头上的汗擦掉,拍一下它的后臀。当这匹马的"西装、领带、皮鞋"都脱掉了,回到马群的时候,它还不直接回去,而是前蹄一举大叫一声,意思就是"下班喽,谢天谢地下班喽"。

我问我的朋友说,为什么马要放回马群。朋友说,马的力量要靠它的野性,也就是说游牧文化其实是野性和服从之间的一种平衡,完全服从了以后,马就没有力气了,身体也会坏掉。所以马"下班"以后就要放回马群里,要走多久,就走多久;要喝水了,它就会回家。冬天的话,它也可能好几天不用回来。

人也是一样,我们都有几点上课几点下课的规矩,但也不能规矩到完全失去了野性。那么野性从什么里面出来呢?是不是可以从创作里面出来?我们在社会中把自己训练成一个很规矩的人;但是在创作里,我们却可以把生命最原初的那个野性,自由地发挥出来。

匍匐在土

◎ 耿 立

一

总是在冬夜,外面还寒霜,父亲就起来了。穿上一件几经转手才到了我们家的半截羊皮袄,那袄很脏,上面还有暗黑的血迹,是人的还是羊的,没有人考究,但它御寒。哥哥曾穿它,姐姐也曾穿它,父亲去世后,这件羊皮袄,留给了姐姐。

今年是父亲去世20年,20年无祭,没有只字片纸写给我的父亲,只是当年在父亲的病榻前,我写过一篇急促的文章。父亲出殡的当日,那文章恰在当地的一家报纸刊出,里面有一句"乡里小儿"的俗语,这本是一句庸常的套话,但有的人不高兴了,就如眼里有了芒刺。当在乡镇工作的堂姐告诉我这事的时候,身穿重孝的我无奈地苦笑,随即勃然大怒,我说,让他们找我算账好了。那声音大得惊人,四周的亲戚都转头看我。父亲棺木尚未入土,我要维护父亲的尊严,思想的尊严,不要让我的父亲再一次受辱。

今天,我特意把20年前的文章找出,毫无增删,把那段文字原本照录:

望着眼前卧床失语的父亲,我就想起那个当年被生活逼迫无奈、到机井寻死的人。那时我才出世三天,他去向队里干部讨一点谷子来给我母亲和我熬点粥喝。最终无奈的他向乡里小儿跪倒,匍匐在地,对着那人喊出一个字:“爹”。父亲不是韩信,他受的屈辱也远甚于胯下,于是他最终选择了投井。几十年后,我在菏泽工作的时候,父亲每次到城里,怀里揣着的是一个用锡打制的酒壶,那壶乡间唤“咂壶”,需倒旋才能打开盖子,把壶放在近身的衣服里,酒也就有了体温。我常想饮酒、醉酒是天才的最好下场,想不到一生屈辱、不能明白表达自己意志的父亲,一生平庸无愧的父亲,竟和天才们殊途同归。饮酒,是他们共同的出路。

20年了,父亲庐墓已拱,而20年前的文字还在。今我南下岭南,远离血地,就像是做贼一样,我感到一种对父亲和那片黄壤的亏欠。20年,我很少在文字中提到我的父亲,我在寻找一种有血痂的文字,那是专门与父亲般配的文字,与苦痛相称的文字,不轻慢不懈怠,如土地滞重敦厚的文字,但还是不能如愿。

我知道,父亲是一个被践踏者、被侮辱者,他生得瘦小,说话口齿不清、呜呜噜噜,他不会说理、好急躁,急了就骂娘。父亲是一个从小在集市上做面饭生意挣扎生活的手艺人,他到过周围方圆数十里大大小小的集镇,认识很多人,但知心的,我知道的就什集镇西街姓周的一个大爷,北街姓马的一个大爷。他们两个都年长我父亲,一个卖烧鸡,一个做茶炉子(拿手的绝活是酿醋)卖开水。他们的身上一个是常年的油腥味,一个是煤烟味。

父亲是一个失败者,失败者的地位在乡间也是最低下的,各种力量都可以使唤他消耗他剥夺他。人们爱取笑我父亲,给他起各种带有侮辱色彩的绰号。其实包括我母亲、哥哥也都看不起父亲,哥哥常和父亲顶嘴,我看到一个没有尊严的父亲在儿子面前的焦虑,父亲急了,也是呜噜呜噜骂人,然后气得走掉。

这是一个卑微的人,卑微到人们的眼睛里好像没有这个人,只是蝼蚁般的生物的存在，即使在他的兄弟、堂兄弟甚至子侄那里，也没有尊严和分量。我有时对父亲的生存感到悲哀甚至悲悯，但我知道，父亲是不可替代的，我同情我的父亲，即使人们践踏他如泥土，但他依然那么良善，没有反抗。

母亲常与父亲吵架。两人争吵了一辈子都没有和解，就如不能同槽的牲口，犯忌，会互相踢咬，大打出手，骂骂咧咧。那种怨恨，我久思不得其解，可他们仍然一起过着野草蒺藜般的寻常日子。

我出生的时候，应该说是父亲人生的最低点，他原本作为手艺人，公私合营后成了一位吃供应的人，到了二十世纪大饥荒的年代，又被裁员下放了。也就是在我出生的时候，他连底层的等而下之一也不如，挣扎到吐血，挣扎到绝望，就有人逼得他差点跳机井自杀。

我没有体会过父亲内心的绝望和黑暗，但我知道"我本可以忍受黑暗，如果我不曾见过日光"。毕竟父亲是所谓的公家人，而最后被剥夺身份还乡种地，父亲这一辈子是怎么样在血水里蹚过的？无论何等的命运都能全盘接受？我自认我做不到。如果做到，那就如猪一样无疑，但我这个比喻并不是针对我的父亲，我知道猪没有思想。这世上如果真有有思想的猪，那它不会相信所谓的谎言和承诺。父亲太相信宣传相信领导，领导说让他还乡，等形势好转再回来，他就听了。但父亲把下半生等完了，也没有再接到上班的通知，父亲不知道戈多，但父亲对一个虚幻的许诺有期待。被别人规划的人生，注定无法摆脱被强权和强势所支配，那下场注定是悲剧无疑。

也因为这，我从小就仇恨逼父亲自杀的人，那人读过书，在乡村里属于常使坏的人，对比他地位低下的人拳打脚踢，毫不在意，对地位比他高的人毫无顾忌地吹捧。乡村也是江湖，汹涌澎湃。在我出生的时候，偏巧，我们生产队里一个在大队当干部的人的父亲死了，此人拿着生产队仓房的玉米、麦子、大豆成麻袋地送去，让他们待客。而我出生时，家徒四壁，盛米面的瓮与陶土的缸里无有粒米，于是就想着借队里一点谷子,脱下皮子弄点小米,为我的母亲温补一下身子。但生活的坚硬和冷漠拒绝了父亲,这个年方四十的男人,无力抚养妻子无力抚养刚出生的儿子。那是雨天,深秋的雨天,早已没有了雷声,但他喉咙里像是有轰鸣的雷声从肺腑爆出,人们看到了这雷带来的水,他的脸颊汹涌的泪水。他不愿再在这个世道无尊严地活着,他像要倒净这如苦胆般的生活的汁液一般,冲向机井,被人在井口强行救下了。

二

当我有记忆的时候,父亲到山西讨生活,是货郎一类的,小时,我特别怕人讲山西狼吃人的故事。我们是平原,从来没有狼,但童年的记忆里,很多狼的传说缠绕我的记忆,狼把人吃掉,手指脚趾就是狼的点心。

那时,我总感到父亲在外面是要饭,总忘不掉父亲那戴着臃肿的棉帽子的沧桑。

就是这张沧桑的脸,在一个冬日归家,母亲站在低矮的门框前,虽然母亲和父亲的关系一直疙瘩,但作为支撑家的男人,她还是盼着他回来。我也牵着母亲的手,站在门框的边上,一个戴着棉帽子的人,推着一个木轮车近了,母亲一边抓住我,一边用手抹眼泪。待到那人走近,母亲说:你爹。然后就哭起来。

哭声,临近年关的哭声,让我跌入了无边的冰寒里,我也成了一个冰碴子,被生活硌出了血。

他们当时才是中年,但漫长的苦痛与苦熬,皱纹里的尘霜,愈发使他们渺小无助。

父亲先是笑着,后来也哭起来,一个男人在自己的屋檐下,望着冬日里的妻子与儿子。那时的景象烙在我的心上,院子里的槐树铸铁的枝干,如刺一样扎向苍茫。

父亲把铺盖卷扔到屋里的地上，年关的夜幕，就如一床硕大无朋的印花包袱一下子把我们的平原包裹了。

我还记得父亲遇到的一次凶险，父亲在土地上苦做，当时是在地里抗旱，生产队里派父亲去推水车，白天黑夜地推着水车长长的木柄。一天父亲实在太疲累，他的手没抓住，水车木柄的反作用使那木柄如横扫的兵器，一下子击中了父亲的太阳穴，他被打昏过去，垂死在机井的壁上。生产队负责查夜的人看到父亲卧在那里，就用脚踹，用脚踢，说：别偷懒，装死。父亲的血已经渗进泥土，土成了硬块，没有一个人站出来说句人道的话，父亲浑噩噩地站起来，又嗵的一声栽倒，后来，他跌跌撞撞摇晃着站起，又抱着水车的木柄吃力地推起。

所谓的物伤其类，那是建立在同情与悲悯的基础上，但乡间的冷漠与残忍，把最后的一丝温暖的伦理也践踏殆尽。深夜，姐姐用火柴点着劣质的烧酒，为父亲清理太阳穴附近的创面。第二天，父亲还是爬起来到地里出工。到了寒冬腊月，那是农民最难熬的时辰，要去黄河出河工，挖河或者加固大堤。那河里有冰，人跳进去，深的沟把人头都遮蔽，只有铁锨连着的土块被一次次抛出来。有时，铁锨上粘的土块如胶，无论多大的力气就是抛不下，或者是土块太重，父亲举到头顶抛不出，就石块一样砸下来。

天不明从河工的帐篷里跌撞着爬出，晚上踉跄着回到帐篷，鞋子里是冰，是血，成了铁鞋。即使是风雪天，父亲说那也得出河工。

每年河工上都有死人的事发生。

父亲说，人就像小鸡，扑棱一下翅膀，说完就完了！

在二十世纪七十年代中后期，为了一家老小糊口，父亲偷偷摸摸地弄些小麦面、一些棉籽油蓖麻油，找一个平底锅，在家里炸一种鲁西南平原称为“面泡”的吃食。面泡圆圆的，如陀螺的形状。出锅的面泡焦黄，外酥里嫩，那功夫主要是在和面摔面，这是一个力气活与技术活，小麦面沾水后很黏，要把面从口径三尺的斗盆里扯起，然后咣咣地摔下，重复上百次千次，直到那些面与空气完全接触，有了筋道。然后平底锅里的棉籽油、蓖麻油冒起了黑烟，母亲在灶下烧火，父亲就用筷子叨起面续到油锅里，那面团如气泡一样膨胀，在油锅里飘荡。

有时在夜晚悄悄用秫秸梃子制的筐装上炸好的面泡，端到街上去卖，有时那些饥饿的人会找上门。那些日子，就是靠这些违禁的小生意来勉强维持家的开销。

但有一次，父亲刚支上锅，锅里刚倒上油，母亲刚生上火，管理集市的被称为杨大篮子的人到了我家，他一脚踢翻了油锅，真佩服他的脚下功夫，竟然毫发无损。父亲被带走了，那一夜，母亲搂着我，在床上坐了一夜。无边的黑夜，四处的荒寒与死寂，我们母子枯坐如木偶。但命运的线牵在谁的手里，拨弄着我们全家？天地不仁，天地不语。生活快要窒息，年少的我，无尽的咳嗽在那黑夜。

第二天父亲被带到离家五里的一个修桥工地上办的学习班，接受劳役改造。

那桥建在满是芦苇的沙河上，我和姐姐就一天三顿为父亲送饭，用瓦罐盛着红薯粥、地瓜窝头、辣椒等，天天如是，周而复始。父亲在那里搬石头，光着脊梁，瘦矮的他愈发渺小。有时他蹲在那里用锤子敲石子，一下一下，重复乏味的劳动，作为投机倒把的惩罚。

那是夏天，一天三顿饭，都是姐姐提着瓦罐，我手里提着用土布围巾包着的窝头，姐弟两个走在早晨，走在正午，走在黄昏。好像太阳总是在头顶，照得我眼睛发黑，地下的土烫脚。

但是，令我铭刻终生的事像崩塌的桥墩一样，把父亲、姐姐、我一下子窒息了。正午的天空白花花地炽热地燃烧，我的头上、脖颈上的汗像虫子在咬，姐姐在系鞋带把瓦罐递给我，让我提一会儿。我不知怎地提着提着，觉得瓦罐的绳把我手勒得有点疼，想倒换一下手。谁知，瓦罐跌到地上。

瓦罐碎了，满满的面条子如蚯蚓全趴在地上。

姐姐惊呆了，这是母亲这一个月唯一的一次拿出家里的麦子面掺上一点地瓜面为父亲擀的面条，也是家里父亲炸面泡剩下的唯一一点白面，全家人都舍不得沾牙。

我还没从惊愕中醒来，姐姐一个巴掌拍到我的头上，然后就蹲在地上，从土里拣面条。

姐姐用衣裳襟兜着面条走向修桥的工地，我在太阳下啜泣。我觉得头顶的太阳很红，如父亲炸面泡的平底油锅。

修桥的工地上，一片片脊背躬凸在燃烧着的赤日之下。矮小的父亲走过来，拿着一顶草帽，他把姐姐衣襟上的面条倒在草帽的深处，走向一片水，用水淘洗面条里的土。

太阳很白，太阳很红，修桥的队长在喊：歇会儿，吃饭了！一夏天都是地瓜窝头，如橡皮一样涩又强韧的窝头折磨着父亲的胃，还有那些辣椒也在父亲的胃里围剿翻腾，父亲曾捎信给母亲说：这段时间一直烧心。于是母亲才狠心做了一次擀面条。

在回去的路上，姐姐问我还疼么？她用手抚摩着我的头，姐姐哭了，她的泪顺着她的脸颊流到胳膊上，然后从胳膊流到我的头上。

在今年的春节，下雪的时候，姐姐见到我，我问起给父亲送饭的事，姐姐一直后悔打我一巴掌。为保持一个农村孩子的尊严，为不再为了五斗米折腰卑躬屈膝，我只身漂泊来到南方，当时平原深处老家的人谁我也没告诉。姐姐是为外甥定亲的事来向我借钱，姐姐张口借钱也是很难的，姐姐说以后还，我说不必了，为了当年贫穷日子里挨的一记耳光。作为一个弄文者，我知道耳光的意义。但我甘愿接受来自姐姐的这一记耳光，它表达了在那种困难日子里粮食和白面的珍贵，更重要的是对父亲深挚的爱。

三

如果给父亲一个职业定位，父亲是一个挣扎在小面饭生意和种地之间的农民。他一生都是匆匆走在糊口的路上，他担当不起这样的伟词：商业和农业。但他却与这些相近：面食手艺和农作物。这些关键词贯穿他一生，再加上一个关键词：扫大街。父亲一生就如吊在悬崖上，随时都有被生活推下去的危险，为了糊口，他只能忍受。

丸子和凉粉代表父亲面饭手艺，在好多时候，父亲在夏天集市卖绿豆凉粉，冬季卖绿豆丸子。我家有个架车子，这种车的样式特殊，类似红车子的造型，改造成上面是木质的平面，后下方有个柜子，木独轮在平面下的前部。人在后面双手驾车，躬身前推。夏天冬天父亲把盛凉粉和丸子的簸箩和遮阳的棉布棚，条凳用绳子缚在上面。炒的酱、醋、蒜、芥末、香油、碗筷放在柜子里。

地排车、铁锨是父亲匍匐在大地的锁链，把他的命运紧紧地箍在泥土里，不得动弹。在苦难的日子里，虽然他曾到山西、安徽亳州做货郎，在河南的驻马店、平顶山一带用毛驴车拉货两年，但他大部分时间还是生活在山东鄄城县一个叫什集的小集镇的东街。我们姓石的在这个集市至少生活了500年，父亲曾给我讲从山西老鹳窝移民到这里的经历。父亲对在这个土地上生活过的祖先有一种肃穆的情怀。有一年的旧历年前，父亲请人画了一幅可以悬挂的族谱，上面一个一个格子里，写有先祖的名字。父亲告诉我他的爷爷我的曾祖父叫石松岚，原先只是口头说，这次看到族谱上的这三个字，我大吃一惊，作为一个农民有这样雅致的名字。父亲告诉我，他的曾祖母是识字的，是大户人家从山西逃难到这片地方，嫁给了当时三十多岁还是光棍的高祖。她曾要求后世的子孙要读书向学。

生命确实是很奇特的，家族的密码在神秘地传递。在苦难的世事年代里，我的爷爷曾上过几年私塾，能在乡间粗略为人记计算算，但为人耿直，好喝酒，不到五十即逝。母亲曾告诉我，爷爷在醉酒时豪气干云，用胳膊当棒槌捶打那些新割下的大豆梗，酒醒后，胳膊鲜血淋漓。

父亲也爱喝酒，晚年唯一温暖他的就是酒。

父亲在集头忙得往往是没有时间吃饭，二两酒往嘴里一赶，咕噜一声下肚。

我有时短暂替父亲照顾摊子，一般的程序是：父亲早早起床，先和镇子北街我称为二哥的马心胜——与父亲年龄仿佛的人，到街道上，用扫帚把大街清扫。

这是两个有点乞讨性质的人做的工作，马心胜，人们称为二傻子，有三个女儿外嫁，只有老两口过活。他和父亲就在集头上讨生活，打扫街道，然后人们在集市上摆摊，到中午时分，他们二人挨着摊子讨要卫生费，一般的都是二分或者五分。

父亲先扫完街道，然后开始把自己的凉粉或者丸子摊子支好，开始经营，到了半上午，就把摊子交给母亲看着，有时是哥哥有时是姐姐，有时是我。

是酒支撑着父亲？还是生存的压力？我一直想探究这深层的原因。应该说，父亲是终生匍匐在土地上跪着行进的卑微者，除非病在身上，那是承受生理畸变的磨难，当然也是生活磨难的延展。父亲晚年曾到我所在的学校，协助我妻子在校园卖炸面泡维持生计，那时我羞愧得无地自容。在别人眼里我曾是那片土地上很争气、很出息的儿子，但在刚刚踏上社会的那几年，由于妻子的农村户口，在学校里一直分不到房子，我住在一个逼仄狭小的筒子楼的末端，白天必须开楼道里的灯才能找到我的门。一间房子，住着我、妻子、儿子。一个人的工资，难以维持孩子的奶粉和孩子软骨症必需的药品。

父亲在我工作临近的刘庄找到熟人暂住，和我的妻子在学校炸面泡。当时父亲年近七十，如晚风中的秋叶。我无法在父亲的晚年让他过体面的生活，这是我内心的亏欠。是我不懂低身俯就，还是耿介的性子使然？为了自己的一点虚名，我跌跌撞撞地走在拖累父亲的路上。父亲劳碌了一辈子，到了晚年还因城里的我的穷困，躬身劳作。

父亲让我亲近书本，亲近文化，最终却难以过上好的体面的生活，越亲近书本,离老家人的期待越远。一个所谓的知识者,他能改变什么?什么又能被他改变?父亲对此思考过么?夜深的时候,我曾听到过他的叹息,是对我的失望,还是对我读的书的疑惑?

父亲还是在帮我,在他的晚年帮我度过那些难关。

我很少与父亲交流。在父亲去世前的夏天,我准备到北京大学读骨干教师班,我回到了老家。在夜间,我起来,坐在了父亲在东屋当门的床上。夏天天热,父亲是敞着门睡的。我只是默默地坐在他的床头,我们父子俩没有共同的话题,也许我走得太远,追求的那些虚幻的东西,是父亲不理解的。记得在童年的时候,在灯下,父亲曾给我用手指折叠出兔子的各种形状,如皮影。还有就是他的一个姓彭的老友,在冬夜常到我家来唱小曲。

也许我太专注于自己的所谓的文哲之学,对很多的事漫不经心,回到家,往往就是匆忙来去,这种轻慢,对世事轻慢,也轻慢了父亲母亲。

多的时候,都是父亲骑着自行车到城里来,然后妻子给父亲简单弄两个菜,拿一瓶酒,让他喝。

寂寞的暮年,父亲,我知道你沉溺在酒里。你和母亲关系不好,而哥哥姐姐也只是利用你。“爹,没有油了。”他们在集镇的打面机上打面没带钱了,赊人家的酒或者羊肉了,你就会拿出钱,替他们还账。

你好像是欠债似的欠着儿女,而他们和我一样,是压榨你是利用你。有的人,对族外没有血缘的人,和善亲昵,对自己的人却加倍地奴役。人的自私竟至于此。我知道,我们的兄弟姐妹都是吃过苦、穷怕了的人,或者吝啬小心,或者放纵进击。哥哥姐姐都是很烈的主儿,都是曾掂刀和刨地瓜用的铁器挥手刺向对他们凶狠的人。这是对你的奴性,一辈子被欺辱的反叛,但这种性格,有时就用到你的身上,这种亲情的反噬,让我悲愤。这都是敢于杀死自己父母的主儿,我不敢再往下想,冷汗淋漓。

父亲是弱小者,弱小到酒里逃避,弱小到用力气和劳作掩盖自己。

如论身体，你比母亲强何止百倍，母亲在生哥哥的时候坐下病根，卧床一年，哥哥被寄养到别处。后来母亲不能沾凉水，不能见冷气。

从没有见母亲在油灯下缝缝补补，而姐姐很小的时候，就开始拿起针线纳鞋底，下地干活，喂猪喂羊，跟着父亲拉地排车。父亲在家往往是做饭做菜，记得我初中一年的冬天，我去县城参加语文竞赛，骑自行车，天不明就要出发，父亲早早起来为我在灶下弄面条鸡蛋。我清晰记得，我曾吃到一块连着指甲的父亲的手指肚的肉，在高中写作文的时候，我曾写到这个细节。后来我忘记了，多年后，有一次和高中老师聚会，他提起这个细节，躺在他记忆二十年的细节，又唤醒了我。

是啊，如今父亲逝去二十年，一些细节却醒来了，特别是夜深，身体的骨头，浸泡骨头的血液，血液上漂浮的灵魂，这些都醒着。父亲在泥土里睡去了，我的思念彻夜地醒着，书本醒着，电脑醒着，通向家的路也醒着。

四

吃了多年的地瓜干，做了多年没日没夜的苦力，喝了多年劣质的酒，这些损害了父亲的内脏、他的血管、他的头颅，父亲去世十年后，母亲走了。是父亲等了母亲十年？还是母亲又在世间苦熬十年？母亲在我城里的家中去世，她曾表示不愿回老家安葬，但最后我违背了母亲的意愿。

我知道母亲最大的心结，是她认为父亲外面有相好的女人。早年，我曾隐约听到母亲怀疑父亲的一条裤子裆里的血迹，那是某次交媾留下的印记。

他们吵吵闹闹了几十年，两人在一起精神上是一种煎熬，在一起苦受。母亲敏感而刚烈，在她能活动的时候，也曾在集市上掂着一杆秤，为人称东西，收取少许的佣金。一毛两毛的，有时用来和几个老年的女人玩纸牌。

我现在一直压在心中的石头，是我放弃了对父亲的治疗么？那是1994年的元旦，我在北京大学，突然莫名其妙地高烧，当接到“父病危，速归”的电报时，我的高烧退了。坐一天一夜的汽车才赶到家，那时父亲中风躺在什集镇北头靠近沙河的乡镇医院里。

这是黄壤深处一家普通得不能再普通的乡镇医院，只是简陋的三排红砖的平房，萧萧的白杨，删繁就简地杵在那里，房子后面是无边的尚未割净的芦苇，一垛一垛的芦苇立在冬天的肃杀与寒霜里，沙河的呼啸更加让人压抑。

就是这条河，父亲被学习班罚劳役修桥的地方，那座桥还在，破败如残喘的瘦骨嶙峋的老牛。

在一年的秋季，父亲和我到县城送货。到了很晚，我们从县城放空车回来，躺在车厢里，我渐渐地睡着。

忽然，我被一阵此起彼伏的如雨一样的叫声惊醒。毫无来由的，骤然如幕布降落的声音，一下包围了我，堵塞了我。

那是无边的蛙声，在秋天的月夜。那时的我听到了揪心的生命力的嘶喊。也许，从小敏感的我，就关注一些农人不关注的东西。我感觉那些全是哭声，农人的哭，一声一声，我像听到了乡村瞎子拉弦子的那种哀哭的腔调。

我问父亲：蛙（曹濮平原方言：wai）子叫得像人哭。

父亲未置可否，他觉得我这个问题太荒唐，我觉得当时乡间的一切的声响都有一种哭腔，即使父亲和我说话。

父亲躺在当年我问他蛙子哭声的地方不远，那是寒冬的腊月，乡间医院没有暖气。在简易的病房里，使的是煤球炉子取暖，我穿着棉袄还是冷得牙骨打战。我守着我的父亲，看着不能言语的父亲，他的双眼包着泪。我用手抓着父亲失去知觉的手，一遍一遍揉着。外面寒风呼啸，我看着一别才半年的父亲，他已经躺在了床上，苍老了许多，干枯了许多，瘦矮的身子，越发像要萎缩的一株玉米或者一把干草，失去了水分，失去了露珠。

我这样枯坐着，守着父亲，守着父亲的吊瓶，守着无能为力，守着命运的一片狼藉与撞击。我想到夏夜的父亲，我坐在他的床头，那夜间，父子也沉默得如同两方未雕琢的石头，还记得最后父亲嘟哝一声：时候不早了，睡去吧。

已经失语的父亲，丧失了语言交流的父亲，但我知道，父亲的嗓子极亮，他在集市上吆喝“凉粉”或者“丸子”，在我所在不远的沙河都能听到，那声音达到的距离足有五里。

有时在土地里干活，曾听父亲唱起曹濮平原里的那些戏。我们这里的戏种多，特别是高调和梆子，那种悲越高亢，透着苍凉，最是男人的喜爱，我还记得一些戏词，比如《三子争父》里的那些词：

老天哪你为啥不睁睁眼，年老人怎经得这风雪旋？腹内无食气已短哪，身上衣薄人更寒哪呀！

想当初为养儿把心操烂，现如今我遭难谁来可怜哪！张辛勤我今年六十有半，一生来我勤耕耘血汗流干哪！

仔细想我没做过坏事半点，为什么到老来我遭此颠连哪？盼儿养老儿不孝，盼来了儿媳媳不贤哪，儿子赌博他不正干，儿媳她手懒她的嘴又馋哪呀！

每日里把我当奴仆使唤，五更天去捡柴日落回还哪。为儿受难我心甘情愿哪，儿媳她，摔锅扳碗是不耐烦。她骂我，你老不死，你讨人嫌。筋骨累断我汗流干，头发蒙，身打战，两眼发黑浑身瘫，腰又疼，腿又酸，扁担压得我脊骨弯，脖子肿我肩磨烂，满脸胡须我全白完哪，我把儿子恩养大，他们棍打鞭抽把我赶外边哪呀！

儿子见我黑丧着脸，儿媳见我把那白眼翻。河边拾银留祸患，他们夫妻赶我离家园。离家乡，寒来暑往一年半，沿街乞讨我到河南。春天天暖好讨饭，三九地冻我讨饭难。望远处白茫茫不见村店，走一步喘一喘我头晕目眩。望脚下积雪深来难分辨，分不清哪是沟来哪是川。颤嗦嗦呀，抱不住怀中的碗哪，我还要用你去讨饭，去讨饭哪！

我们这里的戏的曲调和词有着很深的草根性，但却透着这片土地的灵魂与哀痛。我还记得那沙河里的青蛙的哭腔，这里的戏剧也是这种腔调，无论男女，生旦净末丑，只要在舞台一站，或者水袖一甩，必定是长长的拖腔：苦啊啊啊啊……然后跟着的是脚步踉跄，戏台下的人，也跟着战栗、悲叹，甚至啜泣。这里的戏不高贵不华彩，但打动人。

父亲会很多的戏文，这和他从小做面饭生意有关，每次的庙会唱戏，就是平原人的精神的狂欢和吃喝的放纵，看戏的人里三层外三层，房上有，树上有，车上有，板凳上有，男的女的，也看戏也看人，看人兼顾看戏，戏也看人也看，就弄出很多的故事。父亲说每次的“灯戏”，总有大闺女和小媳妇跟人跑掉的事发生。

父亲唱《三子争父》，唱得悲凉，其实还有更苍悲的。记得有一次，我和父亲到一个打面机坊去，头天母亲把麦子用湿布清洗，让麦子还原成麦粒那种浅褐如土的质朴和圆满。

那是早晨，我和父亲把装麦子的麻袋搬上借来的毛驴和排子车，然后就坐在车上，驴子开步出村，那时候时光尚早，驴子踢踏踢踏碎在地上的声音很是忧伤。路上没收拾干净的一茎草叶或一穗麦子会粘在车辆上，草叶或麦穗轻轻地拨弄着车轮，发出很响的“刺棱刺棱”的声音。旷野里很寂静。父亲开始用苍悲的梆子腔调唱起来：

往前望白茫茫是沧州道。
往后看不见我的家门。

这是乡土版的《林冲发配》，那拖腔长得让人窒息，就如一根线从喉头撤出，无远弗届，无始无终，梆子腔的哭腔悲壮苍凉，悲壮压抑在坦荡的旷野上缓慢地爬行着，空气因哭调而浮漾，那雾也在啜泣浮荡。

雪纷纷洒酿难销解心头怨忿。
泪涟涟我再打望一下行路的人。

从父亲出村唱第一句的词时，我就吃惊地把头扭向父亲。父亲的脸的褶皱就如泥土，很木，没有表情，连眼睛也是如井口里的黑绿那样的茫然，就在这井口茫然中竟能有两个很亮的光点，那是早晨的太阳在父亲的两只眼中沉落，我紧盯着这两个光点，似乎感到某种安慰。父亲是一个在现实生活中没有话语权的人，我想在他唱梆子哭腔的时候，他大概把我，把驴车以及驴车驶进的原野也忘却了吧？那驴子的踏踏声，那麦子，那哭腔的回响声都与他无关。

有一年，是麦收过后，父亲的生日，我看到父亲请木匠，为他打制棺材(未死的时候，早早准备，称为寿材)。

还是朴素的柴门，父亲坐在一个竹椅子上，敞着怀，他的对面就是一个光着脊梁的木匠，他们正在喝茶。

那个木匠站起来，眯着眼朝我笑。他朝我走过来，站住，耳朵上夹着根画线的铅笔。我也感到了面熟，尴尬地笑着。他站在离我很近的地方，竟抻着脖子弯下腰凑到脸前来看我，而且，笑出声来！

我父亲也站起来，说，你同学，周庄的。想不起来啦？

这同学就定格在我一尺的地方，他的旁边是父亲，父亲的旁边是白茬子的棺材。父亲的暮年，白发，同学的青年却是中年的沧桑，皱纹，他们都在土地上刨食，是苦力，他和父亲幻化，农民的青年和老年，我却像一个农民的叛徒，离开土地，是他们的梦，还是他们的失落？多年的分离，小学的同学，在一白棺前见面，风尘风雪。

周广虎。我叫了一声。

白棺材,这是父亲最后的屋与床,还记得当年我和父亲坐在驴车上向打面机坊驶去的时候,父亲说在一天的夜里,他梦见了他的父亲在和他说话,父亲说这话很平静,但他听出了来自土地和地下的召唤,老家有这样的说法,梦到死去的亲人不可怕,怕的是死去的亲人与你说话,你应答。

在这个麦收过后的闲暇,父亲就让木匠为他打了这口棺材,这是桐木的棺材,父亲说等他咽了气,就把他装进去悄悄埋掉,就省了做儿子的许多事情。

我明白了,父亲不是为了他,而是为了我不用在他忙乱的后事上再为一口棺材奔奔波波。

我还记得那天早晨在打面机坊里,我感到困倦,我看到我们的麦子在钢铁的挤压下一点一点被咀嚼被粉化,变成没有性格没有性别的面粉。父亲已经离开了机声隆隆的磨坊,在院子里的石墩上蹲下,想吸一支烟。

这就是父亲。

我望着轰隆轰隆的磨坊,看到那些新鲜的带着琥珀色光芒的麦子在重浊的隆隆声中被粉碎了。我想到了那口棺木,父亲已经不行了,再往前紧走几步他就会躺在那口最后的床上,无声无息在泥土里像一穗麦子被粉碎,最后变成细碎的壤粒,再生出一茬茬的麦子,然后再收割、成熟、播种,被粉化。

这最后的屋与床,是父亲最后的栖息,是给他心灵温暖的地方。父亲早早地为自己置办一个家,这是他安居的地方。

五

父亲是一个命运的承受者,父亲最后中风躺在临近沙河的乡镇医院。无词无言，有几次他用尚能动的一只手去拔输液器。那个时候我第一次发现父亲的脸颊有泪坠落。那泪是混浊的、悲凉的，它缓慢地从父亲深陷的眼窝里努力地渗出来，慢慢积聚在眼角，然后再被土地的引力拉下，然后无声。

那些夜里，天天风的呼啸从沙河的河道扑来，每次都似乎觉得父亲焦躁，他想起来么？想走到窗前看看外面的风中的河道，他曾被罚劳役的地方？那风，我听出了哭声。

看着眼前这个躺在病床上的人，曾在冬天天不明的时候，早起在风中出门捡取枯枝，用来取暖做饭的人，现在病痛让他如一盘石磨一动不动，父亲他失语五天，我才赶往故乡的。

当父亲病倒了，母亲告诉我，父亲准备好了一身新衣服，说到春节见客人用，我仔细地审视着病床上的父亲，一张完整陌生的面孔撞击着我，他的假牙被拿掉了，他的鼻梁和嘴巴由于中风都有些变形……胡须很长，眼仁晕浊，才数月的分离，生活和命运已改变了他的模样。

这是我最亲近的父亲？

"爹啊！"我用眼睛盯着他的眼睛，父子的眼里都包着泪。

父亲不能言语，他眼里有水，泪水连着有哭声的河吗？病房的后边就是那条沙河，满是冰凌的河上，有残破的芦苇。

这是一所乡间的医院，几排房屋，荒草没径，房子的这头住着父亲，房子的那头住着一个产妇，在夜里，我看见产妇房间里透出的朦红的光和哭声，觉出生死竟是这般近，只有十米抑或五米了。

父亲的气息一天微弱过一天，在一个夜里，二舅来了，来陪父亲。二舅年少时曾在我家寄住读书，和父亲很亲，晚年的时候，常聚在一起喝酒。到了夜深，二舅出去了，一会儿他带来一瓶酒和一包花生米，在寒冷的医院，我陪二舅喝酒，最后两人都醉了，二舅才说出：

"傻孩子，你爹的病看不好，别往里扔钱了，那是无底洞。"

我满眼是泪，按着老家的规矩，在大舅二舅的主持下，曾当着父母的面,确定母亲的晚年主要由哥哥负担,而父亲则由我负担。父亲病倒医院,哥哥姐姐不出一分钱,只是伺候。当时我的工资每月不到百元,而每天的医疗费用都是数百。连续多日的用药,父亲的病情未见好转。

二舅说:“把你父亲弄到家里,我们不断药,慢慢调养,那样人都不受罪。”

二舅是读书人,他的道理我懂,一辈一辈人,如新陈代谢,四季循环,概莫能外。

听到二舅的言语,我们甥舅二人抱头痛哭,我们心里明白,父亲从医院走出的那天,就离死亡又近了一步。

我像看到了父亲早早预备好的那具白棺,那最后的父亲的老屋,那屋子会被泥土吃掉,覆盖。父子一场就是这样的聚合与分离吗?当生离死别来到的时候,你的挣扎往往只是徒劳,该走的走,该来的来。所有的落叶,也只是无穷的落叶的再版,所有的芳枝与繁花,也只是那些前辈 DNA 的翻版。二舅说出了一个吃惊的事实:分别到了。你无法阻止。不管你愿意不愿意,你追不上,也追不回。

我无法接受这不必追、也追不回的事实。

我抱着瘦小的二舅,曾在年少的时候,和父亲共同生活多年的二舅,他喊着一声“姐夫,我当家了。明天,咱们回家!”

我走到床前去看父亲。这是萎缩的父亲,他望着我们,我们望着他,他的手动了动,是想用手擦眼睛?我扑到父亲面前,只叫了一声“爹”就哭起来。

在寒冬无望的更深的夜幕中,二舅的哭声使人心碎。我的哭,二舅的哭,父亲无声的哭,在夜里飘散,在沙河的河道飘散。

但我的心此时却变得如石头坚硬,生活让我滋生了反抗,我们都必得承受生活给予的打击?那些好的医疗,那些好的服务,我的父亲享受不到。他被所谓的公私合营的允诺所套住,在青壮的时代,把力气手艺和财产奉献出去,后来又被裁下,没有说法,没有补偿。我看到和我父亲一起公私合营的未被裁下的那些人，享受着退休、享受着医疗和儿女顶替，这个世界的冷酷让我有一种想报复的冲动。父亲没有思想，没有主见，别人规定他，他只有接受和适应，但他的儿女却不，他们心里都有很盛的火，可以把一些冷漠和无耻，烧个粉碎。愤怒滋生，那是力量。我不信，被奴役的基因不会突变和消亡，世界，你瞧着办。

那年我二十九岁。没有了父亲，再没有人为你提醒一些事情，其实我们有时并非想听父亲的那些老掉牙的陈年旧事，只是想坐下来，靠父亲近一点，看他喝酒，看他一仰脖酒就嗞的一声下肚的那种样子。在二十九岁的时候，我失去了父亲，而在他死去二十年的时候，他在我的记忆里，也快要走失掉了。

父亲是在临近年关的腊月二十五走的，那是午后，那天是我们什集的大集，他是等我们在集市上置办了他后事的所有的东西才走的。

在家里偷偷放了两天，在夜里，我们偷偷把父亲下葬。当棺材扣要扣上的时候，我给父亲在棺材里放了两瓶酒。

后来，父亲的那件羊皮袄被姐姐要了，我只要了父亲喝酒的咂壶，作为一个念想。

埋葬父亲的时候，我走在冰冻的泥路上，感到像有光牵引。父亲贴着爷爷和我大爷，前面还有很多的空地，是留给我们的。

我知道，父亲的晚年好像在准备着一场死，但如何死，却不是他能预料的，他没有留下一句话，如土地一样沉默，沉默如土地。

没有了父亲，在亲情上，我将孤独前行，那年我二十九，过年即为三十，三十的骨骼开始强壮脊骨开始挺立，钙质大于流质，血中的盐分大于水分，内在的坚韧大于冲动。我将适应没有父亲的日子，也会慢慢靠近父亲，就如那酒，我也模仿父亲，一直曾喝到胃大出血抢救方止。

孤独的人生，有什么东西能亲近你？我理解了父亲，唯有酒，虽然，喝酒喝到我鼻子出血。有时在课堂，讲到慷慨激昂处就热血涌顶，鼻血如注。我还记得，在我去北大进修的前一年的冬天，竟不知何故得了鼻衄,鼻孔常常流血如注,四处求医问药也未能奏效。一日,父亲从乡下到城里看我的儿子,他的孙子。他说在家躺在床上,总睡不着觉,眼睁睁地总听见我儿子的声音一遍遍奶声奶气热热地唤他,从一家的房檐,滚到另一家房檐。看到我流鼻血,父亲讲,他年轻的时候鼻子也常常流血,后来煎点茅根水喝下,就康康宁宁地不再流了。

父亲说这话时透着一种来自土地的生存的毋庸置疑。

父亲走了,吃过午饭看看孙子就搭车回去了。而我仍坚持在寒冬的城里的中医院西医院一遍遍地穿梭:抽血,验血,听诊,会诊。那些日子夜里常常失眠,常常看到老家的讲台、楝树、碾盘,常常听见搓苞谷的声音传来,一声一声,像老牛迟钝的牙齿在反复咀嚼。

天亮了,又是一晌一晌地上班下班,反反复复地打发着病了的岁月。单位里的同事结婚宴酒请客,碍于情面,我抱着病体踏车前往。还未走出单位,就看见了父亲。已七十岁的父亲,戴着褐色的农村老头常戴的羊毛制成的棉帽,摇摇晃晃地走来。

可等我归来的时候,父亲就要走了,由于住房的紧缺,父亲不在我这里过夜,匆匆而来匆匆而去。每次到来,他总提着些花生或是弄些玉米棒子,鼓鼓胀胀的一包。当父亲打开他那破旧的提包时,我觉得亲情一下子从包里溢了出来,包容了我,吞噬了我。我还没有离开那片印满我父兄脚印手印、哭声和鼾声的土地,我还能时时触摸着他的体香和他的收获。

我用自行车把父亲送到了车站,在去车站的路上,瘦小的父亲坐在我的自行车后座上,一遍一遍地叮嘱我:鼻子出血,以后少喝点酒,要照顾好儿子……

从车站回到家中,妻说父亲捎来了茅根。我见一张报纸裹了圆圆团团的一堆放在那里。那是一张《大众日报》。我知道,村中只有一份本省的报纸,在我的一个堂兄家。

晚上,就着灯光我坐在炉前,看着砂锅煎沸着一条条从乡下河坡沟地里淘来的茅根……

从藏在平原褶皱里的乡间小站下汽车后,我知道,父亲还要步行二三里的路程才能到家,在冬日里的寒冷薄暮中,父亲摇摇晃晃地走着。空旷无垠的荒野上,黄土的道路蜿蜒曲折,一位孤独的老人,渐渐融进那片暮霭中……

在送父亲去车站的路上,我才得知前些日子,父亲因雪天路滑跌了一跤,手指红肿疼痛,可他还是坚持着在河坡里刨了茅根送到城里。看着那包茅根,我什么也说不出,只觉眼前像有一轴画幅挂在那里。雪天里,年已七十的父亲,在河坡里扒出一片一片的空地,一件棉袄,一顶帽子,父亲躬身大地,就如他拉着地排车在爬坡的时候一样。是啊,父亲推架子车,拉地排车,都是躬身向下的,好像向土地鞠躬。鞠躬大地的父亲,他一下一下甩着抓钩为儿子刨着煎药的茅根,露出的松软黄壤上,茅草一片金黄……

父亲去世二十年了,他的哥哥比他还早十二年,也许他们弟兄两个会在土地下叙话喝酒, 一堆白骨在劝另一堆白骨:"你小, 你少喝点!"然后是土地的沉默,土地已平静地接受了死亡。这片土地见过太多的死,死于饥寒,死于天花,死于奸杀,死于溺毙,死于血崩,死于断路……父亲一辈子被奴役,被压榨,他的权利就是承受,他以懦弱安身,对普通的百姓来说,懦弱也是一种权利,他们谈不上有尊严的生,也谈不上有尊严的死。

父亲殇时年过了七十,但我想活得年长就好吗?他又多受了那么多的煎熬啊。我还记得,埋葬父亲的时候,是用地排车拉着他的棺木,在硬邦邦的路上, 我和哥哥跪拜那些要抬棺下葬的人:"大家轻点轻点,慢一点,他很少睡觉,让他睡吧……"

粉丝与知音

◎ 余光中(中国台湾)

一

大陆与台湾、内地与香港的交流日频,中文的新词也就日益增多。台湾的“作秀”、香港的“埋单”、大陆的“打的”,早已各地流行。这种新生的俚语,在台湾的报刊最近十分活跃,甚至会上大号标题。其中有些相当伧俗,例如“凸槌”“吐槽”“劈腿”“嘿咻”等等,忽然到处可见,而尤其不堪的,当推“轰趴”,其实是从英文 home party 译音过来,恶形恶状,实在令人不快。当然也有比较可喜的,例如“粉丝”。

“粉丝”来自英文的 fans,许多英汉双解辞典,包括牛津与朗文两家,迄今仍都译成“迷”;实际搭配使用的例子则有“戏迷”“球迷”“张迷”“金迷”等等。“粉丝”跟“迷”还是不同:“粉丝”只能对人,不能对物,你不能说“他是桥牌的粉丝”或“他是狗的粉丝”。

Fan 之为字,源出 fanatic,乃其缩写,但经瘦身之后,脱胎换骨,变得轻灵多了。Fanatic 本来也有恋物羡人之意, 但其另一含义却是极端分子、狂热信徒、死忠党人。《牛津当代英语高阶辞典》(*Oxford Advanced Learner's Dictionary of Current English*) 第七版为此一含义的 fanatic 所下的定义是:a person of extreme or dangerous opinions,想想有多可怕!

但是蜕去毒尾的fan字，只令人感到亲切可爱。更可爱的是，当初把它译成“粉丝”的人，福至心灵，神来之笔竟把复数一并带了过来，好用多了。单用“粉”字，不但突兀，而且表现不出那种从者如云纷至沓来的声势。“粉丝”当然是多数，只有三五人甚至三五十人，怎能叫作fans？对偶像当然是说“我是你的粉丝”，怎么能说“我是你的粉”呢？粉，极言其细而轻，积少成多，飘忽无定。丝，极言其虽细却长，纠缠而善攀附，所以治丝益棼，欲理还乱。

这种狂热的崇拜者，以前泛称为“迷”，大陆叫作“追星族”，嬉皮时代把追随著名歌手或乐队的少女叫作“跟班癖”(groupie)，西方社会叫作“猎狮者”(lion hunter)。这些名称都不如“粉丝”轻灵有趣。至于“忠实的读者”或“忠实的听众”，也嫌太文，太重，太正式。

粉丝之为族群，有缝必钻，无孔不入，四方漂浮，一时啸聚，闻风而至，风过而沉。这现象古已有之，于今尤烈。宋玉《对楚王问》曰：“客有歌于郢中者，其始曰‘下里’‘巴人’，国中属而和者数千人……其为‘阳春’、‘白雪’，国中属而和者数十人。”究竟要吸引多少人，才能称粉丝呢？学者与作家，能号召几百甚至上千听众，就算拥有粉丝了。若是艺人，至少得吸引成千上万才行。现代的媒体传播，既快又广，现场的科技设备也不愁地大人多，演艺高手从帕瓦罗蒂到猫王，轻易就能将一座体育场填满人潮。1969年纽约州伍德斯塔克三天三夜的露天摇滚乐演唱会，吸引了四十五万的青年，这纪录至今未破。另一方面，诗人演讲也未可小觑：艾略特在明尼苏达大学演讲，听众逾一万三千人；弗罗斯特晚年也不缺粉丝，我在爱荷华大学听他诵诗，那场听众就有两千。

二

与粉丝相对的，是知音。粉丝，是为成名锦上添花；知音，是为寂寞雪中送炭。杜甫尽管说过“文章千古事，得失寸心知。”但真有知音出现,来肯定自己的价值,这寂寞的寸心还是欣慰的。其实如果知音寥寥,甚至迟迟不见,寸心的自信仍不免会动摇。所谓知音,其实就是“未来的回声”,预支晚年的甚至身后的掌声。凡·高去世前一个多月写信告诉妹妹维尔敏娜,说他为嘉舍大夫画的像“悲哀而温柔,却又明确而敏捷——许多人像原该如此画的。也许百年之后会有人为之哀伤”。画家寸心自知,他画了一张好画,但好到什么程度呢,因为没有知音来肯定、印证,只好寄望于百年之后了。“也许百年之后会有人……”语气真是太自谦了。《嘉舍大夫》当然是一幅传世的杰作,后代的艺术史家、评论家、观众、拍卖场都十分肯定。凡·高生前只有两个知音:弟弟西奥与评论家奥里叶,死后的十年里只有一个:弟媳妇乔安娜。高更虽然是他的老友,本身还是一位大画家,却未能真正认定凡·高的天才。

知音出现,多在天才成名之前。叔本华的母亲是畅销小说家,母子两人很不和谐,但歌德一早就告诉做母亲的,说她的孩子有一天会名满天下。歌德的预言要等很久才会兑现:寂寞的叔本华要等到六十六岁,才收到华格纳寄给他的歌剧《尼伯龙根的指环》,附言中说对他的音乐见解十分欣赏。

美国文坛的宗师埃默森收到惠特曼寄赠的初版《草叶集》,回信说:“你的思想自由而勇敢,使我向你欢呼……在你书中我发现题材的处理很大胆,这种手法令人欣慰,也只有广阔的感受能启示这种手法。我祝贺你,在你伟大事业的开端。”那时惠特曼才三十六岁,颇受论者攻击。苏轼考礼部进士,才二十一岁,欧阳修阅他的《刑赏忠厚之至论》,十分欣赏,竟对梅圣俞说:“老夫当避此人,放出一头地。”众多举子听了此话,哗然不服,日久才释然。

有些知音,要等天才死后才出现。莎士比亚死后七年,生前与他争雄而且不免加贬的班琼森,写了一首长诗悼念他,肯定他是英国之宝:“全欧洲的剧坛都应加致敬/他不仅流行一时,而应传之百世!”又过了七年,另一位大诗人米尔顿,在他最早的一首诗《莎士比亚赞》中,断言莎翁的诗句可比神谕(those Delphic lines)，而后人对他的崇敬，令帝王的陵寝也相形逊色。今人视莎士比亚之伟大为理所当然，其实当时盖棺也未必论定，尚待一代代文人学者的肯定，尤其是知音如班琼森与米尔顿之类的推崇，才能完成“超凡入圣”(canonization)的封典。有时候这种封典要等上几百年才举行，例如邓约翰的地位，自十七世纪以来一直毁誉参半，欲褒还贬，要等艾略特出现才找到他真正的知音。

此地我必须特别提出夏志清来，说明知音之可贵，不但在于慧眼独具，能看出天才，而且在于胆识过人，敢畅言所见。四十五年前，夏志清所著《中国现代小说史》在美国出版，钱钟书与张爱玲赫然各成一章，和鲁迅、茅盾分庭抗礼，令读者耳目一新。文坛的旧观，一直认为钱钟书不过是学府中人，偶涉创作，既非左派肯定的“进步”作家，也非现代派标榜的“前卫”新锐；张爱玲更沾不上什么“进步”或“前卫”，只是上海洋场一位言情小说作者而已。夏志清不但看出钱钟书、张爱玲，还有沈从文在“主流”以外的独创成就，更要在四十年前美国评论界“左”倾成风的逆境里，毫不含糊地把他的见解昭告世界，真是智勇并兼。真正的文学史，就是这些知音写出来的。有知音一锤定音，不愁没有粉丝，缤纷的粉丝啊，蝴蝶一般地飞来。

知音与粉丝都可爱，但不易兼得。一位艺术家要能深入浅出，雅俗共赏，才能兼有这两种人。如果他的艺术太雅，他可能赢得少数知音，却难吸引芸芸粉丝。如果他的艺术偏俗，则吸引粉丝之余，恐怕赢不了什么知音吧？知音多高士，具自尊，粉丝拥挤甚至尖叫的地方知音是不会去的。知音总是独来独往，欣然会心，掩卷默想，甚至隔代低首，对碑沉吟。知音的信念来自深刻的体会，充分的了解。知音与天才的关系有如信徒与神，并不需要“现场”，因为寸心就是神殿。

粉丝则不然。这种高速流动的族群必须有一个现场，更因人多而激动，拥挤而歇斯底里，群情不断加温，只待偶像忽然出现而达于沸腾。所以我曾将 teenager 译为“听爱挤”。粉丝对偶像的崇拜常因亲近无门而演为"恋物癖",表现于签名、握手、合影,甚至索取、夺取"及身"的纪念品。披头士的粉丝曾分撕披头士的床单留念;汤姆·琼斯的现场听众更送上手绢给他拭汗,并即将汗湿的手绢收回珍藏。据说小提琴神手帕格尼尼的听众,也曾伸手去探摸他的躯体,求证他是否真如传说所云,乃魔鬼化身。其实即便是宗教,本应超越速朽的肉身,也不能全然摆脱"圣骸"(sacred relics)的崇拜。佛教的佛骨与舍利子,基督的圣杯,都是例子,东正教的圣像更是一门学问。

"知音"一词始于春秋:楚国的俞伯牙善于弹琴,唯有知己钟子期知道他意在高山抑或流水。子期死后,伯牙恨世无知音,乃碎琴绝弦,终身不再操鼓。孔子对音乐非常讲究,曾告诫颜回说,郑声淫,不可听,应该听舜制的舞曲韶。可是《论语》又说:"子在齐闻韶,三月不知肉味,曰:'不图为乐之至于斯也!'"这么看来,孔子真可谓知音了,但是竟然三月不知肉味,岂不成了香港人所说的"发烧友"了?孔子或许是最早的粉丝吧。今日的乐迷粉丝,不妨引圣人为知音,去翻翻《论语》第七章《述而》吧。

不惜歌者苦,
但伤知音稀。

粉丝已经够多了,且待更多的知音。

作家视野

当你把自己交给神的时候,不要给神说你的风暴有多大,你应该给风暴说你的神有多大。

写作谈

◎ 贾平凹

现在的文学被边缘化了，许多人都在怀念上个世纪八十年代，那时候一个短篇小说可以全民阅读，一个作家可以一夜爆红。那时的文学有太多的新闻元素，如今媒体的高度发达，新闻完全地从文学中剥离，文学成了纯粹的文学。整个社会不再热衷文学，这是正常的，它毕竟是人类中最敏感的一小部分人最敏感的活动。

这个时代是非常传奇，非常诡异的。我经常坐在我家窗前发呆，有时看着外边的街道，那一座一座高楼，楼上的广告和门牌，路两边的草木，来来往往的人，人都穿着各种颜色的衣服，我突然想到那些盲人是看不到这些的，而我却看到了，就感到新鲜和惊奇。我做饭的时候，水龙头一拧水就流出来了，一按煤气灶上的键，火就燃烧了，我想到我小时怎样在家里挑水，下雨下得路那么滑，挑半桶水回来是那么不容易，尤其做饭要烧柴，柴是要到三十里外的高山上去砍，砍了要用背篓背回来，便觉得如今水这么方便火这么方便，就十分快乐。但是，有时看到我的孩子、邻居和一些朋友，他们整天在说减肥，不吃或少吃主食，只吃蔬菜，只吃水果和各种各样的营养品。我就想，他们是靠什么长大的呢，就是吃主食长大的呀，人类生存的主食就是大米和面粉呀，如果长大了，要追求美呀，就只是蔬菜水果和各种补品吗，那能美吗，能健康吗,如果人都长得像一朵花,上帝造人还有什么意义呢?这个时候,我就想到了文学。当今的文学似乎也是这样。当今的文学被边缘化,除了上边我谈的原因外,是文学本身也有了问题。我们现在的文学太精巧,太华丽,像清代的景泰蓝,而中外文学史上的那些经典作品,有些可能很简单,有些可能很粗糙,但它们有筋骨,有气势,有力量。文学最基本的东西是写什么和怎么写,写什么关乎胆识和趣味,怎么写关乎聪明和技巧。两者都重要,轮番反复,像按水中的葫芦,过一阵强调这个,过一阵强调那个。而目前,当社会在追逐权力和金钱,在消费在娱乐,矛盾激化,问题成堆,如陈年的蜘蛛网,动哪儿都往下掉灰尘,我们在强调怎么写的时候更要强调写什么。

文学是边缘化了,但并不是有些人担心文学要消亡了,实际情况是爱好文学的人越来越多,各地都有不同层次的文学活动和规模大小不一的文学讲堂。因为文学是人与生俱来的东西,这和人的各种欲望一样,你吃饭,上顿吃了下顿还要吃,昨天吃了,今天还要吃,从来没有厌烦。至于从事文学的人,写作的人,他能不能写出作品,能不能写出好的作品,那又是另外一回事。正因为文学是与人生之俱来的,每个人都有潜质的本能,它的成功与否,区别只在于这种潜质和本能的大或者小,以及后天环境和修养的优劣。我曾经到过一个地方,见院子里有一堆土,那堆土实际上就是翻修房子时拆下来的旧墙,在院子堆着还没有搬出去。但下了一场雨后,这土上长出了许多嫩芽,一开始这些嫩芽的形状几乎是一模一样的,一样的颜色,却长出了两片叶瓣,当这些嫩芽长到四指高的时候,就分辨出了一些是草苗,一些是菜苗,一些是树苗。它们在发芽时可能都有雄心勃勃要往上长,实际上只有树苗可以长高。但是看到那堆土上的嫩芽子,我心里很悲哀,因为这些嫩芽子长出来了,即便你是树的嫩苗,可这堆土主人很快就要把它搬走了。所以说一棵树要长起来,长高长大,一方面取决于它的品种,一方面还要取决于生长的环境。文学何尝也不是这样呢?

记得四十年前,我刚二十岁出头,在西安我们有一伙人,都狂热文学,都是业余的,组成一个文学社团,我给起了个名叫“群木文学社”,意思是一棵树生长容易长歪,长不高,一群树木一块长,拥拥挤挤了就都会往上长。现在陕西的好多著名作家,当时都是这个“群木社”的。我们那时条件很差,热情极高,不谋算在单位当科长、处长呀,也不去找女朋友谈恋爱呀,就是一有空就谈文学,写东西,如小母鸡才会生蛋,焦躁不安,叫声连天,下出来的都是小蛋,蛋皮上还带着血。从那时想,一路走到今天,回想起来,有喜悦有悲苦,写出了作品始如莲开放一样的喜悦,遇到了挫败是那样的悲苦,这悲苦又是给人说不出来。上帝造人并不想让人进步太快,当父亲从一、二、三慢慢学起到了什么知识都有了,父亲死了,儿子并不是从父亲的现有知识上进步,而又是从一、二、三慢慢学起。人的一生太短了,根本做不了多少事,即便像我一直从事文学,我也是一路摸着石头过河,才稍稍知道些小说该怎么写,散文该怎么写了,我就老了,没有了以往的精力和激情。所以,我在西安带研究生,给他们一般不讲具体的东西,只将大而化之,比如怎么扩大自己的思维,怎么维持自己的思考,怎么建立自己对世界的看法,怎样改造建设自己的文学观。我觉得这些是根茎,是需要整个儿来把握的。别的,都需要自己在写作中逐步体会。讲文学如同讲禅宗,有些东西是讲不出来的,一讲出来就错了。人走路就是这样,本来人只要是人,生下来自己就慢慢会走路了,如果给他讲怎么迈出左腿的时候再甩开右胳膊,然后把左腿收回又收回右胳膊,把右腿迈出去再甩开左胳膊,三说两说他就不会走路了。文学写作严格来讲是最没有辅导性的。

我一直认为文学是一个作家给一部分人写的,你一个人写作不可能让大家都来认可。有人爱吃川菜,有人爱吃粤菜,我是吃素的,我承认肉是好东西,但我就是不吃。读书也是这样,初中一年级时,“文化大革命”开始了,学校里人跑完了,我和另外两个同学从图书室的借书口钻进去偷书,里边很黑,书堆了一地,一人摸了一本出来,一本是《鲁迅杂文》，一本是《红楼梦》上册，一本是《矿山风雷》，我读《红楼梦》就有感觉，能想着书里那些人、事，而《矿山风雷》就读不进去，你说是我没矿山的生活经历吧，可我更没有类似大观园的生活经历呀。作家是各人的路数不一样，或者说品种不一样，萝卜就是萝卜，萝卜长不成白菜，狗是吃肉的它不下蛋，鸡吃菜叶子沙子却下蛋，你不让它下它就憋得不行。别人问过我，什么是故乡，我说，故乡是以父母的存在而存在的。父母在哪儿，哪儿就是故乡，父母去世了，就很少和永远不回去了。那么作家呢，作家是以作品而活着。大多数的作家都不是社会活动家和演说家，如果你太能活动，太能讲话，古语中说，目妄者，叶障之，口锐者，天钝之。就是说你目空一切，啥也看不惯，天降一片树叶子盖了你的眼，你伶牙俐齿，尖酸刻薄，上帝就让你哑巴。今天让我来讲文学，我实在是作难，文学方面的事情太多太多，有些问题我自己这辈子搞不懂、搞不清。我常感叹，我拿了个碗到瀑布下来接水，瀑布下来的水量特别大，但是用碗接不了很多水的，最多是接一碗水。我来讲，就讲一些我曾经困惑过，而在之后自己的写作中的一些体会吧。

每个人开始写作的时候都是看了某一部作品产生了自己写作的欲望，不知道大家是不是这样，起码我是这样完全是爱好和兴趣，只是写作时间久了，写到一定程度了，你才产生责任感，或者使命感，你才会发现文学的坐标其实一直都在那里。一个省有一个省的坐标，一个国家有一个国家的坐标，国际有国际的坐标，你才明白它并不容易。这如男女谈恋爱结婚，过日子是一样的。我们学习中外那些名著，敬仰那些大作家。文学是起起浮浮的历史，一种观念一种写法兴起，从兴起走向没落，这时候必然就有人出来有了新的观念新的写法，这些人就是开宗立派，就是大作家。我们要探究的，是这些人在想了些什么，做了些什么，怎么就有了这些想法，怎么就能有了这些做法。或许这是一种天意，上天在每一个时期都会派些人下来指导人类的，这如同盖房子一样，必须要有几个柱子几个梁的。我们不可能是柱是梁，但我们要思索柱和梁的事,起码得有这种想法,我说这个意思就是写作一定要扩大思路,要明白文学是什么,作为你个人来讲,你要的是什么,你能要到什么。

我年轻时常常疑惑,我在写作上下这么大功夫,最后能不能成功呢?当时所谓的成功,就是出几本书,能写出起码别人认可、自己还得意的作品。我自己不知道,请教了好多编辑,但没有人能知道你能写下去或者是写不下去,后来我有了一种想法,就是能不能把事情搞成,自己应该有一种感觉,这种感觉就像吃饭一样,你去做客,人家给你盛了一大碗饭,你肯定能感觉到自己能不能把它吃完,能吃完就端起来吃,吃不完就拨出去一半,只有那傻子本来只能吃半碗却端起来就吃,结果剩下半碗。

学习经典名著,学习大作家,研究人家的思维,研究人家的观念,就要思考你对这个世界是什么看法,你对社会是什么看法,你对生命是怎么体会的,在这个基础上你才能建立起自己的文学观。没有自己的文学观,人云亦云,随波逐流,你的写作必然没灵魂,必然没色彩和声音。能有自己的文学观,其实也是一种能量的表现,文学最后比的是人的能量。就拿题材来说,我为什么要写这部小说,为什么要写这篇散文,为什么对这个题材、内容感兴趣呢?题材的选择也就是你的兴趣和能量的表现。一个作家能量小的时候你得去找题材,看哪些题材好,适合于你写。一个作家能量大了之后,题材就会来找你。我三四十岁时常常觉得没啥可写,不知道该写些啥,我为此和许多朋友交流。我一般和文学圈里的人交流不多,我美术界的朋友多,我文学上的许多东西都得益于美术。当我和美术界朋友交流时,他们也说常常觉得没什么要画的,但有些画家是不知道要画什么,还是每天去画,有些画家说,常画常不新。我后来明白这种状况就叫没感觉,一旦没感觉就歇下来等着灵感来。创作灵感是一个很神秘的东西,它要不来就不来,要来的话,你坐着等它就来了。这像我搞收藏,常常是今天收藏了一个这样图案的罐子,或这样形状的一件石雕,过几个月后另一个差不多的图案和形状的罐子、石雕就又收藏到了。在选材的时候,不要你看到了、听到了或者经历了一个什么故事,这故事把你兴趣勾起来了你就去写,起码出现这个情况的时候一定要琢磨这个故事有没有意义,表达的是你个人的意识还是集体的意识,这一点非常重要。选材之前首先要看你的故事里传达的是个人的意识还是集体的意识,即便是集体意识,而在这集体意识里面你的意识的独特性又是什么?一车人去旅游,到了九十点钟,你让司机停车去吃饭,大家肯定不同意停车去吃饭,因为大家都不饿。但十二点了,你肚子饥了,大家肚子都饥了,你让司机停车吃饭,大家都会响应和支持你。你在写一个人的故事时,这个人的命运发展与社会发展在某一点交叉,个人的命运和社会的时代的命运在某一点契合交集了,你把这一点写出来,那么你虽然写的是个人的故事,而你也就写出了社会的时代的故事。这像一朵花,这花是你种的,种在路边,可以说这朵花是属于你个人的,但它超乎了你个人,因为在你能闻到这花的芳香的同时,每一个路过的人也都闻到了这朵花的芳香。

同感在选材的过程中特别重要,而在选材中能选择出这种具有同感的题材,就需要你十分关注你所处的社会,了解它,深究它。好多事情你往大里看,好多事情你又往小里看。把国际上的事情当你村里的事情来看,把国家的事情当作你家的事来看。建立你对这个社会的敏感性,新鲜性。你对社会一直特别关注,有了一种敏感度,逐渐地,它的发展趋势你就相对有一定的把握了。能把握这种趋向,你的作品就有了一定的前瞻性,作品能有张力,与现实有一种紧张感,同时作品能对社会的人们有一种前瞻性,这样的作品就不会差到哪里去。这种自觉一旦成了习惯,你必然就能找到你的题材,题材也会向你找来。你是个钉鞋的,走到哪儿,你注意的是别人的脚,你是理发的,肯定只看头。我们常说神气,干任何事情干久了,神就上了身。我有个小学同学,后来成了我们村的阴阳先生,村里婚嫁丧葬,盖房安灶,全是他看穴位和日期,凡是按他看的穴位和日期办了,一切平顺,凡是不按他看的穴位和日期来办,就都出事。他文化水平并不高,对《易经》也不是很精通,他为啥那么厉害,就是这项工作干久了,神气就附了体。写作也常有这种现象,你如果变成一块磁铁,钉子呀,螺丝帽呀,铁丝棍儿都往你身边来。当然对磁铁来说,木头呀,石头呀对它就没有吸引力。

从某种角度讲,文学是记忆的,而生活是关系的。文学在叙述它的记忆的时候,表达的是生活,就是记忆的那些生活。那么就是说,你写生活也就是写关系,写人和自然的关系,写人和物的关系,写人和人的关系。有哲人讲过生活的艺术没有记忆的位置,如果把生活作为艺术来看它里边没有记忆,因为记忆有分辨,能把东西记下来肯定是有了分辨了的。在现实生活中以记忆来处理,比如我和领导的关系,这个领导原来是和我一块长大的,他当时学习还不如我,为什么他先当了领导?有了这个记忆,肯定就处理不好关系了。文学本身是记忆的东西,你完全表现的是你记忆中的生活,而生活则是关系的。这两者之间的微妙处,你好好琢磨,你就会明白该写哪些东西又如何写好那些东西。

因为文学本身就是记忆的东西,你完全表现的是你记忆中的生活,而生活则是关系,你就得写出这种关系。现在强调深入生活,其实就是深入了的关系,而任何关系都一样,你要把关系表现得完整、形象、生动,那就需要细节,没有细节一切等于零,而细节在于自己在现实生活中去观察去获得。比如生死离别,喜怒哀乐构成了人的全部存在形式,这一切都是人以应该如此或者是应该不如此而下结论,它采取了接纳或者不接纳,抗拒或者不抗拒,实际上从上天造人来看,这些东西都是正常的,但人不是造物主,人就是芸芸众生,他的生死离别、喜怒哀乐表现得特别复杂,细节的观察就是在这种世界的复杂性中,既要有造物主的眼光,又要有芸芸众生的眼光,你才能观察到人的独特性。这种独特性，表面上看是每个人的区别，实际上是共有的一些东西，只是表现的方面、时机、空间不一样罢了。

我们在说写什么是关于胆识、观念、见解、趣味的，怎么写关乎智慧、聪明和技巧，而无论什么题材，写作最终都要落实到文字上，它的秘诀都在于技术。就说语言吧，我觉得语言首先与身体有关。为什么？一个人的呼吸如何，你的语言就如何。你是怎么呼吸的，你就会说怎样的话。不要强行改变自己的正常呼吸而随意改变句子的长短。你如果是个气管炎，你说话肯定句子短。如果去强迫自己改变呼吸，看到一些外国小说里有什么短句子，几个字一句的几个字一句的，你就去模仿，不仅把自己写得气憋得慌，别人读也气憋得慌。我自己也搞书法，每看到有人把字缩成一团儿，我就猜想他一定有心脏病，一问，果然心脏有毛病。遇到身体不好的老年人，我就劝他们临碑帖就临《石门铭》，《石门铭》崖刻的汉隶，笔画舒展得很，写那个对血管绝对好。小说是啥，我理解小说就是说话，但说话里面有官腔，有撒娇之腔，有骂腔，有笑腔，小说就是正常地给人说话的一种腔调，你给读者说一个事情，首先你把你的事情一定要说清楚，说准确，然后说得有趣，这就是好语言。语言应该用很简单很明白很准确很有趣的话表达出特定时空里的那个人、那个事、那个物的情绪。这种情绪要表达出来就得把握出抑扬顿挫。怎么说得有趣呢，就是巧说，这其中有一点是会说闲话。闲话与你讲的这个事情不一定准确，甚至是模糊的，但必须在对方明白你的意思的前提下进行的，就如同敲钟一样，咣地敲一声钟，随之是嗡……的那种颤音。文学感觉越强的人，越会说闲话，文学史上有好多作家是文体家，凡是文体家的作家，都是会说闲话的作家。之所以有人批评谁是学生腔，学生腔就是成语连篇，用一些华丽的辞藻，毫无弹性的东西。因为成语的产生，是在众多的现象里概括出的东西，会写文章的人就要还原成语。善于还原成语，文章肯定就生动有趣。

语言除了与身体和生命有关之外，还与道德襟怀有关。一个人的社会身份是由生命的特质和后天修养完成的，这如同一件器物，这器物就会发出不同的声音。敲钟是钟的声音，敲碗是碗的声音，敲桌子是桌子的声音。之所以有些作品语言杂乱，它还没成器，没有形成自己的风格。而有些作品有自己的风格了，里面净是些戏谑的东西，调侃的东西，把作品一看就知道作者不是很正经的人，身上有邪气。有的作品语言很华丽，没有骨头，境界逼仄，那都是比较小聪明，比较机巧，甚至轻佻的人写的。有些作品写得很干瘪，作者就是没嗜好的人。从语言中能看出作家是宽厚还是刻薄，能看出是君子还是小人，能看出他的富贵与贫穷，甚至能看出他的长相。世界杯足球赛时，我在报上读过一篇评球的文章，里面有一句话，说：球踢成那个样子还娶那么个漂亮的老婆。这句话正好暴露了他自己的心态，他在嫉妒，心理阴暗。

我也曾看过一个小说，小说第一句叙述，说：女人最大的不幸是穿了一件不合体的裙子。我是男人，不太了解女人，但是我觉得不至于那样吧，或许是我不了解人家的那一种生活吧。

节奏就是气息，气息也就是呼吸，语言上讲究节奏，而且对于整部作品更讲究节奏。什么是好的身体？呼吸均匀就是好身体。有病了，呼吸节奏就乱了。呼吸对生命是太重要了，世界上任何东西都在呼吸，人每天在不停地呼吸，但人常常就遗忘了呼吸存在。这世界上有奇怪的现象，凡是太好的东西总是被忽略和遗忘，比如母爱，你总觉得母亲啰唆烦人，比如原子弹，造出来根本不用。世界上凡是活的东西，包括人、物、身体都是柔软的，死亡了都是僵硬的。你的作品要活，一定要在你的文字里充满那种小空隙，它就会跳动，会散发出气息和味道。如何把握整个作品的气息，这当然决定了你对整个作品的构思丰富程度如何，构思大概完成了，酝酿得也特别饱满，这时你稳住你的劲，慢慢写，越慢越好，像呼气一样，悠悠地出来。二胡大师拉二胡，弓弦拉得特别慢，感觉像有千斤重一样拉不过来。打太极也是这样，缓而沉才有力量。写作的节奏一定要把握好，一定要柔，一定要慢，这个慢不是故意慢的，而是把气憋着慢慢往外出，也必须保证你肚子里一定要有气。好的作品都有好的节奏，这如看一个女人，我认为一个女人是女人，一是她长得干净，二是她性情安静。在你保持着节奏的过程中，你要耐烦。写作经常让人不耐烦，为什么有的作品开头写得很好，写到中间就乱了，后边慌慌张张只是跑了，节奏不好，节奏不好也是功力问题。构思时"面没有揉到"，写作中必然就不耐烦了。世上许多事情都是看你能不能耐住烦，耐住烦了你就成功了。

有人问我小说和散文的区别，我说我说不清，但我想到中国传统的戏曲，戏里生旦净丑，有打有念有对白，但生角旦角一般都会有大段唱词，整部戏如果比作小说，唱段就是散文。戏里的唱段是心理活动，是抒情。中国的小说叙述按常规讲，叙述就是情节，描写就是刻画，叙述要求有话则长，无话则短，要交代故事的来龙去脉，要起承转合，别人熟悉的东西要少说，别人不清楚的东西你多讲。这是我自己当初对叙述的理解。有些作品完全就是叙述，急于交代，从头到尾都在交代，比如走路，他老在走，不站住，这不行，你走一走要站一下，看一下风景的。长江黄河每个拐弯处都有个湖泊，有个沼泽，涨水时就留到那儿，平常就调剂气候，作品也需要这样。有些作品在交代事情过程中用描写的方法，有肉无骨，拖泥带水，本来三步两步就过来了，他总是走不过来，写的人累看的人也累。中国人大都习惯用说书人的叙述方法，就是所谓的第三人称，但现代小说，或现在要求你写小说时，需要你必须在叙述上突破。叙述有无限的可能性，叙述原本是一种形式，而形式的改变就改变了内容。

举个例子，像我刚才说的对叙述的理解它是情节，是一个场景到另一个场景的过程交代，应该是线性的，但现在的小说变了，叙述可以是尽力渲染，是色块的。把情景和人物以及环境往极端来写，连语言也极端，语言一极端就变形了，就荒诞了，这样一来叙述就成为小说的一切了，至少可以说在小说里占有极重要的部分，似乎没有更多的描写了，把描写放到叙述中完成了。过去在描写一个场景的时候，经常是诗意的那种东西，现在完全变成工笔的，工笔就是很实际很客观地把它勾勒出来。本来的情节混沌了，不像原来一个清晰的线条式的结构，原来的描写是诗意的，变成了勾勒。现在的小说叙述多采取的是火的效果，火有热度，热烈，烤炙，不管人还是兽看到火都往后退，能强烈地刺激，在刺激中有一种快感。但是一切变形的夸张的荒诞的东西都是以写实为基础的，你跳得再高，都是脚要蹬到地上才能跳高，不掌握写实的功力，那种高蹈的虚幻的东西就落不下来就虚假，或者是读时很痛快，读完就没有了。中国传统的那种线性的、白描的，它是有水的效果，表面上不十分刺激，但它耐读，有长久的韵味。把这两个方面能很好地结合，它当然是我们不断地要探索和实验的。但不管怎样，目前写小说一定要在叙述上讲究。

有些道理我也说不清，说一说我也糊涂了。有些东西只能是自己突然想到的，突然悟到的。世上好多东西都是模模糊糊的，尤其是创作，什么都想明白了以后就不创作了。如一个男人一个女人社会阅历长了就不想结婚了，结婚的都是糊里糊涂的。

我不知道我说到哪儿去了，说得太琐碎，又都是写作中的问题，不搞写作的人可能觉得毫无意思。但我再强调三点：一个是作品要有现代性，二是作品要有传统性，三是作品要有民间性。你现在写作品如果没有现代性，你就不要写了，这是我的观点。因为你意识太落后，文学观太落后，写出来的作品就不行。而传统中的东西你要熟悉，你即便欣赏西方的认识论，你更得了解中国的审美方式，因为你是东方人，是中国人，你写的是东方的中国的作品。从民间学习，是进一步丰富传统，为现代的东西做基础做推动。

关于这三个问题，讲起来又是另一堂课的内容了。但我把这三个问题综合起来只说一点，就是我们可能欣赏西方的一些东西，但我们更关注我们中国。不管是西方的普世价值观，还是西方文学的境界和写法，我们都习惯说到现代意识，我觉得现代意识也就是人类意识，人类的大多数都在想什么、干什么，而我们又在想什么、干什么。我在上世纪九十年代写过一篇文章，说：云层上边尽是阳光。意思是，民族有各个民族，地方有各个地方，我们在重视民族和区域时，一定要知道任何民族、区域的宗教、哲学、美学在最高境界是相同的，这如同坐飞机，穿过了各种各样的云层后，云层上面竟然是一片阳光。这就需要我们在叙述你这个民族你这个地方的故事时，也就是说当你看到你头上的那朵云时，你一定也想到云层上边都是阳光，阳光是统一的，只有云朵是各种各样。也就是说你在这朵云下，你在写这朵云下的状况，你不必跑到另一朵云下去写那朵云下的状况，你就在你的云朵下，写下雨下雪，但你写你的云朵在下雨下雪，你的意识一定透过云看到云上的阳光，这样你的云你的雨和雪就不一样了，自有了它的色彩和声音。这就是我们写我们的故事，而故事又有现代性的关系。

今天就说到这里吧，时间够长了。最后我用一位哲人的话结束吧。他说：当你把自己交给神的时候，不要给神说你的风暴有多大，你应该给风暴说你的神有多大。

父亲和母亲的写作

◎ 王安忆

母亲写作的旺盛期，发生在父亲人生走在下坡路阶段，从某种程度上说，是个悖论。时间大约在上世纪五十年代末与六十年代初之间，中华人民共和国正处于社会主义建设的高潮。世界冷战的背景下，中国大陆独立自主势在必行，一个崭新的工农政权要求着符合自身初衷的精神价值，文学作为文化重构的方法和力量，归并意识形态，共同实现共和国的理想。如我的母亲和父亲，于流离失所投奔革命，接触中国式的共产主义理论，因而改变生活走向的写作者，难免对社会抱着激进的态度，更是自觉承担起使命，期望将一己之力，纳入全体，为他们誓言过的人类目标服务。奇异的是，具有同样背景与追求的两个人，却分别走向命运的两端。父亲其时为军中戏剧工作者，“反右”运动落马。我至今不能清楚地了解确切原因，似乎和人事有关；又似乎和父亲归侨身份有关，这身份先天就决定了非我族类；也似乎和父亲轻率的性格有关，总之，父亲被逐出军队，从官员到平民，我们家的生活水准便呈直线下降。

多少有着挽救家庭不使付之东流的缘故，因我母亲引用过这样的说法：扛着命运的大闸，看孩子们游戏，这孩子们指的就是我和姐姐。后来听母亲说，父亲降级降薪，当日就把我们领出收费昂贵的幼儿园，可这并不让我们尤其我沮丧，去幼儿园可说是我初尝人世之苦楚。这就是母亲扛起的大闸之下的孩子。同时，更可能是，母亲要用行动证明自己，也为父亲证明，他们的思想和精神真就属于那个集体共同的价值体系，母亲就在这时候，加倍积极地写作，收获颇丰。

然而文学写作却是一项奇特的劳动，非同于物质生产，不仅为共同的需要主宰，还相当程度地依赖于个体的经验、感情、认识。在我母亲，无论身世、遭际、性格、气质，都决定她是一名小资产阶级知识分子，于是，她的写作几乎从开始起，就面对处理一种紧张关系，个体与集体如何兼容并蓄，两相关照，而这胶着状态，最后却也形成唯她独有的——以“风格”论似有不足，说是“世界观”又太重大，或者是心境吧！而且我以为，父亲的遭际一定间离了母亲个体与集体的关系，使她在宏大历史中偏于一隅，不得不自我面对，因而在史诗性的战争题材中，攫取了纤细的人和事，写成得茅盾先生称赞，日后几十年里收录为中学生语文教本的短篇小说《百合花》，母亲的名字“茹志鹃”也被文学爱好者熟知，更重要的是，母亲她受鼓舞之下，开始成形自己的风格。然而，又一个悖论产生了，那就是她安身立命于写作的却正是最遭怀疑，甚至生出固定的词组：“家务事”“儿女情”。上世纪八十年代，新时期文学的发轫阶段，母亲专以这批评为题目写作两篇小说：《家务事》和《儿女情》，是为自己平反，也是替“家务事，儿女情”正名。但其实，即便在那个严格规范私人情感的日子，母亲以及她的同辈人依然透露出专属他们自身拥有的表情，除去字里行间不经意的渗漏，亦有完整的篇幅，穿越主流落脚边缘，独立于时代的忽略之中。

至今尚记得那天晚上，母亲给我们讲故事，关于一个名叫也宝的小女孩，飞越孤儿院。我们追问之后怎样，母亲回答不知道，姐姐哭了。我没哭，但心里的难过久久萦绕，这就是母亲又一篇小说《逝去的夜》。听故事的时间仿佛在学龄前后，姐姐则在二三年级之间，因记忆中父亲还未来到上海与我们团聚。后来搜索母亲留下的记录，见《逝去的夜》发表于《上海文学》1962年6期，比听故事的印象要晚近一年光景，所以，很可能母亲给我们讲的是构思中的雏形。受茅盾先生表扬的《百合花》发表于1958年3月，自此，母亲的写作进入特别顺畅流利的状态。1960、1961、1962,这三个年头可说是高峰:《高高的白杨树》《静静的产院》《三走严庄》《阿舒》——仅在1962上半年，就发表了《阿舒》的续篇《第二步》《给我一支枪》以及《逝去的夜》。对别人可能算不上什么，可母亲是个慢手，并且二十世纪六十年代无论阅稿还是审查都远比今天严格，付梓印刷周期也长得多，文学期刊少之又少，总之，文字的吞吐量极有限，因此，称得上气象繁荣。我努力企图还原那个时间，在那个时间里，有一个名叫“也宝”的小姑娘浮出水面。之后，过去二十年，也就是我们一代登上文学舞台的二十世纪八十年代，在母亲的长篇小说《她从那条路上来》，她将再次登场，这一回，母亲坦然亮出自传体小说的底牌。母亲去世以后，我找出《她从那条路上来》第二部的遗稿，整理成三万字篇幅，这三万字写的就是也宝在孤儿院的始末，大大扩容了《逝去的夜》，情节细节更多，人物面目更清晰，更重要的是，作为自传体小说，写作者的主体身份更为肯定了，而母亲的写作中，这一个体往往是隐蔽的。

1962的年景似乎不错，全国范围的大饥馑过去，父亲叫王啸平——应该承认这是一个陌生的名字，但在上世纪三十年代的马华文学史上，出现的啸平、啸克、杨骚、王歌、蒲克、叶冰，就是他，此时，从南京调入上海人民艺术剧院，回到家庭生活固然很好，尤其难得的是重归导演老本行，想来之前已摘去右派帽子，彻底改正还需耐心等到二十年之后，为历史纠偏的时节。其时，母亲写作中那个紧张关系似乎得到舒解，呈现出缓和。《逝去的夜》，固然能以阶级观念解释为旧制度的不正义，但具体到也宝的处境，却是宗教的虚无与世俗生活的强烈对峙，贫困是贫困，可热辣辣的人间无论如何都是令人向往的，那一个泥娃娃，人称“大阿福”，被也宝抱在怀里逃出英国教会孤儿院的，就是人间的象征。《逝去的夜》的小说名如今看来似乎也含有隐喻，寓意时代灯火的阑珊处，规避了批判和讴歌的集体主题，偷渡出来私人生活。

从所存资料看，在相对松弛地书写了个人经验的《逝去的夜》之后不久，母亲的写作又陷入紧张关系。接着，还是1962年，母亲发表的是小说《快三腿宋福裕》，与其说虚构，毋宁认为是一篇人物特写，写的是人民公社的劳动模范。下一年，母亲在郊区的乡村体验生活，“体验生活”的说法暗示着一个概念，那就是所谓“生活”是有所界定的，并不是所有的人和事，而只是为政权主体认可的一部分。这一年里，母亲的创造力相当稀薄，只有短篇《回头卒》，描写一个心怀私欲的农人精英，向来对母亲热情的批评界对此抱谨慎的冷淡。自此便是十数年的搁笔，直至1977年写作并发表短篇小说《出山》。文学开始新世纪，公共母题向个体表达开放空间，反过来说，则是个体表达长驱直入公共母题。也就在这时候，“儿女情”“家务事”的温情主义母亲，却显现出鲜见的尖锐，她写作的《剪辑错了的故事》，以“黑色幽默”讽刺了那段误会的历史中的误会的共和国，成为第三个悖论。

寻找逝去的音符

——父亲赵望云与敦煌

◎ 赵季平

敦煌对于我来说既陌生又熟悉。说她陌生，是由于在这之前的六十多年里我从来没有靠近过她；说她熟悉，是由于我父亲在世的时候，从父亲讲的故事里知道了那个地方有惊天动地的灿烂的文化。

早在1950年秋天，父亲代表人民政府接收旧的“国立敦煌文物研究所”。那时我刚满五岁，父亲与家人告别的背影我依稀还有记忆。母亲怀着六弟振陆，抱着五弟振武，我和哥哥振川站在母亲身旁。尽管我还不懂得人间世事，但也能感觉到父亲这一次出门与以往出门写生是不一样的。母亲在父亲走后，时不时和朋友聊天会提及父亲去敦煌革命的事。从此，敦煌这个名字便深深地烙在我幼小的心里。2011年初，我为甘肃省歌舞剧院创作大型民族交响音画“敦煌”，久远的记忆穿越时空，瞬间激起我的创作冲动。是的，我要用音符织起乐的天梯去寻找父亲在敦煌的岁月，我要用真情汇成乐的诗篇交响出父亲故事里那惊天动地的灿烂文化。

在甘肃省歌舞剧院陆金龙院长等人的安排下，我和作曲家景建树、张坚、韩兰魁一行于2011年5月来到敦煌，为民族交响音画“敦煌”做前期的采风工作。兰州至敦煌必经祁连山走廊，从飞机上俯瞰那起伏山峦，延绵戈壁，不难想象父亲当年经历了怎样的艰辛从西安辗转到敦煌。马车，毛驴，徒步攀越，冷馍野菜……虽吃尽了路途劳累，一路却有丰硕的收获，祁连山的无限风光早在二十世纪四十年代就被父亲收录在他的写生中，并创作出不朽的祁连山写生组画。

1943年初夏，父亲与国画大师关山月夫妇，画家张振铎结伴而行，第一次来到敦煌。受到当时“国立敦煌文物研究所”所长常书鸿先生的热情接待。他把父亲一行带到莫高窟并做了详细介绍。眼前那色彩斑斓、千姿百态、造型生动的壁画与佛像极大地震撼了父亲一行。他们借着手电筒的光亮，不分昼夜如饥似渴地挥毫临摹，相互倾吐着对惊世之作的心得与见解。1942年，父亲举家迁往西安，此次敦煌之行更坚定了他开拓大西北美术事业的决心。经历了半个世纪的不懈耕耘，父亲成为中国长安画派的开拓者与奠基人。

父亲第二次到敦煌即代表人民政府接管旧的“国立敦煌文物研究所”，并开始了对研究所的重建和文物保护、修复工作。此时，甘肃、青海境内的残匪还没有彻底肃清，从西安到敦煌数千里路途，十分危险。父亲没有考虑个人安危，只有一心一意为刚刚成立的共和国文化事业做事情，接到组织上交给的任务，他便坚定地踏上了去往敦煌的路程……随着时间的推移，父亲在敦煌工作的重要经历逐渐淡去，我多次寻找资料都未寻到踪影。直到今年赴敦煌采风，托朋友多方打听，希望能帮助我寻找到那段难以释怀的历史。在敦煌市政协主席高德祥先生的努力下，几经周折，终于在敦煌文物研究所的历史档案中发现了唯一一张父亲赵望云代表人民政府接收旧的“国立敦煌文物研究所”与张明坦、常书鸿、段文杰、李承仙、范文藻等人在研究所大门前的合影，并托韩兰魁先生带给了我。捧着这张珍贵的照片，我无法抑制灵魂的颤抖，郁积多年的心结终于有了开启的钥匙，同时也开启了我创作乐思的阀门。

照片上的父亲是那般清瘦，但精神矍铄。拍摄时间是1950年秋天，也就是说父亲从国民党监狱被解救出来不到一年半的时间。那是

1943年元月，父亲在重庆举办“西北旅行写生画展”，冯玉祥、周恩来、郭沫若、茅盾、老舍、田汉、阳翰生、王昆仑等革命前辈来到画展现场。郭沫若先生为父亲的画展题词，周恩来总理选购了我父亲的《相马图》，我父亲又赠送了周总理一幅作品，周总理向我父亲发出了访问延安的邀请。总理喜欢父亲的画作，并带到延安革命根据地挂在了当时的中共中央办公厅接待室。然而，国民党在进攻延安时发现了挂在墙上的这幅画，清楚地看见赵望云三个字，便下令逮捕父亲并以通共的罪名将父亲关进了西安的监狱。在我的记忆中还能回想起四岁时我被父亲的弟子徐庶之大哥和我二姐赵桂敏带到监狱探监的情景。昏黑的屋子，硬冷的钢盔和闪着寒光的刺刀……父亲就是照片上那样清瘦，神情异常镇静，微笑着将手伸出铁栅栏轻轻地、不断地摸着我的脸，使我心里的恐惧很快就被温暖的父爱驱散。从此，父亲便是我生命的全部支撑。

照片中站在父亲右边的人就是前面提及的“国立敦煌文物研究所”所长常书鸿先生。1943年父亲第一次去敦煌就与他结下了深厚的友谊。当时常先生刚接手敦煌研究所的工作不久，各方面条件都很艰苦。尽管如此，他竭尽全力在生活上关照父亲一行，在创作上提供最大方便。1950年父亲第二次到敦煌与他见面，当时敦煌文物研究所的一些工作人员受“左倾”思潮的影响，认为莫高窟的壁画与雕塑是封建腐朽的东西，应该停止修复工作，研究所由此全面瘫痪。常书鸿先生面对这样的局面心急如焚，立即将这种严重的现状向政务院文化教育委员会文化事业管理局做了汇报。西北军政委员会文化部成柏仁部长力邀父亲出任文物处副处长(后为处长)，共产党员张明坦为处长(后为副处长)，主管西北地区的文化文物、考古、博物馆和图书馆工作。于是，父亲与张明坦前往敦煌进行接收工作。常书鸿先生对中国民族艺术瑰宝的赤诚深深地感动了父亲。

照片上站在父亲左边的人就是来自延安革命根据地、西北军政委员会文化代表、共产党员张明坦。他与父亲的友谊也是共赴敦煌工作时所结下的。张明坦热爱民族文化艺术,为人正直,心地善良。他和父亲一道保护常书鸿,并对常书鸿先生所做的敦煌文物保护工作给予很高的评价。由于张明坦和父亲在研究所对许多工作人员做了大量耐心细致的思想工作,所里的研究人员逐渐得以稳定,敦煌艺术开始进入全新的研究时期。

接收工作的一周后,便是中国的传统节日——中秋节。父亲和张明坦商定,按照延安的形式举行一个象征研究所团结的月光晚会。于是,接收组与研究所的工作人员在皇庆寺前两棵大榆树下欢聚一堂。敦煌的秋夜风轻云淡,月如银盘,此情此景美不胜收。父亲兴致高涨,表演了他的拿手好戏,自拉自唱了一段京剧。张明坦演唱了几首陕北民歌并带动全体扭起了秧歌,晚会在团结和睦的气氛中结束了。至此,父亲和张明坦主持的敦煌研究所的接管工作也画上了圆满的句号。看着这张极其珍贵的历史照片,我的乐思在血液中涌动,于是交响音画"敦煌"的主题曲勃然喷发。带着对历史的尊重,带着对中华民族文化的虔诚,如壁画中飞天仕女驰骋于天地之间。我的音乐里每一个音符都是对父亲赵望云先生、张明坦先生、常书鸿先生以及所有为保护中华民族艺术做出贡献的功臣们的一次崇高敬礼!

历史的长河依然流淌,中华民族的文化精神薪火相传。我们要用智慧去守护我们的精神家园,我们要用全部的热情去创造中华民族艺术未来的辉煌。

再见，马关

◎ 祝 勇

一

丁汝昌自杀那一天，公元1895年2月13日，李鸿章接到朝廷的任命，成为大清王朝的议和大臣，赏还翎服、黄马褂。但李鸿章的脸上不见丝毫的喜色，他知道，所谓的议和，不过是城下之盟的好听说法而已。日本要的不仅仅是钱，这一点，没人比李鸿章更清楚。然而倘若割地，不要说朝廷不答应，连他自己都不会答应；至于赔款，户部又拿不出银子。让他去议和，还不如直接让他下地狱呢。

思量再三，李鸿章怯怯地向朝廷提了一项要求——让翁同龢与他同去。整天嚷嚷着打仗的不是你翁同龢吗，如今战败，你怎么变成缩头乌龟了？但翁同龢是绝对不会承担这个责任的，推脱道：若我此前办过洋务，此行必不辞。今以生手办重事，怎么行呢？

此时李鸿章心里定然只有冷笑——如今你终于知道自己是生手了，既然如此，当初又凭啥在北洋的事务上插自己的手，掣别人的肘？

我在《盛世的疼痛》中说，李鸿章不敢打这场战争，一说是他想保存实力，因为在大清官场，实力就是本钱，此说固然有理，但当年李鸿章率淮军攻打太平天国，一路冲锋陷阵，为何不保存实力？因此，最重要的原因,是他看到了大清海军的实力已经不是日本的对手。双方装备的对比,不过是一些枯燥的数字,到在战场上,就意味着生灵涂炭。对这些数字,太后不感兴趣,皇上不感兴趣,翁同龢不感兴趣,只有李鸿章心知肚明。

但是以翁同龢为代表的主战派却咄咄逼人。打胜了,证明他们正确,打败了,自然有别人背黑锅。更重要的原因是,翁同龢的真志向并不在斗日本,而在于斗倒李鸿章。他曾说:“正好借此机会让他(李鸿章)到战场上试试,看他到底怎么样,将来就会有整顿他的余地了。”

李鸿章沉默良久,才说:割地是不可行的,谈不成我就回来。

话音落处,一片静寂。

没有人回答。

二

下关[1]是一座美丽的城市,我们在本州和九州两岛之间往返,下关是必经之地。它位于本州岛最南端的山口县,与九州岛隔着一湾窄窄的海峡,即关门海峡。有一条山阳道,就紧贴着关门海峡伸展,干净的街道,仿佛每天都被海峡的风沐洗过,时而有年轻的恋人,趴在步行道边的栏杆上,眺望对面的九州岛。抬头看天,关门大桥凌空而起,早已把天堑变成通途。但在丸尾公园和火山公园之间的御裳川,道边却排列着五门火炮,扼守着海峡,显示着这座城市因其地理位置而在历史中占据的独特地位。

---

① 即我们通常说的“马关”。日本官方定义的地名没有“马关”。下关古名“赤间关”,其中的“间”字,日语汉字发音是“马”,所以称为“赤马关”,简称“马关”。在清日和谈官方文书中,清国称此地为“马关”,日本称此地为“下关”,因此和谈条约也被双方分别称为《马关条约》和《下关条约》。

水产和水果都是这座城市的特产，所以在这座城市里生活的人，不仅独占着水天一色的美景，他们的口福也令人望尘莫及。我们拍摄了唐户市场。与我们国内的幽暗腥腻的水产品批发市场不同，这家下关市最大的水产品批发市场，就像是一座巨大的水族馆，各种鱼类在透明的容器内摇头摆尾，即使是冷冻的水产品，也都摆放在精致的器皿里，像花道一样一丝不苟。我想起自己曾经在巴塞罗那的菜市场内游荡，周围蔬果丰美、鲜花绽放，仿佛身在一个丰饶的花园里，巴塞罗那的菜市场，颠覆了我对菜市场的传统印象。唐户市场也是一样，在这里转悠，不仅容易激起无限的食欲，更会激发起对生活的渴望。

夜幕降临的时候，我们坐在海边的料理店里，喝清酒，吃河豚。河豚是下关的特产，每年产量约十二万吨，占日本全国的90%，因此被称为“河豚之乡”。在海边，店铺一家挨着一家，许多都经营河豚。现实生活的场景，似乎遮蔽了与历史的联系。但历史不可能被割断，它就藏在河豚里，近在眼前。

李鸿章来时，谈判地点春帆楼就是当地著名的料理店。它的早期主人藤野玄洋曾在这里开设医院，他死后，他的夫人又在这里开设了一家料理旅馆，以毒河豚这道名菜而闻名日本。伊藤博文曾多次来这里品尝，流连于这里的春光帆影，提笔写了“春帆楼”这个店名，它的牌匾，至今保存在“日清讲和纪念馆”内。楼主病逝后，下关人林平四郎于大正九年(公元1920年)买下这座楼，在门口立了一块“讲和碑”，请在《马关条约》谈判时担任内阁书记官长的伊东已代治写了碑文。这块碑如今还竖立在春帆楼的庭院里。

春帆楼内，觥筹交错，李鸿章想必也吃过河豚，只不过以他当时的心情，端不动伊藤博文为他接风的酒杯。那一年李鸿章已是73岁，像他效忠的帝国一样衰老，而伊藤博文才54岁，年富力强，眉宇间有一种逼人的气势。李鸿章这匹瘦马，几乎拉不动大清帝国这驾破车了，马将死，车将翻。

此时，我心情放松地坐在海边的料理店里，心里想着 119 年前的李鸿章，突然感到有一种罪孽感，觉得自己是那么的没心没肺，有点对不住他老人家。此时他若推门进来，不知会对我怒目而视，还是为我们生活在这样的一个时代里而深感庆幸。

三

公元 1895 年 3 月 15 日，李鸿章带着皇帝“承认朝鲜独立、割让领土、赔偿军费”的授权，从天津出发，19 日抵达日本下关。20 日展开谈判，是双方约定的，所以李鸿章在给朝廷的电报中说：“起程须扣算到日，不先不后，乃得体。”虽为战败国使臣，身系国家命运的李鸿章，依然不忘保持体面。

李鸿章和伊藤博文不是第一次相见。三十多年前，十九世纪六十年代初，伊藤博文还是个二十多岁的小青年，受“黑船”事件的刺激，取道上海，前往西方学习。那时的上海，正是李鸿章的天下。公元 1862 年，李鸿章带着刚刚成立的淮军，在安庆北门集合，沿长江而下，直抵太平军聚集的上海。谁也不会想到，正是这群被蔑称为“大裤脚蛮子兵”的安徽子弟兵，以七千打十万，一举占领了上海。李鸿章也迎来了他一生事业的高峰，办洋务，建海军，一发而不可收。

那时二人是否见面，我们已无从查考，但伊藤博文一定会知道李鸿章的威名。

又过了二十多年，到了十九世纪八十年代，大清帝国海上之梦被溃烂的官场一点点地腐蚀，已经趋于黯淡了。但这个沉落梦想却仿佛跷跷板，把日本的野心跷起来。公元 1874 年，日侵台湾。5 年后，占领琉球。又过了十年，到了公元 1884 年，为了解决大清帝国和日本在朝鲜问题上的纠纷，李鸿章和伊藤博文在天津进行了谈判，签订了《天津条约》，规定同时从朝鲜撤军，“今后朝鲜国若有重大变乱事件，清日两国如要派兵，须事先相互行文知照。"正是这一条款，为后来的甲午战争埋下了伏笔。

正是这次会面后，李鸿章提醒总理衙门："大约十年之内，日本富强必有可观，从中土之远患而非目前之近忧，尚祈当朝诸公及早留意是幸。"

而伊藤博文对清国则有着完全相反的预言："有人担心三年后中国必强，此事直可不虑，中国以时文取文，以弓矢取武，所取非所用；稍为更变，则言官肆口参之。虽此时外面于水陆军俱似整顿，以我看来，皆是空言。"

意思是说，中国人还在用八股文来选拔文官，用弓箭来选拔武官，他们所学的，在当今世界上已没有用武之地；纵然有人想稍作改革，也会被言官们骂得一文不值。虽然从表面上看他们在整顿陆军海军，但在我看来，都是些空话。

无论李鸿章，还是伊藤博文，对对方的判断都准确无误。不同只在于，伊藤博文的判断成了日本的共识，而李鸿章的判断则被视为危言耸听、为自己建北洋捞资本。十年后，双方的预言都得到了验证，一张谈判桌，分开了截然不同的命运，一为刀俎，一为鱼肉，李鸿章深刻的痛感，无人能够体会。

李鸿章看见案板上的河豚，就等于看见了自己。

孙郁说他："他知道大清帝国衰微的结局，但一面又在修补着那个世界，竭力挣扎在东西方文化之间。他在受辱和自尊间的平衡点里，重复了古中国庙台文化与市井文化的精巧的东西"，"内心的体味复杂是无疑的了"。

说白了，就是死马当活马医罢了。

四

许多历史书中引用的春帆楼的照片都是错误的，我也被误导了很多年,直到抵达实地,才弄明白这一点。那座有着歇山式屋檐的土黄色建筑,频频出现在各种历史读物中,但它并不是春帆楼,而是“日清讲和纪念馆”,是1937年建立的。在它的旁边,正对海峡的山坡上,才是春帆楼的原址。门口立着一块史迹碑,方形的碑柱上,用楷书刻写着:

史迹春帆楼日清媾和谈判场

木构的春帆楼,当地一家著名的料理店,已经在1945年的一场大火中消失,如今在原址上建起的,是一座现代化的酒店,红男绿女出入其中,历史在他们的脸上不落一丝痕迹。120年前与清国的那场战争,许多日本人不感兴趣,所以旁边的那座“日清讲和纪念馆”,尽管是公益博物馆,却连专门的服务人员都没有,访者更是寥寥无几。出于拍摄的需要,我们提前与管理部门——下关市教育委员会联系,提交了拍摄申请,他们才派了一名女秘书,带着一串钥匙前来给我们开门。这让我觉得有点像中国某些县城的博物馆或纪念馆,只有漂亮的房子,却是门可罗雀,无人问津。

我们早早就等在门口,准备好拍摄器材,没有等来女秘书,却先等来一场微雨。那时虽然已是暮春,而且身处日本的南方,但微风中依旧带着一丝寒气,从海峡上吹过来,冷冷地掠过面颊。春帆楼在阿弥陀寺町的半山上,被一片葱绿簇拥着。站在春帆楼的门口,可以看见海峡的一个片断,像大片中的某个特写。有巨型的货轮,还有日本自卫队灰蓝色的军舰,从海峡中缓缓通过。

当年之所以选择春帆楼作为谈判地点,正是因为这里是炫耀日本军力的最佳地点。透过春帆楼的窗子,就可以看见海峡里游弋的日本军舰。那些军舰从北洋舰队的炮口下死里逃生,此时却给清方谈判代表造成了巨大的心理压力。

那些军舰,和伊东已代治碑文中的文字形成某种呼应关系。他用中文写下这样的话:“呜呼!今日国威之隆盛,实滥觞于甲午之役!”在日本,很少看到中文标识和说明书,“日清讲和纪念馆”特别使用中文,可以理解为对中国参观者的关照,也可以理解为某种刺激。因为这个纪念馆,对于中国人有着不同的意义。正是在春帆楼,我们的国家一度失掉了辽东半岛、台湾、澎湖列岛,失去了对朝鲜的宗主权,还赔偿日本军费两亿两白银,养肥了日本军国主义,把杀人刀磨得更快,再来大肆屠杀中国人。公元 1899 年,戊戌政变失败、亡命日本的康有为乘船从关门海峡经过,远远地望见春帆楼,满怀伤痛地吟出四句诗:

碧海沉沉岛屿环,
万家灯火夹青山;
有人遥指旌旗处,
千古伤心过马关。

女秘书准时出现了,打开那扇关闭已久的木门,出现在我们面前的,是一间面积不算大的展室。但所幸有了这座纪念馆,当年谈判现场的所有文物才没有在春帆楼大火中烧毁, 它们被提前转移到这里,完全按照原样陈列。展厅的灯光并不明亮,但展厅中央那张长条形的谈判桌依旧赫然入目。谈判桌上,当年的笔砚依旧摆放在原处,李鸿章座位下的痰盂也在。这样一个封闭的场景很容易造成某种错觉,仿佛此时只是暂时休会,一分钟以后,谈判者就会走进来,各就各位。一百多年的时光仿佛被抽空了,幽冥中,我仿佛听到了李鸿章的咳嗽声。

李鸿章一行在公元 1895 年 3 月 20 日下午 3 时抵达春帆楼。《时事新闻》记者写道:“李鸿章略感风寒,仍决定下午 3 时与我全权会见。2 时半许,在县警察官护卫下,李鸿章一行乘小野田丸蒸汽船到达阿弥陀寺町镇守神社前。从船到栈桥之间需经过一段石阶,两名侍从谨慎搀扶李全权越之,实乃清国大员之风采。据闻李鸿章小病后面色健润,佩戴一副金缘白玉眼镜，上身着黑色官衣，下身茶缎裤子，足蹬薄靴，身高五尺六寸，高大过人。一行官员9名、护卫6名登上东栈桥。李经芳先上陆和前来迎接的日本官吏寒暄，山侧聚集甚多遥望清国大人物的本地百姓。李鸿章乘坐专门预备的坐轿，李经芳以下官员乘人力车，通过夹道整列的宪兵警卫，直接前去谈判所春帆楼。”

李鸿章先是在楼下小憩了片刻，然后超过预定时间5分钟后进入谈判会场。我想，这一微小举动绝对是有意而为的，它的潜台词，也许是要凸显自己的重要性——即使是一场任人宰割的谈判，也要摆出一副傲然的气度。

“日清讲和纪念馆”的展品中有一件锦绘《媾和谈判之图》，在这幅图画中，伊藤博文、陆奥宗光以及他们身后的三位日方通译官一律傲然站立，李鸿章、伍廷芳及清方通译官则弯腰鞠躬，媚态十足。这幅画透露出日本人当时某种狂傲的心态，只是这种自鸣得意在今天看来未免好笑。连展览的说明牌都不能不解释，这幅画只是从日本当时的视角描绘的。

那一天，伊藤博文见李鸿章进来，走过来握手致礼，然后按照事先摆放好的名签各自落座。

《东京日日新闻》的记者对现场环境有这样的描写：“春帆楼的主人藤野已经离开，室内陈设金色屏风，摆置各种盆景显得幽静高雅，春帆楼周围配备警官宪兵严密警卫。”

李鸿章坐在谈判长桌一侧最大的红色靠背椅上，地上摆放他的名签：大清帝国钦差头等全权大臣、太子太傅、文华殿大学士、北洋大臣李鸿章。

他身边依次是：大清帝国钦差全权大臣、二品顶戴前出使大臣李经芳，头等参赞官马建忠。

清方的对面，坐着日方谈判代表和书记官，分别为：大日本帝国全权弁理大臣、内阁总理大臣、从二位勋一等伯爵伊藤博文，大日本帝国全权弁理大臣、外务大臣、从二位勋一等子爵陆奥宗光，内阁书记官长伊东已代治。

长桌顶端座位的名签上坐着头等参赞官伍廷芳、外务书记官井上胜之助。

对面的一端坐着：(大日本帝国)外务大臣秘书官中田敬义、外务省翻译官陆奥广吉。

双方翻译罗庚龄和楢原陈政分别坐在各自谈判代表身后靠墙的位置。

一阵寒暄过后，李鸿章直入正题：

“亚细亚洲，我中日两国最为邻近，且系同文，为什么要寻仇相争呢？今虽暂时相争，总要以永久友好为目的。假如彼此寻仇不已，冤冤相报，则对中华有害，对日本也未必有益啊。试看欧洲各国，纵然军事强盛，也不轻易言战。我中日两国，既然同在亚洲，就应当学习欧洲。假如我们两国使臣能够认识到友好的重大意义，就应努力维护亚洲大局，永结和平；如此，我亚洲黄种之民，就不会被欧洲白种之民所侵蚀了。”

伊藤博文答道：“中堂之论甚合我心。十年前，我前往天津，与中堂谈到过这个议题，中堂至今竟然丝毫没有改变(但两国还是交战了)，本大臣深为抱歉！”

李鸿章说：“那时聆听贵大臣谈到这点，不胜钦佩；更值得钦佩的，是贵大臣致力于变革旧俗，日本才发展到今天。至于我国，被旧俗所限制，改革未能如愿以偿。当时，贵大臣曾经劝我说，中国地广人众，变革之事应当循序渐进。转眼之间，十年过去了，中国却依然如故，对此，本大臣更应该抱歉！深感心有余，而力不足。贵国的军事完全按照西方模式训练军队，各项政治，也日新日盛；此次本大臣进京时，与士大夫辩论，深知我国只有彻底改革，才能真正地自立。”

李鸿章是明白人，一眼就看穿了这场战争输在哪里。军事的失败只是表象，政治的失败才是本质。只是李鸿章这根老蜡烛，油尽灯枯，他的风度，丝毫改变不了谈判桌上的弱势地位。结果早就摆在那里了，像一场无法摆脱的宿命。李鸿章早就看到了这一点，所以他采取了拖延战术，不能让日本人的便宜来得太轻易了。他手里没有任何谈判的本钱，但他有的是耐心。而日本激进青年、右翼团体“神刀馆”成员小山丰太郎射向他面部的那一枪，刚好给了他拖延的理由。这场拉锯战一直进行到4月10日，在病榻上辗转的李鸿章对割让辽东半岛、台湾以及二亿五千万两白银赔款的要求表示强烈反对。

遗憾的是，清国的密电码已被日本人掌握，李鸿章此间发给朝廷的电报全部被日本破译，日本人对李鸿章的底牌了如指掌，终于以武力相逼，向李鸿章发出最后通牒。

4月15日，双方第六轮和谈，这次会议持续了5个小时，李鸿章以近乎哀求的语气，请伊藤博文这个老朋友给个面子，伊藤博文却像《沙家浜》里的刁德一，“一点面子也不讲”。李鸿章请示朝廷，得到光绪皇帝“即遵前旨与之定约”的旨意后，决定屈负天下骂名，答应第二天签约。

主要条款是：一、中国承认朝鲜独立，废除中国对朝鲜的宗主权；二、割让辽东半岛、台湾及澎湖列岛；三、中国赔款库平银两亿两；四、增开沙市、重庆、苏州、杭州为通商口岸；五、日本人得以在中国通商口岸从事工艺制造；六、在订约后一年内中国分两次交清一亿两赔款，并重新签订通商行船章程前，日本派兵占领威海卫。

一切都尘埃落定了，李鸿章拄着拐杖，徐徐站起身，对伊藤博文说了句：“没有想到阁下是这样严酷执拗之人。”说罢，转身离去。

五

李鸿章下榻的地方，叫引接寺，距离春帆楼只有300米。是一座公元1560年建、本尊“阿弥陀如来”的古刹。从引接寺到春帆楼，有一条蜿蜒的山路，是当年日方为李鸿章的安全和方便而专门修建的。这条路现在是一条柏油路，弯弯曲曲，一面是山体和春帆楼的水泥围墙，另一面是悬崖边的水泥栏杆。山路边竖着这条路的路牌，白地蓝字，上写：“李鸿章道”。

回环曲折的道路，暗合着李鸿章千愁百转的心情。李鸿章此去，知道等待他的是什么样的前景，一切都已经注定了，不可能再有奇迹。

他归来的时候，江山将不再完整。

他曾经的梦想，也被肢解得支离破碎。

签约的消息传到台湾，“绅民奔走相告，聚哭于市”。台湾巡抚唐景向朝廷苦谏：“请俟臣等死后，再言割地。”但日本的军舰还是来了，没有人挡得住。丘逢甲撤离前，痛苦万状地写下：“宰相有权来割地，孤臣无力可为天。”

台湾从此成为“亚细亚的孤儿”，近百年后，仍有人唱：

多少人在追寻那解不开的问题
多少人在深夜里无奈地叹息
多少人的眼泪在无言中抹去
亲爱的母亲这是什么道理

但这样的心如刀绞，这样的长夜痛哭，都是一百多年以前的事了。时间拉开了我们与往事的距离，对于在复兴路上奔走的中国人来说，我们民族的历史早已翻开了新的一页，昔日的伤痛也早已愈合。但是，在李鸿章道上徘徊，踩着他从前的脚印，我却在想，对当年的亲历者来说，失败则构成了他们的全部命运。他们被这样的命运吞噬了，再也没有反手的机会。

他们的目光很难穿透眼前的黑暗，去奢望未来。

六

公元1895年4月17日上午10时，清日两国正式签订《马关条约》。条约签订后，李鸿章一日也不想多留，于当天下午3时30分乘船离开下关。

第二天，伊藤博文在春帆楼举行答谢会，热烈祝贺《马关条约》的成功签署。伊藤博文在演说中说："今天具有历史意义的《下关条约》，在诸多外国势力的关注下，我陆海军仰赖天皇陛下的威严，取得了古今未曾有过的殊荣。它在世界上壮大了日本的名誉和国威，此乃国家之喜、民众之幸，请诸君永远记住今日在下关诞生的历史荣誉。"

此后的每年4月17日，春帆楼二楼的谈判现场都会公开展览。

为了庆祝这个"古今未曾有过的殊荣"，8月5日上午，在东京的皇宫，明治天皇亲自为甲午战争中的"功勋"授予勋爵。被授爵的"功臣"包括：

侯爵：伊藤博文、山县有朋、西乡从道、大山严；

伯爵：野津道贯、桦山资纪；

子爵：川上操六、伊东祐亨；

特赐菊花章颈饰、特叙功二级、赐金鵄勋章：彰仁亲王；

叙大勋位、赐菊花大授章：伊藤博文；

特叙功二级、赐金鵄勋章、赐旭日桐花大授章：山县有朋、大山严、西乡从道；

特叙功二级、赐金鵄勋章、赐旭日大授章：野津道贯、桦山资纪；

特叙功二级、赐金鵄勋章、叙勋一等、赐旭日大授章：川上操六、伊东祐亨；

明治二十七八年战役建功者授赐年金千圆：彰仁亲王、山县有朋、大山严、西乡从道、野津道贯、桦山资纪、川上操六、伊东祐亨。

外交大臣陆奥宗光被授予正二位勋一等伯爵，只是当年陆奥宗光重病卧榻，不能参加荣誉授受仪式。19天后，陆奥宗光病逝，时年53岁。

以战争的方式赚取外汇，这让紧追西方大国的日本找到了新的经济增长点。伊藤博文和陆奥宗光从此被视为民族英雄，在春帆楼和“日清讲和纪念馆”之间的空地上，我看到了这两个人的青铜雕像，表情坚毅，目光如炬，胸怀祖国，放眼世界，仿佛在为日本开拓着万里波涛。

在马关，日本取得了令人满意的收成。这时，伊藤博文一定会想起老师吉田松阴的音容笑貌、谆谆教诲。这时他再回想老师对日本的预言，一定会感到无比神奇。

那时，有一股神奇的力量在伊藤博文、陆奥宗光身体里回旋，让他们越来越躁动不安。“日清讲和纪念馆”成立时，和谈时担任外务大臣秘书官的中田敬义挥笔写下四句诗：

和成耀世国辉扬，
恢廓宏图自是张。
号祖当年折冲处，
乃存旧迹永斯彰。

与他得意的表情相对的，是中国人痛楚、茫然的目光。

就在日本封官晋爵之时，在大海的对岸，大清帝国陷入一片愁云惨雾。在《马关条约》签订的第12天，大清皇帝颁布谕旨，将一系列官员革职，听候查办。他们是：林国祥、叶祖珪、邱宝仁、李和、林颖启、林文彬、黄鸣球、陈镇培、潘兆培、蓝建枢、吕文经、何品璋、李鼎新、马复恒、牛昶昞、严道洪等。

令人费解的是，官僚们对于这场惨败的总结，居然是不该建海军。三个月后，署理直隶总督王文韶奏：“北洋海军武职实缺，自提督、总后至千、把、外委，总计三百一十五员名。现在舰艇全失，各缺自应全裁，以昭核实;并将关防印信钤记一律缴销。仅存之‘康济’一船,不能成军,拟请改缺为差。”

至此,北洋舰队作为一个建制,在历史中被一笔勾销了。

其实早在3月12日,皇帝就发布上谕,裁撤了海军衙门,连海军内外学堂也不放过,那份迫不及待,与他宣战时的急迫如出一辙:

> 总理海军事务衙门奏,岛舰失陷,时局艰危,遵议更定海军章程,非广购战舰巨炮不足以备战守,非合南洋统筹不足以资控驭,非特派总管海军大臣不足以专责成。目前各事未齐,衙门暂无待办要件,拟请将当差人员及应用款项暂行停撤,以节经费。其每年应解海军正款,亦请统解户部收存,专为购办船械之用。又奏,海军内外学堂亦请暂行裁撤。均依议行。

当日本通过“近代第一次对外战争的全面胜利……进入军国崛起的时代”,大清帝国却以因噎废食的方式,为自己的军事近代化历程草草画上句号。

此消彼长之间,两国的命运已彻底逆转。

担任大清海关总税务司职务的英国人赫德说:“恐怕中国今日离真正的改革还很远。这个硕大无朋的巨人,有时忽然跳起,呵欠伸腰,我们以为他醒了,准备看他做一番伟大事业。但是过了一阵,却看见他又坐了下来,喝一口茶,燃起烟袋,打个呵欠,又蒙眬地睡着了。”

七

一切都不出所料,李鸿章回国之日,众怒已经排山倒海。打仗时他们不愿出头,谈判时他们不愿同往,愤怒声讨李鸿章,他们个个争先恐后。

其实这样的声讨,在中日交锋伊始就不绝于耳了。光绪二十年七月二十六日(公元1894年8月26日),丰岛海战和平壤战役失利后,给事中余联沅在奏折中一口气给李鸿章罗列了好几条罪状,他言辞激烈地说:

> 从前法人滋事,该督彷徨无策,幸而不北来。当其时该督谓无海军,以致不能出海,于是创办海军,糜帑千数百万,而至今不能一战。是李鸿章之贻误大局者……

只是随着《马关条约》的签订,这些声讨变本加厉,李鸿章一夜之间成了"千夫所指"。光绪二十一年(公元1895年)四月初八,福建提督程文炳在《请重订和议折》中慷慨陈词:

> ……奴才窃闻三月二十三日,李鸿章与日本所议条款,赔给兵费二万万两之多,已为历来和约所未有;割地则由鸭绿江西至营口,东至黄海二千余里之远,尤为万国公法所不容。其尤甚者,索台湾以据全海之关键,通长江以擅东南之利益,各口创设机器制厂以夺我中国之利权,使我无以筹饷,无以练兵,不出十年,财殚力歇,拱手而成坐亡之势。揆其用心狠毒,是即金源谋宋之故智。彼亦明知中国之大,人民之众,非其旦夕所能图,唯假和之一术以懈我天下之兵,竭我天下之财,一旦以片言渝盟,即再如今日之征兵调将,联数十万之众与之角战而不能矣。昔汉臣诸葛亮有言"不伐贼,王业亦亡。坐而待亡,孰与伐之?"今日之势,战则犹有可转之机,和则恐成浸弱之势。与其掷二万万金以资敌,不如以此饷兵,何兵不可练?以此结邻,何邻不可交?且彼彼国行用纸币,巨债累累,势绝不能持久。中国即再用兵一二年,东南财赋所入犹可揞拄,何至赍之巨费,奉之奥区,尽畀以天下之利权,全予以江海之门户?此约一成,不但京师无以立足,辽沈不能庇根,窃恐各国从此轻

量朝廷,纷纷效尤,各索其所近之疆土,五裂四分,天下可将不可问矣。……

户部给事中洪良品在《请罢和备战片》中写道:

李鸿章重受国恩,其养淮军,造机器,设海军,每岁糜费无数,一旦尽经乌有。皇上未以加重罪,宜如何奋发天良,以仰纾宵旰之忧?乃始则昏愦骄蹇,坐误不问;继因不主和议,深怀怨望。今奉命出使,独秉全权,竟不顾体统之损失,大局之败坏,唯该逆之言是从,举中国之土地、财赋皆轻以许之,如此狂悖至极之约款,擅自尽押,上达天听,以要胁恫喝,是固皇上简命时所不及料也。若谓草约已定,中能中止,则该逆要盟,使臣专命,未奉纶音,未钤御宝,岂足为据?无庸以违约失信为疑。……

在他们眼里,李鸿章无疑已经成为“举中国之土地、财赋皆轻以许之”的卖国贼,李鸿章百口莫辩,轮船抵达天津后,就称病不起。

李鸿章无奈地写道:

十年以来,文娱武嬉,酿成此变。平日讲求武备,辄以铺张糜费为疑,至以购械购船悬为厉害。一旦有事,明知兵力不敌而淆于群哄,轻于一掷,遂至一发不可复收。……知我罪我,付之千载。

公元1901年,八国联军入侵北京之后,李鸿章再次被清政府推向谈判桌,签订了这个帝国最大一单卖国条约后,终于油尽灯枯,在北京贤良寺吐血而死。

八

1909年，辞去朝鲜总监职位的伊藤博文有着很好的心情。8月里，他陪同朝鲜皇太子到日本北部旅行。他们从水户出发，经仙台、盛冈，出青森、渡海去北海道，行至新冠，又从秋田，经山田、福岛回到东京。此时，他又决定前去“满洲”旅行，他丝毫不会想到，一颗复仇的子弹，正在哈尔滨车站对他拭目以待。

伊藤博文一行于10月18日到达大连，凭吊了当年的旅顺战场。25日到长春，在清国道台府中晚宴后，当夜11时登上东清铁道为他特别准备的花车，前往哈尔滨。清晨醒来时，火车已行至哈尔滨郊外。伊藤博文匆匆用罢早餐，点上一根雪茄，一缕幽香围绕着他，让他神清气爽。此时的他丝毫不知，他距离死神，只有一步之遥。

9时15分，花车进站，俄国财政部长上车迎接，二人在车厢里谈了20分钟，然后下车，应俄国财长的请求，检阅俄军仪仗队。伊藤博文踏上冰凉的站台，检阅之后，与前来欢迎的政界显要们挥手致意，握手寒暄，一切都与预想的没有区别。只有那名刺客，是他从来未曾想到过的。那是一个剪了头发、身穿西装的年轻人，就在伊藤博文离门口只有十几步的时候，他突然从人群中冲出来，对准伊藤博文，连射几枪。

宪兵们一拥而上，将刺客摁倒在地，当场拿获。

刺杀者，朝鲜义士安重根。

伊藤博文中枪后，脸上毫无表情，若无其事地又向前走了十四五步，走到车站门口，突然跪倒。

有人把他抱起来，迅速地转移到车厢里。小山医师急忙取出绷带，将伤处紧急包扎，但鲜血很快浸湿了绷带。伊藤博文说道：“大概枪弹射进身体里边去了，是什么人干的？”

有人答：“听说是朝鲜人。”

他脸色骤变，冷汗顺着面颊流下来。

小山医师俯在他的耳边，问："请喝一点儿白兰地，好吗？"

不到半个小时，他的呻吟就停止了。

他不再呼吸。

我们在东京宪政纪念馆找到了当时日本新闻杂志《太阳》"伊藤博文遇难特辑"。"特辑"中对刺杀经过有详细的报道。报道说，伊藤博文抵达那天，为了营造宽松自由的气氛，他的身边没有带太多的宪兵。这一天，日本人可以在哈尔滨车站内外自由出入，对于安重根来说，这是千载难逢的好机会。由于朝鲜人的相貌与日本人难以区分，他因此混进站台，挤进了欢迎的人群，向伊藤博文开枪。

《太阳》杂志报道说，第一发子弹穿透了肺部右上方，第二发子弹从第七肋骨间水平穿过，第三发子弹从右肘关节外侧射入，在经过第九肋骨、肺部和膈膜的层层阻隔之后，在左肋之下停止了它的旅行。

其余三发子弹留给了随行的诗人杏槐南、川上总领事和"满铁"理事田中。

此外，还在另外两人的衣服里，各发现一发子弹。

这样算来，安重根在极短的时间内，至少开了八枪。

在宪政纪念馆，保存着其中的一粒子弹。这粒子弹，应当是伊藤博文死后，从他的体内取出来的。面对着这粒小巧的子弹，我心生疑惑——它为什么不是尖头，而是圆头？后来看了资料才知道，子弹的尖端是事先被行刺者锉掉的，还做了十字形的凸凹，这样一来，其杀伤力比达姆弹还要厉害。从行刺者精心准备的子弹中，可见他们对伊藤博文的深刻仇恨。

这是朝鲜人为伊藤博文准备的最隆重的礼遇，他们以这样的方式来回敬日本对朝鲜的"帮助"。

欢迎仪式马上变成了"欢送"仪式。那辆花车把伊藤博文的遗体载回大连——8 天前，他刚刚在那里登陆。遗体装入一个三重的木棺内，被抬上日本战舰"秋津洲"号，于 11 月 1 日驶抵横须贺。当天送到灵南坂的官舍中。又从横须贺搭乘火车,运抵东京新桥驿,全程皆有仪仗兵目送,日本皇室成员全部赶到新桥驿迎接。[①]

11 月 4 日,在东京日比谷公园,为伊藤博文举行了国葬。包括大清帝国在内的各国代表参加了国葬。

甲午战争的两个主角——李鸿章和伊藤博文,以各自的方式,相继谢幕。

在他们的死讯里,新的世纪拉开了序幕。

---

① 中国史学会编《中日战争》第三册,第 510 页,上海:新知识出版社,1956 年版。

遇到董鼎山

◎ 陈 九

这篇文字原先的标题是《探望董鼎山》，开头这样写道：

> 最近常去探望九十三岁高龄的董鼎山先生。他最近的状况让我倍感忧虑。昨天美国《侨报周末》总编刘倩女士来电话说，董先生在洗手间摔倒了，因股骨颈骨折被送进了医院。原本约好这个周末随刘倩，还有《曼哈顿的中国女人》作者周励女士一起去陪董先生吃晚饭，现在只好调整计划，改为去医院看望他了。

刚写到这儿，"咣"地一下接到刘倩发来的短信：董先生几小时前去世。我一看短信顿时失去反应，不认识汉字了，什么意思，董先生怎么了，你到底想说什么？我马上把电话打过去，输入号码时错了几次，手在抖，心也在抖。可刘倩的抽泣向我证实了一切，董鼎山先生于2015年12月19日上午，在他入住的骨科康复中心，因心脏骤停逝世，享年九十三岁。我望着屏幕上刚刚开头的稿子发呆，莫非这是冥冥之中上天对我的暗示？或者说，如果我不开这个头，一切都不会发生？董先生还会像往常一样给我开门，喊我名字，他喜欢叫我"陈九老弟"，从二十年前我们认识就这么叫。我一下麻木了，说不出话，连哭都不会，只有默默流泪，没有声音。

董先生啊！

自董先生夫人蓓琪 2015 年 5 月因骨癌去世后，他的情况一直不稳定，心情和身体都大不如前。那天我去看他，他对我说，陈九老弟啊，我整夜睡不着，很痛苦啊，满脑子都是蓓琪的影子，我觉得她肯定没走，一定跟我捉迷藏躲在什么地方了，我要把她找出来，找不出来我也不活了！他的表情真诚得让我紧张，不知该如何安慰他。他与蓓琪五十多年相濡以沫形影不离，这我们都晓得。蓓琪是瑞典裔美国人，金发碧眼，身材苗条，当年无疑是颜值爆表的美女。我听董先生聊过当年追求蓓琪的情形，在纽约国际留学生俱乐部的舞会上与她邂逅，马上展开攻势。先请人家喝啤酒，再请跳舞。上个世纪五十年代的美妙时光哟，物质的潘多拉盒子尚未开启，人们沉浸在欧洲浪漫时代遗留下来的经典纯情，和战后理想主义的梦幻中。董先生每每说到这儿都热泪盈眶，他怀念自己的青春年华，那个美好的青春年华是与爱妻蓓琪一起走过，共同分享的。

最让董先生刻骨铭心的是蓓琪的善良忠厚，和完全可与东方式贤妻良母媲美的深情厚意，体贴入微。董先生这样说道：蓓琪在我眼中就是圣女，她的好心肠令我一想起就禁不住流泪。她经常从杂货店购买食品送给教堂的贫民食堂，也会将罐头或穿旧的羊毛衫放在睡袋里、放在附近小公园的凳子上任穷人选用。一位九旬邻居老太太告诉我，蓓琪常带食物探望她，且有求必应。蓓琪去世前，许多不知名的邻居前来探望她，向她表示感谢和敬意，很多人我都没见过也不认识。董先生说，我两次偕蓓琪回中国探亲，不懂英文的婶婶们都要拉着蓓琪的手同行，毫不掩饰对她的爱惜。一位叔母说，从没有见过这么和气善良的“外国女人”。她们惊异于外国女人也有如此温雅仁慈的气息，认为我娶洋女没错。我大哥和蓓琪告别时还激动得流下眼泪，我弟弟乐山夫妇成为她在北京的导游，称赞蓓琪不愧是中国人的贤妻，为我祝福。蓓琪为了让我吃上中餐，专门跑到唐人街的中餐馆，向大师傅学炒中国菜，宫保鸡丁、芥蓝牛肉，做得有模有样，这是她的一片心啊。

深知董先生与蓓琪伉俪情深，此刻看到他在蓓琪去世后的痛苦心境，我非常震动，百感交集。我隐约听说，董先生甚至自杀过，被送到医院抢救。当时蓓琪拖着弥留之身看望从死神手里夺回的董先生，两人紧紧相拥，不忍分别，让在场的医生护士们纷纷垂泪，连我写到这儿都热泪盈眶。还有什么比这样的夫妻感情更珍贵的呢？这种深情厚意只属于好人、有良知的人、知恩图报的人，那必是全身心的倾注，不作他想的情感投入，正因为如此才永不疲惫，永远新鲜。夫妻恩爱的秘诀就在心灵，幸福只属于善良的性情中人，多少金钱都不换，多少缺点也不怕。

面对这种状态下的董先生，我和朋友们一度焦虑，该如何帮他走出丧妻之苦呢？而最终解救董先生的还是爱妻蓓琪。在董先生九十三岁生日过后，也就是2015年初春的一天，他为更多陪伴病中的蓓琪曾一度宣布封笔，结束他近八十年的写作生涯。他这篇宣言发表在美国《侨报周末》和上海《新民晚报》的专栏上，引起很大轰动。从上世纪七十年代末开始，董先生就在中国的《读书》杂志、《新民晚报》等诸多期刊上发表文章，近十年来又在美国《侨报周末》上开设专栏。在几十年的历史跨度中，他在中国大陆和美国华人社区赢得数不清的读者粉丝。很多人，包括我，是读着董先生的文章放眼看世界的。我们对他文章的期待不是“尊重”二字能说尽的，更像习惯和依赖，是我们审美需求的一部分。但他还是休笔了，从那以后的一段时间里再没发表过文字，直到蓓琪去世。蓓琪在弥留之际曾叮嘱董先生，你此生为写作而来，离开写作你就枯萎了，请答应我，我的爱人，坚持写下去，为那些期待你的人们。董先生向我讲述这段往事时再度垂泪，他紧握蓓琪的手向她保证，我一定继续写下去。就在蓓琪去世后不久，董先生的专栏重新开放，他敏锐的哲思像往常一样再度呈现在读者面前。听董先生讲述这番话时，我不能不为蓓琪的大爱和睿智深深感动。她了解董先生，就像了解她的孩子。她对董先生的爱远远超越她的肉体，继续存活在董先生的生命里和文字中。

董鼎山 1922 年出生在浙江宁波一个殷实的大家族。十四岁开始在宁波《时事公报》副刊上发表文章。十七岁起为柯灵主编的《文汇报》副刊撰稿。1945 年从圣约翰大学英文系毕业，考入《申报》当记者，采写外交和政治新闻。当时在上海新雅酒店，董先生每天都和作家、记者、艺人交换信息和文稿。后加盟《东南日报》做新闻编辑，同时撰写小说散文，在文坛上渐渐成名。1947 年董先生赴美，先后获密苏里大学新闻学硕士学位和哥伦比亚大学图书馆硕士学位。在纽约他主持过《联合日报》国际版，并受聘于纽约市立大学，成为英美文学兼亚洲部的资深教授。旅美近七十年，董先生笔耕不辍。早自上世纪五十年代起他就用英文为《纽约时报》《洛杉矶时报》《美联社特写》《星期六评论》《图书馆月刊》《美中评论》《新亚洲评论》等报刊撰写评论文章。直到 1970 年代末中国开始改革开放，一种把欧美现代思想介绍给中国知识界的使命感燃起他重新用中文写作的热望。自 1979 年为《读书》杂志开设“纽约通讯”专栏始，他的文章在中国大陆、港台和美加的中文报章上频繁出现，造成轰动中外的“董鼎山现象”。近四十年来，董先生出版了《天下真小》《西窗漫记》《书、人、事》《留美三十年》《西边拾叶》《美国作家与作品》《西窗拾叶》《第三种读书》《纽约文化扫描》《董鼎山文集》(二册)《自己的视角》《纽约客闲话》《美国梦的另一面》等书。正如蓓琪所说，他此生为写作而来，读书写作才是他典型的生活方式。

对董鼎山先生的评价已经很多。特别在他去世后这段时间，媒体和网上呈现大量文章怀念他，公认他是中美文化交流的杰出使者，当之无愧的“美国文学大使”。董先生在几十年时间里，不遗余力向中国广大读者介绍美国文学现状，几乎将美国作家和作品“一网打尽”，为中国广大读者和作家了解美国文学最新发展动态,为中美文化交流做出独特的贡献,无人出其右。对我本人来说,这些评价都不错,只是缺乏些情感色彩。历史是有情感的,当情感被抽空,历史也就被遗忘了。我开始读董先生的文章是在1979年,那时我在上中国人民大学。刚刚创刊的《读书》杂志为知识界吹来一股春风,立刻成为莘莘学子的最爱。最吸引我的便是"纽约通讯"这个专栏,主笔的名字正是董鼎山。这个名字很容易记,鼎像一座钟,钟在山上,敲起来像一种召唤,肯定传得很远,从纽约传到北京。当时介绍海外现状的不止董鼎山一人,还有赵浩生、袁晓园等,但毫无疑问,影响力知名度最大的非董鼎山莫属。那是个百废待兴的历史时期,中国的发展方向在哪里,改革开放的目标是什么,这些问题无疑会折射到每个中国人的思考中,特别是恢复高考后的大学生,像等待雨水滋养的禾苗,他们思想活跃又比较单纯,想放眼看世界,对任何来自中国以外的信息格外敏感。《读书》杂志和董鼎山先生的"纽约通讯"专栏正在这时,踩着历史的节拍,出现在新一代知识分子的面前。任何一场社会变革都必须有思想解放阶段,就像五四运动为新民主主义革命奠定了思想基础,改革开放同样需要思想准备阶段。董鼎山先生的文字在客观上使他成为这场思想解放运动的启蒙者之一,他对西方文学和文化的介绍极大开阔了新一代知识分子的眼界,扩展了他们的思考,为他们后来承担改变中国的重任提供了动力,这些人至今仍是改革开放的中坚力量。中国在那个历史时刻与董先生相遇,或许是一种偶然,但机会只属于有准备的人,董先生几十年逆旅生涯心系祖国思念故园,在深谙美国文化的同时,时刻关注中国的发展,丰富的知识阅历和对祖国的向往是他不负机遇的必然。庆幸《读书》遇到他,也感谢他选择了《读书》。

心诚则灵。定居纽约后,我遇到董先生,并与他成为忘年之交。

第一次遇到董先生是上世纪九十年代中,在"海外华文作家笔会"的聚会上。关于这次活动我在《夏志清印象》中曾有记载,作家海鸥女士介绍我加入笔会，在那次聚会上我第一次面对夏志清先生、唐德刚先生和董鼎山先生。如果没记错的话，当时笔会会长就是董先生。不过当时我心情有些紧张，又不愿打断他们几位名家的争论，他们凑到一起总爱争论些什么，手里举着酒杯，兴奋的神色像孩子一样，脸上的表情无比纯真。聆听他们交谈本身就是一种享受，哪还顾得上其他。

此后我与董先生的交往渐渐频繁。我往往下午去看他，他与蓓琪午休起来，精力比较充沛。他家在曼哈顿东十九街与二大道交口处，楼下不远有个面包房。每次去我都先在那里买个黑森林蛋糕，那是蓓琪的最爱。我把蛋糕交给蓓琪，她煮好咖啡，再把切好的蛋糕和咖啡摆在我和董先生面前的茶几上。乳白色的茶具，巴洛克风格的花纹，斜阳穿过窗子照在古香古色的地毯上，那种安详是令人难忘的。我们一起度过不少这样的时光，听董先生娓娓而谈，天南地北无拘无束。我注意到他喜欢聊过去的事，比如说起他小时候七八岁第一次从宁波老家到上海，穿着棉布长衫，四下茫然的样子，他的笑声完全是有温度的、暖暖的，让你感到一个男人的似水柔肠。有人说怀旧是因为衰老，直到遇见董先生，我再不信这个谬论。好记性源于真诚的生活，只有投入真情实感记忆才经久不衰。那是人生的财富，滋养着善良的灵魂，只怕有些人想怀也怀不上，因为压根儿没有美好的情怀，怀什么呢？怀旧分明是一种特权，好人的特权。当董先生说起上海"孤岛天堂"期间，他在柯灵主持的副刊上发文章的岁月，嗓音明显带着弹性，目光放出灵火般的异彩。那是个国破山河在的悲怆年代，每个华夏子孙，尤其年轻人，都必须对命运做出抉择，是装聋作哑甘当顺民，或出卖良知借机而上，还是发出呐喊？赶上动荡岁月，谁也躲不过考验。董先生无疑站在历史正确的一边，当时柯灵主持的副刊是沦陷区的一盏明灯，感召和鼓励着无数年轻人审视国家命运，投入到救国护种的洪流中，董先生的青春正是这样度过的。这与后来他在《读书》上发表文章颇为相似，也是历史的转折点，是故步自封走以往老路，还是放眼看世界，为中国融入世界找到发展的道路,对每个中国人同样是一种抉择。董先生那时为中国知识界打开一扇看世界的窗,为时代变革施加了自身的影响,这不是偶然的,只能从他深刻的民族情怀中寻找答案。我们交谈时董先生每每感慨光阴飞逝,当年他来美本为短期考察,谁想竟"哗"地度过四十多年光景。他说"四十多年"时手在空中挥舞,仿佛要拽住时间。身处异乡时间的确过得快,我自己在美国也快三十年,"咣啷"就消失了,仿佛做了个梦就是一辈子。

最让我走近董先生的是那次同他饮酒。那是2002年冬末的一天,天空微微飘着雪花。我第一本诗集《偶然》刚出版,我和太太带着新书到他家表达谢意,董先生写的序言为该书增色不少。当他得知我太太是上海人,愉悦的神色溢于言表。他们开始用上海话交谈,伊伊侬侬,我虽然说不好但听得来,尽量参与其中。想不到的是,董先生的上海话竟有些迟钝了。我太太则揶揄我说,侬勿晓得,董先生讲的是老派上海话,侬懂啥啦?那个欢乐气氛哟,止不住漫出窗外。当然,还是黑森林蛋糕,还是蓓琪的咖啡,蓓琪弄好咖啡就躲开了,特意把交谈留给了上海方言。她的贤惠丝毫不比东方女性少,让我感动。

因是上海话起头儿,我们又随董先生回到彳日的南京路大码头。两件事让我颇感意外。一是当年他工作的报社就在南京东路的新雅酒店。二是外滩的黄浦公园,因距新雅酒店不远,他常去那里边喝茶边写作,俯瞰整个黄浦江面。这真太巧了,我1982年在上海毕业实习时也住过新雅酒店,也总去黄浦公园的茶楼喝茶,构思论文,瞭望窗外的外白渡桥、俄国公使馆,还有远处海军码头的舰船。我喝的是一种"魁星茶",几种绿茶混合而成,味道独特,五毛钱一壶,不打烊就能一直喝下去。董先生听后惊讶道,是哦,那能嘎巧的啦?我们感慨万分笑成一团,蓓琪都忍不住过来分享我们的欢笑,她会说,你们这么高兴,这么高兴啊(You are so happy,you are so happy)。雪日的黄昏很短暂,与交谈的热烈相反,光线渐渐暗下来。我们提出请董先生夫妇到楼下一家上海餐馆共进晚餐，来的路上我们就选定那里，干净，东西也不错。可蓓琪却说，我不去了，你们接着聊，多难得啊。董先生面露迟疑，蓓琪则劝他，你不是喜欢中餐吗，去吧，好好享受晚餐(Enjoy your dinner please)。董先生欣然从命，欢欢喜喜跟我们下楼，那副轻松愉快的表情，浸透了蓓琪的一片深情。

那晚我们聊得好尽兴，先叫了一支红酒，老板又送了一支红酒。早就知道董先生喜欢红酒，颇有酒量，在“海外华文作家笔会”的聚会上就曾领教过。现在能单独与他共饮，机会难得。我们坐在最里面一张桌子，颇有雅座的味道，看杯中的琼浆一次次在灯光下闪着玛瑙色光泽，令人沉醉。董先生渐渐飘逸起来，说起他的青春年华，在圣约翰大学读书时的爱情经历，他第一部小说与他爱情的渊源，和老友们劳燕分飞不知去处的落寞。说起在副刊发表爱国文章的激情，宪兵搜查时嘎嘎的皮靴声。说起故乡，老家的醉虾醉蟹必须是河里的，淡水的。还有后来的旅美生涯，如何在英文报章上寻找祖国的蛛丝马迹。他兴奋的神态像个小伙子，丝毫看不出年近八十的样子。我发现青春的奥秘是真情，只有用真情生活才能心地坦然，坦然的性情才是青春的本质。突然，董先生说，陈九老弟，你不是喜欢唱戏吗，听说和杨春霞还同过台，唱两句吧，我很想听啊。我环顾左右，客人不多，因为快打烊了。我问老板行吗？没想到他是个爽快汉子，唱啊，我也想听呀。那我来段《龙凤呈祥》如何？好，《龙凤呈祥》好！“劝千岁杀字休出口，老臣与主说从头……”当然不能亮开嗓子大唱。老板送的那支红酒就是这时端上来的，喝吧，还有！我再没见过那么潇洒快乐的董先生，完全本色呈现。我唱时他还为我打拍子，在桌上敲击着，十分投入。他说陈九老弟啊，你脸都红啦。我也说，董先生，您看看自己，也红了呀。我们哈哈大笑，时光在几十年前的老上海与纽约间穿梭徘徊，眼前的情景仿佛变成发黄的照片，甚至可以听到汽笛离岸的鸣响，呜呜呜的，我们完全沉浸在往日时光里，享受着美妙的怀旧情结。这一幕在我脑海中挥之不去，做梦都梦到董先生打拍子的样子,轻轻晃着头。那天他穿着蓝色西装上衣,下面是一条灰裤子,董先生永远风度翩翩。

在与董鼎山先生二十来年的交往中,感触最深的何止是他的学问和在东西方文化交流中的独特贡献及历史地位,更是他的为人,善良真诚,朴实无华,甚至孩子般的天真。自美国《侨报周末》2007年开设“纽约客闲话”栏目起,董先生和我均为该栏目的专栏作者,他的专栏叫“随感录”,我的叫“浅酒微醺”。董先生利用这个专栏,充分发挥自身特长,对美国文学界重要事件展开评论,并向中文读者介绍美国文化现状,格外引人瞩目。而我则用一贯的幽默风格,对国内和海外华人界发生的新鲜事发表看法。此前我从未写过专栏,心里没底,为此特意向董先生请教过。他的态度简单明朗,一句话将我的犹豫扫荡一空。他说,陈九你就按平时说话的口气写,像跟我聊天这样写,千万不要追求华丽辞藻,别想太多。后来证明董先生这些听似简单的忠告并不简单,而是基于对我个性了解的建言,对我克服心结,形成自己的文字风格很有启发。不仅如此,我的专栏文章几乎每篇董先生都看,还多次来电话谈他的感受。比如对随笔《打哪儿冒出的兰博基尼》,他问我兰博基尼是什么车。还说他在密苏里读书时买过一辆福田牌轿车,那是他第一部,也是最后一部车,毕业后来纽约发展一直住曼哈顿,因停车不便就再没买过车。还有一次对《追求名牌还是毁灭名牌》一文问道,什么是奥特莱斯?我说就是OUTLETS。哦,是OUTLETS呀,那应注明英文,否则读者会糊涂,还说他和蓓琪只去过一次OUTLETS,是陪国内的朋友,其实曼哈顿的名牌店经常有样品展售(sample sale),价格比奥特莱斯还便宜呢。

董先生再次为我的新书写序是2014年4月,三联出版社欲出版我的随笔集《纽约第三只眼》,其中收录了我在“纽约客闲话”栏目上的部分文章。我曾犹豫要不要开口请董先生为该书写序,因为当时他的生活正进入一个艰难时期,蓓琪被诊断出骨癌,因年纪偏大不宜手术,只能采取化疗缓解病情，她的状况时好时坏，让董先生忧心如焚。那天下午我去看他们，蓓琪居然还为我做了咖啡，她瘦得很厉害，往日仪态已改变很多。我和董先生轻轻地谈话，说着说着说到这本书上。我当然希望董先生写序，这些随笔短章承载着他多少关注，还有谁能代替他呢？没想到他一口答应，可以，没问题，你选几篇比较精彩的给我，我尽快写给你。可不幸的是，两天后我接到董先生电话，他竟在洗手间跌倒了，磕破了头。那段时间我每天给他打电话，问他情况，让他有问题随时打电话给我，序言的事就放下吧，不要再写了。没想到的是，一周后再去看望他时，他竟将几页手写的文稿交到我手上，并略显歉意地说，我手有些抖，记忆力也差了，如果有错别字你帮我改过来。我顿时语塞，看着这些涂改过的钢笔字不知说什么好。董先生书写的习惯还是从右至左，从上到下竖排的传统风格。我特意找出他十几年前为我诗集写的序言原稿，对比之下，那时的字体清秀爽快，而此刻已今非昔比，字里行间充满岁月的烙印。但即使一切都在改变，唯有董先生那真诚善良的灵魂始终如一，永远不变。

蓓琪病逝是在 2015 年 5 月 8 日。当时我正在北京探望年迈的父母。当我得知了这个噩耗，心中既有对蓓琪的怀念，更有对董先生的担忧。回纽约不久，我马上约作家周励和《侨报周末》总编刘倩女士到他家探望。董先生一开门我就感到极大的不同。屋里显得幽暗凌乱，很多书本斜躺在书架和桌子上，如果蓓琪还在，这是不可想象的。董先生的脸上充满悲伤，提起蓓琪老泪纵横，我从来没见过他哭泣，面对这位九旬老人的泪水我无言以对，紧张得不知该说什么。他与蓓琪相濡以沫五十多年，蓓琪的去世给他带来如此大的打击，已到生死之地步，这让我不免慌乱。我本想安慰他，希望董先生好好活下去，继续把他的哲思文采展现给世间，可看着他望不到底的悲伤，我哑口无言。

此后几乎每天我都给董先生打电话，隔三岔五就去看他。那次作家五月，一位浪迹天涯的“游吟诗人”，难得从缅甸赶回来看望董先生，也邀我陪她同往。那是2015年9月一个周六。去前我还电话问董先生,要不要从 Pete's Tavern 带个三明治给他,董先生很喜欢那家的三明治。董先生家位于曼哈顿最悠久的社区之一,附近有不少纽约地标式的餐馆酒吧。这家 Pete's Tavern 算是最古老的,建于1864年,与董先生家一街之隔。著名小说家欧·亨利曾经是它的常客,这家餐馆至今仍保留着欧·亨利坐过的位子,据说他就在这里完成他的名作《麦琪的礼物》。我们推开董先生家的门, 那张沧桑的面孔再度呈现在我的面前。我突然发现董先生的书架已空荡荡,忙问他那些书呢?他不无感慨地说,陈九老弟啊,我在处理所有东西,这些书都是中文的,我女儿碧雅也没兴趣,我准备把它们都捐出去或送给朋友。董先生的话让我顿感沉重,这分明是料理后事啊,深深的悲伤不禁漫过心头。人难道都有这一天吗?无论怎样潇洒过辉煌过,走向终结的背影都是苍凉的。在这间客厅里,曾掠过多少文人雅士的身影,董乐山,冯亦代,黄宗英,谢晋,陈翰伯……我根本数不过来,他们高谈阔论伴着朗朗笑声,透过窗棂飞入历史的篇章,为一个深情的时代纵情歌唱。还有我自己,多少次在这里聆听董先生的纵横才思,品尝过蓓琪的咖啡,甚至用过他们的洗手间,这一切都让我倍感亲切,贴着我的面颊缓缓蠕动,直到漫及全身。而此刻啊,面对空空的客厅,我仿佛听到钟声已经敲响,董鼎山先生的那个时代,或者说海外文人的"名士时代",包括夏志清、唐德刚等,正悄悄落幕,历史此刻像一本硬皮的精装书,已翻到最后一页,带着厚重的质感,在慢慢合上。

那天,我第一次,也是最后一次,走进董先生的卧房。在与董先生二十年交往中他从未让我进过他的卧房。他对我和五月说,来,跟我来,我有东西给你们。我们犹疑着跟在他身后,那是间怎样杂乱无章的卧房啊!我的目光顷刻定格,眼前就像一幅油画,诉说着董先生的心境和生命状态。他颤巍巍举起一张发黄的照片,那是他母亲和他三岁时的合影,也就是说,这张照片整整九十年了。他对我们说,这是我母亲,我快要见到她了。他的语气十分平静，充满深情，甚至可以感到天真的孩子味道。人无论多老，只要说起母亲就立刻返老还童，母亲是生命的源泉。我们静静伴着董先生，只见他从桌上拿起一本书交给五月，说这是送给她的礼物。又从抽屉取出一只精美的盒子，是福建名茶大红袍，递到我手上说，陈九老弟，留个纪念吧。我们都很惶恐，不知该感谢还是安慰他。我们在董先生的卧室里合影留念，背景是凌乱的书架，凌乱的床铺，凌乱的时光。

后来我又多次看望董先生，我们都对董先生的状况放心不下，格外关注。那天刘倩突然来电话，说董先生在洗手间又摔倒了，股骨颈骨折被送进医院。本来说好周末陪董先生吃饭的，现在只好调整计划，改为去医院看望他了。万万没想到的是，就在我们准备去医院的前一天上午，在骨科康复中心的病床上，我们敬爱的董鼎山先生，安静走完了他九十三年的生命之路，与这个纷纭莫测的世界挥手告别了。听到消息，我悲痛之余猛然意识到，自蓓琪去世，董先生其实一直生活在“准备”状态，他的灵魂早随爱妻而去了。蓓琪肯定看他没人照顾，太过孤单，于心不忍才接他驾鹤西去的，在那里，蓓琪会像往日一样呵护他。基于蓓琪的临终嘱咐，董先生承诺把在《侨报周末》的专栏继续写下去。而令人不可思议的是，就在逝世前几天，他还向总编刘倩发出最后一期稿件。刘倩在董先生去世前一天收到稿件，并于他逝世当天刊登在董先生的专栏上，紧接着便传来他去世的消息，一切恍若音乐般合拍。董先生的一生就是一部大调协奏曲，激昂奔涌，深情潇洒。他从十四岁开始发表文章，一直写到生命最后一分钟。我坚信这是个奇迹，九十三岁写字或许不稀奇，但把高寿、死亡、写文章、发表文章配合得旋律般完美，唯董鼎山独有。如果岁月是五线谱，他的文字便是音符，随着岁月跳动伸展，一路向前流水般畅响，带着正直善良和真诚的本性，感染着人们，影响着时代。此刻，曲终人散大幕低垂，我有幸遇到并伴随董先生走过他人生最后的二十年，看星辰陨落，一片空荡荡……

我与董先生最后一次通电话,是他骨折入院的前一天下午。他打到我办公室,我们像往常一样聊天。我刚在《侨报周末》发表了《与吴天明导演在纽约拍戏》,于是我们谈到电影,董先生还回忆他与著名导演谢晋的交往,说到高兴处他像孩子一样哈哈大笑,朗朗笑声纯净得恍若天籁,让我联想到他那颗纯粹的心灵。因为转天他就骨折入院,我有理由相信这是他留给人间最后的畅笑,透过那扇熟悉的窗棂飞向蓝天,化入空中。董先生的家离我办公室不远,地铁三站地。不管那扇窗户今后属于谁,我依然会打此走过,回味与他一起度过的难忘时光。这里的一切都是熟悉的,门卫大哥,黑森林蛋糕店的女侍,还有街角公交站等车的人们。只是少了您,董鼎山先生。

南京的深秋

◎ 邱华栋

牛首山

这些年，走过、路过南京有十多次了，在南京的大街小巷穿梭过，在商场的人堆里拥挤过，在法国梧桐的树影下徜徉过，在南京大学的老校区和仙林新校区漫步过。在郊外，我也见识了大江落日的沉郁辉煌和钟山的虎踞龙盘。既然走过南京，就吃过南京的名吃，什么盐水鸭、鸭血粉丝煲等等，但真要下笔写南京，又觉得有些无从下笔。因为，南京太丰富，温暖而平易，繁盛而细微，很容易瞎子摸马摸不着全马，管中窥豹只看见一个斑点。

去年深秋，随着一些作家游走江苏。我因为工作繁忙，就没有去外县市，而是留在了南京，因而得以再次近距离地打量南京。

深秋的南京，有着一种难得的雍容华贵，树叶金黄，微风萧瑟，却带有成熟的稳重和暖意。先说牛首山。在南京，有一个说法是“春牛首”，南京人过去喜欢在春天来临时到牛首山踏青。在这年秋天，我来到了牛首山，为2016年的踏青提前去踩点了。

牛首山又名天阙山，位于南京郊区，山顶有两座小山峰，很像牛犄角相对而立，因此得名牛首山。现今的牛首山，因为迎来了佛教圣物——释迦牟尼的佛顶骨舍利，而建成了一座牛首山佛教文化旅游区。

我是第一次上牛首山，只觉得车子往南京郊区走了半个小时，就看到灰白的风中，一座依然有绿意的小山浮现在眼前。再往山上走，就看到一座白色的、有些像佛顶头骨的奇怪建筑。这就是佛顶宫。我看了解说，才知道这外形有些古怪的建筑，有着独特的寓意：佛顶宫建筑分为大穹顶和小穹顶两个部分。大穹顶很像是佛祖的袈裟，披挂覆盖在小穹顶之上，象征着佛祖的佛法加持；小穹顶则是圆形建筑，下部为莲花宝座结构，上座是摩尼宝珠造型，如此分配十分精当，就不显得怪异了。

从外面看，这大穹顶和小穹顶建筑并不高大，甚至还有些低调、朴实无华，让人看见一开始是不明就里，不知道这建筑是做何用的。等到进去之后，才知道，这佛顶宫的辉煌精致，有容乃大。

我们鱼贯而入，乘坐电梯上了楼。整座佛顶宫的建筑面积在十三万平方米，用金碧辉煌和梵音袅袅来形容，十分恰当。佛顶宫小穹顶的内部结构，又以伫立地上好几层的禅境大观和地下的地宫构成。禅境大观，是呈现了佛教世界的法相庄严和蔚为大观，在几层禅境大观中游走，我们可见佛教世界的宝相、佛法、箴言，以雕塑、书法、灯光变幻，构成了亦真亦幻的奇异境界。在禅境大观中游走，是身心都能感到奇妙变化的过程。不知不觉，你就完成了一次精神的洗礼。

由于地宫里还供奉着佛顶骨舍利，可以说，牛首山如今成为南京城郊区一个非常好的去处，不仅是春季踏青的好去处，还是领受佛教舍利文化、佛禅境界的一个很好的地方。为此，牛首山建成了一系列相关的佛教文化园地。

出了佛顶宫，我们看到了旁边矗立的佛顶塔，佛顶塔高大、亲善，高九层，飞檐斗拱，四面开阔，在很远的地方都可以望得见。有寺就有塔，塔的建筑在人的心理上会带来一种奇特的疏离和宁静，敬畏和仰望感。

在牛首山，除了这一宫一塔，另外还有一寺，就是佛顶寺，坐落在牛首山的东峰东南坡上，与西峰的佛顶宫和佛顶塔相互呼应。

信步走进佛顶寺，但见佛顶寺氛围清净，建筑风格硬朗，褐色的屋顶，飞檐斗拱歇山式建筑，有着唐宋之风。此外，在牛首山的山脚下，还建成了牛头禅文化园，有一座七层八面圆柱形砖塔。这座塔是弘觉寺的佛塔，始建于唐代，重建于明代，传承着法融禅师的牛头禅宗文化，是大众了解佛教禅宗的入门之处。法融禅师写过《心铭》和《绝观论》，是这里牛头禅祖师。此外，山下还有一座郑和文化园。这个世称三宝大太监的郑和，在明代七下西洋，远走西亚非洲，创造出辉煌的早期“一带一路”的景象，死后被特批葬在这牛首山。我一直对郑和有着很大的兴趣，他是如何七下西洋的，这其中的各种细节，一直是我感兴趣的地方，兴许我会写一部小说。

现今社会，存在的几大宗教往往都是劝人向善的。在如今的社会，佛教也能够继续发挥向善的力量，拯救世人于金钱的漩涡、道德滑坡的泥沼。牛首山，来了，就不虚此行。

秦淮河

来南京不去秦淮河看看，肯定是白来一趟。但游览秦淮河，我以为在晚上才好。因为有一句叫作“桨声灯影里的秦淮河”的话，我不知道从谁的作品里读过，就记牢了。那我们就一定要在晚上游览秦淮河，还要有灯光，有桨声相伴。

傍晚，看了夫子庙，从供奉孔子的大成殿出来，我前往秦淮河游览区的入口。读书人来南京，不来夫子庙，等于白来了。在十多年前，我就游览过夫子庙，那时这里人头攒动，热闹非凡。如今的夫子庙却多了一些安宁。这与游客的素养提高有很大关系，大声喧哗者少见，也有大家对孔子的尊崇有关。

夫子庙旁边还有一座瞻园，号称江南四大名园之一，在明代是中山王、大将徐达的府邸。太平天国占领南京的时候，权势熏心的东王杨秀清的东王府也设在这里。之前，乾隆皇帝几下江南，也曾驻跸于此，还用他的如椽大笔写下御书“瞻园”的匾额。现如今，这里是太平天国博物馆。可因为我们来得太晚了，瞻园已经关闭了。

此时，夜幕降临，灯光璀璨。如今的秦淮河，已经被打造成了十里长的水上游览黄金线。我们沿着秦淮河岸边的石阶小路走了一段，先来到了江南贡院。这江南贡院，是江南学子们考试的地方。始建于1168年，在明清两朝是重要的考场，有多少学子从这里一飞冲天，登上龙虎榜啊。据介绍，这里鼎盛时期有两万多间考场，如今被建成了中国科举博物馆。一路走一路看，看到了当年的学子们苦学读书的艰辛和窘境，也看到了抄袭、夹带和作弊的由来已久的考场亚文化。试想，假如自己坐在那个小隔间里，汗流浃背地参加考试，能不能考上举人？真的是不好说呢，因为录取比例太低了。

然后，我们坐上雕花的机动木船——大画舫，这样的船上听不到桨声了，但有姑娘给我们斟上雨花茶，还有姑娘在一旁弹奏古筝。我们说说笑笑，四人一组，两两对坐，嗑瓜子，说闲话，笑谈古今风云事。雨花茶清爽可口，古筝曲若隐若无，陪伴着我们轻松的心绪。作为粗糙的北方佬，对精致的东西我内心里都有些距离，而秦淮河的内外上下，打造得越发精致了，这是我来过多次也不曾感受到的。这时，可以看见灯光十分梦幻，水影倒映着船影。十里秦淮河的游览线路，分为四大部分，有名人故居，也有历史遗迹，有园林古桥，也有秦淮灯彩。在暗黑的秦淮河上行船，我们仿佛是游走在时间的长廊里，我倏忽间从那灯影中影影绰绰地看到了很多历朝历代的才子佳人、官人商贾、美女粗汉、大人小孩，在这里不断地变化着身形，将他们的人生故事快速地呈现在那背景的流逝当中。

秦淮河的两边，那小巷深处，有很多的历史遗迹和传说。在我们经过的时候，如同灵魂复活了一般在深情诉说，鬼影幢幢，让我惊愕。羽扇纶巾，衣袂飘飘，多少男人和女人在这条河边有着自己的生命记忆，回转歌哭？

我们经过了王导谢安的纪念馆，乌衣巷内，东晋时期的两大豪族王导谢安，他们在这里演绎了什么故事？在来燕桥边，李香君的故居，还回荡着她爱憎分明、才貌双全的故事。忽然，我们的船行到了白鹭洲一带，水面顿时开阔了起来，在这里，稍等片刻，就上映了一出精美绝伦的大型水上实景演出《夜泊秦淮》，让人目瞪口呆、流连忘返。

秦淮河，载着南京人历史记忆和生命温度的河流，依旧在现实中、在历史的进程里流淌着，被我们经过、看见，在灯影中，又渐渐远去。

中山陵，明孝陵

好几次拜谒过中山陵，我看这年深秋的一次格外不一样。不一样的地方，就在于季节。往年，我似乎都是春夏季节前来，人流如织，摩肩接踵到无法下脚的地步。但在深秋的萧瑟氛围里来到中山陵，我首先看到的，是深秋的景色里四下一排排高大树木落叶凋零的苍茫辉煌的景象。

中山陵位于钟山中矛峰的南麓，依山而建，气势撼人。我拾阶而上，看到整个建筑群错落有致，逐渐升高，庄严、肃穆，而又清净、平和。中山陵，是中国民主革命的先驱孙中山先生的陵寝，坐北朝南，从下到上，依次有广场、牌坊、陵门、碑亭、祭堂、墓室，其中墓室的海拔 158 米。大部分建筑由白色花岗岩建成，部分是钢筋水泥建筑。

一步步拾阶而上，听当地朋友介绍，看到有些建筑曾经在“文革”时被红卫兵砸坏，石头上还留有痕迹。秋深了，我看见了高邈的天空中，有鹰在盘旋。鹰从神的家族俯冲而来，带来了什么样的消息？

中山陵在每个季节来看看，都很好，因为这里的空气肃穆而清新，似乎历史小心翼翼地停在了一边，让你浏览、观赏和评判。没有气势逼人的感觉，这里也不雄辩，都是呈现。中山陵的设计师做到了十分有趣的一点：站在下面的台阶上从下往上看，看到的只是台阶，而看不见平台。站到上面的平台从上往下看，看到的只是一个个的平台，连接那些平台的几段台阶，则看不见了。由此可见，民国时期设计师的水准已经很高了。

从中山陵下来，拐入树叶凋零的小道，又走了一段路，我来到了明孝陵。这里埋葬的是明朝的开国皇帝朱元璋，还是他和他的马皇后的合葬墓。

明孝陵是南京周边最重要的历史遗迹，盖因六朝古都中，明朝开国即在此建都，朱元璋又彪炳史册，他和马皇后也是感情甚笃，传下佳话。明孝陵规模宏大，周长二十二公里多，四周如今都是茂密的树林。陵前的开阔地带，有弯曲的神道。神道边上，石翁仲、文臣武将、大象神龟、骆驼狮子，都呈现出已经被时间侵蚀得斑驳陆离的状态。由于神道不是直的，是弯曲的，因此，走在秋风瑟瑟的神道上，感觉格外的凄清和萧瑟，内心里涌动的是很苍茫的忧伤感。从1368年到1644年，二百多年的大明王朝的历史风云，那些细节开始在我的脑海里翻江倒海，一幕幕地过了一遍。我读了不少有关明朝的历史书，因此，反过来给陪我到这里的朋友上了一堂明史课。

走过神道，触摸着那些石头雕像，眼看着头顶的落叶缤纷，悬铃木树叶阔大、干枯，实在是岁月的最好脚注。走过梅花堂，看到梅花还没有开，在梅花谷里也都是梅树。紫霞湖边不见紫霞，是时间没有到。一直走到了明孝陵跟前的山门建筑，爬上去，看到后面一个大土堆，这就是朱元璋埋葬的地方了。

我近看远看，四下苍莽的都是山林。微风吹过来，一阵阵的低语和高歌，是树叶和树枝的喧哗躁动。

看来，历史也是不平静的，正在借秋风鼓噪着什么。大明江山不甘失去，但没有什么是永恒的。唯有传说，在历史中、在人们的嘴上变得鲜红。就好像我这次来，不是为了美食，而是为了品尝历史。

南京的吃

于是，要说到南京的吃了。当地人说到南京的吃，都是一脸的茫然，南京有吃的？都是别的地方来的吧。好吧，我说，那桂花鸭、板鸭、盐水鸭、粉丝煲、狮子头、活珠子、灌汤包、阳春面、大闸蟹，不都是南京的名吃啊？

好了，这些东西，我都吃了。几天下来，总是要吃些当地的特色的。味道怎么样？很好。南京有京苏大菜，又称金陵菜、南京菜，指的是从南京到九江的大江菜系。这京苏大菜，不仅有本帮菜，后来，还融合了浙江、两广、湖南和部分清真风味的菜肴特色，因此是一种综合菜系，毕竟，南京是江边的交通中心和枢纽。于是，鸡鸭鱼肉，海鲜河鲜，地上跑的，天上飞的，土里栽的，米饭面条，汤汤水水，煲仔蒸锅，一应俱全，那是很有特色的。京苏大菜注重的，就是舌尖的滋味儿，一个大厨告诉我，他们讲究的是“七滋七味”，这“七滋”是酸、甜、苦、辣、咸、香、臭，“七味”是鲜、烂、酥、嫩、脆、浓、肥。如此说来，可真是讲究啊。

不过，我不爱吃大菜，我爱吃的，都是小吃。在上大菜之前和之后，我在南京吃了不少小吃，印象深刻，见识了很多。

比如，活珠子，就是将胚胎刚发育的鸡蛋煮熟了，敲开一个洞，喝里面的汤水，吃一点点里面类似猴脑的部分，底部的黑色硬底盘就扔掉不吃了，味道十分鲜美。还有腊八粥、豌豆糕、荷叶乌饭炒元宵、桂花酒酿、藕粥、芋头粥、豆沙条、豆腐脑、火腿粽子、扬州春卷、年糕、油炸臭干子、状元豆、蛤蟆酥配火烧、大馄饨、小刀面、油条水饺什锦包、三丁包子山药桃、油炸鹌鹑蚂蚱黄雀田螺、茶叶蛋、五香驴肉、鸭肠汤、熟荸荠，还有百合绿豆糕，等等，都是很好的小吃。

以上，是我记下来的秦淮民间歌谣的一部分，因为一个当地朋友说得太快了，我没能按照押韵的节奏全部记下来，只是记下了一些食物的名字。这些东西，我大都吃过，而南京这里做的则更加精美、精致，食物都成了艺术品。就像那来自扬州，在南京也做得很好的蟹黄灌汤包，里面有香浓热乎的汤水，吃起来却需要技巧："轻轻提，慢慢移，开个窗，小口吸。"哎哟，这是多么讲究的节奏啊。一不留神，汤水就烫了我的嘴。

在秋天来到南京，自有时令菜肴等着你。秋收冬藏，春苗夏长，而秋天是收获很多果实的季节。这时候的藕好吃，年糕好吃，大闸蟹也好吃。俗话说，"九母十公"，九月里吃母的大闸蟹蟹黄满盈，十月吃公的大闸蟹则膏肥肉实。于是，吃螃蟹，喝菊花酒，再来一盘子炒饭。南京炒饭，扬州炒饭，不管哪里的炒饭，都很好。米饭和其他配菜炒在一起，只有在南京才做得这么好。如南京的"金口福六鲜炒饭"，南京好婆的皇帝炒饭，丰富路的酸豇豆炒饭，李府巷子的淮安人蛋炒饭，都很见功底，也是大众趋之若鹜的。写到了这里，我的口水已经流出来了。

此外，在南京，我印象深的菜肴，还有"锦绣鱼圆"，鱼肉圆子非常滑嫩可口，配以姜葱末、笋片、高汤烹制，加点菠菜，实在是色香味俱全。河鲜还有一道菜，是"八仙过江"，将长江杂鱼与新鲜河虾、河蟹放在一起炖煮，加姜葱蒜辣椒，味道十分浓郁。还有"一品香茄子"，是将茄子先腌渍好，去除一些水分，用高汤清蒸之后，将肉末、蒜泥配好，撒上葱花，这茄子简直就不是茄子，成了佛跳墙了。我记得味道重的一道，还有"风花雪月坛子肉"，是红烧肉里面的极品。此外，清蒸大鱼头、鳝鱼糊、长江青鱼、白鱼、刀鱼，小河虾，等等，在南京厨师和主妇手里，都能烹饪出很好的菜肴。南京人最爱吃鸭子，鸭血粉丝煲我吃了不知道多少次了，每次都感觉还想再来一碗。鸭肉、鸭血、鸭肝、鸭肠、粉丝、豆腐果，放在鸭汤里炖煮，撒上香菜，哎呀，真的是锦绣一锅了。

那口味重的人，来南京是不是会嘴里淡出鸟来？不会的，现如今，哪里都有点地方特色，哪里又都十分国际化和全国化。在南京，我就吃到了比较地道的重庆和四川火锅。比如，“九尺鹅肠老灶火锅”，听着名字就很地道，有鹅肠有火锅，对不对？还有一家“小小板凳老灶火锅”，也很不错。这个秋天我还吃到了最好吃的羊肉面，不是在陕西，竟然是在南京的一家小店里。我记得，那羊肉面，看上去是汤白、面条白、羊肉也白，味道那个鲜、香、滑溜，真是好吃。重阳糕，这次我也吃上了，颜色就很好，大白米糕圆形的，上面的杏仁、栗子、小枣却五颜六色的，煞是好看。

所以，南京是从京苏大菜到秦淮小吃，真的是琳琅满目，真的是食材广泛，让人流连忘返，回味无穷。

椴树蜜

◎ 肖复兴

那年，我回北大荒，当车子跨过七星河，来到大兴岛，笔直朝南开出大约十里地，开到三队的路口——青春时节最重要的记忆，许多都埋藏在这里了。车子刚刚往东一拐弯，我犹豫了一下——是集体的行动，怕影响大家整体行程安排——但在那一瞬间，话还是忍不住脱口而出：要不让我下车去看看老孙家吧，下午我再到场部找你们。那声音突然响起，而且是那样的大，连我自己都有些吃惊。

打抱不平遭厄运

回北大荒看望老孙，一直是我心底里的一种愿望。这种愿望自登上北上的列车，就越来越强烈，在三队路口一拐弯，更加不可抑制。

老孙，是我们二队洪炉上的铁匠，名叫孙继胜。他人长得非常精神，身材高挑瘦削，却结实有力，脸膛也瘦长，却双目明朗，年轻时一定是个俊小伙儿，爱唱京戏，“文革”前曾和票友组织过业余的京戏社，他演程派青衣。

他是我们队上地地道道的老贫农、老党员，因此平时说话颇有分量。他打铁时，夏天爱光着脊梁，套一件帆布围裙，露出膀子上黝亮的腱子肉,铁锤挥舞之中,铁砧上火星四冒,像无数的萤火虫在他身边嬉戏萦绕。那是我们队上最美的一幅画。在队里的时候,我曾写过一首诗《二队的夜晚》,里面专门写了夜晚老孙打铁的美丽情景。令人欣慰的是,当时很多知青把这首诗抄在笔记本里,至今还有人能够背诵。其实,当时这首诗主要是为了写老孙,是记录我对老孙的一份感情。

这份感情,就像洪炉上淬火迸发出火热而明亮的火星一样,发生在 1971 年的冬天。那一年,我 24 岁。当时,我和同来北大荒的几个同学,看到队里批判三个所谓的“反革命”——其实都是普通老百姓。当我们看到队上的头头指使人,用铁丝勒着三块拖拉机的链轨板,挂在他们的脖子上批斗,真是于心不忍。要知道每一块链轨板是十七斤半重,每一次批斗下来,他们的脖子上都是鲜血淋漓,铁丝在肉里勒下深深的血痕。

为此,我们路见不平,就为他们打抱不平,结果得罪了队上的头头。他们搬来了工作组,认为我是为首者,便准备枪打出头鸟,先是查抄了我的所有日记和写的诗。在那个鸡蛋里都能找出骨头的年代里,欲加之罪,何患无辞?他们轻而易举便找出了我写的这样的诗句:“南指的炮群,又多了几层。”明明是指当时珍宝岛战役之后要警惕苏修对我们的侵犯,却被认为那“南指的炮群”指的是来自台湾,最后上纲到:“如果蒋介石反攻大陆,咱们北大荒第一个举起白旗迎接老蒋的,就是肖复兴!”

现在听起来跟笑话似的,但那时,几乎所有人都像躲避瘟疫一样躲着我。这时候,我知道,厄运已经不可避免,就在前头等着我呢。

我成了丧家之犬

那一天收工之后,朋友悄悄告诉我,晚上要召开大会,要我注意一点儿,做好一些思想准备。我猜想到了,大概是要在这一晚上把我揪出来，和那三个“反革命”一勺烩了。因为几天前这样的舆论就已经雾一样弥漫开了。队上的头头走路都情不自禁地鹅一样昂起了头。

那一天晚上飘起了大雪。队上的头头和工作组组长都披着军大衣，威风凛凛地站在了食堂的台上，我知道躲过了初一躲不过十五，硬着头皮，强打着精神，来到食堂。就在前不久，也是在这里，我还慷慨激昂振振有词地为那三个“反革命”鸣冤叫屈，把当时的会场激荡得沸腾如同开了锅，如今我一下子却跌进了冰窖。我虽然做好了思想准备，心里还是忍不住瑟瑟发抖。我不知道待会儿真被揪到台上，自己会是怎样的狼狈。他们会不会也在我的脖子上挂链轨板？我真的一下子如同丧家之犬，只好无可奈何地等待着厄运的到来。这才知道，英雄和“反革命”，其实都不是那么好当的。

谁能够想到呢！那一晚，工作组组长声嘶力竭地大叫着，一会儿说阶级斗争的新动向，一会儿说如果蒋介石要反攻大陆真打过来了，咱们队头一个打白旗出去迎接的肯定是肖复兴……然后，又非常明确地点着我的名字说，就是过年的猪。总之，他讲了许多，讲得让人提心吊胆，但是一直讲到最后，讲到散会，也没有把我揪到台上去示众。我有些莫名其妙，以为今晚不揪了，也许放到明晚了？

铁匠老孙和椴树蜜

我坐在板凳上一动不动，等着所有人都走尽了，才拖着沉甸甸的步子走出食堂。这时，我忽然看见食堂门口唯一的一盏马灯下面，很显眼地站着一个大高个儿。他就是老孙。雪花已经飘落了他一身，就像是一尊白雪的雕像。

那时，四周还走着好多人，只听老孙故意大声地招呼着我：“肖复兴！”那一声大喝，如同戏台上的念白，不像青衣，倒像是铜锤花脸，字正腔圆，回声荡漾，搅动得雪花乱舞。紧接着，他又大声说了一句：“到我家喝酒去！”然后，大步走了过来，一把拉住我的胳膊，当着那么多人(其中包括队上的头头和工作组组长)的面，旁若无人似的把我拖到他家里。

炕桌上早摆好了酒菜——显然是准备好的。老孙让他老婆老邢又炒了两个热菜，打开一瓶酒，和我对饮起来。酒酣耳热之际，他对我说：“我和好几个贫下中农都找了工作组。我对他们说了，肖复兴就是一个从北京来的小知青，如果谁敢把肖复兴揪出来批斗，我就立刻上台去陪斗！”

——谁肯艰难际，豁达露心肝？

算一算，44 年过去了，许多事情，许多人，都已经忘却了，但铁匠老孙总让我无法忘怀。有他这样的一句话，会让我觉得北大荒所有的风雪所有的寒冷都变得温暖起来。对于我所做过的一切，不管是对是错，都不后悔。什么是青春？也许，这就叫作青春。青春就是傻小子睡凉炕，明知凉，也要躺下来是条汉子，站起来是棵树。

1982 年，大学毕业那年夏天，我回北大荒一次。第一个找到的就是老孙。那是我和老孙分别 8 年后的第一次相见。当时，他正在炉上干活儿，系着帆布围裙，挥舞着铁锤。他的周围，火星四溅。一切是那样的熟悉，那一瞬间，像是回到那年找他为我打镰刀时的情景。他一眼看到我，停下手里的活儿。我上前一把握着他的手，一句话也说不出，泪水模糊了我的眼睛。

他把活儿交给徒弟，拉着我向家中走去，一路上，什么话也没有说，只是用他那结满老茧的大手紧紧握住我的手。那手那样有力，那样温暖。刚进院门，他就大喊一声：“肖复兴来了！”那声音响亮如洪钟，让我一下子就想起那年冬天他那声洪钟大嗓的大喝：“肖复兴！到我家喝酒去！”

进了屋，他的老婆老邢把早就用井水冲好的一罐子椴树蜜甜水端到我面前。一切，真像镜头回放一样，迅速地回溯到以前。自从那个风雪之夜老孙招呼我到他家喝了第一顿酒之后，在北大荒的那些日子里，冬天，我没少到他家喝酒吃饭打牙祭。他家暖得烫屁股的炕头，我没少和他脸碰脸地坐在一起。春天，到他家吃第一茬春韭包的饺子。夏天，到他家喝从井里冰镇好的椴树蜜，是我最难忘的记忆了。

那春韭嫩绿嫩绿，从他家屋后园子里割下来，常常还带着露珠儿，根根亭亭玉立，像从泥土里钻出来的小美人。只要听见老邢在柞木菜墩上剁韭菜馅，就能闻见清新的香味，那种带有春天湿润气息和一种淡淡草药的气味，特别的蹿，一下子就冲撞进我的鼻子里，然后像长上了翅膀一样，蹿得满屋子都是。老邢用自己家鸡新下的蛋，和韭菜和在一起做的饺子馅，真的特别好吃。返城以后，我从没吃过那么香的饺子。

未语泪先流

椴树蜜，是北大荒最好的蜜了。在大兴岛靠近七星河原始的老林子里，有一片茂密的椴树，夏天开小白花，别看花不大，但开满树，雪一样皑皑一片，清香的味道，荡漾在整片林子里。会有成群的蜜蜂飞过来，也有养蜂人拿着蜂箱，搭起帐篷，到林子里养蜂采蜜。那时候，椴树开花前后，老孙爱到那片老林子里养几箱蜜蜂，专门整些椴树蜜。他家菜园子里，有他自己打的一口机井。他常常把椴树蜜装进一个罐头瓶子里，然后放进井下面，等收工回来时，把椴树蜜从井里吊上来喝，冰凉沁人。这是那时候冰镇的最好法子，井就是他家的冰箱。

喝到这样清凉的椴树蜜，岁月一下子就倒流了回去，让你觉得一切都没有逝去，曾经的一切，都可以复活，保鲜至今。如今，又是那么多年头过去了，我不知道老孙变成什么样子。算一算，他有七十上下的年龄了。我真的分外想念他，感念他。

又到了三队，模样依旧，却又觉得面目全非，岁月仿佛无情地撕去了曾经拥有过的一切，只是顽固地定格在青春的时节里罢了。在场院上看见了现在三队的队长，他是我教过的学生。他带着我往西走，还是当年那条土路。路两旁，不少房子还是老样子，只是更显得低矮破旧。大概前几天下过雨，地翻浆得厉害，拖拉机链轨碾过的沟壑很深，不平的地就更加凹凸不平。由于是大中午，各家人都在屋子里吃饭休息，路上没有见一个人，只有一条狗和几只鸡。记忆中，1982 年来时，也是走的这条路，老孙拉着我的手就往他家走，一路上洪亮的笑声，一路上激动的心情，恍若昨天。

如果没记错的话，前面就应该是老孙家。那么多年没来了，我不大敢保证，问了一下年轻的队长，队长说就是。正说着，走到老孙家前十来步远的时候，老孙家院子的栅栏门推开了，从里面走出来一个女人，正是老孙的老伴儿老邢。仿佛她知道我要来似的，正在出门迎我呢。我赶紧走了几步，走到她面前。她有些意外，愣愣地望着我。队长指着我问她："你还认识吗？看是谁？"她愣了那么一瞬间，就认出了我来，一把抓住我的胳膊，眼泪唰地流了出来，我也忍不住哭了起来。我们俩什么话也没有说出来，只能感到彼此的手都在颤抖。

走进老孙的家门，她才抽泣地对我说老孙不在了。我从她刚刚的眼泪里就已经意识到了。她说，老孙一直有高血压和心脏病，一直舍不得吃药，省下的钱，好贴补给小孙子用。那时，小孙子要到场部上小学，每天来回 18 里路，都是老孙接送。那年的三月，夜里两点，老邢只听见老孙躺在炕上大叫了一声，人就不行了。小孙子整整哭了两天，舍不得爷爷走，谁劝都不行，就那么一直眼泪不断线地流着。

我想象着当时的情景，开春前后，正是心血管病的多发期。三月的北大荒，积雪没有化，天还很冷，就在这间弥散着泥土潮湿气的小屋里，就在我坐的这烧得很热的火炕上，老孙离开了这里，离开 1959 年他 26 岁从家乡山东日照支边来到这里就没有离开过的大兴岛。那一年，老孙才 69 岁，他完全可以活得再长一些。

一句话，一辈子

望着老孙曾经生活过那么久的小屋，我的心里很不是滋味。那年，我来看老孙时，就在这间小屋里。这么多年过去了，小屋没有什么变化，所有简单的家具，一个大衣柜、一张长桌子，还是老样子，也还是立在原来的地方。一铺火炕也还是在那里，灶眼里堵满了秫秸烧成的灰。家里的一切似乎都还保留着老孙在时的样子，只要一进门，仿佛老孙还在家里似的。

一扇大镜框还是挂在桌子所靠的墙上，只是镜框里面的照片发生了变化，多了孙子外孙子的照片，没有老孙的照片。我仔细瞅了瞅，以前我曾经看过的老孙穿军装的照片和一张虚光的人头像，都没有了。那两张照片，都是老孙年轻时照的，那张虚光的照片是老孙外出唱戏时在县城照相馆里照的。一定是老邢怕看见照片，触景生情，取下了吧？

我小心翼翼地问老邢：老孙的照片还在吗？

她说：还在。说着，从大衣柜里取出了一本相册，我看见在里面夹着那两张照片。还有好几张老孙吃饭的照片，老邢告诉我：那是前几年给他过生日时候照的。我看到了，炕桌上摆着一个大蛋糕，好几盘花花绿绿的菜，一大盘冒着热气的饺子，碗里倒满了啤酒。老孙是个左撇子，拿着筷子，很高兴的样子。那些照片中，老孙显得老了许多，隐隐约约的，能够看出一点病态来，他拿着筷子的手显得有些不大灵便。

我从相册中取出一张老孙拿着筷子、夹着饺子正往嘴里塞的照片，对老邢说：这张我拿走了啊！

她抹抹眼泪说：你拿走吧。

我把照片放进包里，望望后墙，还是那一扇明亮的窗户，透过窗户，能看见他家的菜园，菜园里有老孙自己打的一眼机井。我那次来喝的就是那眼机井里打上来的水冲的椴树蜜。似乎,老孙就在那菜园里忙着,一会儿就会走进屋里来,拉着我的手,笑眯眯地打量着我;如果高兴,他兴许还能够唱两句京戏,他的唱功不错,队里联欢会上,我听他唱过。

那一瞬间,我有些恍惚。人生沧桑中,世态炎凉里,让你难以忘怀的,往往是一些很小很小的小事,是一些看似和你不过萍水相逢的人物,或是一句能够打动你一生的话语。于是,你记住了他,他也记住了你,人生也才有了意义,才有了可以回忆的落脚点和支撑点。我一直以为回忆的感动与丰富,才是人一辈子最大的财富。

当我回过神来,发现老邢不在屋了。我忙起身出去找,看见她在外面的灶台上为我们洗香瓜。清清的水中,浮动着满满一大盆香瓜。白白的,玉似的晶莹剔透。这是北大荒的香瓜,还没吃,就能够闻到香味了。

我拽着她说:先不忙着吃瓜,带我看看菜园吧。菜园很大,足有半亩多,茄子、黄瓜、西红柿……姹紫嫣红,一垄一垄的,拾掇得利利索索,整整齐齐。只是老孙去世之后,那眼机井突然抽不出水来了。这让老邢,也让所有人感到奇怪。有些物件,和人一样,也是有感情的,有生命的。生死相依,一世相伴,有时候,并不只局限于人。

清醇滴至今

空旷的菜园里,只有我们两个人,午后的风也凉爽了许多,整个三队安静得像是远遁尘世的隐士。前排房子的烟囱里有烟冒出来,几缕,淡淡的,活了似的,精灵一般,袅袅地游弋着。远处,是蓝天,是北大荒才有的那样湛蓝湛蓝的天,干净得像是用眼泪洗过一样,安静得连蜜蜂飞过的声音都听得见。

那一刻,我的心一阵阵发紧——我才真正发现,我此次回大兴岛最想见的人,已经看不见了。搂着老邢的肩头,我很想安慰她几句,说几句心里话，但我发现我的嘴其实很笨拙，什么也说不出来，只是眼泪忍不住又落了下来。

倒是老邢握住我的手，劝起我来：老孙在时，常常念叨你。可惜，他没能再见到你。他死了以后，我就劝自己，别去想他了，想又有什么用？别去想了啊！你知道，我比老孙小整整10岁，我就拼命地干活儿，上外面打柴，回来收拾菜园子……

想一想，有时候，万言不值一杯水；有时候，一句话，能够让人记住一辈子。年轻的时候，我们并不怎么珍惜青春；年老了以后，我们再来谈青春，往往容易显得矫情和奢侈，但无论怎么说，一个人青春时节奠定的来自民间的情感和立场，却是能够影响人一辈子的。

那天下午，我从三队返回农场场部，从车上搬下来一大塑料袋子香瓜——尽管队长说到场部也有好多香瓜，不用带了，老邢坚持一定要把这些香瓜塞上车，让他们一定给我带回来。她说：你们的是你们的，那是我的。然后，她对我说：老孙要是在，还能给你带点儿椴树蜜的，老孙不在了，家里就再也不做椴树蜜了，就用这香瓜代替老孙的一点儿心意吧。一句话，说得我泪如雨下。我已经好久未曾落泪了，不知怎么搞的，那一天，我竟然无可抑制。

去年，是老孙，孙继胜逝世13周年。我写下一首小诗："洪炉访老孙，未想遇新坟。万马暗将夜，一人挺且身。间从尝夜韭，频唤把春樽。椴树相知蜜，清醇滴至今。"谨以此文此诗纪念朋友老孙，铁匠老孙，北大荒人老孙。

古渡口 古河州

◎ 刘梅花

一重一重的青山，藤花掩映了临着黄河的古镇，大河家。

一路草木多，车开过去，树枝子簌簌披拂过车窗，手掌一般，敦厚得叫人心生喜欢。大河家的房子都高，树木一样生长着的样子。墙壁上镶嵌着青色的砖雕，雕了牡丹雕芍药，枝枝蔓蔓筋骨柔软，花苞鼓鼓的，怕要倏然间弹开呢。院子里的花儿都开了，一朵半朵从浓密的叶子里窜出来，红得要破哩，喊一声要答应哩。多么好，多么好。一生看花相思老，人在草木间，才是顶禅意的光阴呢。

穿过一个村庄去看黄河。日光正暖，晒着庄户人家门前的牛粪。风吹来，黄尘弥散，空气里是黄河水的味道，枝头花椒麻酥酥的味道，青皮核桃的味道。喜欢极了这样恬静的时光，华丽又清淡。巷道不宽，一边是高阔的古城墙，老绿的苔藓贴在墙皮上，云头纹一样。古城墙头顶上，冒出来人家的屋檐，开着一扇窗子，真个儿叫人惊讶，恨不能爬上去看个仔细。不过，古城墙也太高了，一缕炊烟云梯一样悠闲地搭到天空中云朵里去了。8月，大河家的玉米正是肥美的季节，一穗一穗，从阔大的叶子里钻出来，缨子像一撮发丝，散发着粮食的清香。

一处高高的山崖上，看到了黄河。左边的黄河右边的崖，对岸是青海呢。水是深蓝的，略略有点绿，从遥远的山涧奔流而来，似乎一点儿也不野气。山太高了,听不见黄河水的轰鸣,只觉得柔,一种扯筋扯骨的柔韧。恍然叫人以为,是一条水做的带子,盘绕在山谷,细长而妖娆,那样的清冽深邃。偶然有宽阔处,便是水绸子绾了个结。远古的时候,人们顺河而来,在两岸繁衍生息。暗暗连缀光阴的,是这浩浩荡荡的黄河水。

夜宿大河家,梦里似乎听得见水声,咣,咣,水梢撞击石头的骨骼,两种深沉的声音缠绕回荡。也可能是,也可能不是,不甚真切。清晨,去看大河家岸边的临津古渡。古渡口的日光饱含着水分,格外醇浓。水花溅起,被朝阳一打,滴滴金子似的,空气里似乎都有仓啷啷清脆的响声。人一走,就把阳光撞得打着旋涡儿。

水生河草树木,水生万物消长的慈悲。

大河家桥头,有早起的人捉了几条小鱼,盛在盆子里,慢慢地游啊游。桥面宽阔,这边是甘肃的大河家,桥那边就是青海的扇子山。初阳打在红砂岩山上,一层一层的光亮,像一朵怒放的硕大的鸡冠花。急急慌慌的,跑到桥那端去了一趟青海。青海的饭馆刚刚擦亮玻璃窗,招牌上斗大的字:大盘鸡,东乡洋芋片,看得人淌口水。我在桥上来来回回走,一会儿在甘肃,一会儿在青海,真是激动得不行,乐傻了。桥上走过的藏民和回民,都披了一层金光,质朴而古风,似乎是从汉唐走来。世间种种好,真叫人感激。

立在桥上,就可看见临津古渡口。拦河一条粗铁索,还在水里晃荡。湍急的水乍然撞击在铁索上,飞溅起碎碎的水花,白亮亮的,连缀起一道白光,玉箍一般,箍在狂野的黄河之上。铁索若隐若现,一痕深青色在水光里翻滚,水光吞噬铁索,复又吐出。这时候,就觉得黄河水有骨头,泼皮硬朗的水骨头,一波一波与时光撞击,与铁索撞击,与石头撞击,喀啦啦响着,一轮一轮周而复始地轮回,从古至今,无穷无尽。

当年临夏人走青海,就是从这个渡口通过。那时候,渡口有木船,有水手,羊皮筏子可能也有。人们从哗啦啦的黄河水上漂过,吼上一嗓子河州“花儿”，多么惊险酣畅啊。这一切，古朴而幽凉，对于我这个腾格里沙漠边缘长大的人，简直惊诧新鲜至极。倘若有人身披蓑衣，头戴斗笠，踩了一叶扁舟诗意地跨河而过，肯定被黄河水一脚踹到下游去了。黄河可是咆哮得很哩。临水而立，你就知道黄河的气势狂烈，有一种大音希声的磅礴扑面而过，是那种倏然间把人击倒的震撼之美。这世上，唯有黄河不曾闲啊，从古忙到今，一刻不停。

大河家自古以来就是甘肃和青海之间的重要渡口。很古的时候，有个部落叫渠搜，大概的位置在青海湖附近。周穆王巡游天下时，听说渠搜有好马，一路风尘仆仆去了一趟渠搜。周穆王的行程，是溯黄河北上，渡黄河，经落都，抵达渠搜。那么这个渡口，极有可能就是临津古渡。只是时间太久远，模糊了一个渡口的名字。隋炀帝西巡，也是从临津渡口渡过黄河抵达青海的。张骞两次出使西域，都是在临津渡口过黄河，往返都路过河州。

历史上，临夏和青海东部地区，曾并称河湟地区。唐朝时，在河湟谷地设置茶马互市，临津渡口是唐蕃古道上最重要的渡口。盛唐时，有七十万匹战马驿马，其中大概有半数就是通过河湟地区茶马互市成交的。马和茶叶，在临津渡口繁忙来往，可能就是《清明上河图》的那种繁华吧。青海吐谷浑人养的宝马，过大河家渡口，河水般哗哗流入中原。而大批战马涌入中原大地，为唐朝的强盛提供了军事保障。大河家渡口，离着盛唐只是一个转身的距离。

当时河西走廊的商贸主要依赖骆驼客，西域路途漫漫，黄沙苍凉，只有骆驼是最好的选择，丝绸、瓷器、香料，往来不绝。而在唐蕃古道上，山高水险，商贸往来是靠马帮。骡马驮着茶叶、布匹，从中原赶来，在河湟谷地茶马互市中交易。你的茶叶布匹留下，我的骏马带走。临津渡口大概忙得花儿纷纷，草叶颤枝。唐时绢马贸易比价是：马一匹易绢四十匹。至于茶马比价，一匹好青海骢，大概需要一百斤茶叶。茶叶在吐蕃地区是万万不可缺少的。茶叶不仅仅解渴祛乏，消除奶酪肉食的油腻,还与当时盛行佛教有关。茶者禅也,禅茶禅茶,借茶参禅。

到了宋太宗时,一匹绢市价一贯,一匹马市价三十贯,三十匹绢换一匹马。后来,西夏截断了河西走廊的商贸,几乎一匹马也不卖给宋朝。这种背景下,河湟谷地马价大涨,二百五十斤茶才能换一匹中等的马。南宋的战马更加捉襟见肘,马价一涨再涨,要千斤茶才能换一匹马。

河湟地区这条茶马古道,是从中原长安出发,途经临夏市,过吹麻滩、刘集,一直走到大河家休整一下,从临津渡口渡过黄河,抵达青海的山水村落之间。再远,就走西藏了。

另外一条,是从长安出发,过天水,经临洮,到达临夏康乐,再到广河,渡过广通河,然后过和政,过临夏县,抵达临夏市。然后转至炳灵寺渡黄河,经过永靖县,抵达青海民和。文成公主嫁给松赞干布,也是这条路,从长安出发,经过秦州、河州,自炳灵寺渡黄河入鄯州境内。

除了茶马贸易这样的大宗买卖,民间琐碎的交易也是频繁的。羊皮换盐,牛毛换银镯,马蹄换岁月。大河家渡口在哗哗的水声里拨亮一盏一盏的灯笼。自古河州出商人,是有这层历史缘由的。

据史料记载,唐宋时期,常年奔波在河湟地区唐蕃古道上的西域商人,慢慢沿途居住,人家沿着茶马古道延伸。聚居的人家多了,形成一个个的村落,恪守着远山近水。遇一人而白首,择一地而终老,不用回到遥遥的西域去了。

我总觉得,临夏"花儿"最早也是古河州商道上的商人们唱开的。苍穹下广袤的大地,万物生长,黄河水涌动着生命的血脉。脚下路途漫漫,内心的柔软和自然的大美撞击,便从心底里开出一朵绚烂的"花儿",张口喊出来。河州牡丹是季节喊开的,而"花儿"则是心喊开的。临夏"花儿"有文字记载是三百多年,其实应该更早。我坚信"花儿"是河州古道的另一种符号,悠远而亲切。

临夏作家王维胜给我们念了一首"花儿":"大河家里街道牛拉车,

车拉了搭桥的板了。你把阿哥的心拉热，拉热者你不管了。”我们不依，请他又念了一首：“脚户阿哥的好心肠，白布手巾里包冰糖。冰糖放在枕头上，吃里嘛不吃你思想。你不吃是我吃上，相思病害给者我身上。”

爱情只是“花儿”里所包含的一部分，更多的是附着了人生所经历的辛苦，还有对大自然的热爱。在临夏市“河州花儿文化艺术苑”里，河州金嗓子何清祥，一曲《上去高山望平川》，唱得人心里啪啦抖颤，恨不能拿出世上最好的语言赞美。

在康乐县良恒商场，有个店员奇怪地问我，你不是临夏人吧？怎么说一口临夏话？真的呢，我的河西方言的确和河州方言有相似的味道。其实，在远古的岁月里，河州有我们河西的亲戚呢。据《武威地方志》记载，十六国时期，有一支河西人曾经跋山涉水，迁徙在临夏西南的山水之间，耕地放牧，繁衍生息。

十六国时期，大概在公元402年左右，河西鲜卑人秃发傉檀，在凉州建立了凉国，历史称为南凉。那时候的凉州城叫作姑臧。有一年，他和北凉王沮渠蒙逊厮杀一场，大败而归。北凉进攻的势头实在太猛，势必要拿下他的城池。南凉王打不过呀，只好放弃姑臧，带着城内几千户居民，还有西域来的粟特人商队、波斯人商队，本地的工匠、手艺人，一路迁徙到了青海的乐都，定居下来。

北凉王得到了姑臧城，又好几次发兵围攻青海乐都，城外驻扎满了他的千顶牛毛帐篷。南凉不能安心耕田放牧，日子过得饥弊得很。过了些年，终于耗退了北凉王，秃发傉檀恢复了一点元气，率七千骑兵去攻打吐谷浑乙弗部落，留下太子守城。他的人马前脚刚走，南凉的邻居，西秦的乞伏炽磐乘机袭取乐都，守城兵太少，乐都城失守，南凉亡。乞伏炽磐得到乐都城，只留下财富，把城内的万余百姓都迁徙到枹罕去了。枹罕就是今天的临夏。这部分河西子民，种子一样播撒在大地上，生根发芽，从此就生活在临夏西南地区，再也没有回到河西来。

光阴的藤草漫过了历史的石墙，虫儿飞，鸟儿鸣。也许，我们河西的先祖们把他们的口音留在漫长的时空里，即便是千重光阴之后，我们的方言还有相似的味道和气息。河州，有我们河西的亲戚，见与不见，牵挂都在那里。

古渡口，古河州，度过时光我来看你。也许我正在找你，某个清晨，我们却在时空里乍然相遇，一句乡音，心生喜悦。古河州，古河州，我来，你用盛大的阳光迎接我。我回，留一首河西古老的歌谣给你："远方的青山，你在哪里？尽下的是甘露细雨。心中的百灵鸟儿，你在哪里？美妙的声音摇过枝头。今天我和有缘的人儿们走在了一起，高兴，高兴，高兴……"

土地四种

◎ 石绍河

黄豆地

莫讲大话莫耍猫，是我怀中丢姣姣；
黄豆牵藤去不远，芭茅路边长不高。

——桑植民歌

一位辗转去了台湾的竹溪老兵，几十年后回到竹溪探亲，他给乡亲提出的唯一要求是想要品尝一下竹溪的和渣和油豆腐。老兵念念不忘的竹溪这两样吃食，都是用竹溪土地上生产的黄豆做成的家常食物。大豆在竹溪叫作黄豆，不管是黑大豆青大豆黄大豆，一律叫黄豆。黄豆适应性很强，什么土地都能长，但它跟花生一样，最适宜的还是沙壤土。竹溪的黄豆地不成块不成片，东边窄窄的几厢，西边长长的几垄，坡上零星的几块，溪畔孤立的几蔸。虽然规模小，但随处可遇，举目可见，是大人小孩都十分熟悉的农作物，随便叫一个两三岁的伢儿指认，都不会出错。

种瓜种豆，竹溪人眼里的瓜就是南瓜，豆则是黄豆。春天里，竹溪人从往年留下的豆种中，把圆润饱满的种子仔细挑选出来，趁春雨歇脚土地温润的当儿，及时播种下去，然后盖上草木灰粪和细土。过不了几天，种子吸足水分，顶破豆衣，拱出土地，细嫩的茎撑着两片豆瓣，如一群大头娃娃，憨头憨脑地站在春风春光里，有点力不可支的样子。不用担心，没多久，豆苗伸几个懒腰，打几个哈欠，蹦几个跟头，转眼就舒枝展叶，长成一株株虽矮却茎粗的黄豆树，密密匝匝，摩肩接踵。到一定高度，顶端会牵出细藤，互相勾连缠绕，如卿卿我我的情侣。

黄豆太普通了，以至令人熟视无睹。竹溪人没有不认识它不和它打交道的，却很少有人细心观察特别留意过它。比如，我曾有意问过竹溪一些人，黄豆的花是什么形状？什么颜色？真把有些人问住了。我专门观察过，黄豆在夏秋时，就会开出成丛成丛的细花，很小且不起眼，大多是白色的，也有略带紫色的，像一只只小小的蝴蝶，高高低低栖息在植株上。植株下部的好多花成双成对长在叶腋间，花萼深深裂开，像张开的两张小嘴，做出亲昵的情状。竹溪盘歌里有几句："什么开花红满山？什么开花两夫妻？桃树开花红满山，黄豆开花两夫妻。"倒也生动贴切。黄豆结的荚果，有的像弯弯的镰刀，有的似直直的葫芦，肥实下垂，黄绿相间，常常留住过路农人的脚步，勾住他们的眼球。他们矮下身子，拨开叶子，抚摸豆荚，掂量轻重，脸上像开着一朵花。

竹溪缺田少地，竹溪人很早就懂得集约节约利用土地。他们把黄豆和苞谷、洋芋一起套种轮作。房前屋后溪畔沟边有点空地，也会刨开点上几粒豆种，任其自由生长。曲曲弯弯长长窄窄的田埂，也要顺势种上一两行黄豆。就这样，秋天收割的时候，东扯几把西捋几蔸，归集到一起，有不小的收获。

金风送爽，豆叶泛黄，豆荚摇铃，有声有色，是诗是画。"种豆南山下，霜风老荚鲜。"黄豆成熟了，把秸连根拔起，成捆颤悠悠挑回吊脚楼，晾挂在排枋或横梁上。这种劳作法谓之扯黄豆，与东北等地收豆有很大区别。作家肖复兴曾到东北插队劳动，他在一首诗里有"大豆摇铃后，挥镰向好秋""未割一垄地，月上柳梢头"等句，可以看出东北收黄豆是用镰割的，不会胡子眉毛一把抓。东北的黄豆地一望无涯，一垄地十里长，从早到晚还割不完一垄。那才叫壮观。不过，现在东北应改镰割为机收了。在竹溪，黄豆秸晾挂一段时间，主妇会选一个好天气，把它从排枋横梁上取下，铺晒在场坪里。随着温度的升高，豆荚爆裂，豆粒蹦跳，那声音似农家小曲，很动听。太阳西斜，主妇找来连枷，上下翻飞，起伏有致，不紧不慢地反复捶打，直到豆粒全部从豆荚里蹦出来，把豆秸抖净分开码放，用竹筛筛去渣子，只剩下滚圆黄灿的豆粒，再晒一两天太阳，就可收仓储藏了。

《诗经》里说“中原有菽，庶民采之”。这“菽”就是今天的黄豆，与黍稷麦稻一起并称五谷，是我国重要的粮食作物。“民之所食，大抵豆饭藿羹。”用豆粒做的豆饭在当时是主要的膳食。但竹溪人并不把黄豆当粮食做豆饭。他们在小小的黄豆上动起脑筋，变着花样，玩魔术般弄出好多可口的食品。七弄八弄，黄豆变成了炒黄豆、豆酱、豆腐、豆汁、豆豉、豆芽，最有名的要数和渣、豆腐和油豆腐。和渣是将泡好的黄豆用石磨磨成浆，倒在锅里和上菜叶一起煮熟，即可食用，制作方法简单。既可盛着当饭吃，又可做下饭菜。过去，竹溪缺衣少食，很多人家靠苞谷充饥。苞谷饭干硬难咽，往往就用汤汤水水的和渣拌着吃，无油无盐也吃得清甜。竹溪沙壤土里的泉水清冽纯净，不带杂味，此水此豆做的豆腐，滑腻细嫩，宛如凝脂，滋味鲜美，老少皆宜。鲜嫩的豆腐再做加工，可制成豆腐干、霉豆腐、油豆腐、臭豆腐等数十种副食品。豆腐和其他食材搭配，又可制作很多诱人的菜肴。如泥鳅钻豆腐、砂锅鱼头豆腐、韭菜拌豆腐、白菜豆腐汤，一报出菜名，食客们无不馋虫蠢动，一品为快。《清异录》记载，青阳丞戢“洁己勤民，肉味不给，日食豆腐数个，邑人呼豆腐为‘小宰羊’”。豆腐便有了“植物肉”的美称。

竹溪的油豆腐用本地产的茶油煎炸，以其金黄柔软、油而不腻、清香扑鼻、入口生津而声名远播。做油豆腐需用生石膏，即把石膏在砂岩上磨细成泥，用清水调和成卤水，把煮熟的豆浆从铁锅里舀入木桶，掺凉水至手肘探进不感觉烫人为宜，再缓缓加入卤水，边搅动边观察。卤水到一定量后，豆花翻腾，迅速凝结成块，就要立即停止添加，否则过量，油豆腐成色口感差远了。做油豆腐点卤水最为关键，水温、卤水性烈性疲，加入的速度快慢都会影响油豆腐的质量。我曾暗暗揣摩过做油豆腐的技巧，并付诸实践，结果很成功。每年春节前，家里推豆腐，都要等我放假回家时，让我来点卤水。我还被村里操办红白喜事的人家请去帮厨，当做油豆腐的师傅。现在，竹溪豆腐和油豆腐成了家乡的一大品牌，经常有人托我们捎带。有人开起豆腐作坊，用真空包装，销到很远很远的地方。

过年是竹溪最隆重的节日。其隆重的标志，就是腊月里，家家户户要杀猪宰羊打粑粑推豆腐。临近年关，乡邻见面寒暄，往往就问：年猪杀了吗？粑粑打了吗？豆腐推了吗？有了这几样，就是一个殷实祥和开心快乐幸福如意的年。

竹溪人虽然贫困，却不乏生活智慧。不仅把一粒粒黄豆加工成美味的食品，还从中悟出许多人生道理。他们夸奖有主见会来事办法多的人，是“黄豆地里种芝麻——点子多”。讽刺某些人胡搅蛮缠，往往来上一句“歪嘴巴吃黄豆——斜嚼”。批评一些人说话不中听没道理，就不客气地说这是“脑壳上倒黄豆——不入耳”。表扬他人办事干净利落，顺口就是“竹筒倒黄豆——利利索索”。说明做工作要摸清情况对症下药，张口就来“卤水点豆腐——一物降一物”。担心某人做事不牢靠，就会形容“豆腐砌墙——不稳当”。听到这些话，自然忍俊不禁，佩服起竹溪人的睿智幽默来。

黄豆在我国食品史上和文学史上地位很高。有人称豆酱、豆腐、豆浆、豆芽是中国食品史上的四大发明。美国人朱利安有一篇著名的演讲，题目是《大豆——中国的奶牛》，把豆浆誉为“绿色牛奶”，称在贫穷的中国，保障人民的健康，大豆功不可没。曹植作《七步诗》“煮豆燃豆萁，豆在釜中泣。本是同根生，相煎何太急？”借燃豆秸煮豆粒这事，喻兄弟相残之现实。朱熹曾赋诗描述种黄豆的艰辛:“种豆豆苗稀,力竭心已腐。”明代诗人苏平做诗咏豆腐:“传得淮南术最佳,皮肤褪尽见精华。一轮磨上流琼浆,百沸汤中滚雪花。瓦缸浸来蟾有影,金刀剖破玉无瑕。个中滋味谁得知,多在僧家与道家。”袁枚在《随园食单》里记录了豆腐的九种烹制方法。1959 年,毛泽东回到阔别 32 年的韶山,看到家乡田野里水稻和黄豆茁壮生长,丰收在望,充满喜悦和豪情,挥笔写下“喜看稻菽千重浪,遍地英雄下夕烟”的诗句。邓小平在法国留学时,为了解决留学费用,曾在巴黎开过“中华豆腐店”,闻名一时。党政机关接待客人的就餐标准曾规定为“四菜一汤”,其肇始者就是毛泽东,那一汤就是白菜豆腐汤。

入夏以来,我们单位的食堂添置了豆浆机,早餐开始供应豆浆。去往食堂的路上,我忽然记起苇岸的一句话:“看到一只在田野上空徒劳盘旋的鹞子,我想起田野往昔的繁荣。”喝着现榨新鲜的豆浆,我也想起竹溪黄豆地的前世今生。

洋芋地

镰刀吃草不吃根,岩头睡到不翻身;
团鱼生蛋河中泡,洋芋下蛋土里埋。

——桑植民歌

1976 年春天,按当时学制,我本该上初中了。上面突然来了通知,从那年开始,改春季招生为秋季招生,我们便延长了一个学期的小学学习时间。我的小学班主任,是一位文学青年,他订阅了几份文学刊物。我就是在那年班主任订阅的《诗刊》第一期上,读到了毛泽东《念奴娇·鸟儿问答》,里面有“土豆烧熟了,再加牛肉。不许放屁,试看天地翻覆”的词句,觉得诙谐幽默,却没有弄明白背景和意旨。不过我牢牢记住了这几句词。那时，家乡竹溪土豆多得很，牛可是农民的宝贝，土豆天天吃，牛肉很稀罕，我心底里也很想过上“土豆烧牛肉”的生活，却不敢说出也不可能做到。

后来才晓得，苏联领导人赫鲁晓夫在一次发表的演说中，把“共产主义福利”说成是“一盘土豆烧牛肉的好菜”。中苏两国交恶，毛泽东借这首寓言体的诗词，嘲讽抨击赫鲁晓夫的“假共产主义”。两个大国唇枪舌剑的论战，拿土豆和牛肉说事，按现在时髦的说法是躺倒也中枪。土豆牛肉无辜得很。

竹溪把土豆叫洋芋。从名字看，就知道这是外来物种，且果实像当地产的山芋。这种既能当粮食，又可做蔬菜，还可做饲料的作物，在竹溪大面积种植。洋芋性喜冷凉，在疏松透气凉爽湿润的土壤里，会长得拳头般大小，椭圆的长圆的扁圆的挤成一堆，透着土气憨厚；鹅黄的藕白的淡红的五色交杂，露着灿烂光鲜。

洋芋是冬种作物，这是它在竹溪大面积种植的主要原因。它不与春种作物争地，又可在春夏粮荒之际，及时接续食物供应。秋收结束，最后一批粮食入仓，竹溪就进入漫长的冬闲时光。人们在歇闲享受的时候，也在不急不忙地筹划准备着冬种。竹溪民谚“九油十麦”，油菜在农历九月份就要种下去，小麦在竹溪少得可以忽略不计，剩下的一冬时间就是种洋芋。他们慢腾腾地把树枝杂草砍下，一堆堆放在冬天的阳光里晒，这叫灰渣。灰渣晒得半干，找地里一处处合适的地方，挖出小小的平台，掏出几条通风火道，把树枝杂草归堆码好，倒上细土压实，然后点火，让它慢慢燃烧。大约一天或一夜，树枝杂草燃尽，细土也焖得焦熟，用粗竹筛筛去未燃尽的树枝木棍和混杂的石头，把竹筛下的细土草木灰拢成圆锥形，在锥尖压一小块石头，这道工序俗称烧灰筛灰。这是为种洋芋准备的草木灰肥料。接着把人畜粪一担担送到地里灰堆边。竹溪的洋芋是不施化肥的，草木灰和人畜粪一定要备得充足。一切准备就绪，晚上把洋芋种切好，切口用火塘里的细灰敷好，防烂防病，然后装在背篓里。第二天一早，大人小孩齐出动，上山种洋芋。男人在前面挖沟起垄，小孩顺沟顺垄放种，女人把拌和着草木灰人畜粪的底肥，用撮箕端上覆盖在洋芋种上。男女老少分工明确，配合默契，工序井然。

春天到了，忽晴忽雨，地温上升，地下的洋芋种苏醒过来，啜饮着甘霖，粗粗壮壮的苗从芽眼里探出头，伸出地面，四下惊讶好奇地张望打量着这个陌生世界。在阳光雨露的滋润和农家底肥的催促下，洋芋苗长得飞快，眨眼的工夫，一片深绿，随风漾波。那嫩嫩的叶子，也是一种可口的蔬菜，常常被主妇掐下，揉烂掺到和渣里去煮，那锅和渣霎时绿意盎然，清香爽口。入夏，洋芋头顶上开出一团团五角形的小花，嫩绿色的茎，纯白色的瓣，杏黄色的蕊，迎风摇曳，暗香浮动。食用植物中，很少有开出这样美丽的花朵的，洋芋花算得上独领风骚。作家迟子建在她的小说《亲亲土豆》里，这样描写洋芋花："那花朵呈穗状，金钟般垂吊着，在星月下泛出迷幻的银灰色。当你敛声屏气倾听风儿吹拂它的温存之声时，你的灵魂却首先闻到了来自大地的一股经久不衰的芳菲之气，一缕凡俗的土豆花的香气。"只有对土地、对洋芋有着切肤之爱，才有这般细腻生动的文字。

我再也搜刮不出其他语言来描写洋芋花了。漫漫长夏，洋芋成熟了。上山放牛砍柴的孩童，临出门，口袋里悄悄揣上一包火柴。趁着无人，偷偷到洋芋地里掏出几颗洋芋果，跑到背静的地方，把洋芋果放在一起，薄薄盖上一层细土，在上面燃起一堆野火，烧烤着洋芋果。估摸着时间差不多了，把火灭掉，扒开灰烬细土，取出热乎乎的洋芋果，吹吹拍拍，剥开烤焦烤黑的皮，露出嫩黄的果肉，很享受地大嚼起来。有时嚼得急，果肉烫了上颚或牙齿，忙用沾满炭黑的双手去捂嘴，脸上也涂满了炭黑，如非洲人一般，只看见两只眼珠骨碌碌转。山上没水，加上自己看不见，往往带着一张"非洲脸"进村入寨，大人撞见笑得弯了腰，孩童不明就里，也莫名其妙地一脸傻笑。

洋芋该收获了，男人在前面用锄头使劲挖，挖出一窝窝白花花的果实,用手提起一蔸蔸抖抖泥土,扔在屁股后面的土地上,由女人或小孩从土里捡起从茎上摘下,放在背篓中装在麻袋里。完了,一篓篓一袋袋运回去,倒在堂屋里,再按果实的大中小挑拣分类。大的留着当粮食蔬菜吃,中的留着来年做种用,小的剁碎煮熟喂猪。那时候,竹溪的人和猪,享用的绝对是天然绿色保健食品,没有农药化肥添加剂。现在一看到报道食品不安全的案例,就挺怀念过去吃东西一点不担心的日子。那个年代,物质匮乏。春夏之际,青黄不接。洋芋应节出世,解了粮荒。记得有好几个月,竹溪很多人家粮食也是洋芋,蔬菜也是洋芋。碗里盛着洋芋果,锅里煮着洋芋片,洋芋果当饭,洋芋片作菜。煎洋芋、烤洋芋、烧洋芋、水煮洋芋片、洋芋粑粑等,就是那个时候发明的。条件稍好的一些村寨,看到竹溪饭食以洋芋番薯为主,编排竹溪人的生活是"夏吃洋芋冬吃苕(番薯)"。就为这句话,竹溪后生有段时间讨媳妇都难。

早年,我在乡下中学教书。我们教研组的几位老师,为了把乏味的生活弄出一点光鲜亮色来,便约定轮流做东,开展美其名曰"每周一歌(锅)"的活动。做东的老师掏钱到集市上割几斤新鲜猪肉,打一斤苞谷酒,买些洋芋小菜,把猪肉用火锅炖上,把酒用大碗倒上。教研组的全体老师围着火锅喝酒,不时把准备好的洋芋片、青菜萝卜扔进滚开的锅里,刚煮熟就捞出吃。红红的炉火,沸腾的火锅,我们吃得汗爬水流,津津有味,觉得好幸福。这种活动持续了一年多。洋芋含有丰富的膳食纤维、胡萝卜素、抗坏血酸等,具有抗衰老的功效,能健脾和胃,益气调中,缓急止痛。过去被人嘲笑的竹溪洋芋,一下咸鱼翻身,成了保健食品明星,受到追捧。有人把洋芋誉为"地下苹果",有人赞美它是"十全十美"的食物。于是,以洋芋为主要食材的食品屡屡推陈出新。醋熘洋芋丝酸辣洋芋丝干煸洋芋丝口舌生津;洋芋炖鸡块洋芋烧排骨红烧肉炖洋芋咸淡适口;红烧洋芋片自制洋芋饼鸡蛋洋芋饼香浓味美;洋芋丝卷饼干锅洋芋片椒盐小洋芋齿颊留香。就连街边卖洋芋粑粑油炸洋芋的小摊,也是生意火爆。赫鲁晓夫"土豆烧牛肉"式的"共产主义生活”，我们终于实现了。仔细想来，赫鲁晓夫的标准也定得太低了，现在“土豆烧牛肉”想吃就吃。

我偶翻闲书，看到一本《快活馋》，里面介绍巴西的国餐：豆饭。豆饭就是在大锅里，将猪蹄、黑豆、洋芋和各种香料炖在一起，舀一大勺，浇在盘里的糙米饭上吃。这是巴西人逢年过节必吃的食品。招待外宾时常常作为镇餐之宝。这与“土豆烧牛肉”有异曲同工之妙。洋芋上了国宴，不可小觑。洋芋真实含蓄，有着内涵美和恬淡美。无数艺术家从中捕捉到了力量和人性之美，留下了以洋芋为主题的传世之作。最有名的是两幅画。一是凡·高的《吃土豆的人》，画中朴实憨厚的农民一家人，围坐在狭小的餐桌边，昏黄的灯光洒在他们憔悴的面容上，盛土豆的盘子里散发出缕缕热气。凡·高故意用粗陋的模特来显示真正的平民。他说：“我想传达的观点是，借着一个油灯的光线，吃土豆的人用他们同一双在土地上工作的手，从盘子里抓起土豆，他们诚实地自食其力。”这幅作品，确立了凡·高作为大师的地位。另一幅是法国勒帕热的《收土豆》，画中一位农妇正弓腰收获土豆，广阔的土地与远处的地平线，多么富于田园乡土气息。空间深远辽阔，空气清新，土地肥沃，收土豆的女人洋溢着满足的喜悦。劳动中的女人很美，一举一动、一颦一笑，无不流露着女性的温柔和善良。洋芋借助大师的如椽之笔，走进了神圣的艺术殿堂。常有竹溪的亲友进城办事，临动身前往往打电话问我：带点什么？我脱口而出：带点洋芋。看来，不管我走到哪里，都放不下竹溪的洋芋地了。

粽叶地

送郎送到辽竹湾，风吹辽叶往上翻；
上一翻来下一翻，好比刀刀割心肝。

——桑植民歌

几年前,一位长沙的作家朋友送我一卷安化百两黑茶。我周末在家准备泡茶,忽然想起了这卷黑茶。我把它找出来在阳台上慢慢打开包装。当我剔开外层的篾笼时,发现一层焦黄的粽叶紧紧包裹着茶柱,轻轻撕开,粽叶茶叶混合的香味飘逸而出,疏淡四溢,随风入鼻。这卷茶在我家待了不下五年,不知在朋友那里存放了多久。这么些年过去,粽叶依然清香如故。闻着这清香,我心恍惚,想起了家乡竹溪遍地野生疯长的粽叶,迷离中走进那泛着深绿色的一片片粽叶地。

粽叶是粽叶竹的叶子,又叫粽粑叶,竹溪人习惯把粽叶竹和粽叶竹的叶子都统称为粽叶。粽叶学名箬竹叶。《本草纲目》里说"其生疏辽,故又谓之辽"。竹溪人把粽叶也叫辽叶,是有出处的。粽叶是一种生长在崇山峻岭中、根茎皆似小竹的禾本科植物。它高约两米,根系发达,叶片宽大,生命力顽强,因其喜阴湿耐寒冷耐肥力怕烈日的性格,常在树林间山岩中小溪边山坡上安家。

竹溪海拔在五百米到一千二百米,是粽叶繁衍生息的理想高度。在竹溪的土地上,粽叶漫山遍野,活得逍遥自在,葳蕤茂盛,四时常青。粽叶面青背淡,柔韧宽薄。随着季节变化,粽叶新旧相代,由新绿、嫩绿慢慢变为深绿、墨绿,远远望去,"风摇碧浪层层,雨过绿云绕绕"。粽叶盘根错节,亲吻大地,蓄水固土。因了这漫山的粽叶,竹溪遇雨不浊,逢旱不涸,绿水长流。

以粮为纲的大集体时代,粮食跨长江过黄河,是农民的荣耀也是集体的荣耀。每个生产队都在挖空心思多产粮食。砍火畲开荒地扩面积,就成了增产粮食的主要办法。初春,我们的队长到处转悠,看到粽叶在地里长得枝繁叶茂,便想,把粽叶地开成耕地种上苞谷,也一定会苗肥竿壮,大获丰收。他立马安排男壮劳力,带着磨得锋利的柴刀,把密密麻麻的粽叶砍倒,放火烧掉,然后组织劳力,用锄头挖掉盘曲纠结的竹根。那竹根密实坚硬,很难挖,几个人一天只能开出很小一块地,按竹溪人的说法是“一天只开得屁股大块地”。好不容易整出几块地种上苞谷，等苞谷出苗时，粽叶未挖尽的根却发出许多嫩笋，春风细雨中长得蓬蓬勃勃，“野火烧不尽，春风吹又生”。除掉一批，过不了多久又长出一批，比苞谷苗茁壮得多，摆出一副和苞谷苗争水争肥争阳光的架势。除了长，长了除，如此三番，粽叶和农人展开拉锯战。地里的苞谷似乎对这种拉锯战失去了信心，甘拜下风，瘦若麦秆。辛苦操劳却收获寥寥，费力不讨好。那时，“人定胜天”的口号高呼入云，竹溪人却没斗过地上的粽叶。第二年，队里的人再也不愿和粽叶拼将力气，只得放弃已开垦的土地，粽叶却发子发孙，长得郁郁葱葱，绿浪滚滚。粽叶竿圆直细长。农忙时，大人常常带着午饭下地。饿了，就用柴刀砍下地边的几株粽叶竿，削成一双或几双竹筷，或蹲或坐在树荫下的石头上就餐。吃完，把竹筷随意撂掉，方便得很。小孩子则把粽叶竿砍回家，选一根粗长一点的竹竿弯成箭弓，用细麻绳做弦，做成一副好玩的弓箭。剩下的竹竿，一头砍齐整，一头削斜尖，做成箭杆。然后挽着弓，带着箭杆，宛如出征的将士，和小伙伴在村子里冲冲杀杀。看见一堆稻草垛、一只大公鸡、几只小鸟儿，拔出一枝箭杆搭在弦上拉开，睁只眼闭只眼，瞄准一会儿，手一松，“嗖”地射出去。射不射中不重要，关键是刹那的感觉和快意。粽叶竿带给孩子们童年的欢乐和记忆。

粽叶天然生长，气味芳香。过去，竹溪的粽叶主要是包粽子编斗笠。传统节日是乡村最重要的民俗，端午节是竹溪一年中最热闹的日子之一。竹溪民谚：五月五，是端午。门插艾，香满堂。逮粽子，撒白糖。包粽子吃粽子是竹溪端午节的重要内容。端午节前，家家的主妇就要把早已准备好的糯米清洗干净，用清冽的泉水泡好，把临时从山上采来的鲜粽叶在溪水里洗利索，备好粽叶扯成的细丝（代替细麻绳或棉线），然后把粽叶挽成上大下小的漏斗，舀一勺雪白的糯米放在漏斗里，讲究一些的人家还会添加点花生米、枣子、腊肉之类的东西，稍稍压实，把粽叶折叠成三角形，用粽叶丝捆结实，就成了一个包好的粽子。把包好的粽子放在铁锅里煮熟,可趁热吃,也可放凉了蘸糖吃。粽子自古有之,后来不知怎么和楚国的三闾大夫屈原扯上了关系,便名气大增。竹溪人不知道屈原是什么人,更不关心粽子与屈原有没有关系。他们沿袭旧俗,不问来历,只把粽子作为传统节日美食,祭祀祖先,馈赠亲友。当年定亲的竹溪后生,如赶上端午,就一定要带着粽子,到丈母娘家去拜端午。

用粽叶包粽子,除了取材方便,随采随用外,粽叶本身具有的灭菌防腐气味芬芳等特点,也是它倍受喜爱的原因。端午正值夏至前,天气逐渐酷热,食品不好保管,而粽叶包装食品恰恰能延长保质期。粽叶遍地皆是,何乐而不用。

粽叶在竹溪的另一大用途就是编斗笠。过去,蓑衣斗笠,是竹溪农人劳作时普遍使用的雨衣雨帽。蓑衣是把从粽叶竹上剥下的一张张粽皮,剔骨晒干后,层层相叠铺成大扇形,用细粽绳密密连缀而成。斗笠则先用当地的竹篾织成上下两层骨架,再把无破损的粽叶,叶叶相超,平展铺开到骨架中间,精心锁边而成。它们像一对患难兄弟,如影随形,替辛勤耕耘的农人遮风挡雨。

“西塞山前白鹭飞,桃花流水鳜鱼肥。青箬笠,绿蓑衣,斜风细雨不须归。”这首脍炙人口的词描画了江南水乡春汛时期捕鱼的情景。头戴青箬笠,身穿绿蓑衣,在微风细雨中乐而忘归的渔夫,给我留下了深刻印象。每每读到这首词,不由得想起竹溪的父老乡亲在春风春雨的稻田里披蓑戴笠勤耕苦做的样子,有了几分亲切,有了几分酸涩。他们可没有渔夫这般悠闲自在。无独有偶,唐代柳宗元的《江雪》:“千山鸟飞绝,万径人踪灭。孤舟蓑笠翁,独钓寒江雪。”为我们勾画了一幅寒江独钓图:茫茫大地,白雪皑皑,一位渔翁,身穿蓑衣,头戴斗笠,乘着孤舟,独钓寒江。蓑衣斗笠是渔翁抵御寒风飞雪的利器。明代高叔嗣《答袁永之》里,描述农民的理想生活是:“蓑笠在户,桔槔空悬,浊酒相命,击缶长歌,野人之乐足矣。”蓑衣斗笠作为文学具象,寄托了文人士子的理想情怀。

“万泉河水清又清，我编斗笠送红军。”战争年代，为战士们编斗笠是拥军爱民的具体表现。万泉河在海南岛，我不知道那里的斗笠是不是用竹篾和粽叶编成。家乡竹溪也经历过“闹红”和“剿匪”，乡亲们的确为红军和解放军用竹篾粽叶编制过斗笠。粽叶也算为中国革命做出了一份贡献。年迈的父亲，常把我们当听众，津津乐道他年轻时为“剿匪”的解放军当向导的事情。他留给我们的印象是：戴斗笠，穿青衣，挎柴刀，蹬草鞋，青春活力，不多言语。他蛮得意这种印象。当然，粽叶还可包裹茶盐、编制器皿、做成饭盒、垫盘垫笼、提炼香精和食品添加剂等。

十多年前，一位做过外贸生意的人，无意中闯入竹溪。他惊异地发现竹溪长满了深绿纯色的粽叶，没有任何毒害和污染。他知道这样质地的粽叶销路很好，感叹着竹溪人捧着金饭碗讨饭吃。他动员竹溪人把粽叶采摘下来，按要求挂晒、分拣、扎捆、打包后，由他派人设点收购。当初，竹溪人将信将疑，不为所动。有头脑灵泛的人，从山上采摘一些粽叶，按他的说法去做，他果真收购运到山外去了。看着到手的现款，竹溪的宁静打破了，粽叶地里一下子热闹起来。粽叶年年可采，季季可收，竹溪男女老少都上山采粽叶，有人一天可采一百来斤鲜叶。逢赶集的日子，把打包的干粽叶肩挑背扛、车载马驮，运到集镇的收购点上销售，多的一次可收入上千元，一年下来，一家可收入两三万元。竹溪外出打工的许多中年人，辞工回家采粽叶，既收入稳定，又不误阳春，还可照料老人小孩，一举多得。没几年，不少竹溪人家依靠粽叶脱了贫致了富。竹溪粽叶清香、柔软、色纯、宽长、坚韧，颇受东南亚、日本、韩国的消费者欢迎，桑植、鹤峰、龙山等地企业都纷纷上门收购。竹溪上空整天浮动着粽叶的芳香。绿色的粽叶，在竹溪人眼里变成了“黄金叶”。

资源就是财富。过去卑微、静默、少人问津的粽叶地，而今已成为竹溪人的绿色银行。这是上帝赐给我们的福地，当好好珍惜才是。

荞麦地

高山野岭种苦荞，郎打瞌睡姐来摇；
看到鲜花你不采，前世得的瞌睡痨。
——桑植民歌

竹溪有一则流传很广的笑话：竹溪一后生出外当兵几年，退伍时带回一口南腔北调，寨里人听不惯，常背地里指指戳戳地议论。其父心里很窝火，却没机会发作。一天，父子俩下地做农活，路过一片荞麦地，儿子指着正开花的荞麦问父亲：“那红杆杆绿叶叶开白花的，是啥玩意儿？”父亲气不打一处来，抄起肩上扛的家伙朝儿子打去。儿子猝不及防，倒在地里，抱着脑袋大叫：“荞麦地里打死人啦！”笑话归笑话，后生倒也道出了荞麦的主要特征。

荞麦是一年生草本植物，也是一种普通的粮食作物。荞麦在我国有着悠久的种植历史，两千多年前的汉墓里出土的实物就有荞麦。它按品种分为甜荞和苦荞，按播种季节分为春荞、伏荞和秋荞。荞麦耐寒耐贫瘠，生育期短，抗逆性强，不用除草，不用施肥，不用杀虫，一年中可多次播种多次收获。竹溪的荞麦大多是秋荞且品种为苦荞。平时，它默默无闻，要么种在岩壳地，要么长在野山里。关键时刻，它又充当起救灾备荒作物的角色。竹溪的年成是“五旱三涝两平年”，夏秋季节，不是洪涝灾害频繁，就是久旱不雨田地龟裂，禾苗缺水枯死或水冲沙压，农民的辛苦便化为泡影。这时候，上面就派干部下村进寨，组织动员农民抗灾自救，自救的主要办法就是栽番薯种秋荞。“疏麻大豆已前辈，荞麦晚菘初后生。”

荞麦出苗早，生长快，从种到收只要两三个月。荞麦站在秋天的山坡上田野里，枝枝相扶，叶叶露翠，为略显单调的秋天增添了亮色。一片片绿油油的荞麦地，枝摇叶摆，随风起伏，如波如涛。每株荞麦能开出一两千朵雪白雪白的花。这花，一朵朵看，细小瘦弱，不娇艳，不诱人，可连成一片，却不声不响地透出繁盛灿烂来。

夜晚，荞麦花是月光的情人。在月光朗照下，荞麦花洁白无瑕，满铺似雪，朦胧凄迷，楚楚动人。白居易有诗曰："独出前门望野田，月明荞麦花如雪。"作家鲍尔吉·原野在《荞麦花与月光花》里有这样的描述："它们迸放繁密的白花，花瓣密得把地皮都遮住了。在白花花的大月亮地里，就是一场大雪。""月色细腻柔美，地上的坑坑洼洼无不承受到这种白面似的抚摩。当然月亮不会无故出窍，倘它在地上有情人，必是荞麦花无疑。荞麦花在倾泻的月光下，微仰着脸，翕张口唇，感泣而无力言说。""那种朴实的村妇气，在月下净去，宛如城里美人了。"古人在观察荞麦与物候的关系时，如北宋陈师道在《后山丛谈》里曾言："中秋阴暗，天下如一。荞麦得月而秀。中秋无月，则荞麦不实。"月夜不仅让荞麦花冷艳妩媚，而且关系到荞麦的秕实丰歉。

白天，荞麦花和蜂蝶做着露水夫妻。天高气爽，秋阳融融，荞麦花开得清醇簇密，芳香沁人。"荞花冉冉蜜脾香"，它用缥缈的甜香招蜂引蝶，毫无遮掩地在天地里欢娱做爱，授精繁衍。荞麦花泌蜜丰富，中午为最，也是蜜蜂蝴蝶采蜜授粉的最佳时节。荞麦花繁而实少，要更多结实，只得依靠蜂蝶做帮手，凭脉脉花香招惹它们也就不足为奇。

荞麦本身是丹青高手，颜色搭配得自然协调，顺眉顺眼，天衣无缝：绿绿的叶，红红的茎，白白的花，黑黑的实，黄黄的根。我们常说五颜六色，荞麦身上真是五色纷呈。荞麦就是一幅画，就是一首诗。上网随便搜索了一下，发现从古至今，有很多人都惦记着荞麦。陆游曾咏道："病去身轻试杖藜，满村荞麦正离离。""寒风萧萧凋榉柳，暖日晖晖秀荞麦。""城南城北如铺雪，原野家家种荞麦。"陆游是很喜欢荞麦的，他有不少诗作都留下了荞麦的影子。温庭筠有诗云："日暮飞鸦集，满山荞麦花。"以傍晚时分满山洁白的荞麦花写环境的清幽宁静。我很欣赏明代镏松的诗:“顺应门外斜阳里,荞麦花开似故乡。”借荞麦花表达思乡之情。

荞麦的籽实是不太规则的三棱形。竹溪有个关于荞麦籽实形状的传说:很久以前,荞麦和麦子是两兄弟,样子都是椭圆形的,而且非常要好。后来受人挑唆,两兄弟翻了脸。有一天,两兄弟狭路相逢,说着吵着,竟动手打起架来了。麦子把荞麦打了三瓦片,荞麦把麦子肚子砍了一刀,两兄弟都留下了伤疤,从此,荞麦变成了三棱形,麦子身上留下了一条缝。荞麦低贱易种,不需过多招呼经管。随手撒下几把种子,不多久,会有或多或少的收获,但一般都不高产,一亩能收几十斤就已不错了。大集体时代,队里也会在瘦坡烂地远山野岭种上一些荞麦。荞麦是粗粮,交公粮不要,卖余粮不收。队里就把荞麦分给社员做口粮,去壳后磨粉磨浆,做荞面糊荞粑粑吃。有孩子久吃生厌,看到荞麦做的饭食就摔碗发脾气,大人也不急,边捡摔在地上的饭碗边斥骂:叫花子还嫌荞面糊,饿死你!荞麦帮助竹溪人填饱了肚子,挨过了一个个艰难的日子。

小时候,母亲用家织布给我缝制了一个枕套,里面的填充物就是荞麦壳。淡淡的荞麦味,久而不弱,清而不浊,散而不走,枕着睡觉,死沉死沉,雷打不醒。荞粑粑有一种植物的清苦气,回味绵长。竹溪有很多与荞粑粑有关的旧俗。一是用荞粑粑敬土地神。阳春三月,地气上升,百花盛开,各种冬眠动物也逐渐苏醒出动,里面不乏有毒的动物,如毒蛇蜈蚣之类。而小孩又天生好奇好动,喜欢招惹这些动物,经常有小孩被蜈蚣蜇了毒蛇咬了的事情发生。大人便想出一个办法,用荞粑粑去敬土地神,祈求土地神的保佑。敬了土地神,五毒就被堵在洞内出不来了。荞粑粑好吃不好看,竹溪人怕亵渎了土地神,便一边敬祀一边解释:荞粑粑敬土地,此地只有此货。请求土地神宽恕谅解。也真怪,用荞粑粑敬了土地神后,寨子里的小孩一年平安无事。一是用荞粑粑安魂。活蹦乱跳的小孩,突然莫名其妙地发烧了,大人就会无端地怀疑小孩的魂被什么怪物勾去了。傍晚时分，大人就会到桥头或野地里喊魂，一边喊魂一边把魂往家里引，勾去的魂就随着大人的喊声回来了，孩子的烧也退了。灵魂灵魂，人是有魂的，但魂是什么东西，谁也说不清，令人费解。为了防止小孩的魂被鬼怪勾去，每年的农历三月三，大人就让小孩吃荞粑粑，说是吃了荞粑粑就能稳住人的魂，不至于被鬼怪勾了去。

在物质、精神生活迅速丰富的今天，过去穷怕饿怕的人们，却越来越热衷追求享受，原有的生活方式、行为习惯、饮食嗜好都在悄然改变。快节奏的社会生活，激烈竞争的工作压力，对活在当下的人们的身心健康造成了严重的威胁，很多人长期处于亚健康状态，患上了现代文明病。面对这种现状，大家都在努力寻找一种既有药物的功效，又没有药物副作用的食品。“众里寻他千百度，蓦然回首，那人却在，灯火阑珊处。”人们终于找到了苦荞麦这种理想的食品。苦荞麦食药同源，是谷类作物中唯一集七大营养素于一身的作物，其营养价值居所有粮食作物之首，且含有其他粮食作物所缺乏的特种微量元素及药用成分，兼具养生、保健、食疗三重功效，对现代文明病、中老年心脑血管疾病均有预防和治疗功能。于是，土里土气的荞麦，实现了华丽蝶变，成为现代文明人的新宠。人们开发了很多与荞麦有关的食品和用品，苦荞茶、荞麦面、苦荞酒、荞麦片、荞粑粑、荞麦枕头等，都是城里人的抢手货。城市里的好多家庭都改喝苦荞茶了，酒店、洗脚城都在为顾客提供苦荞茶。卖荞粑粑的店子开了一家又一家，还时常断档缺货。城边有家农家饭庄，除可口家常菜外，庄主还准备了很多乡下来的荞粑粑，安排人切成薄片，放在木炭火上烤得两面焦黄，放上几碟土蜂蜜，供候餐的顾客用烤焦的荞粑粑蘸着蜂蜜吃。荞粑粑和土蜂蜜的喷香味道馥郁而来。顾客也许事后记不住吃的饭菜喝的酒，却忘不了那荞粑粑土蜂蜜。饭庄每天食客盈门，好多人莫不是冲着荞粑粑土蜂蜜而来。

不知竹溪人能不能抓住机遇，把那“红杆杆绿叶叶开白花”的荞麦种出一点规模和气势来。我是由衷希望着的。

性情写作

他们的灵魂深处有一个萤火般的光亮,那就是他们的浪漫理想和对自己命运的憧憬。

回想青春

◎ 陈 村

年届六十来谈论青春是一件很好笑的事情,先是好笑,然后又悲哀起来。头发大张旗鼓地花白了,牙齿神不知鬼不觉地松动了,肚子一五一十地腆出来了。那皱纹在脸上张牙舞爪的,无论什么霜什么蜜都没了能耐。我只能以一个曾经青春者的身份来谈谈青春。

在我年轻的时候,“青春”似乎是一个下流的字眼儿。即便偶尔提到,也是为了将它贡献出去。所以,在我的印象中,青春是一种早晚要端出去献了的东西,就像是他人寄放在我这儿的一样。

不过,我确实年轻过。我曾年轻到口出狂言,年轻到想入非非,年轻到将生命一掷为快。尽管我一无所有,然而有了青春,生命就蓬蓬勃勃了。过了这一站,那份自负和慷慨,全部收敛了。不仅自己收敛,如今我还常常把经验告诉年轻人,比如生活的艺术,比如处世的哲学,比如心理的锻炼。指导他人的青春是一件很有诱惑力的工作,上点年纪的人多半乐此不疲。我也未能免俗,为此说了许多话,写了许多文字,谆谆告诫他们,真诚祝福他们。

直到有一天,我突然没来由地想起了乌鸦。那种黑色的鸟总是多嘴。我站在人生的树上,常把目光投向后果,而年轻人常常追求瞬间。我告诉活在瞬间中的人,永恒是不存在的,所以瞬间也是无意义的。我所找寻的结果无疑是消灭了永恒也消灭了瞬间的。想到这些,我告诫自己再不要多嘴多舌了。

我想起在自己年轻的时候,也曾听到过许多忠告。心绪不佳时,往往还要将这些话反击回去。是啊,不听老人言,吃亏在眼前,此后多半吃了亏。但是,在吃亏之前,我获得了许多快乐。

在一个深秋的黄昏,小雨,我走向一个姑娘的家,去开始一场一开场就是结束的初恋。当时我热情沸腾茶饭不思,却连一声“不”都没有听见。这种经历当然不会获得很高的评价,但毕竟开始了才有以后,才有今天和明天的感情。

秋天更深的时候,我坐上西行的列车,去当一个新时代的小农民。后来,也是秋天,我也是坐的火车,回到了城市。我把土地和草屋还给了老乡,把健康和一些信念留在了那里。来者已不是去者,我第一次感到自己是活过了。那一年我十九岁,我的青春想必就是在这时结束的。

我不知自己的青春从哪天开始,也不知它流落何方。和大多数年轻人一样,我的青春很短、很卑微,这和我设想的青春是一致的。这样,我可以在回想时微笑,觉得可亲。

青春是一腔无人可诉的心事,青春是一本不让人翻阅的本子,青春是不计功利的努力,青春是无法被证实的自负,青春是莫名的开心与莫名的哀愁,青春是留给后来的一坛陈酒,青春使人变得比婴儿更幼稚,比老人更忧伤。

有段时间,我常去大学,去有年轻人的地方。我没有任何功利的目的,只是想看到年轻的人们。他们常常将我吸引,他们没有财富,没有地位,但他们拥有年轻和健康。我试图和他们对话,但说不上几句就明白,自己不说也罢。我们不能相互理解,甚至没有理解的欲望,最多只能相互尊重。当年,我也曾尊重过那些年长的人。我自以为还有力气谢绝尊重。有一次,在复旦大学,我和几个同伴与大学生们争执起来了,为了一个没名堂的题目。我想,这可好了,现在我们平等了,可以让那些“老师”见鬼去了，争一争心里很舒服。他们也解放了，可以肆无忌惮，可以畅所欲言，可以自高自大。这真是难得的好时光。

可是，并不是什么人都想和我辈争一争的。我们相互看见了，相互微笑，然而无言，我们的中间隔着岁月和经历。我们缺少共同的话题，还缺少一致的兴趣。这样的两代人携手并肩是很辛苦的，不如相望相闻。我想我应该调整自己，应该有一种树的感觉。树的基调是年轮，当然，年轮也没什么了不起，不必常常去数。何况，树的年轮只有在被放倒后才能数清。

我想，有一天，我被放倒了，要是还有人愿意来数一数我的年轮，数到中间怕是没什么可数的。还有一句老话叫“树怕伤心”，那包藏在层层叠叠的枯枝败叶和老皮之中的树的青春被岁月锈蚀，树也就没有了。

青春就是这样一种东西。

灵魂放哪儿

◎ 龙 冬

北京已是中午。太阳刚从拉萨河南岸宝瓶山顶升起不久,有如青春鲜活明亮,渐渐把我身体照暖。这是2014年3月的最后一天,拉萨还在冬季里死熬硬撑。我妈的电话,问我在哪里。我说在拉萨建筑工地上。我爸感觉不大好。我哥的电话,问我在哪里。我说在拉萨的博物馆工地上。我爸状况不好。其实这十来年我爸身体状况如同他的一生,总是一副不大好的样子。甚至已经许多年,我的手机白天黑夜都是打开的,想到随时都会接到他怎么了的电话。甚至许多年,我在失眠的长夜想到他已经离去了,体验到孤独寂寞的一丝文艺快感。

他在我回忆里走过,走在二十世纪七十年代中国科学院哲学社会科学学部大院的树荫下,从学部大院(这个单位在孩子们嘴上还有一个称谓:鞋铺大院,就是今天中国社会科学院)六号楼文学所朝东的小门走出,脚底擦地,噌噌噌,往北走到七号楼宗教所一间办公室我们的临时宿舍。他个头小小的,微笑着热情招呼迎面的熟人,有时也会站住跟一个同事一个上级比如诗人何其芳、卞之琳,学者吴晓铃、钱钟书、余冠英、唐弢什么的正经友好说话。他看到我。我想他要训我了,结果他却小声说,走,我们下馆子去。有时,我想他要拉我下馆子了,结果他突然冲过来暴怒,吼我混账只知道惹祸捣蛋,只知道引火烧身。我对他情绪的判断总归用今天话讲，不贴谱。

我终于感到了不安。交代完工作，匆匆驾车离开博物馆工地驶过拉萨河柳梧大桥，赶回驻地。我老伴儿的电话，要我回京。我爸可能不行了。我想这下恐怕真的不妙。赶往贡嘎机场的路上，拉萨山山水水，景色如画，可是我的喉咙总被一股热气哽住，眼睛潮湿模糊。将要进入机场，我老伴儿又来电话，叮嘱不用急，医生都在，家人都在，还有高僧念经祈祷。家里有两本《圣经》都是我爸给我的，他却没有任何宗教信仰。他住在北京藏医院，所以朋友热心安排了僧人超度。后来我知道那时我爸已经走了。我推算，他走的时辰，我已出了拉萨市区，正由机场高速路第二个长长的隧洞通过。

此前十天，我到内地出差路过北京。最后，我对我爸含含糊糊说，你好好地养啊。他眼睛空洞无奈望着我，问我多久回来。在我转身之后，他说，在外面小心，不要抽烟，不要喝酒。他的四川乡音忽然加重。我回头从虚掩的病房门缝看了看。他一身医院的蓝白条病号服，坐在轮椅上。

我童年对乡村坟地坟头很有兴趣，特别对那些裂开深深口子的小窝头坟堆充满兴趣。在国外，除了博物馆旧货店铺，我只对墓地的宁静和那些各种式样美丽的墓碑好奇。我去过西藏的几处天葬台。我厌烦火葬场，只要一到火葬场告别什么人，就会恶心。但我并不恐惧。我厌烦的是那些痛苦的和并不怎么痛苦的告别仪式。我在世界上看过水边露天火葬，也见过高僧真身塔藏。在火葬场，人家肃穆难过伫立鞠躬握手安慰，我却心有旁骛，总想着到那边或者半地下的火化炉前试试身手。有一年，我真就那么试了试，从头到尾来了一个全套尝试。如何把人平放到耐火石的焚烧床上，如何在人体下铺垫一层锡纸，这让我联想到饭馆的一盘菜，纸包鱼。电钮一按，那床沉沉缩进，再一按，听动静估计那床深深下降。然后，在我往外走的时候，隐约听见背后轰然的烈火。不用一个小时，炉门打开。滚烫。晾晾。渐温。雪白的，如同出土文化期高古玉器的鸡骨白，只在盆骨那里残留一点屎黄。那副骨架完整，指节散落，一根也不缺，头颅与身体分离，毫无关联地扭向一侧，仿佛对自己的身体早已厌恶透顶。死亡非常干净。火葬场的焚烧比告别仪式有趣，有活力，更接近再生。人，生命，唯有烈火能够让其净化。人，生命，其实就是一泡水，压碎装进一只盒子里的钙。水蒸发了，升到高空变成白云乌云，再变成水滴落回大地江河湖海。那些钙融入泥土，生成新的泥土。

我爸火化后，因为工作，第二天我赶回西藏，飞越他的故乡四川，擦边飞过他的故园乐山。我替他在天空问候他的早已变成尘土的父母，传达他们的儿子就要同他们相会了。

一个人，我坐在拉萨河谷水边窗口，没有任何声音。眼睛越过一排小楼，看见拉萨谷地的大风扬起黄尘往光秃秃的山上漫去。白色水鸟在天空被风卷起抛下，如同几个破烂的塑料袋。我忽然意识到自己喷出的沙哑悲伤声音，就立刻收敛了。

我按季节和我爸火化那日北京的天气测算，用卫星地图查找，我爸那一泡水得到蒸发，向什么方向飘散，飞到了什么高度，飞到什么位置了，他能不能看见我。他在飞升，他已经可以看到他曾经生活走过的地方。他能看见我吗？他还在飞升，他已经能够看见从未去到的广大世界，那些自由的与不自由的。我在深夜的河边仰望星空，爸，爸，爸，爸。河流哗哗作响，其余都是空寂。我身边带着我爸的一点遗骨，有时候打开看看，却不大清楚这是他的哪节肢体。他抱着我的时候，这节肢体触碰到我身体的哪个部位。

我爸当然和我一样姓熊，可是没有多少人知道，一般人知道的是他的笔名。我爸幼年丧母，少小离家在米店当学徒。他读过私塾，读过一年正规中学。他的文学写作完全依靠自修。他写过诗歌，写过散文小说，写过话剧。他的作品总量少得可怜，质量却还说得过去。我十五岁那年他开始教我写作，要我写两篇文章，一篇每个段落结束的标点必须都在格子外，一篇每个段落结束的标点都要在格子里；教我在饭馆里观察那些食客，分别说出他们的职业，他们此时的情绪，他们家庭关系是否和睦；教我看相算命。我被他训练成今天的样子，陌生人分辨我，大体是个刑侦警察。他是一个典型的被社会环境推动的知识分子。关于知识分子，我们小时候喜欢称之为“吃屎分子”。他这辈子，就是中国普普通通“吃屎分子”中的一员。他在国民党时代挣扎求生，抗战，国共战乱，属于进步积极的热血青年。重庆渣滓洞蹲过两年之后，借国共为渡长江谈判之机，作为谈判条件他被民主党派营救出狱。紧跟着谈判失败，共产党非要打过长江，他又一次成为国民党搜捕对象，东躲西藏。不久，共产党军队解放了重庆。他得到了解放，专职文学写作，后来风光地来到北京。“肃反”扩大，他又被戴上手铐重镣押解回川。那时入川从北京火车到武汉，再从长江乘船逆流而上，多少天，手铐脚镣拉屎都不给解开。有一回，我爸当游戏教我用双手擦屁股，结果是可想而知的。到了重庆，他被临时关押在朝天门码头江边的房子里一夜，通宵听到有人投江的落水声，感到十分恐惧。尤其晚年，几乎每个深夜他在梦中惊恐喊叫，以致家人都得不到安宁。我爸并非胆小怕死，问题清晰之前，他在北京看押期间有过上吊，幸亏没有被人发现，否则罪行加重，更要把别人笑死。他完全没有上吊经验，只知道吊两三条毛巾，把下巴轻轻勒了一下。上吊，那毛巾是要在脖子上绕两圈才好。我在小说里写过一位老知识分子，他百思不得其解，不怕自己被拉出去枪毙，却十分害怕被扇嘴巴子，害怕脸上被吐口水。他没有问题了，终于又回到伟大祖国的心脏。

我爸喜欢北京。他喜欢干燥阳光，喜欢天际博大，喜欢宽广的大街，喜欢天安门观礼台，喜欢人民大会堂的请柬。他喜欢涮羊肉，喜欢莫斯科餐厅和新桥饭店的西餐。他喜欢四个兜兜的干部制服。他喜欢图书馆，喜欢琉璃厂，喜欢灯市口旧书店，喜欢剧院戏场子。他喜欢人与人之间的大气，喜欢首都的人才济济。他受不了“小地方”那些“文人相轻”“抬头不见低头见”的狭窄逼仄。他说过，他死后不回老家。

他在作家协会工作，虽然也曾被杨朔那类人物训斥，但是杨朔也会被丁玲训斥。他谈到这些总是显得异常高兴。天不冷，那些作家(他是点名说的)头上都戴个皮棉帽，效仿照片上的苏联知名作家。丁玲的大衣不穿上，总是披着，好不威风。他生前聊到这些。我听说过，那都是一群傻×啊。他大笑，很生硬别扭地学我粗口。然后他又讲，也不能笼统那么说。

他的心我想永远到死都在文学写作里浸泡着，可他的确又是被历史裹挟的一个典型的“吃屎分子”。他必须放弃文学写作。他不能用自己的脑袋去换取几篇破小说。首先，打倒非党文学，他那时还非党员，这就在资格上没戏了，至少是矮人一大截。再者，身边写作者自杀的流放的抬不起头走路的，完蛋屁的太多了。此外，随着年龄增长和阅读历史，他的工作业务也转移到中国古代作家研究。我小时候，只看到他订阅借阅《参考消息》和《文物》。他对长沙马王堆汉墓出土那个老太婆充满兴趣，时常谈到那老太婆临终前吃过甜瓜，谈到她弹性十足的皮肤，谈到她衣服的纹饰。

我爸比较早地认识到环境的残酷，所以他以一个小说家的人情练达和敏感的观察判断，认识到自己这一生注定歇菜，注定过客。柔弱胜刚强。反右，他躲过去了。四清，我出生，他下乡去了。“文革”，他险些完蛋，闪了。五七干校，他又下乡去了。“文革”后期，他先从干校返京。批林批孔批邓，我印象中他一天到晚总在开会学习。我妈那时还在干校乡下。我的童年真像一阵轻风。我一生最大的自由快乐就是大人们这些“吃屎分子”们牛鬼蛇神们都被工农兵抓去，老师们都像严寒里的缩头乌龟，我们小孩成天不用上学，成天读自己喜欢的读物，成天爬到房顶烟囱上远望，成天吊在树干上吹风胡思乱想，成天打架点燃垃圾站算计打碎谁家的玻璃窗拔掉谁家自行车的气门芯。猛然，毛泽东逝世了。伟大的万寿无疆的毛主席他老人家不会说话了。我十一岁。那天下午，我的耳朵似乎被棉花堵住，什么声音也听不到，没有留下声音的记忆。不对，有声音记忆，也是唯一的声音记忆。那时候长安街靠近护城河（今天的东二环）不知什么工程，巨大的气锤整天咚咚作响，一分钟咚咚四五下，震撼大地。

气锤的声音是毛主席逝世时北京最好的画外音，当然也不能少了北京站钟声叮叮当当敲响的《东方红》乐曲。很快，我爸突然开始写小说了。记忆里，他写作可成了我们全家大事，如同一个女人临产和坐月子。他甚至派我骑上自行车从日坛路到东单为他买散装啤酒喝。我要创作了。你爸要创作了。这是我常常听到的家庭话语，以致我发明把上厕所拉屎叫作“创作”。发表两三篇，突然，他又停止了写作。当时，二十世纪七十年代后期八十年代初期，他的小说已经在美国澳洲都有翻译。他那时若多写几篇，不用多，两三个短篇，或者一个短短的长篇，我想他一定会是时髦的有影响的作家。他甚至还可以调回作家协会，那么他一定会有国内外走动机会，排泄出更多的创作。自然，这一代作家，多数无论有多大名声和多么多的作品，也是天定没有价值的。这一点，他当时就看明白了。他虽然心里放不下写作，买很多外国小说读，偶尔读读国内熟人朋友的作品，但他对当代文学并不看好，简单说，是看不起。还有，在学术研究机构，我爸写小说，别人看你就不正经，文学创作属于不务正业。我爸他还能干什么呢？搞研究，时代变了，就连学术语词都在急遽变化。他一不是科班出身，二不懂外语，三是固执到底。他大肆嘲笑学术文章里出现什么“集团效应”“突围”“架构”等等，他认为这些表述不能算真正学问，奇奇怪怪的吓唬人。我爸他认真了。他把学术把事业比人生看得还要认真。他研究蒲松龄，研究宋代作家交游，时有文章发表。他说文章不在短长，短而有内容，有独到的考证和结论，要干货才见真功夫。他教我写作，可是他又不希望我将来从事当代文学工作。他说，当代文学最危险，学学古典文学，哪怕学学修手表，将来还可以混口饭吃，不至于被打倒进监狱或者流放。他似乎对自己被赶出北京始终心怀焦虑和恐惧。他购买定制了许多件老棉袄和许多条老棉裤,说这些将来到乡下会有用,迟早是要被驱逐出京。

我爸这代人,中华人民共和国成立后,年纪多在三十岁上下,正是可以做事施展才干的年华。比他们大几岁的,在国民党旧社会已经奠定了个人的专业名分。比我爸小几岁的,“文革”后还正当年。“文革”后,我爸已经年近六十。上有老专家,下有小学者,哪还能轮上他啊。时势造英雄。不以成败论英雄。我爸时常感叹。当然他自身也有不愉快的懒散。事情是不能说清楚的。能说清楚吗?今天的中国还能出个毛泽东吗?我爸那个年龄段的人,统计一下,各个行业估计没有几个做出什么成绩的,除了淘大粪的时传祥和卖糖果的张秉贵他们。所以我爸重视我学点手艺。我没有听从他的话去学修手表。否则今天的我一定是个古董钟表鉴定师,我会对别人有用,也非常非常有钱,过着体面自在的生活。我最终还是从事了当代文学工作。

一个人的认真,倒要叫你丧失尊严。未来更不可测。人在一个特定环境里,也许做什么并不重要了,重要的是不做什么,也许这也是生命的一种智慧。

我爸最好的年华就是二十世纪的五十年代和六十年代。可二十世纪五六十年代的中国是个什么局面?我爸那时真若有为,恐怕也活不到将近九十一岁了。多辱者寿,自然界是均衡的。他曾经到上海组稿,那时的姚文元到饭店见他,非常虚心谦卑。姚文元的确写了不少,算是成绩出众。

我爸离休后又拿起了文学创作之笔。可这时候他的文笔生硬干涩。他甚至有一天拿个什么破表格填写,让我帮忙看看他的行文是否通顺。那次我是真的很难过。

照我这么写下去,若贴近点文艺表达,动用一些真伪细节,一不留心,我自信会写出个很好的长篇小说。我不写,偏不写。因为那个时代还远远没有到来,那缕金灿灿的有如青春的光芒还没有天天照来。我的任何写作都是充满着局限的。我的胆怯,我的虚伪,我天生血液里的规避真实，我的拘谨拘束，我情感表达的煞有介事，和我爸没有两样。甚至，我还远远不如他那么认真。写作，并非玩玩语言、结构和翻检一些别人文本那点小儿科的事情。

我爸火化那天，我们家人都在。我没有让我妈来，要她在家休养。我山东的表弟代表我舅舅一家来了。我爸一个老同事的女儿来了。

单位老干部处的一个工作人员来了，我和他闲聊几句，他给我的印象是经常出现在这样的场合，例行公事，熟能生巧，游刃有余。他递给我几张A4纸头，上面复印了一面我爸生平。让我看看有什么问题。我说谢谢，谢谢。问我们有什么要求。我说没有没有。因为我妈说了，从简，随便。我可是一个从业近三十年的老编辑了。第一行文字，就是一处硬伤。我爸三十一号去世。那纸头上却印着三十号去世。活活给我爸来了个提前一天执行。假如缓期一天，他们会不会写上我爸在三月三十二日逝世？想到这里，我笑笑，再次表示谢意。我爸在国共两党监狱受难经历，只字未提。其他讹误也懒得纠正。随便。

沈从文老人生前亲口对我讲，悼词写不出一个人的历史，写不出一个人的生活。

一切都应当忘记。我主张忘记。忘记那些肮脏的一团乱麻样的破烂历史，因为这样的环境人生如同粪便，不值得品尝分析。

现在是，我爸生前说过不回故乡，也不要坟地。他随意说过丢到海里。可是他和大海没有丝毫关系。我们曾经议论过顺马桶冲掉，他笑出眼泪说不要不要，那也太那个了。现在，他还在家里，因为他住院后只想回家。可是不能总放在家里啊。他一生阅读喜爱蒲松龄。那么好了，就把他送到青岛崂山去吧。

我们水泡的蒸发，将来总要在天庭相见。我们的钙化物质，迟早会同地球一道粉碎。

真水无香

◎ 李 皓

妈妈的话越来越少了。

往家里打电话，一般都是爸爸接的。如果我不是刻意让妈妈接电话，妈妈是断不会抢着接电话的。爸爸说，只要妈妈听说是儿子来的电话，爸爸在这头讲电话，妈妈在那头兀自偷着乐，一脸的知足。

有时候爸爸出去锻炼，或是到邮局取报刊，妈妈一个人在家的时候，我的电话打过去，妈妈接过电话第一句话就会问："你找你爸有事啊？"我说："有点事，也不是什么大事。"妈妈就说："哦，那就等你爸回来再打给你！没有什么事就挂了吧，省点儿电话费，哈！"我正打算跟妈妈聊上几句，只听电话那边已传来无情的"嘟——嘟——"的蜂音。那时那刻，我就"恨恨地"想：难道妈妈就不想儿子？难道妈妈就这么"狠心"？

妈妈的"狠心"，我是多有领教的。

前几日路过家乡小镇，顺便回父母家探望。小坐了个把小时，临行，当我们的车驶离家属楼，妈妈竟然跟着车走出好远。我打开车窗向妈妈挥手："回吧！回去吧！"妈妈也不说话，只是远远地站住，直到我们的车驶离她的视线。

一向"狠心"的妈妈，幼时经常打我骂我的妈妈，无言无语中现出老态，我的心一阵发紧……

一

在我10岁以前，爸爸远在鞍钢工作，妈妈一个人拉扯着我和妹妹俩生活在乡下。一家之主不在家，我们娘儿仨基本上可以被视为孤儿寡母。妈妈既当爹，又当娘，家里家外一个人。

小孩子在外面惹是生非是免不了的，通常是跟小伙伴打了架，回了家又要挨妈妈的巴掌。年幼不懂事，看妈妈既要种田，又要忙活家务，每天累得半死，我却成天跟小伙伴到处胡作，上树掏鸟，下河摸鱼，一玩就是一天，天黑了妈妈不满屯子喊遍了绝不回家。这时妈妈就会气不打一处来，烧火棍、鸡毛掸子就飞将起来，在我脊背和屁股上留下一道道绺子。

然而，一觉醒来，经不住小朋友的口哨、暗号，趁妈妈一不留神就溜之乎也。用妈妈的话说：顺着粑粑尿儿就跑了。妈妈气得不行，索性骂了起来：你这个披麻袋的荒料，什么时候能懂点儿人味儿啊？

玩累了，我索性决定独自一人去姥姥家过年。想不到，"狠心"的妈妈竟然毫不犹豫地同意了。

那是1978年1月，也就是我上小学一年级的第一个寒假。此前七八年的童年，我几乎年年都是在姥姥家过年。不为别的，只因为姥姥家人多，热闹，有意思，当然姥姥的厨艺对我也有着无与伦比的吸引力。还有一个原因，就是在鞍钢工作的爸爸为了省路费，常常不回来过年。

妈妈把猪肘子、猪心装进一个筐里，上面用一块花布蒙上，就含着眼泪打发我上路了。当时我完全没有意识到，这一步，对于我个人而言，在接下来的生命体验当中，具有划时代的意义。

我自是欢天喜地，完全不顾及妈妈的感受，扛着筐就大步流星地走出了家门。

姥姥家在临近的另外一个公社(现在叫乡镇),与我家隔着三四十里的山路。那时我还不会骑自行车,只有徒步行走。道路我是熟悉的,从一个村屯到另一个村屯,我都熟记在心。只是在两个公社交界处的山梁,灌木丛生,行人稀少,似乎藏着不为人知的凶险。但为了到姥姥家过年,我的凛然,我的义无反顾,早已将这些置之度外。走在无人的山间,我大声唱着无名的歌曲,给自己壮胆、打气,我有一种战争电影里孤胆英雄的感觉。我的脑门儿上有一种麻沙沙的凉意,但我的额头冒着男子汉的热气。偶尔有牧羊人走过,我不动声色地紧紧跟在那些绒山羊和绵羊的屁股后面,我闻到一股好闻的干草的味道,还有羊身上特有的膻味儿……

筐越挎越沉,我不断地更换胳膊。当两只胳膊都无法承受猪肘子、猪心之重,我就停在路边歇息一会儿。这时不断会有路人打趣地问我:“小孩儿,上哪儿去啊?”我就瓮声瓮气地回答:“上俺姥家!”当人家表示要帮我挎筐的时候,我便坚辞拒绝。虽然那时节没有人贩子这个行当,但我有着与生俱来的警觉。从家里出来的时候,妈妈嘱咐我,遇到陌生人,视年龄称呼大爷大娘大叔大姑,嘴一定要甜。那一刻,我全忘了……

当我怯生生地走进姥姥家的院子,大黄狗率先认出了我,朝我直摇尾巴;然后是灶台前忙碌的姥姥喜出望外地喊道:“哎哟妈呀,这不是外孙狗吗!”之后就开始数落:“你妈也真放心,这么小一个孩子,走丢了可怎么办啊!”不苟言笑的姥爷则露出难得的笑容:“这个小熊儿有点闯劲儿,将来是块料儿。”

我人生第一次徒步走向陌生的天地,妈妈下了怎样的决心,我是不得而知的。

那时没有电话,没有人告诉她8岁的儿子是否真的到达了她的娘家;那时只有写信,但邮局的效率之低,足以让一个孩子丢失一万次。

她唯一的期望,就是孩子再次真切地出现在她的面前,那要等到二三十天以后，与一封信的旅途相差无几。

妈妈的心，真够狠的。

二

在我的记忆中，妈妈的身体一直不好，简直就是个“病秧子”。腰酸腿痛大概是劳累所致，整日价的头痛，我基本可以断定是姥姥的遗传，因为妈妈像姥姥一样大把大把地吞吃着去痛片、安乃近这些白得瘆人的药片儿。

妈妈一有病，就卧床不起，哼哼呀呀疼得在炕上捶胸顿足。这时我已经稍微懂事，我开始学着做饭炒菜、喂鸡喂鸭喂猪，尽量让妈妈省心。

我首先在妈妈的言传身教下，学会了淘米。

淘米是一门儿手艺。

当年妈妈为了吃上大米饭，毅然远嫁他乡。她不仅教会了我淘米的手艺，还在那些寒冷的冬夜里，一遍遍不厌其烦地给我和妹妹讲述“梁山伯与祝英台”“秋翁遇仙记”“卖花姑娘”的故事，这些故事深深地刻进了我的脑海，成为我一生念念不忘的“神话”。

时至今日，我时常有一种冲动，面对着即将入锅的大米，总想展示一下自己淘米的功夫，但是瓢呢，我已找不见。我知道，我有一种说不清的病。

这种病是妈妈给予我的，她“狠心”地让我过早地学会了淘米、切菜，让我过早地体验到生活的艰辛。即使我的左手在切菜时切出一个大口子，妈妈也没有惯着我，照样让我在学习之余做家务。只是如今，妈妈常常对着我左手长长的刀疤发呆，却没有半句后悔的话。

妈妈的心真硬！

三

在辽南的乡下，流传着这样一句俗语：好铁不打钉，好汉不当兵。

究其缘由，大概是二十世纪七十年代末八十年代初，南线有战事，邻村在部队上服役的人有参战的，有牺牲的，也有负伤的。所以不少人家对孩子当兵多有顾忌，不少人干脆想方设法逃脱服兵役，把当兵看作一件不幸的事情。我就亲眼看到，大姥爷家的二舅去当兵临行那天，大姥娘哭得死去活来，好像儿子要赴刑场似的。这件事，让我改变了对大姥娘一度的好印象。

我妈却不是这样，她对军人有着与生俱来的好感，她极其羡慕她的大姑找了一位军官，整天“吃香喝辣”的。这朴素的追求，成就了我妈妈和爸爸的姻缘。22岁，妈妈与正在海军某部服役的爸爸经人介绍，处上了对象。一年后，当爸爸转业到鞍钢，他们就成了婚。

只有高小文化的妈妈眼光是独到的，也有人说她命好，但不管怎样，尽管爸爸没当上军官，但这个受过部队锻炼的男人，在饥馑年代过后，基本上做到了让妈妈衣食无忧。

所以妈妈对当兵这条路是比较看好的，尤其是当军官，在妈妈看来，基本上是吃穿不愁的。

小的时候，妈妈就教给我一首儿歌：大雨哗哗下，北京来电话。叫我去当兵，我还没长大。

爸爸兄弟两个，爸爸在海军服役过，叔叔在陆军服役过。于是妈妈就让我长大了当空军，当飞行员，我也在她的心理暗示下，整天骑着小马扎当飞机开。那时爷爷家门上钉着一个“光荣军属”的牌子，金属做的，漆着红漆，黄字，毛主席的字体。我常常跟小朋友炫耀这块牌子，上学时写“我的理想”为题的作文时，我都是写长大了要当空军飞行员，从来没有变过。

1989年3月，空军某部到家乡征兵。当时正在读高中的我，偷偷报名参加了体检。镇里体检通过了,到县上体检却是需要跟家长沟通的,瞒是瞒不住了。

村里负责征兵的治保主任到家里说了,我也主动跟妈妈坦白交代了。当天夜里,下班回来的爸爸怒气冲天,一场家庭论战的硝烟弥漫在逼仄的小屋里。

爸爸坚决不同意我走从军之路,一定要考上大学,给他争口气。在他看来,我当时读高二,在学校是学生会主席、文学社社长,前一年还在全国中学生诗歌大赛中获奖,前途一片光明,怎么能轻易放弃学业?然而我去意已决,与爸爸争吵得面红耳赤,只是爸爸碍于我业已成人,才没有向我抡起拳头。

这时,还是妈妈发了话:“随他去吧,没准儿在部队上还能考上军校,当个军官也不好说……”

爸爸还是不依不饶,直至声嘶力竭,那一刻,他简直忘记了自己曾经是一名革命军人。这时候,妈妈的眼泪流下来了,妈妈的眼泪成全了我。爸爸在万般无奈之下,一阵长吁短叹,答应我自己的路自己走,家里帮不了我。

经过一番周折,我终于穿上了军装。临走那天,妈妈没到镇上送我,也没说多少话。后来妹妹写信给我,说我上车之后,妈妈在家里号啕大哭。

两年后,我考上了军校。

然而,只上了一年军校,我的人生就出现一场重大的变故:因为一个无法言说的事故,我的军官梦迅速破灭了。确切地说,是妈妈的军官梦破灭了。

尽管我没有做什么见不得人的事情,但一心希望儿子出人头地的妈妈始终转不过弯儿。我退伍回到家乡,但我相当长一段时间无法走进自己的家门,“狠心”的妈妈无法面对这个事实。我只好寄住在同学家里,直到找到工作以后,妈妈才慢慢地接受了我。

我不知道妈妈的心有多高，我只知道从小妈妈就认为我比别人家的孩子优秀。妈妈对我的要求近乎苛刻，每次考试要求双百，年年要当三好学生，要第一批戴上红领巾，不一而足。不然，打骂是常有的事情。

我常常想，这个女人是不是我的亲妈？如果是，她的心怎么那么狠、那么硬？

我走上军旅的道路，除了实现梦想，还有很重要的一条：我要尽早地离开这个家。

四

自从工作、结婚之后，我回家的次数极其有限。除了工作忙、路途远，一个很重要的原因，就是妈妈在我的心目中难称完美，与许多人笔下慈祥的妈妈相去甚远。同时，由于我所受教育的局限，很少能跟妈妈面对面促膝交谈，有时即使面对面，我也不知道说什么好，反倒是对妈妈的唠叨总是有些厌烦。

人到中年，我也常常反思：作为儿子，有什么理由要求母亲十全十美？有什么理由要求一个农家妇女必须知书达理？母亲对儿女的爱，唯其朴素，才更经得起岁月的考验；唯其无言，才更值得生命的推敲。

在妈妈眼里，我是个不善于表达的孩子。

我想，我的讷于言是否有母亲的基因？我的敏于行是否成于母亲的狠心？母亲常常念叨着的"惯子如杀子"是否是她的信念？只是她诠释得如此教条，甚至冒着让儿子误解的危险。

我该怎样形容我的母亲呢？

我想到了一个成语：真水无香。

明人张源的《茶录·品泉》："茶者水之神，水者茶之体。非真水莫显其神，非精茶曷窥其体。流动者愈于安静，负阴者胜于向阳。真源无味，真水无香。"本意是真水不在于显示自身价值，而能助茶发挥到极致，比绿叶红花之喻具有更高的境界。

倘若我是茶,妈妈就是这样的真水。一旦妈妈狠下心来,我的人生就有了些许的芬芳,淡淡的,一漾一漾,被不老的岁月渐渐化开。

忆陈忠实,一位用血写作的作家

◎ 潘向黎

29日早上打开手机,看到陈忠实离去的消息,因为此前不知道他患病,所以以为是讹传——怎么会?从书架上取下《白鹿原》,看作者简历,生于1942年,才七十出头。不会吧?因为是节日前最后一个工作日,我早早进了报社,这时各大媒体都发布了消息,微信朋友圈里已经是一片惊呼和泪水,马上想到能做些什么。看到做微信的同事正急忙在我们报社的网上搜过去陈忠实发在我们这儿的文章,我过去一看,从我进报社起,他的文章都是我责编的。我说:“今天微信的编者按我来写,我见过他。”

生平鄙视借写名人而自我拔高的人,也看多了这样的情景:一位大家离去,与他交往最久、相知最深的人还没写什么,那些有过一面之缘的三四流人物已经洋洋洒洒写了一大篇,让人啼笑皆非。我也深知陈忠实知音遍天下,而我们只是两面之缘,最近十年更几乎没有往来。我只是他千万读者中的一个,除此之外,我是他在《文汇报》的责任编辑,因为工作通过几封信,他很谦和很宽厚,我也认真尽心,如此而已。

如此而已。但是,怎么解释我此刻的心情?自从工作以来,已经无奈地习惯了在版面上送别文化界名人,每次也都深深浅浅地叹惜、伤感。可是这一次,一棵拔地参天、霜皮巨干、树冠黑郁的树,竟然倒下了，惊呼之后，一时间只能对着一块巨大的空地错愕失神。

作家陈彦在《陈忠实生命的最后三天》中这样写道：“一个民族最伟大的书记员走了，我突然感到一种大地的空寂，尽管西京医院人山人海……在先生推车通过的电梯、路道、厅堂，我们行走甚至要贴身收腹，但还是感到一阵巨大的空旷与寂寥。”这位我从未谋面的作家，因为这篇我含泪读完、相信他也是含泪写下的文章，我记住了他的名字。

这么多年，因为作品所传递的淋漓元气和磅礴力量，竟然让人觉得陈忠实是岩石是土地是山峦，唯独不是个肉身。

可是早就有人明白，陈忠实与《白鹿原》——作家和他用来垫棺做枕的那部作品，其实竟是相生相克的。

看作家刘兆林的文章，当年有位青年作家读过《白鹿原》后，不知道陈忠实是否还在世，就给人民文学出版社的何启治（他是《白鹿原》的责编）写信，说：“五十多万字的《白鹿原》，简直字字都是蘸血写出来的，即使作者活着，也该累吐几次血吧？”

字字看来皆是血，用血写，用命换。路遥、陈忠实皆如此。

陈忠实回忆写《白鹿原》的过程，有个细节：“田小娥被公公鹿三用梭镖钢刃从后心捅杀的一瞬，我突然眼前一黑搁下钢笔。待我再睁开眼，顺手在一摞纸条上写下‘生的痛苦，活的痛苦，死的痛苦’十二个字。”第一次读到这一段时，我也眼前一黑，太可怕了。

在《白鹿原》里，陈忠实其实死了很多次。每一场死亡，他都陪着死一次；不但如此，每一次暴怒，每一次出走，每一次决裂，每一次绝望，他都死一次。

那样的煎熬、挣扎，那样的心灵历程，作家其实活成了一棵树，被雷劈过几次的树。也许被劈断了一枝分叉，还被劈成了两半，当中是巨大的一道焦黑伤口，两边的枝叶向不同方向生长——一边叶叶都是控诉旧秩序对人性的禁锢，一边枝枝都在质疑时代对伦理与个体的摧毁。被雷劈过的树依旧茂密深绿。人们赞叹着树的高度，欣赏着枝叶，可是谁知道树有多痛,有多难,有多苦?

想着心痛。但是又无奈。即使是近旁的亲友也肯定束手。有些人注定拿命换作品,谁都劝不了。皆因一个民族有一个民族的定数,到了某个时代,就出几位这样的作家;而一个作家有一个作家的使命,像陈忠实这样的作家,他的存在与他的写作,是上苍选定的,岂是地面上的人可以妄言的?

说我见过陈忠实两次,准确地说,是一次半。

完整的那一次,是1998年秋天。那时我虽然出了几本书,但刚刚开始发表小说,因此是纯粹以编辑的身份去拜访他的。那时候我刚进报社不久,作为副刊部最年轻的编辑,在西安全国书展期间去组稿。那次的书展真是名家云集,记得龙应台先生也来了,我还在一个饭桌上目睹了一位陕西文化人因为宣扬男尊女卑而使龙应台惊怒,他本人还浑然不知的有趣过程。那次去西安,有个重要内容就是向陈忠实组稿。

记不清有没有先通过哪位作家向陈忠实引见——如果有,可能是邢小利,反正我顺利地在作协院子里找到了陈忠实。第一印象,与他的《白鹿原》带来的惊心动魄、剑拔弩张迥异的是,他整个人非常质朴、平和与忠厚,脸上沟壑纵横的皱纹和深邃而明亮的眼睛又让人感到了与作品相通的一种力量。好像是作家红柯说的——"陈忠实那张脸,就是黄土高原。"那么陈忠实的那双眼睛,就是黄土高原上的启明星。

他对我们报纸印象不错,说了几句夸奖的话,后来我们谈起《白鹿原》,我按捺不住说起了读后感,他听得很专注,高高的个子,坐在一把椅子上,却没有向后靠,而是重心前倾,目光灼灼地盯着我,那表情好像要分辨我说的是不是真话。后来我想,那是因为我们在谈论作品,他进入了一种严肃讨论的状态。

我心里暗暗希望得到一本他签名的《白鹿原》,但是不好意思说,但是很神奇的,他中途突然说:"你等一下,我送你一本《白鹿原》。"然后就从书桌边的一摞书中抽出一本《白鹿原》,翻到扉页,欲写我的名字又停下，拿起我的名片（我当时惭愧地想，我要是个名作家，他就省力了），逐字对照着题赠了，又拿起了印，然后在桌上略略翻了一下，在几张纸下面找出了印泥，一丝不苟、非常用力地盖了印，然后用一张边角料的宣纸夹进书中，好吸一吸未干的印油。我当时真是喜出望外。但是捧书在手，我马上发现是"修订版"，便说："其实没改过的那个版本更好。"他欲言又止，转而问我，他接受建议、做这么一个修订版，读者会不会觉得不好理解？谢天谢地，因为父亲对我常年进行的"做人要有大局观"的教育，当年呆而不萌的我总算没有说出不通人情的蠢话，我说：应该舍小就大，适当的让步是必要的，也是对的，这样也有利于这部作品的更好传播，让更多读者看到，也是好事。

当时真是年轻无知，初次见面，就这样当面肆无忌惮地谈论一位名作家的代表作，事后想起来自己都脸红。当时他没有多说什么，脸上一直是思考的表情。奇怪的是，虽然他话不多，但是依然让人觉得他对你的到来是欢迎的，对你的话是重视的。

这次见面给我留下两个印象：第一，陈忠实这个人很厚道很谦和，一点都没有架子，也一点都不装，更难得的是对年轻人也特别平等。第二，陈忠实是个特别认真的人，活得一点都不轻松。

我的约稿非常顺利，然后我觉得应该告辞了。就在整个"工作流程"接近尾声的时候，突然发生了一个插曲，就是我在他的书架上看到了一本杜鹏程的书（或者是研究杜鹏程的书），顺口说了句"我在我家见过他"之类的话，他很惊讶，一追问，于是引出了我父亲。"什么？你是潘旭澜的闺女？哎呀！"然后他脸上第一次露出了强烈的表情，那是一种庄稼汉"没承想在这儿遇到自家人"的笑容，声音也高了八度："你是潘旭澜的闺女啊！你怎么不早说？！"我有点愕然，一方面我不觉得我父亲有多么了不起，名声能传到这里来；另一方面我曾经问过父亲，他说和陈忠实没有见过面。

陈忠实告诉我，因为我父亲和陕西作家特别有缘，研究过好几个陕西作家,然后他说了好几个名字,除了杜鹏程,好像还有王汶石和另外一位作家——名字记不得了,有的连我都不知道。当时我说,你真是博览群书,而且过目不忘。他用一种热烈到几乎是责怪的口气说:“你不知道,我们陕西的作家,谁要是能被你父亲评论一次,那就是不得了的事情!你不知道他在我们陕西作家心目中的地位!我早就想,说不定什么时候他也能写我一篇评论?也不知道他看过《白鹿原》没有。”

之所以不避嫌疑记下这些话,因为陈忠实赞美的并不是我,而是作为评论家的我父亲——他在教书、文学评论与学术研究几方面的工作早有定评,他离开已经十年了,依然受到许多人的尊敬;还因为当时陈忠实的表情和话语让我印象深刻而且至今感动,写出来,既为这位作家淳朴的品行与温润的性情做一个小小的见证,也为中国当代文学曾经的生态环境,增加一个细节。

当时,还没等我消化完我的惊讶,陈忠实已经站了起来,以一种不容拒绝的口吻说:“咱们还在办公室说什么哪?哎呀,什么约稿不约稿的,我请你吃饭去!走走走!”

去了哪家饭店,我已经记不起来了,但是记得出门后我提出吃羊肉泡馍就很好,被他断然否决,最后去的是一家中等规模、环境很好的餐厅,而且他点了五个菜一个汤,菜都很美味,加上那天没有吃早饭,我也饿了,就毫不拘束地吃了起来,他胃口也不错,但是后半程就不吃了,只有我一个人还在风卷残云。他在对面看,很自在很满意的样子。

回到上海,我对父亲说:这顿饭人家请的是你,我简直就是代吃的。父亲不理会我的玩笑,“陈忠实,”说完这个名字,父亲停顿了一会儿,然后很严谨很节制地说:“他的作品,那是非常什么的。”父亲晚年说话就这样,关键处“独创性”地用“什么”来做形容词,且运用广泛,比如说平辈——“(刘)锡诚兄做人真是很什么的”,说学生辈——“潘凯雄在出版社这几年,那是干得很什么的”;又如“王彬彬脾气大归大,但是对老师还是很什么的。”我母亲总是笑他“词汇贫乏”。

但是，人人都知道陈忠实抽雪茄，而且抽得凶，但是那天，我完全不记得有没有看到他抽雪茄。现在拼命想，也想不起来。莫非当时我终于见到了心目中了不起的作家，表面上对答如仪，其实内心还是兴奋而略带紧张的吗？

后来还见过半面，是我们在北京的作家代表大会上，不记得是2006年还是2011年了，记得当时在会场里看到他的样子没什么变化，当时我心想：他好像从来没有年轻过，后来倒也不怎么老。我很高兴地走过去和他打招呼，他对我微笑着点了点头，然后等我说话。因为他给我们写得少了，我没有工作的话头可起，又不好意思班门弄斧说自己的写作，难道会好意思说出“我这几年也写小说了，如果你不嫌带回去麻烦，我想送您一本”？正在迟疑，有几个电视台的记者来找他了，我就逃也似的走开了。后来我才恍然大悟，他之所以不太热情，是因为时隔几年，在那个人山人海的环境，他没有认出我来。我真是个呆子，我不但应该自我介绍，而且应该直接说：“你还记得我吗？我是潘旭澜的闺女啊。”在他面前，这才是我的身份，他认定的。

如今，他题赠的厚厚的《白鹿原》，还好好地在我书架上，书上的满白文的“陈忠实印”也依然鲜红。可是他，不在了。

因为他，这两天的网上网下，一片惊呼、痛惜和哀悼。特别强烈，特别真。我的微信朋友圈里，每天刷屏的都是作家们对他的悼念和回忆。好多人回忆起和他的交往，有些并不密切，但是都真真切切地留在了心上。因为他是陈忠实，是一位用血写作的作家；在作品之外，也是一位实心实意对别人的人。

一个名作家，不一定是文学史范畴里的好作家；一个好作家，也不一定是日常意义上的好人。但是陈忠实，他是位真正的名作家，更是一位真正的好作家。难得的是，他还是一位真正的好人。

是不是这样的担负，让他太累了？——他走得太早了，让人不禁这样想，并且感到心痛和莫名的内疚。

陪伴他生命最后三天的陈彦，说陈忠实最后还在家人帮助下，用瘦弱的双手，勉强在一个本子上写个不停，字迹已经不清楚，句子压着句子，但他坚持写着，写着，不肯停下。

在一个微信群里，看到我的朋友、上海广播电台主持人欧楠转发的一段话，那是陈忠实1993年10月28日在北京写给评论家张锲一家的：

> 有幸与张锲兄结伴搭帮去意大利，行前出海关时，夫人景超及爱女苗苗到机场送行。最后挥手时，苗苗对我说："再见，白鹿原！"一个四岁孩子的机智令我心灵一震，恐怕终生难忘了，这也许是最值得作家珍重的话了。所有创作的艰辛都是合理的，这是苗苗的话给我的最好的慰藉。……

这就是悲伤中唯一的路了。就用他喜欢的方式与他道别吧，一起对他挥挥手，一起再说一遍："再见，白鹿原！"山鸣谷应，他一定会听见。

沾一身夜色

◎ 李登建

古街还未完全修复,街筒子里游人已成团成簇。其实再现古街原貌,还原Q州明末清初的市井风情,只是一个响亮的口号,街两边的布庄、茶庄、糕点铺,齐笔、红丝砚及花样繁多的工艺品商铺,和在别处见到的大同小异,并无什么特色,而且门面都太新,缺少那种“旧”的味道。历史已经走远,它不可能回到原地,刻意仿造,多是费力不讨好。我们看了几家就没了兴致,不再挨家店铺逛,有的干脆一家也不进了,站在街上看风景。

街上还真有一道风景颇可玩味:隔不多远就有一座或立或蹲的铜像。铜像塑的都不是什么大人物,而全属引车卖浆者流——剃头匠、磨刀人、卖糖葫芦串的老头儿、跟着爷爷卖唱的小女孩……这类塑像容易出特点、个性,活起来,它们无不生动而传神。面部那烟熏火燎的污痕,不仅与生活中这些人物的身份极为吻合,还透着苍苍岁月的颜色,增添了艺术感染力。大家被铜像吸引——已忽略主体的真实身份——一个个跑过去照相——A女士在压得驼了背的轿夫铜像前摆各种优雅的姿势,B女士在一脸愁容的乞讨农妇的铜像旁笑成了花,C男也上前摇挑担串乡汉子手里的拨浪鼓……

这,也许正是古街开发设计者想要的效果。在这里,铜像不过是古街的点缀,是"戏里"的道具。我们当然不能要求设计者赋予铜像崇高的成分,对底层百姓有更多的尊重,但有意无意地省却社会背景,淡化他们生存的艰辛,把不了解他们的人的认识导向了另一个方向。游客娱乐着别人的痛苦,倒是玩得很开心,可如果熟悉他们,如我者,却觉得别扭。

我接触过一些这样的底层百姓。小时候,记得进了腊月,尤其是到年根儿,胡同里就有了"爆米花了——"的叫卖声。央求母亲许可挖半瓢子棒子粒儿追出来,那戴着一顶扇着"翅膀"的棉帽子、穿着辨不清布料到底是什么颜色的破棉袄、走路一瘸一拐的汉子就收住步,在土墙下安好爆花机。腿脚有毛病,手却特利索,转眼间生着火,左手呼嗒呼嗒拉风箱,右手咕噜咕噜转那炸弹模样的黑家伙——它吞到肚子里半瓢棒子粒儿。火苗一窜一窜,黑家伙转一圈又一圈儿。在我和姐姐一遍遍催促下,汉子把鱼鳞口袋套在黑家伙头上,那只孬脚荡荡悠悠找到"机关",踩下去,"嘭"一声,伴随爆好的米花出炉,空气里飘散一股很好闻的粮食的香味,他也得胜般地咧开嘴笑了,龇着很长的牙齿。是这响声传遍了小村,还是好闻的粮食的香味弥漫开来,孩子们从四面聚到这里,有的带着棒子粒儿,有的空着手来看热闹,哄抢几粒蹦出口袋的米花儿。这是那个年代馈赠我们的糖果。我们快乐着,围着他玩一下午也不厌倦,有时候还跟着他浩浩荡荡地从这条胡同"拐"到那条胡同。大人谁把他当碟咸菜?远远地招呼:"哎,爆米花的瘸子,来这儿!"我们不,他几乎是所有孩子心中的英雄。"嘭——""炸弹"爆炸,放出一团烟雾,我们吓得抱头鼠窜,他却岿然不动——我们怎能不着迷?

深冬,往往傍晚起风,太阳落山后天冷了许多。这时人们躲在屋子里,偎向炕炉,手里再端一碗热粥。爆米花的瘸子叔却还待在胡同口,添煤,加料,慢慢地转那个黑家伙。除了主顾等着取米花,围观的孩子们都被大人喊回家吃饭了,他身边冷冷清清,寒风就越发凶猛地扑来。他不嫌冷?他一瘸一拐的什么时候才能回到家?他就不怕漆黑的夜路上有鬼？爆一罐才一毛钱，他为什么这么贪图多爆一罐？不知道。小小的火苗仍柔柔地舔着黑夜，“嘭——”一声响的时候，他亮亮的牙齿仍然在夜色里一闪……

夏天就不见爆米花瘸叔的影儿了，常来村里转悠的是一个扛着一条长凳的磨刀人。可是不像革命现代京剧《红灯记》里磨刀人那样身材高大、挺拔，这是一个佝偻着腰的瘦瘦的老头儿；他也不够机警，动作笨拙、迟缓。把凳子放在街心大槐树下，他看看天，倒背着手，遛来遛去，哼着《红灯记》的唱词“为访亲人我四下瞧。红灯高挂迎头照，我吆喝一声‘磨剪子来戗菜刀！’”这后一句是真喊的。然后踅回，解下和凳子腿绑在一起的磨石。不一霎儿，收工早的女人回村了，有人拿来用钝了的菜刀。他撸撸衣袖，两只手掌“沙沙”地搓一搓，摘下挂在另一条凳子腿上的瓶子，从瓶盖的眼儿里往磨石上淋一点水。磨石一头顶住凳子面上的铁钉，另一头被左脚蹬紧的绳子勒住，手扶着刀把，放平两臂用力推，“噹噹——”看这架势，你才知道这个干巴老头儿的臂力还是蛮大的，而且臂膀上还有壮年人的肌块。只八九下，磨石上就出了“油”，黑黑的，稠稠的。用水冲掉黑油，再磨。这样重复几次，他便眯起眼“瞄”刀刃，用大拇指试一试，又放回磨石。最后，他从头上削下一绺头发，这把刀就完成了，这时他会把刚才断了的《红灯记》唱段重新“叼”在嘴上。

人们陆陆续续收工回村，看见他，这家的菜刀，那家的剪子，都要磨，按先后顺序放在地上，你尽管回家吃饭，吃完饭来拿，乡间习惯了这样。面对涌上来的买卖，磨刀人心里像有什么东西在鼓荡，可是天却近黄昏了，他的家在北乡，六七里路远。门口的王奶奶替他着急：“儿子娶不上媳妇，你也不能这么干呀！”他口中应着：“快完了，快完了！”手上却仍不紧不慢，一丝不苟。暮色一层层织密，把他裹成一个大包，他躲着黑暗，凳子挪到那泻出灯光的窗下。如果只剩一两把，他则干脆不予理会，就摸黑磨，他摸黑磨出的刀也不卷刃。所以人们都认他磨的刀,刀不快了人们就念叨:磨刀的刘二麻子咋还不来?……

这天下午,小区大门一侧坐着一位老者,从他锈色的衣襟、他夹烟的锈色的手指,我就知道他是个磨刀人。像是去我们村转悠的那一个,又好像不是。我在城市定居已经三十多年,三十多年没遇到他们了,忍不住上前搭讪。真是“三句话不离本行”,老者很快就把话题引到刀上,夸耀他与刀打了大半辈子交道,把刀吃透了,刀的性子和人有相似之处:好磨的刀使不住,不好磨的刀能使住;不好看的刀好使,好看的刀不好使。当年张铁匠打的刀黑乎郎神,可削铁如泥;如今大工厂生产的不锈钢刀,花拳绣腿。怪了,城里人就喜欢锃明瓦亮,专用这类刀。说话间,有顾客来,拎的正是一把不锈钢刀。磨刀人掂一掂,撇撇嘴:“看这刀,刀背刀口一样厚,哪有刃啊?”接下来,他捻灭烟头,运运劲儿,不再说话,全力来对付这把刀——有点如临大敌的样子——先是猛摇砂轮斜着打刀口,火花、铁末四溅;又用抢子抢,铁屑纷纷脱落。那吃铁的抢子真够厉害的,可这也需要力气,这道工序下来,额头就冒出了汗珠子,他抽下搭在凳掌子上的锈色的毛巾一抹,转入了“正题”:在磨石上磨。最后以发试刀,无声地削下一绺头发——这个环节千篇一律,好像这是磨刀人的徽记。

“明天我再来。”磨刀人起身——没站稳,险些摔倒——扑打着身上的粉尘说。实在太晚了,城里人饭后“遛弯儿”都回来了,虽说路灯永远伴陪着,可不巧家里有件急事要办。不得不把还没磨的刀“寄存”在门卫室,长长地叹口气——心存不甘,他哪会儿丢过到了嘴边的食?可是第二天他没有来——昨晚城郊出了一场车祸,听说是一个磨刀人被汽车撞死了。

多数人就像对待一个街头新闻,传过就算了,我却好几天老想这件事,想磨刀人的模样,那些到乡间爆米花、赊小鸡、打铁、锔缸的都挤到眼前,他们都沾着一身夜色——贪图多做一点活,多串一条街,天不黑不往家赶。我不寒而栗,近年开车我深有感触,晚间路上车流滚滚,一个行人简直像一只蚂蚁一样极易被忽略。有一次，纷乱刺眼的强光中，前面飘飘忽忽似有一物，车过后我吓得心怦怦直跳——那是很大一捆柴，柴捆下压着一个很“小”的人！而时时扯疼心肝的是，我哥哥就是一个早出晚归的串乡人——为了帮城里的儿子买套楼房，六十多岁的他天天顶风冒雨、走街串巷去卖暖瓶。甲壳虫一样的“小三轮”，装满货晃晃悠悠，一条干硬的深车辙就能将它“绊”倒。然而我那哥哥却逞能，好“钻”南山里没人去的村庄。可想在那疙疙瘩瘩的羊肠山道上，哥哥是怎样抖抖瑟瑟地前行。十有八九是满天星了才回到家，也不清楚哥哥那光线微弱的车灯是怎样穿透厚厚的黑夜的！

很难想象，“驻扎”在大华超市门台角落里的这个磨刀人，是两年前在小区门口磨刀、回家路上死于车祸的那位老人的儿子——这种苦差事竟也子承父业，代代相传——俗语说：“龙生龙，凤生凤，老鼠生的会打洞。”实质是现实社会里，父贵子亦贵，父贱子难尊，都想改变命运，可穷苦人的命运好改变吗？无异于登天！

和他父亲不同的是，这是个少言寡语的厚道人，他就那一句话：“总得活，别的不会，就会这手艺。”但他大大拓展了父辈的业务范围：磨石旁边摆着两把待磨的菜刀，一把掉了“眼圈儿”的剪子；补鞋机旁是一双待修的皮鞋，一摞胶垫；斗子车车把上挂一木牌，黄漆写着“修拉锁”三字；车架子上搁着一台电子配匙仪，盒子里有一串匙坯；工具箱里锤子、钳子、扳手、木锉、螺丝刀、“哥俩好”强力胶……应有尽有，这都证明他是一个无所不能的“杂家”，你有什么问题，到他这里都会迎刃而解，或者说他样样通，不愁没活干。可是，他备下的那四五只马扎却常常空着，倒是一个在家闷得慌的退休工人、他的棋友，见缝插针，来和他排兵布阵，“杀一盘”。

不管怎样，他一天都不落地来这里“上班”——新区开发，占据了他们的村子，大华超市的地盘正是他家的责任田。没地种的他便“赖”在这里摆摊，城管也睁一只眼闭一只眼——他以这种方式成为“市民”。他做活很实在，一只鞋“捧”在手里，琢磨从哪里下针，反过来正过去瞅；换拉链，尼龙线得跑两遭。当然收费也不含糊，分厘不让，用他一枚小钉子也要你俩“钢镚儿”。可能与此有关，他在这里“混”得不好，来来往往的人都面熟，可没有谁跟他打个招呼，好像他是一块石头。而姑娘少妇们，为了“哄”他把活做细，少收钱，甜言蜜语，大哥长，大哥短，活一干完就变了，冷着脸，远远地扔过一张票子。他并不很在乎这些，早已习以为常。真正叫他忍受不了的是，碰上不走运，半天不来一个顾客，他手闲得发痒，摸这不是摸那不是，呆呆地坐着，一个上午白白浪费，他狠狠地骂自己："今天没挣出饭钱，你就扎住嘴巴吧！"

吃过晚饭，我出去散步，又来到他对面的马路上。职业养成的习惯，每路过大华超市我总要“观察”他一番。我隔着马路注视着他——我为什么不走近他，而要保持这段距离？——我看见华灯初上的时候，他为一个年轻人修好自行车，送走这最后的主顾，开始收拾工具，一样样地装在斗子车上，又打扫场地，把散落的废料碎屑捡进垃圾箱。我注意到，这个健壮的汉子也就四十岁出头，背却挺不直，站起来也留着劳作时的弯度。按说他的工作并不需要付出多大的体力，可看上去他疲顿不堪。再没有什么可收拾，他才恋恋不舍地推起车子往城外走，脚步显得有些沉，不像一个满怀收获喜悦的人，而像是扛着太多太重的愁绪。他踽踽而行，背影慢慢变小，慢慢变成一个“黑点”，被茫茫夜色吞没。

“人们都到哪儿去了？怎么没有人来伴他一程？没有人亲热地拉住他的手，没有人跑上来和他合影？”我这样荒唐地想着，转过身，整个城市灯火辉煌，一片欢腾……

晨钟不再响起

◎ 肖克凡

清晨钟声从远方传来，悠扬旷远居然含有几分暖意。不知为什么，我总觉得这钟声带来安全感——特别是在莫名忧伤的童年时代。那时我不晓得钟声是从老西开天主教堂传来的，也不晓得那里旧时属于天津法租界。

我家住在宁夏路76号。一天我意外发现院门外高处还钉着一块废弃的木质门牌，依稀可见“石山街”字样。后来知道这里是旧日租界。我读书的鞍山道小学坐落在旧日租界宫岛街，原本是日本第二小学。日本第一小学则坐落在橘街，它与段祺瑞公馆隔街相望。旧日租界的橘街，新中国改名蒙古路了。

我的童年与少年时代都生活在这片区域。我家附近的居民，成分比较复杂。有的甚至身世不明。偶尔半夜醒来听到对面楼里传来男人咳嗽，我姥姥就小声说沈先生真遭罪。尽管新中国八岁了，这里人们依然不改旧时称谓，叫男人先生，称女士太太。新社会所具有的强大的文化改造力量，当时尚未抵达并充满它的毛细血管。旧文化以及衍生物，垂垂而不死。

松岛街、加茂街、须磨街、浪速街……这些日本街名统统消逝，变更为哈密道、青海路、陕西路、四平道……身边唯一与日本有关的事情就是同校那位女生的母亲是日本人，新中国初期妈妈归国把女儿留在天津。1965 年这个女生去日本探亲竟然买了十几支天津产圆珠笔带去东瀛，当时我觉得日本还是比较穷的。另有邻班女生家庭是天主教民，老师每每提起她总是含有几分歧视语气，于是我越发对那座响彻晨钟的老西开天主教堂产生好奇心理。

我大起胆子沿着墙子河奔跑，这条河是前清守将僧格林沁开挖的护城河。我终于跑到那座大教堂前面，伸长脖子仰望高高圆顶十字架，一时猜不出钟声是从哪里传出，心情有些焦急。

老西开教堂前的马路两侧，有干货店和成衣铺，还有“小件物品抵押所”，这是政府开设的具有典当性质的处所。新中国了，来这里抵押物品的有原装资深穷人，也有曾经是富人的新晋穷人。前来典当的人们，表情平淡走出小件物品抵押所，手里有了几个钱就来到干货店前购买糖炒栗子，初冬季节里这是必须的。穷也坦然，富也淡然。后来，我祖母也走进过小件物品抵押所，拿日本蜻蜓牌推子和清朝铜碗换成人民币，照样去买糖炒栗子。这正是我儿时看到的市民群像，远比大型泥塑《收租院》生动多了。

长大成人才知道，天津这座城市有过“英法德美日意俄奥比”九国租界，曾是中国近代外国租界最多的殖民城市。记得冰心老人在《紫竹林怎么样了》散文里写道：“天津很像上海，然而城市却是北方的。”我想当年冰心住在天津英租界，所以才会产生这种感觉吧。张爱玲也曾在天津英法租界生活，但是没有留下丝毫笔墨记载。天津这座城市确实有人不喜欢的，尽管它毗邻首都。

我五岁那年首次进北京，记忆朦胧。只记得前门大街的公共汽车，还有在“独一处”吃烧卖。返津时我们只买了丰糕和蜜供，父亲说其他东西天津都比北京的好。是啊，中国首家西餐厅就出现在天津德租界威廉街，餐馆主人名叫起士林，是个退役的普鲁士军官。

首都皇城具有独到的大气。天津文化则属于板块结构。有从海外漂来的租界文化，早于北京十几年就过起了圣诞节；也有明初建卫以来的老城厢文化，恪守传统不改章程。此外还有漕运文化、码头文化、盐渔文化、早期萌芽的工业文化，以及来自直鲁皖豫的农业文明，这诸多文化板块在各自领域生长繁荣，彼此不相融合。这样就很难识别何为天津主流文化，于是有时被误认为没文化。

近代天津开埠以来得风气之先，处处走在北京前面。然而北京传统文化积淀丰厚，连蚊子都沾着皇亲国戚的血脉，这是天津难以比拟的。改革开放以来，北京得风气之先，处处走在天津前面。天津人便以“北京郊区”自况，其实是被首都所笼罩的自嘲。尤其天津泰达遇到北京国安，中超赛场颇有穷人想揍阔少爷的心理。

西方流行的城市学理论，以北京这样超大型城市为例，周边八百公里范围内是不能存在另一个超大型城市的。这正是“城市功能辐射理论”的基本观点。然而，不知出于历史的原因还是现实的错位，天津距离北京 127 公里，就这样悄无声息地存活着，而且活得有滋有味就像煎饼馃子似的。

上世纪八十年代，京津两座城市差别不大。到了上世纪九十年代便差距明显了。大量移民拥入首都，北京越来越不像北京了，分明成为一座无所不包的大熔炉。全中国的矿石都想投身这座大熔炉里，恨不得立即将自己炼成好钢，然后用在刀刃上。

天津情况完全不同。上世纪七十年代初，海河失去上游来水全面废航，码头成了河流的弃妇，天津卫变成一片止水，宛若水缸。水文地理发生如此畸变，河畔文化也逐渐呈现华北腹地化倾向，市民成了保守党。于是天津也越来越不像天津了。京津双城都不像过去的自己了，这叫嬗变。

北京是座精英云集的理性化的城市，天津却以市民文化为特征。我客居北京去菜市场，很有感慨。北京人称为“扁豆”的蔬菜，天津人叫“弯子”，北京人称其“豇豆”的蔬菜，天津人叫“长豆角”。北京人以其理性思维的严谨,以规范称呼蔬菜。天津人则以感性思维取其外貌特征而命名。

北京人驾车离开主路叫驶入“辅路”,天津人却说“下道”。北京开车驶入“匝道”,天津人说“走桥下边”……还有北京的鲤鱼天津叫“拐子”,北京的草鱼天津叫“厚子”,北京叫“复式”天津叫“跃层”,不一而足。从某种意义讲,北京人的语言表达追求既能定性也能定量的理性效果。天津人更倾向形象思维的语言表达,于是出了个郭德纲。

近在咫尺,天津却很少“北漂”,不知是天津人极端热爱这座城市,还是他们根本就懒得离开家门。天津,这是一座既难以抽象又无法概括的城市。

曾经又有晨钟响起,却不是来自老西开法国教堂,而是坐落在天津南京路上的电报大楼。我敢断定这是两种完全不同的声响。

走出乡村

◎ 周树山

1978年夏天,我在家乡附近的一个小学当老师。每天早晨骑着自行车到学校去上班,往返十来里路,中间要经过一片一片的农田。回来时,我常常到甜菜地里掰一些甜菜叶子回来喂猪。有一天赶上下雨,我到一片胡萝卜地里拔了几个胡萝卜,弄得满身是泥。回家之后,妻子用这胡萝卜给我做了一顿粥,我喝得又香又甜。日子虽然清苦,但还是温馨的。我的妻子还年轻,正怀着我们的第二个孩子。我已年届而立,虽然一无所成,可我的心在远方。用现在时髦的话来说,我总觉得我的生活还在别处。

一个星期日的下午,我烦闷得无聊,就到生产大队的办公室去找报纸看,在一张报纸的下端,忽然发现省艺术学校的招生简章,吸引我注意的是这样一条信息:编剧专科班的考试资格婚否不限,年龄放宽到三十一周岁。我把它读了一遍,就把这张报纸偷偷地揣到了口袋里。回到家,我在油灯下仔细地研究了这份招生简章,两岁的女儿已经入睡,妻子坐在灯影里,我对妻子说:我要去报考省艺校,并悲壮地说:这是命运女神给我的最后一次机会了!妻子很平静地笑了,说:那你就考吧!

说是"最后一次机会",这话一点儿也没有夸张。我当了几年的乡村代课教师，也在公社干部中混过，当文化站长，包队干部，给业余文艺宣传队编排节目，给领导写材料，当然也当过农民，出田刨垄，流了好多臭汗……可我总感到没有找到我生活中的位置。这一年我参加了好几次考试。第一次报考高师函授，到县城去考试。我骑着自行车出村不远，车胎就瘪了，我推着自行车跑过一片大甸子，到另一个村子靠路的人家借了打气筒，刚刚打足气，骑上去又瘪了。我只好推着自行车在荒野和土路上狂奔。当我气喘吁吁跑了二十多里路赶到考场时，考试已经进行了一半的时间，监考人员不准我入场。我央求哀告了半天，才破例允许我考试。我用剩余的时间答完了所有的试题，考中了。但这种考试改变不了我的命运，我仍然过着单调窘迫的生活。这年，是全国恢复高考的第二年，怀着忐忑不安的心情，我参加了初试和复试。我的复试成绩超过录取分数线二十八分，本应有一个学校可去，但却没有接到录取通知书。这次我决定再试一次，如鲁迅先生所说，希望无所谓有，无所谓无，但是你总得抓住命运的任何一次机会。此次若不成功，我只能生于斯，活于斯，终老于斯了！

妻子和女儿已经熟睡，我在报纸的空白处开始构思我的习作，因为要取得考试资格，必须交一篇作品。既然要考编剧专业，就写一个剧本吧。这张1978年7月31日的报纸我至今还珍存着，上面用铅笔写着我的“构思”。一个人的幼稚有一点好处，它可以使你充满自信。我当天夜里就完成了我的剧本，把它写在一沓画着某种表格的黄纸背面，钉好后，第二天就寄到学校去了。这个剧本的题目叫《拔苗记》。

第二天，我把那张报纸夹在自行车后座上，兴致勃勃地赶往邻村，把这个消息告诉我的一个朋友。这朋友曾是我非常要好的同事。我们同在一所乡村中学教过书，又有着共同的志趣和爱好——喜欢文学。他已经有了妻子和两个孩子，梦想有朝一日成为作家，为此安贫若素。为了买书，春天时曾卖掉自己的棉衣。有一次我到他家去，他的妻子向我抱怨说，他们家连一根火柴也没有了。做饭时，这可怜的女人要翻过墙头，用一把玉米叶子到邻居家的灶里点着火，再高举火把似的翻过来，才能把自家灶内的柴火引燃。所幸家里还有两毛钱，刚好够买一包火柴，这女人就将两毛钱交给她的先生，嘱咐他买火柴回来。这先生晚上回来时，没拿回火柴，却拿回一本书，是鲁迅先生的《野草》，薄薄的一册，定价正好是两毛钱。可怜的女人和他吵了一顿，大哭一场。可是日子还得过下去，苦是苦一些，还有美丽的梦支撑着。他家紧靠着一片白杨林，春夏时节，我们常常坐在白杨树下谈文学，谈一些不着边际的梦想。我当文化站长，在乡下帮助农民编排节目时，他经常到场，穿着中式的罩衫，脖子上围着大围巾，极文雅极有知识的样子，现在想来，那完全是一副“民国范儿”。当时我正在恋爱，演出队里有两个姑娘对我有点儿意思，我可以在两个人中进行抉择，我就征求他的意见。他给我的建议是，选择那个长相和风格(对不起，我这里必得用“风格”这个词儿)都差一些的那位姑娘。这姑娘个子稍矮一些，脸上有点儿雀斑，眼珠灵动，爱耍小聪明。她的求爱风格是在背后当着别人的面贬损和丑化我，在我面前则做娇柔和调皮状……我认真想了一下，没有听从这位朋友的建议，选择了另一位姑娘。既然我们的友谊已经到了求偶都要征求他意见的地步，我应该把这个消息告诉他。他把我迎进院子，一边走，我一边兴高采烈地说，我带来了一个好消息！他问，是不是省艺校招生的事？没想到他竟先我而知道了！我自然向他游说了一番，劝他无论如何，不要错过。他听了后，语气嗫嚅而支吾，没有我想象那样踊跃和热情。但最后还是说他已报了名，并寄去了作品。既然他早已注意到了这个消息，可见他关注此事并已付诸行动，我的游说是多余的。有了志同道合的朋友，我的心情自然高兴。一个偏远小村的没见过世面的青年要到省城去考试，心里总是惴惴的，现在有了同伴，似乎也可以壮壮胆子，所以内心深处，对他竟有一种感激了。

考试通知迟迟没有来，我以为自己的习作不合格，被取消考试资格了。1978 年 8 月 23 日中午，我带着女儿在村后的谷地旁捉一只白蝴蝶,邻居的女人跑来告诉我,我的儿子降生了!接着,考试的通知也寄到了。儿子生下几天后,就得了病,哇哇哭着不吃奶,脸色发青……问了明白人,说是因为胎火太盛,得了小肠风。看着病情越来越重的儿子,妻子急哭了。可是我后天就要到省城考试,怎么办呢?经人指点,我骑着自行车,带本村的表嫂抱了孩子赶往县城,去找能治婴儿月子病的乔老太太。临上路,妻子大哭,以为这奄奄一息的孩子肯定要扔在路上了。赶到乔老太太的家,乔老太太已经穿好衣服,出了大门,马上要赶火车到天津去看女儿。见孩子生命垂危,乔老太太返回屋,用一根三寸长的大针就往我儿的肚子上扎。我听不得孩子的哭声,就站在院子里等候。扎完针,孩子不哭了,安静下来,呼吸平稳,看样子是大好了。我千恩万谢,带着儿子赶回了家。在家痛哭并焦急等待的妻子见儿子平安回来,悲喜交集,儿子又能吃奶了,第二天——儿子降生的第十三天,我将赶往省城考试。

我去田里扛回一麻袋甜菜叶子,剁碎了放进缸里,给猪预备了几天的饲料,看了看襁褓中的儿子,小家伙睁着晶亮的眼睛看着我。我和妻子女儿告别,妻子拖着产后虚弱的身子到园子里,摘下几个刚熟的西红柿塞进我的挎包。我要留给女儿,懂事的小女儿躲在妈妈身后,说:爸爸去考试,爸爸路上吃吧!我含着泪水,穿着褴褛的破衣,脚下蹬着一双溅满泥点的旧鞋上路了。回头望去,妻子和女儿站在门前,她们正默默地目送我远去。我的泪水潸然而下。陡然生出一种悲壮感来,觉得此一去,不仅是寻找我个人的前程,更关乎妻子儿女的幸福。我和她们生死相依,我的肩头责任重大,无论我走到哪里,无论命运把我抛向何方,她们深情的目光将像天上的朗月和星辰照耀我的前程!

我走了十二里的土路赶到附近的车站,从那里坐火车去省城。到省城后,那种炫目的繁华和嘈杂令我迷惘。我的姑姑住在省城,自小我来过这里,但我从来不熟悉这里的路。那林立的高大的楼房在挤压着你卑微的灵魂,甚至使你胆怯得不敢大声说话。我小心翼翼地向人问路，终于上了开往学校方向的汽车。坐在车上，摸摸挎包里几个西红柿，觉得应该把它们吃掉。不是因为口渴，而是因为羞怯。我不想带着这几个西红柿去见考官们，让人家嘲笑我这个乡巴佬。我拿出一个西红柿，想吃得文雅一些，就轻轻地去咬。可是这该死的西红柿竟“呲”地一下子射出一股汁来，溅了身边的一位军人一身，这军人恰巧穿着一身新军装。我吓得跳起来，连连道歉，忙掏出手帕去擦。那军人微笑着，说：没关系，没关系……可是我已经在窘迫慌乱中出了一身冷汗。第一个西红柿开了这可怕的玩笑后，我再也不敢打那几个的主意了，让它们暂时留在挎包里吧！

到学校正是中午，通知说：要在下午一点半才发准考证。我无处可去，就把自己的一双泥鞋扒下来，垫在屁股下，坐在学校的大门口等待。我从容地吃掉了剩下的几个西红柿，把自己晾在九月的阳光下，内心有一种空荡荡的感觉。我的儿子怎样了？虚弱的妻子怎样操持那个家呢？小女儿会想我吗……离开他们这么短的时间，由于来到一个陌生的环境里，孤独和凄凉的情绪就攫住了我的心……可是我还有什么退路呢？

终于领了准考证，然后到另一个学校去看了考场，当天晚上，我住在姑姑家。第二天进了考场，我身边有一张空荡荡的桌子，没有人坐在那里，桌角贴着我那位朋友的考号，他没有来考试。据说他听了别人的劝告，自己有了老婆孩子，而且很快就会转成正式教师，录取的希望又那么渺茫，如果考不上，徒然惹人耻笑，于是放弃了。我望着那张桌子，深自叹惋。考试进行得还算顺利，但我心里还是没有底。望着城里那些神采飞扬、乐观自信的考生，我自感微贱和卑怯。一次考试的间歇，我见到一位穿着黑西装的青年站在考场外的台阶上正在口若悬河地大讲刚刚考过的科目，他睥睨一切，故意炫耀他的博学和正确，似乎在宣布标准答案。很多人围着他，向他投去敬佩而叹服的目光。我望了望他，赶紧走开了。我想，这位先生一定会考中的，但是，后来我再也没有见过他。这个人的影子一直留在我的记忆里,他时刻在告诫我,在众人面前故意炫耀和自我吹嘘,是浅薄和缺少自尊的表现。只有马戏团的猴子才渴望得到看客的喝彩,我们每个人都应该警惕,不要成为这样一只可怜的猴子。

写作考试出了两个题目,一是《重访严师》,一是《心事》,任选其一,在两个半小时内,写出一篇短篇小说。我选择了《心事》。写作前,我颇费思量,考试进行了十来分钟时,我还没有动笔,我要找到表现"心事"的最好形式。经过沉思默想,这种形式最终被我找到了。我以一个女知青给母亲的短信和几篇日记结构了这篇小说,表现这个女孩子隐秘的初恋情感。在剩下的时间里,我文思顺畅,写满了几大张八开纸,完成了这篇小说。我写作习惯于一气呵成,不在草稿上勾勾抹抹,所以原稿总是很清晰的。尽管我自己对这篇文章很满意,但能否得到考官的青睐,可就说不准了。

三天考试结束后,我又回到了家乡的土屋。妻子坐在炕上,正在给儿子喂奶,我坐在炕沿上,妻子问:怎么样?我说:还行,反正我尽力了,考上考不上,听天由命吧!就这样,日子又照常过着了。烦恼和快乐,愁闷和希望交织在一起迎来了秋风瑟瑟的季节。在一个肃杀的秋日,我和妻子把孩子留在家里,在田里刨甜菜。甜菜成熟了,长成三五斤重的疙瘩,需要把它从地里刨出来,削去顶上的缨子,才能卖到甜菜站去。刨甜菜的活儿非常累,需要把一把二齿子用绳子捆在腰上,刨进土里后,用腰和全身的力量把一个甜菜疙瘩从土里弄出来。刨上一垄后,即使最壮的汉子也会腰酸腿痛。但生活是严峻的,你总得去干。生产队分配给你几垄甜菜由你收获,你可以把削下的甜菜缨子用来做冬天的猪饲料。如果你不干,那么冬天猪吃什么?不养猪,你连买盐的钱都不会有。在这样一个阴沉的日子里,我听到一个消息,说我们县有一个"女青年"在那次考试中考了全省第一名。肮脏的阴云奔马般掠过天空,西风刮过光秃秃的原野,大地显得多么荒寂和悲凉!可是我的内心却阴霾散尽，阳光普照，恨不得在原野上奔跑和呼喊。我知道，这“女青年”不是别人，就是我，他们把一篇小说的叙事主人公当成实有其人了。

事情很快得到了证实，我的确考了第一名，但是录取通知书却迟迟没有来。冬天降临了，严寒降临大地。一个冬日的黄昏，我在家接待了一位不期而来的客人。这位客人高个子，大约五十多岁，眉毛很重，眼窝深陷，两眼炯炯有神，操着浓重的西北口音，在这样寒冷的日子里，却没有穿棉裤，冻得瑟瑟发抖。客人告诉我，他是省艺术学校的汪秉坤老师，为了一封关于我的匿名信已经搞了两天的外调，证明那信里写的一切是诬陷不实的捏造后，特意到家里来看看我。我大感意外，忙叫妻子给汪老师做饭。可怜我那清贫的小屋，实在没有什么招待这位尊贵的客人。妻子做了一锅汤，汪老师连说好吃。饭后，汪老师执意要赶往十二里外的那个小火车站，从那里回省城。我送汪老师到村头，看着他在霜封的大地上渐渐远去，眼中不禁溢满了泪水……

后来我知道，学校收到的不是一般的匿名信，而是一篇曲艺作品——山东快书《树山外传》。生平第一次有人给我作传，我当然深感荣幸。可是这传记并非我的信史，却完全是捏造和诬陷。热心给我作传的不是别人，就是我那位多年的友人。他为了取得考试资格，曾经创作了一篇山东快书，但他意犹未尽，在我去考试后，他又创作了另外一篇，并把它郑重地寄给了学校。学校为了是否让我入学，开过三次会议研究，最后派汪老师来外调，让许多相关的人按了红手印，才救拔我于诬罔之中。

我常常想到我的那位友人，他在我上学期间，和与他偷情的一个年轻姑娘在一眼枯井中上吊而死，他的妻子用他家那口既装书又装米的大柜盛殓了他，然后带着孩子远走他乡。这个具有宿命意味的死亡事件深深地震撼了我。多年之后，我发表的话剧《村子》就是以他为主人公的。想到我们曾经的友谊，我已经彻底原谅了他。是啊，有谁能理解，1978 年以及那以前漫长的岁月里，乡村“智识者”(鲁迅的概念)内心的希冀、绝望、痛苦和挣扎？他们的灵魂深处有一个萤火般的光亮，那就是他们的浪漫理想和对自己命运的憧憬。这理想和憧憬在愚妄的时代喧嚣中显得那样另类、荒谬和孱弱，然而这却是他们赖以生存下去的精神力量。这些"智识者"寻找着同道，在暗夜里如萤火前行，彼此以微弱的光亮照耀和温暖着对方，直到迎来一个新时代的黎明。在黎明时分，我们分手了，走向了各自的命运。

入学通知书终于来了。我的入学在当地一时成为新闻。当我将告别妻儿，走出家乡的小村时，不止一个童年的伙伴和家乡的父老对我说过：你可算逃出去了！这话潜含着多少悲辛苦痛！这时候，人民公社制度已经到了它的晚期，农村的贫困和萧条不可一语道尽。在我们那个生产队里，有一年，一个壮劳力一天的劳动日值只有三分钱，一个勤劳的小伙子苦干一年养不活他的老娘，把口粮分到家后，没有人不欠生产队一屁股债。这样勤劳一年反倒欠生产队债的农户俗称"胀肚户"，在我离开家乡那一年，已经没有一家农户不是"胀肚户"了。我热爱我的家乡，也曾满怀激情，立志要改变家乡的面貌。1970年，我回乡后，还被乡亲们推举为生产队长，在滴水成冰的隆冬，夜以继日地带领乡亲们打水井，学大寨。可是理想被无情的现实打得粉碎，我们陷入了贫穷、愚昧、充满猜忌和仇恨的泥淖中……谢天谢地，尽管千折百回，历史在向前走，在我入学那一年，生产队解散了！

别了，我的家乡！别了，我那埋骨双亲的土地！当我回望故土，泪水就浸透了我这颗赤子之心！我仿佛看到，青草在风中起舞，艾蒿在吟唱……这灵魂的絮语，夜夜萦绕我的梦，可是您的儿子，总要走向远方……

我的父亲节、母亲节

厉彦林

父亲节和母亲节的初衷,是子女向母亲、父亲表达拳拳孝心和感恩尊敬之情,铭存那份温暖与亲情。

2015年母亲节前两周,我老母亲遽然病逝;给老母亲上完“五七”坟,就在父亲节前三天,我老父亲也猝然跟随老母亲走了。老家的锅灶不再冒烟,山上添了一座合葬的新坟,亲戚邻居痛心地埋怨:这老两口走得这么急,连一句话也不说,连一声招呼都不打。

我的母亲节和父亲节是在撕心裂肺的悲痛中、在履行养老送终的责任中度过的。短短一个多月,生我养我、疼我爱我的父母,就前脚跟后脚地陡然离去,真是锥心刺骨、肝肠寸断,身心好似被掏空,犹如大病一场。

痛苦的泪水模糊了我的双眼,可父母的音容笑貌和大恩大德却深深刻在我的脑海里,时常一幕幕浮现,清晰如初,活灵活现。那些终生难忘、令我感动的零碎事,那些习以为常、稀松平常的关爱和叮嘱,甚至是很小很小的生活细节,都时常让我潸然泪下。

我的父母都是沂蒙山区厚道善良、勤劳实在的普通农民。出生于上个世纪三十年代,一辈子面朝黄土背朝天,亲历了我国革命、建设和改革的全过程,忍受过战乱、饥饿、疾病和自然灾害的侵袭与伤害,经历和体验了沂蒙革命老区那种踏实、简朴、温暖、缓慢的乡村岁月，见证了一段我国原生态的农耕文明。在他们身上集中体现这一代农村父母的品质和为人处世方式。父母的青春岁月，是在穷日子里熬过来的，一辈子吃了两辈子的苦，用尽一生心血告诉我们一个道理：人活在世上不易，就靠一股子心劲和心气。我父母的信念就两条：一是想方设法让一家老少吃饱吃好。中华人民共和国成立后和农村改革前那段年月，一大家子人吃糠咽菜总算挺了过来，因而我从小就仰望和佩服爹娘。二是尽管家里不富裕，还是千方百计供我们兄妹几个念书识字。父母精心呵护着我们幸福健康地成长，在孩子的身上寄托着所有梦想和希望。因而父母不知比别人多吃多少苦、多受多少累、多费多少心血，活得更艰辛、更吃力。只记得母亲每天总是早早起床，择菜、熬粥、炒菜、刷碗洗碟、唤鸡喂猪喂狗；白天，忙里忙外，翻地、锄草、挑水、担粮、收庄稼，割猪草、捡柴、烙煎饼；晚上不是用簸箕挑粮食、推磨碾粮食，就是一针一线地缝补衣衫。童年的生活是清苦的，可是父母一点一滴的关爱，让我铭记于心，倍感温暖。记忆中，父母一生经历了这样几件大事：一是“那年祸害老百姓的日本鬼子投降，鞭炮声快把耳朵震聋了”；二是“分田到户的当年，家里的缸和盆都盛满了黄灿灿的小麦”，手攥自家的命运，虽累得腰酸腿疼，可还是高兴得合不拢嘴。再就是中华人民共和国成立65周年那天，我和妻子、儿子陪他们游览北京，登上了金碧辉煌的天安门城楼，娘乐呵呵地说：“以前只是在画儿上、电视上看，今天亲眼看到真的天安门啦！”脸上绽放出自信且满足的笑容……多少次，我在梦里返回故乡那个偏僻的小山村，依偎在爹娘身旁，重现父母精心呵护下那无忧无虑的童年岁月和美好时光。

父母一生坎坷平淡，相濡以沫，恩爱幸福，前半辈子苦，后半辈子累，晚年生活舒心，却又疾病缠身。就在这个山村里，清贫自足，省吃俭用，淡定、称心地生活着。我父母在谈婚论嫁的年龄，都在解放区接受了婚姻自由的进步思想，虽然当时家里一贫如洗，连间像样的草屋都没有,我娘认定“这家人心眼好”,我父亲“为人实在”“日子穷富都靠过,只要咬紧牙,没有过不去的坎儿”。记得我爷爷在世时曾夸我娘是我们家的有功之臣。我奶奶英年早逝,我娘就嫁过来了。我的父母帮我爷爷起早贪黑、任劳任怨地抚养我尚且年幼的姑和叔长大成人。那年月沂蒙山区已经是解放区了,虽然没了战争,但百姓日子仍然艰苦,时常被困难压得喘不过气,总算磕磕绊绊地挺过来了。我父母大事小事都商量着办,从来不吵嘴,母亲有时话说重了,可父亲不发火、不冒烟,笑笑了事。父母的脚步一年比一年慢,一步步走向衰老,嘴里经常念叨:“这辈子知足,够本!”给母亲上“百日坟”时,新坟上的一根瓜蔓上竟然结出了两个甜瓜,颜色金黄,大小一般,靠在一起,大家目瞪口呆,都不敢相信眼睛。我姑流着眼泪劝我们:“你们这些孩子就别再难过了,你看你们爹妈日子过得多滋润。这是在告诉我们,让咱放心呀!”

父母一辈子辛苦地劳作,经历了无数的困难、坎坷和灾难,总是把穷日子过得有滋有味。上个世纪六十年代,家家小麦面粉很少,母亲把土豆煮熟剥皮后和白面揉在一起,蒸出又白又暄的馒头;没有咸菜,每年秋天都腌缸萝卜辣椒;没钱买衣裳,夜晚就飞针走线地缝补,针无数次刺破手指;逢年过节做点好吃的东西,无论如何让我爷爷尝第一口,我常常在一旁馋得咽口水。用尽心血和汗水,共同撑起一个家,我们在这把大伞的庇护下无忧无虑地长大成人。我们兄妹几个如同父母辛勤培育的庄稼。只不过庄稼只需照料上几个季节;而我们却花费了他们一生的辛劳。长年繁重的耕种和劳作,父母常常会直不起腰,满身酸痛难受。母亲只是一个普通的农村妇女,讲不出高深玄妙的大道理,也干不出惊天动地的大事。但她善良宽容,从容面对生活中的苦难,她曾教育我:“家门口来了要饭的,也要好好待人家。没有难处,谁也不愿拖个要饭棍呀!”面善心软的老爹,菩萨心肠的老娘,慷慨大度,对亲戚朋友、街坊邻居都很关心,有啥难处都力所能及地帮忙,帮不了钱财帮人场,自家的事尽力自己做,不轻易麻烦别人,因而人缘好、口碑好。善就体现在日常一言一行,细微处闪耀着人性的光辉。

父亲性格随和、与世无争、寡言少语;母亲心地善良、灵巧聪慧。父亲往往把对孩子的爱藏在心里,正如茶壶里煮饺子,是不轻易说出口的,他曾批评我:“你的嘴和我一样,这么笨呀!”我一声不吭,只咧嘴一笑。老父亲喝上酒后,曾开口炫耀过他的所思所为以及他教育的孩子。到后来躺在县医院的病床上,我赶到病房时,连着叫了两声“爸爸”,弥留之际的父亲只是闷闷地“嗯”了一声,然后用那双布满老茧的手,亲切地抚摸起我的头,眼中充满无奈和留恋,我忍住阵阵心酸,用手抚摸着父亲额头深深的皱纹和满头的白发。我二妹妹后来告诉我:“咱老父亲清醒时,曾经后悔地说:‘我应该听你哥的话,别攒了,把几瓶好酒喝了,现在想喝也喝不动了。’”父亲高大的身躯曾一路为我遮风挡雨,眼角包括整张脸都刻下岁月的长痕。面对父亲的无奈和惋惜,任何语言都苍白无力,心中只有做儿子的责任和坚强,我明白这是今生今世最后唯一的父子道别,自己应该独自承担伤痛,强忍泪水,做出人生最庄严的承诺,让父亲缓慢坦然放心地闭上眼睛,眼角有一滴泪滑下……

父母对子女的爱没有惊天动地的壮举,只是深深隐藏、浸透在每句叮咛,甚至是每一道关注的目光中,默默关心你的成长,悄悄关注你的一切。小时候,让我们吃饱穿暖,勒紧腰带供应我们上学,夏天给做件鸭蛋蓝的衬衣,冬天说啥也得缝床厚实暖和的被褥;对我们没有多少言教,更多的是一声不吭地示范。即使生病了也不舍得看医生、吃药,经常一声不吭地硬撑着。父母的品德和言行,影响了我的人生;我工作后,更多的是嘱咐这嘱咐那,嘘寒问暖,关注胖了瘦了、饱了饿了……俗话说,家庭关系中最微妙、最难处的是婆媳关系,我妻子和我母亲很投缘,那么亲密和融洽。我母亲把儿媳妇当成亲闺女,甚至胜过疼我的几个妹妹,逢人就夸奖我妻子。当然,我妻子也是掏心掏肺地尊重和疼爱我母亲。母亲对我的几个妹夫,也是如同自己的儿子,有疼有爱,大事小事挂在心上。前几年,父母还硬撑着在我老家老房子前边,给我儿子、他们的孙子盖了几间房子，说是避免他们的孙子、孙媳妇回乡下老家没地方住，其实内心深处那是想把他们子孙孩子们都揽在怀里。唯父母疼爱孩子超过世间任何东西，唯有父母的慈爱之心天地可鉴、世间永存。

我最庆幸的就是，一生我从没和爹娘顶过嘴，没高声争吵过，父母无论说什么，我始终默默地仔细地倾听，时而还点头回应，即使那话不正确，也让老人把话说完。有人说我过度孝顺，甚至是愚孝。老母亲是因患重度脑血栓去世的，刚患病时医生断言醒不过来了，活过来也肯定是植物人。在我阵阵呼唤后，母亲的眼角竟然冒出少许泪水。我主观判定娘有知觉，能醒过来，肯定还有话要跟我说！我多想再听听娘亲切的话语，哪怕是含混不清的只言片语，唠叨、责骂也行，精心治疗半年下来母亲只清晰地说了一句“回家——”直到溘然离世！在我们村，人火化后，还可以到山上土葬。父母离世后，我在父老乡亲们的帮助下，买了两口品质一样的香椿木棺材，按村规民俗，每人都有一个简单、节俭的安葬仪式，把父母葬得既有尊严又有脸面。我虔诚地跪在灵堂和坟前，抛洒泪水与伤悲，叩谢爹娘的大恩大德，彻悟人生苦难。

父母的相继离世，使我的情感变得更加脆弱，容易触景生情、多愁善感。有老人在，对家乡、对亲人的牵挂无时无处不在。父母离世了，我真正感悟到“子欲养而亲不待”的痛苦与无奈。每逢周末和节假日，心里空落落的。多少次不知不觉按下与父母无数次通话、老家的座机电话号码，陡然想起爹娘已不在了，只按出自己的一串泪花……天气预报、刮风下雨、气温变化，依然会惦记起老爹老娘。天凉了，又渴望老娘一遍遍地唠叨着让我添衣裳。无数次刚刚捧起书本，突然的电话铃声让我胆战心惊。一次次想起父母的音容笑貌，恍恍惚惚地感到往事一件件、一桩桩、一幕幕鲜活地展现眼前。举手为老人梳一次头、擦一把脸，静心与老人聊一会儿天、通一次电话，在公园里散散步，坐在父母身旁吃顿饭，真实、真正的幸福和满足就藏在老人无休无止的嘱咐、絮叨和相伴相随的日常生活中。父母总是用常人看来毫不起眼的疼和爱，默默守护着孩子，让孩子沐浴在春日的阳光中，周身是浓浓的芬芳与温暖，直到他们长硬翅膀，走进人生的轮回。月色阑珊，最渴盼的或许就是陪你一路成长的亲人、老人，站在你的身边，永不厌倦地给你讲一辈子也讲不完的故事。把这些美好的记忆、微笑和幸福留下，把对生活、对生命的坦然留下，可以享用终生、温暖一生。2014 年中秋夜，我们兄妹几家围绕在年迈的父母周围，大家头顶灿烂的星空，借一缕月光喝一盅老父亲珍藏的烈性酒，品尝着老母亲分给的五仁月饼，指指点点天上眨动眼睛的星星和眼前飞舞的萤火虫。父母充分享受着天伦之乐，大家谈天说地、其乐融融，铺开小山村的人间画卷……

父母离世后，我只把老宅子做了简单清扫，设施摆布都没有做大的调整。清晨，温煦的阳光把老屋的房顶染成一片熟悉的金黄。老屋的里里外外保留下爹娘曾经的生活状态，感觉院里父母的身影和爱无处不在，处处是往日生活的气息和痕迹。那话语依然回荡在空中，时而让我怦然心动。每走一步，都可弯腰拾起儿时的一段记忆，找到灼心烙肺的温暖。门槛上，父亲抚膝而坐，眯缝着眼抽烟品茶；西屋里，母亲忙着剁菜喂鸡喂狗。我老母亲腿不好，坐时间长了，站立困难。母亲多是坐在炭炉子旁炒菜做饭，习惯扶着门框颤颤巍巍地起身，天长日久，门框上留下油手的痕迹。我呆呆地看着这景象，心中五味杂陈，眼泪会不由自主地涌上眼眶。老宅子就空着，桌子上摆放着父母的灵位，供我们祭奠、祭拜、祭酒、祭饭。以往跨进家门，第一声都是远远地放肆地高兴地喊："娘……"现如今，爹娘已撇下我们去了天国，不再牵挂孩子们胖瘦、饭菜凉热、肚子饥饱了，只留下那几十年攒下来的牵肠挂肚的温情和美好记忆。

上天仁厚待我，命运钟情于我，让我充分享受了厚重深沉、温柔细腻、饱蘸乡土味道的母爱父爱。父母虽然一生平凡、生活平淡，可那养育之恩一生难以报答，那品德和善行让我学习、享用一生。我的父母，因为普通，我更加珍惜和骄傲；因为平凡，我更加敬畏与感激；因为对我关心备至，我更加感恩和怀念。父母疼爱我，在世时，他们担心去世后我过分操心，于是早早在山上自己请人做好了坟墓。也许是担心儿女们记他们的祭日会伤脑筋，就选择在母亲节、父亲节前离世。这样，今生今世每当母亲节、父亲节来临，我们就会自然而然地想起父母的忌日，更加想念、怀念我的父母，更加追忆和感激父母的恩情。

短短一个多月，父母就带着对人世间的眷恋和对子女的惦记，前跟后地去了天国。我一直劝自己一定理智，但谁也替代不了爹娘在我心中的位置。遇到事情，我就想——假若爹娘健在，会怎么样？该怎么办？感觉爹娘依然在我身边。仿佛弓腰驼背的老母亲，依然一手拄着拐杖，一手打着眼帘，正在街头往村口张望……车走出好远了，我还看见母亲伫立在那里，遥望我离开的方向。秋风吹来，老槐树落下片片黄叶，如同老娘稀疏散乱的白发，我鼻子一酸，禁不住泪盈眼眶！人生路，没有了爹娘的提醒，无论有多少风雨雪霜，都必须自己摸索着走。怀揣阳光、豁达善良，幸福和感动就相伴身旁。

眨眼又到了清明节。我凝望着东方，太阳又露出甜美而慈祥的微笑，亲吻着大地万物，抚慰着我的脸庞，一股暖流瞬间涌进我的心窝，驱散心头的阴暗与寒冷，照耀着我铭记父母天高地厚的恩情和永恒的希望。母亲、父亲相继飘然西去的时候，一定是安详而快乐，在袅袅升腾的烟雾中露出了欣慰的微笑。我擦干眼泪，抬头仰望，阳光正抚慰我的头颅，照耀我躬行的脊梁。

世间存在无声的心灵感应。父母爱子女、子女爱父母的家庭伦理，是人类共同的心声。父母和子女之间的亲情，最无私、最纯粹、最永恒。子女一辈子，走不出父母的视线，血管里始终流淌着父母的温暖。父母在，大爱鲜活，真爱感天动地，心灵经历过岁月雕磨和痛苦浸泡之后，持续涌动着缱绻的至纯至真的亲情和浓酒般醇烈的母爱、父爱，萌发出无尽的感动、感激与感恩，时常刺痛和抚慰我的心灵。我知道，无论我怎么眷恋故乡,怎么怀念爹娘,今生今世不会再与爹娘见面啦!

世上唯独父母的爱纯洁无瑕,无处不在,是世间最原始、最伟大、最美妙的力量。亲情无价,揣在心底,温暖一生,滋养后人。砸断骨头连着筋的亲情,就默默陪伴呵护在我们左右,务必且行且珍惜!

父亲节、母亲节,是我的感恩节!

遥远的椿树

◎ 陈奕纯

乡愁是一棵没有年轮的树，永不老去。

——席慕蓉

我已经九岁多了，仍然长得像六七岁的小孩子那么矮小，头发又黄又细，又稀疏，和同龄人比起来，很不起眼，以至于我从上小学一年级起就坐教室第一排。三年过去了，有的同学个子长高了，调到了第四排第五排，而我还是在第一排。我好想好想让自己长高，可是，我越想长高，身子就越像有根绳子往下拽一样，越是不往高长。

我回家问母亲，我怎么才能长高？母亲说多吃菜。那我就多吃菜，但我不喜欢吃菜。冬天的大白菜和萝卜，在我们家几乎是白水煮，没有油，盐也放得少，没有味道，还有一种怪怪的甜腻味，难以下咽。到了夏天，我们就吃君达菜，还有黑白菜。君达菜，永远都是到了长长的老杆子上已经长出了菜籽，还在吃它的叶子；黑白菜更不好吃，碱性特别大，吃到嘴里，就好像喝到了滩地井里的黑矾水。有些年好的大白菜都卖光了，我们就煮白菜疙瘩吃，就吃酸菜。酸菜是从大白菜上取下来的白菜帮子，洗净，烧大锅开水，把白菜帮子放进去，煮几分钟捞出来，储存到大缸里，撒些盐，注入凉水，没过白菜帮子，然后压上几块花岗岩石头,过上十天半月就成了酸菜。

酸菜,是村里人家最重要的副食,基本上是没什么营养的,但较之白煮菜的寡淡,酸菜总还能给人味蕾上带来一些刺激。母亲说,如果你想长个子,就得多吃菜。我因此咬着牙吃了很多酸菜,尤其是到了冬天,天天都吃。

这一年到年底了,我仍然没有长高的迹象。我又问母亲,母亲说,这样吧,到今年的大年三十,人家都熬年儿,你早早睡下,等到大年初一天未明,你就快点儿起来,别说话,悄悄地到咱家那棵大椿树下,绕着椿树转三圈儿。

我说娘,咱家的大椿树长在晒谷场东头,四边儿空荡荡,我害怕,我不敢去。

母亲说,你想长个子,就不能害怕,绕着椿树转圈儿的时候,你要念:“椿树椿树你姓王,你发粗来我长长,椿树椿树你姓王,你发粗来我长长……你要正转,念一遍转一圈,转三圈念三遍,就行了。”

我问母亲:“椿树,它咋就姓王了?”

“一个姓王的皇帝,当皇帝前遭难的时候,椿树救了他,他后来就封椿树姓王了。”母亲对我说。

“那椿树怎么救的皇帝呀?”我又问母亲。

“它吹一口气,身子就变成空心了,皇帝钻到里边,别人就找不到他了。”母亲说。

“椿树咋能管人长个儿的事儿?”我问。

母亲说,这法儿是老辈子传下来的,我小时候也光想长个儿,你外爷就让我大年初一早上转椿树。

我问娘,我外爷是听谁说的?

母亲说,你真是个穷嘴子,问起来就没完没了的!

我还是问:“娘,椿树是不是也会对着我吹气,一吹气,我就长高了呀?”

这一下,母亲就笑弯了腰,她说:“它要是对着你吹气,你不就变成空心了,高不了,还变成油篓了……”

我就有些害怕，又追问，那它咋让我长高呢？

“它呀，它摩挲摩挲你的毛，让你活得牢；它提溜提溜你的腰，让你长得高。”

母亲告诉了我这个方法，我就开始不得安宁了，她哪知道我内心有多么害怕黑暗。我一到夜晚躺在床上，就在心里模拟，四周漆黑一片，我战战兢兢来到树下，冬天的干树叶在树上挂着，大树上不时发出吱吱沙沙的声音，我试着张嘴喊椿树，身上已经一身冷汗，梦也惊醒了，拨开被头往外一看，窗户外黑蒙蒙的，赶紧闭上眼睛。

我心里装着事，白天不时地多瞅几眼老椿树，有点儿不大敢正眼看它啦，可又总忍不住朝它张望，目光打到它身上又烫着似的紧忙溜回来。我觉得它像是知道了我心里的事儿，就越发不敢看它。

中午，大人睡午觉，院子里静悄悄的，我一个人坐在院前，远远地望着它，它好高啊！灰白色的躯干，两米多高以下没有什么枝杈，光秃秃的。两米多高以上开始生长出枝杈，左边一枝，右边一枝，一直往上蔓延，枝杈上再生出小的枝杈，大的小的毛茸茸的叶子，挂在枝丫上。它拖着一树的枝叶，从晒谷场边的一块薄地上，一直往天上长，它的梢头已经越过屋檐两丈多高了，它是这样的茂盛！这样的华美！我以前怎么没有仔细地看过它呢？午间它也像是在打瞌睡，那飘动的叶子，像是抓在它手中的蒲扇，它睡眼惺忪地慢慢摇着，那扇子一白一绿，地上就洒下明明暗暗的斑点。一阵小风吹来，满树的叶子摇颤着，哗——哗——我觉得它像是从梦中醒来，发现了我在看它，它就对着我说：“过来，过来……”我赶忙调头向屋子里走去。

夜幕降临的时候，我也常站在院门口，偷偷地看它，它在夜幕下显得更加高大端庄。当天空还有一点儿浅淡天光的时刻，它就朦朦胧胧地不大能够看清楚了，它似乎比墙，比院子更容易被夜色浸染。这个时候它看上去很是神秘，当它完全淹没在暗夜里的时候，我就不敢再向着它走近一步了，我老觉得它在黑暗中向我招手，对着我说“来呀……

来呀……"这个时候,我会撒腿跑开。

新年将近了,家家户户都开始置办年货,父亲把鞭炮、豆腐、银条、猪肉都买回来了,家里已经开始清理大大的锅台,要蒸过年的白馍和黑馍了。我的心仍然处在极度的不安和恐惧中,还在为转不转椿树而忧心忡忡。我心里明白,大年初一,一年只有一次,你在这一天的早上转了,你就有希望长高;如果你不转,错过这一天就错过大好机会了。并且母亲说,你想长个儿你得自己去,人家没法代替你,你还不能让人知道,知道了就不灵了。

因此,这件事在我,是一件很难做到的事。我无法面对黑暗,我最怕黎明前的黑。大年初一早上过了四更,五更前是最黑暗也是最奇幻的时候,我想也不是只有我们人类才过春节,神都会从天上或者什么地方下来了,来到了一家家供桌上,祖宗们也回来了。一想到这里,我的心里就像揣个小兔子一样"咚咚咚"跳个不停。

但现实是,转不转三圈是你的事,你可以不转。长不长个子,不仅是你的事,也是大家的事,因为你长不高,外人会取笑你。

我终于下定决心的时候,也就到了那年的年三十。

除夕夜,我的父母都希望我们陪着爷爷熬年,我们要一个个跪下给爷爷奶奶磕头,爷爷笑眯眯地给我们发红包。大家都熬年,好像是越睡得晚越好。直到我们都撑不住了,才纷纷去睡觉。

我心里有事,躺在床上睡不着,就在心里默默地背"椿树椿树你姓王……"直到进入梦乡。不知过了多长时间,听到村子里噼里啪啦的鞭炮声响起来了,我从梦中惊醒,赶紧爬起来穿衣服。只见母亲已经起床,父亲把柏枝拿到院子中间,正在点亮小小的红蜡烛。哥哥早跑出去拾鞭炮了。我非常想出去拾鞭炮,那是一年最激动人心的事情。可是我不能去,我要去转椿树。

因为大椿树在院子的前面,我必须赶紧往院子前面跑。

院子里空无一人,只见供奉"天地全神"的小石桌上点着一根红烛，烛光一明一暗。这个时候天还是黑沉沉的，星星还在高远的天空，一闪一闪地眨着眼睛，就如它还没有睡醒，想张眼睛又张不开的样子。整座大院子里静穆神秘，院子里越静，我越恐惧。天又冷，我两手捂着耳朵，只往天上瞅了瞅，不敢再看别处，几乎是闭着眼睛摸到椿树下。

我抱着大椿树，浑身发抖，我在心里告诉它说，我来了。其实，我心里什么也没想，想也想不到，大脑一片空白。然后开始转圈，边转边念："椿树椿树你姓王，你发粗来我长长……椿树椿树你姓王，你发粗来我长长……椿树椿树你姓王，你发粗来我长长……"

我忐忑惊慌地转了三圈后，拔腿就往屋子里跑，我的脚趾头碰到了脚后跟，觉得有什么东西，如细软的藤在搂抱我的腰，又觉得像是有什么东西在摸我的头，拍我的肩膀，我吓得头皮发麻，嘴唇直哆嗦。

母亲正在和饺子面，她看见我慌里慌张跑回来，也不问我。我哆嗦说，娘，我去转椿树了，我照你说的做了。母亲一听，笑得合不住嘴，我不知道她究竟笑什么。

这个时候，村里鞭炮齐鸣，公鸡也一个劲儿地啼叫，此起彼伏，整个村庄都沸腾起来了。我想，我的哥哥在村子里已经跑了好多家了吧，他的上衣口袋里已经装满小鞭小炮了吧，我心里好急好急。我多么渴望踩着厚厚的炮屑，闻着炮花香和柏枝香，拾到那带着长长灰色小炮捻儿的红红的鞭炮啊。

想到这里，我像箭一般冲出家门，冲进黑暗里，向着村里鞭炮声最集中的地方跑去。几乎奔跑了半个村子，直至看到兴奋的男孩女孩弯腰捡着"哑巴"的小鞭炮，沉浸在收获的喜悦里。

我跟着我的哥哥和村里一群小伙伴，风风火火跑到每一家门里门外拾鞭炮，早已忘记了转椿树的苦恼。

转眼，转椿树的日子，已经过去得相当久远了，可那情那景，那时那刻，却又分外清明地留在记忆里，似乎随着岁月的推移，越发明晰！它时不时地就突然跃在眼前，有的时候，走在异乡的街市，或偏远的乡间，看到一棵陌生的树，会突然想到它；有的时候，在沉沉的夜空，燃起一支烟站在窗前，外边一棵模糊的树，让我仿佛看到那棵椿树，看到哆哆嗦嗦、兢兢战战的我，跑在那大树下……想到那椿树，就想到母亲，想到她让我转椿树时的神秘。我常想，今天的我虽算不上十分魁伟高大，但也决不矮小，是不是因为转椿树才长高的呢？可我又常常看到母亲那悄然抿着嘴、忍俊不禁的微妙的笑，又觉得那笑里藏着多么好笑的、逗弄的故事。到好久我才想明白，其实，椿树哪里管得了我的个儿？母亲的笑，是借着椿树，让我的胆子变大，让我的身体长高、心灵长熟。只要我的意识里自己长高了，我的个儿才能够往高长……

尽管我想明白了，可那棵椿树，那转椿树的事儿，一直那么深刻地留在心间。无论时光过去多久，都丝毫不觉得有嬉耍娱乐愚弄的成分，反而觉得越加肃穆而庄重！让我想不明白的是，在我苦恼的时候，忧烦的时刻，我会想到它。甚至在意绪飞扬的时刻，也会忽然看到那棵椿树，想到它，一些人、一些事、一些物，就如画一样，哗地铺展在眼前，乃至一些气息都呼啸着奔腾着，扑面而来！这个时刻我才知道，一些东西，它就在那里，永远都在那里，就如那儿时的小院子，就如那房屋，就如一只狗、一只猫，它镶嵌在你的一段日子里，活动在你的命脉里。那椿树，它就在我那时的日子里，在母亲的日子里，在一家人的日子里。它目睹着我们的欢乐与忧伤，它祈祷着我们的平安与吉祥。就如大年夜给爷爷磕头，给个红包，预示压住岁，包住福一样，我转椿树，是向椿树讨个福乐！

椿树，什么时候想到它，就想到葳蕤的绿绿的湿润润的村庄，就想到那一庄子的人，就想到老家那小院子，就想到那一家子人。椿树，它就是故乡，它在心间，故乡就永远在那里……

椿树，它就在那里，无论你发旺还是落拓，无论你是荣还是辱，是兴还是衰，是成还是败，它都在那里，不变样子，不会有阴晴流转，它就一直在那里静静地望着你。

有椿树在心里，真好！

作家专栏

因雪想高士，因花想美人，因酒想侠客，因月想好友，因山水想得意诗文。

落花时节读旧笺(节选)

◎ 韩少功

自有了信息电子化，电话、电邮等正日益取代信函，投书远方已成稀罕之事。不久前清理自家旧物，无意间从一抽屉里翻出旧笺若干，如掘出一堆出土文物，让我惊喜，也不免惊惶：这也许就是此生我收到的最后几许墨迹？

来信者多为同行故人。他们的墨迹有几分模糊，但字如其人，或朴或巧，或放或敛，仍能唤醒一幕幕往事，历历在目。感谢纸墨这些传统工具，虽无传输的效率优势，却能留下人们性格的千姿百态，亦无消磁、病毒、黑客、误操作之虞，为我长久保存了往事的生动印痕。也感谢一个时代的风云聚散，让我得以与这些来信者有缘相识，无论是擦肩而过，是同路一时，还是历久相随，他们终是我生命的一部分，是读书读人读世界的一部分，已悄悄潜入一个人的骨血。

于是一封封重新展开。

一

西西，1987 年 12 月 31 日来信称：

我刚从北京回来,看见莫言、李陀、史铁生、郑万隆和张承志,好极了。他们老说就欠少功一人。我临走时遇上北京大雪,美极了,可仍然比不上你们这些美丽的人。我想,做一个写好小说的人不太难,但难在做一个能写好小说的好人。

如果我到湖南,我当然不想成为"抓稿人",只想跟你和有趣的朋友(是何立伟、彭见明他们吧)开心地聊聊,一如在北京那样。不过,目前我又非做抓稿人不可,真可怜。事情是这样,洪范书店再编三四册,我就想到你的《女女女》。如果你不反对,请循例签写同意书寄回就行。据说你有一篇新作《棋霸》,不知刊在哪里。

西西是香港作家,身居灯红酒绿之地,仍有几分艺术的高冷和狂野,《胡子有脸》《母鱼》《我城》等作品变化多端,现代主义前卫风格天马行空,相对于满城花哨的地摊书,堪称香港一大异数。内地开放之初,她将一大批内地作品引入繁体字,其规模和反响达一时之盛。但作品之外的她毫无先锋造型,既不会目光直勾勾,也不会烟酒无度、满口粗话、深夜海边暴走,倒是质朴如一村妇。第一次在酒店相见,她衣着低调,张罗茶点,引见和关照几个随行青年,在茶座的一端几乎没说什么话,似乎更愿意让她的学生们多说——文学班主任的服务十分体贴。

市场化经济大潮扑来,新时期文学迅速转入疲态和茫然,包括西西在内的很多人后来大多音信寥落,相忘于江湖。2008年春,我在香港浸会大学待了两个多月,好几次打听她,不料教授也好,作家也好,青年读者也好,都说不出一二,甚至对这名字也不无陌生之感。我大吃一惊:这还是香港啊?

还好,总算有一位颇费周折找来了她的电话号码。我通话结果,是发现她竟然近在咫尺,与我同住在土瓜湾的一角。这个土瓜湾,靠近九龙城寨，即当年清政府嵌入殖民地的一处留守官署，亦即后来匪盗横行的一块法外真空，直到再后来才经陆港双方签约，将其改造成一个公园。我租房在此，常沿着港湾散步，看各类争奇斗艳的市井食肆，看水面倒影中的灯火万家。我何曾想到，我可能早与她在此路遇多次，只是已互不相识。

她由丈夫陪伴，偶尔还靠丈夫搀扶，前来与我见面，看来身体已不是太好——这也可能是她多年来息交绝游的原因之一。

我终于见到她，重新握住了她瘦弱而清凉的手。

二

张贤亮，1988 年 6 月 23 日来信称：

> 那天在侣松园门口，忙乱中还没来得及告别，待我拿到房号钥匙奔到门口，那辆破车已不见踪影。我想你还会跟我联系的，特地告诉了门房，但也没能再听到你的下落。
>
> 我试着写这封信，也不知你能否收到。
>
> 在北京待了两天，果然听到启立同志在《人民日报》的一次会上，根据那位巴黎中新社记者唐某打的"内参"，批评了我们的代表团。使我痛心的不是打小报告，而是领导人惯于听一面之词。干脆走他娘的，躲进小楼写小说。你年纪轻，望好自为之。我是觉得已经束手无策了。
>
> 可能的话，把《生命中不能承受之轻》寄本来让我拜读。

在很多人眼里，张贤亮是一位风度过人的文学男神，曾以《绿化树》《土牢情话》等小说折服包括我在内的大批读者。他后来转型为商界大亨，据说有钱便任性，曾以超长豪车接送朋友，路旁还有两列黑衣保镖一路随车小跑,其排场俨如帝王。他的放浪也大尺度,发出邀请时总是宣告:“带情人来的我就报销头等舱机票,带老婆来的统统自费!”这一类话是玩笑,但也难免给他带来争议。

一位熟读和盛赞《资本论》的热血之士,一眨眼成了金光闪闪的资本家,这是当代中国故事中并非少见的个人命运轨迹。从信中看,他也有温存的另一面,竟为一次忙乱中寻常的不辞而去,驰函以图追补,周到得让我惭愧——他当时尚不知我的确切地址!至于信中提到的“内参”,是1988年中国作家代表团访法所引起的。那个代表团超大,其中有几位在巴黎痛责中国的体制和文化,得到大批听众激情的鼓掌,却与部分华裔人士爆发争议——包括他提到的“中新社记者唐某”。这场争执以“内参”或其他方式传到国内,后来也成为文化界思想纠扯的案底之一。

其实,据我当时了解的情况,争议双方首先有背景的错位,有语境的分裂,说的好像是一回事,但联想空间、意涵所指、听众预设等远不是一回事。刚出国门的中国人,满脑子还是官本位、大锅饭、铁饭碗、冤假错案,不发发牢骚,不冒点火气,好像也不可能。不过长期生活在外的不少华裔对这一切感觉较为模糊,恰恰相反,他们的切肤之痛是不时蒙受某些西方人的白眼,一身黄肤黑发没法改,最急的是没有自尊的本钱,最愁的是没有自强的后盾。好容易有了“两弹一星”什么的可供吹嘘,再说说《论语》《道德经》,或扎个狮子舞个龙,图的是在“多元化”中也挤进一席。他们如今听中国作家反这反那,连传统文化也要一股脑儿统统黑掉,那还不跟你急眼?

真正听懂对方的意思,其实是不容易的。

三

聂鑫森,1988年3月29日来信称:

自你们走后，我们每每谈及，常惆恻然，遥想你们顶严寒而去，人地生疏，为之悬悬，念念不已。那晚风雪飘飘，独坐室内，遥想友人离散，颇多感慨，便写一首五言诗：

少壮光阴迫，慨然走边陲。
楚地多俊杰，星石强争辉。
把酒论时势，举翼尽南飞。
冲开凛寒阵，何日再重归？
建构新文化，从此不低回。
椰林缘案牍，荔枝红书扉。
烈日炙眉宇，惊涛洗鬓灰。
嗟哉零落雁，敛羽难与随。
京华久滞留，世事每相违。
推窗风打雪，遥祝酒一杯。

聂鑫森一张长黑脸，最重朋友情义，以致湖南文学界流传一句话：谁要说聂哥坏话，那这家伙一定是坏人，轰出门去就是。

我与他分居两个城市，几乎每次相聚都是朋友们长谈竟夜。有一次我找不到清代张潮的《幽梦三影》，他听说后竟毛笔正楷抄来全本，厚厚一大沓，让我大吃一惊。“因雪想高士，因花想美人，因酒想侠客，因月想好友，因山水想得意诗文。”我差一点儿觉得这些句子的抄录者就是原作者本人。

他的来信我手上最多。这里挑出的一封，是写在我和一些朋友“南飞”之后。当时海南建省办特区，欢迎各地梦想者参与，力图在一个雨林浩瀚天高地远的边陲海岛，一张白纸随便画，迅速升起一片现代化奇观。他因家事缠身而“敛羽难与随”，无法与我们疯疯地南蹿。听说我们选在大年初一举家登车,顶风冒雪,绝尘而去,他一腔愁绪自是难免。

幸好他没上车,否则也就没这些诗了。

四

李亚伟,1988年7月11日来信称:

信收到。我刚哼哼呜呜准备出发呢,夏天的山山水水让人站立不稳。

这里还未开除我,高考还叫我监了考,之前上了几节音乐课,我使劲摇荡着身子教学生们唱流行歌曲来着。但显然我头顶的天空不够用,这些日子我不停地写着海,我的句子成群结队要往岛上爬。

我强烈要求招聘!

但如果你那儿不太顺利,我就使劲等些日子。我走来走去地等,抽烟,吹口哨。我不在乎招聘或是调动,只要能来,我极不喜欢这儿的环境。几年了,这儿的很多东西都在围歼我,想干掉我。我曾几次离职,都因没找到工作,饿,最后高举双手回单位投了降。

海南建省初期的条件十分艰苦。我租住的平房外,野火鸡不时出没,野香蕉随手可摘,完全是一片荒野景象。因停电和煤气断供,三家人只能合伙用树枝或煤油做饭。有一天,我姐想好好犒劳一下家人,好容易做出一个大菜:葱爆猪肚。没料到突然冒出几位不速之客,见一盘大菜上桌,手也不洗,也不要筷子,甚至未经主人同意,便乐滋滋争相下手,三下五除二吃了个盆底朝天,吓得几个孩子躲得远远的。

我姐气不打一处来,偷偷问:“哪来的这些王八蛋?”后来才知道来者都是诗人——呵,诗人。她好一阵恍惚,把来客留下的两册油印诗读到半夜，才渐渐消了气，第二天早上说：“确实写得好。”

算是认可了一桌饭菜的被迫捐赠。

这一诗界闹事团伙中就有来信的李亚伟，一个四川小伙。他曾以“莽汉主义诗派”闻名，其语言的粗野、狂放、草根性、嬉皮风，可视为后来小说贫嘴化和网络恶搞化之先声。“夏天的山山水水让人站立不稳”“我头顶的天空不够用”“我的句子成群结队要往岛上爬”……这一类野生词语在他笔下信手拈来，蛮横无理，爆破力强大，足以搅得文学礼崩乐坏。

我最终没有能力招聘他入职。这一群爷在海南打过架，名声远播后，其他机构想必也只能敬而远之。

他后来招聘了自己，据说不久便成了一大富商。

五

陈映真，1988 年 10 月 22 日来信称：

> 海南是一个处女地，在“现代化”的政策下，她即将付出惨烈的人的代价、大自然的代价和文化的代价。依台湾的经验，少数民族的沦落和社会的解体，女性的娼妓化，男性沦入底层劳动者。民族文化的解体，民族主体性的解体……如果中国共产党和大陆知识分子容忍甚至鼓励这种发展，对我是痛彻心扉的失望与绝望。
>
> 请 Stven 带去《人间》杂志十册，表示我的友情与敬意。《人间》是站在“弱者”——民众的立场去看人、生命、生活、自然和社会，特别要追究“发展”“现代化”所付出的不必付出的代价。大陆知识分子对西方讴歌太浅薄，太轻佻，对西方资本主义太无知，对中国开放改革的世界背景，即体系化的世界资本主义所加以的限制太无知，对中国社会主义革命的评价太低，对马克思主义的批评太

轻率。我们理解这是“文革”的反动,但反动与感情用事不是对待真理的态度。

他 1994 年 8 月 4 日又有一信称:

接获来信及影印页,何其高兴。那封信能刊在书上,说明大陆上言论也自由。这样说,也觉得有一股辛酸的讽刺味。在共产党支配的社会,“左派”意见反而难出头,不一定官方要压,反倒是一般知识分子会嘲笑——都什么时候了,还要这样提问题?此所以那封信多年后刊出,竟使我惶惑惊讶不已!

少功兄,这个时代还需要作家写出时代巨大变化下的人和生活,接续三〇年代、四〇年代民众文学与民族文学的大传统,兄其勉哉!

对于“现代化”名下的资本主义全球化,陈映真也许是两岸知识界中最早的质疑者和批评者,相对于二十世纪九十年代中后期内地迟到的相关讨论,差不多早了十年。这当然得益于市场和资本在台湾先行一步,也离不开一个“左翼”作家的思想定力,还有某种基督教背景下的济世情怀(台湾学者赵刚语)。他提到的“三〇年代、四〇年代”文学大传统,放到百年乃至千年历史大框架里看,还真是一件事:“空前”已无疑,是否还要“绝后”?

可惜他的《人间》杂志未能坚持多久,其他努力也屡遭挫折,号召力在台湾日渐微弱,似乎被他所殷殷关切的“弱者”和“民众”所无情叛离。取而代之的,却是后来奶油散文、八卦故事、狗血写作的呼风唤雨横行天下。对于很多人来说,这当然是一种讽刺,也是一种尖锐逼问:说好的民众呢,在哪里?

换句话说,民众是什么?民众如何区别于民粹杂群?民众需要关切,是否也需要再造?如果这后一个问题没法借助更多手段来加以解决,那么前一个问题是否还有意义?

这些事一想就要头大。

感谢陈映真,能让我们的脑神经无法懈怠。

六

蒋子龙,1992年5月4日来信称:

> 感谢你邀我南下,虽来去匆匆,但很愉快。
>
> 阁下保持了自己的品位,但又对这个复杂多变的社会和文坛应对自如,实属难得。登机后拿出你的随笔集,不料不是送给我的。连你这样从容自定的人也被笔会搞昏了头,可见笔会不可轻易办。你的智慧陪我在飞机上度过了三个多小时,直送我到家,可谓圆满。

蒋子龙算得上新时期"改革文学之父",以小说写遍国企、机关、乡村的改革,写遍了《乔厂长上任记》的自信和《农民帝国》的困惑。肯定是社会的碎片化和改革的歧义化,撑破了他的笔墨控制,让他后来不再容易踩到朝野各方的共振点。但不少同行还是余妒未消,说我们当年写小说想得奖,同那姓蒋的写小说想不得奖一样难啊。更大的奖牌当然是:二十世纪八十年代曾有工人在厂门前贴出大标语:"欢迎乔厂长来我厂上任!"某省当局还曾以红头文件转发过他的小说,以作为各地改革的思想动员和办法参考——这些奇事,在文学史上一定绝无仅有。

他身上总是有一种大国企的金属味,是有棱有角的坚硬体,比如每天坚持几千米游泳,一游就是数十年不辍,每天都活得英姿勃勃,精神抖擞,当当响汉子一条。

天津好几位男作家似乎也有这股劲儿。

七

何士光,1993年1月25日来信称:

这几年由机缘牵引,确实也另外地体验了一回生命。常悲切我糊糊涂涂地来到人世上,东零西碎的见闻似也有一些,但究其根底,却仍是一片黑暗,亦必是糊糊涂涂地离去。因想倘能于根底处有所知晓,庶几就不虚此生了。子曰形而下谓之器,形而上谓之道。由下而趋向于上,其势标来亦是人生之必然。倒也省些蛛丝马迹,见我辈中人也渐渐向此中转。曾读到你推荐《坛经》的文字,也以为是一种消息。

听洪声说起你在读拙作《如是我闻》,深觉欣慰,盼能读到你的意见。那当然还只是初步地写出一个头绪,其间的幽密,自还十分渺茫。先写下来,让它去经受自己的缘分。由此以往,倘还有写作,大体亦将依此线索。那么当然把文坛种种都抛弃了,而经受自身的这一份因果。

贵州的文事同各处一样,也十分寥落。但文事一如原先的文事,又焉得不寥落?寥落也是必然,也是因果。唯其寥落,心才渐渐有生机透出来。我在拙作中引过《老子》,那便是道失而后德,德失而后仁,仁失而后礼,礼失而后义,这之后,便该是义失而后利了,而今正是唯利是图之际。

利也是要失的,利失之后,循环过去,则就是道了。眼下却也能让人感到道的悄然兴起。

二十世纪九十年代是新时期文学急剧分流之时,有的卷入政治,有的扑向市场，有的则投奔宗教。较之于有些人放眼《圣经》或《可兰经》，何士光最终选择了道与佛。

在世俗化传统超强的中土，佛和道保留了中华文明对永恒和辽阔的一线远望，指向一份安放灵魂的幽深。一旦满世界“义失而后利”，物质化大潮逼压，宗教也许就是比抑郁症、狂躁症更积极一些的解决方案。毫无疑问，当一张张面孔哗变成唯利是图、寡廉鲜耻、无恶不作，远古的终极之问便及时归来，进入有些人睡前或醒后的片刻惶惑——这些惶惑无疑值得尊敬。

一位当红作家因此而突然销声匿迹，从人多声杂的地方抽身而去，其内心诸多痛感，我们大概也不难想象。

但宗教也有风险。特别是在“利益+”或“利益×”时代，伪宗教、邪宗教、烂宗教也断不会少。我给何士光写过书评《佛魔一念间》，载于1994年《读书》杂志，曾指出求术也可能“执迷神秘之术”，求道也可能“误用超脱之道”，两个层面都不是那么保险的。这话的意思是：宗教若能让强者清心节欲，让弱者得到心灵安抚和互助实惠，那么不管折腾出多少离奇神话和夸张的形式感，都算得上人间功德，可弥补社会管理之不足。很多无神论者对此可能缺少应有的理解。另一方面的道理：如果郢书燕说，让“随缘”成了绕开难事走，“破执”成了胡说八道全有理，“无为”被理解成坐等白吃不脸红，“超脱”被理解成对压迫者、侵凌者、欺诈者一律装聋和袖手……那就不知有多少昏昏男女要被荼毒了去。很多“法师”“上师”“仁波切”为何对此睁一只眼闭一只眼？

说实话，我身边有不少例子证明，很多人得宗教之益少，得宗教之害多，看上去更像是用神神道道给一己私利换上个精包装，能否给自己加分，还很难说。

何士光不会没看到这种复杂性。他在贵州与我有过讨论，还说曾有一长信与我，只是这封信我一直没收到。

他笑了笑，说既如此，那便是因果，不必另写了。

大师拈花一笑，已随说随扫。

八

张承志，1994年10月20日来信称：

有一本安徽的散文集《清洁的精神》，几乎全是新作品，无奈印时不校，错字有三百多处。香港林先生若回信应承，我便把书稿和勘误表一并寄去，俟书出后，再呈你批评。

我母亲于九月二十八日去世。至今都在忙着丧事，感慨万千，但我有了基本想法，即不愿藉母丧而做文章。

此外，我在联系着一些老同志，编一套批评和介绍西方文化政治源流，以及六十年代以来各西方国家"左翼"的丛书，盼用它普及新的世界观点。此事刚刚起步，俟明年书成后，我们几个人都谈到你，盼你发表意见。

正如你所说，"右"的大潮尚在澎湃，"左"的投机已经开始。这就是中国的知识分子，毫无寡耻的观念的中国智识阶级。不过我更觉得与之区别的必要。作家中具备区别和分庭抗礼能力的人并没有几个，你应当站出来，得更靠前一些。

想象中，张承志是一个策马走天下的独行游侠，但他似乎活得比同行们都要大，上下五千年，东西数万里，都是他心中沉甸甸的块垒。他是学考古的，对东亚、中亚、西亚、南欧、南美的一路人文深探，使他无法再回到文学圈的沙龙和酒会。他重新戴上白帽子，从中体会"清洁的精神"，体会民间的"口唤"和"举意"，但这也给他引来了不少误会。我曾向他请教过伊斯兰的问题，发现他对极端暴恐势力的痛恨，其实比我们这些非伊斯兰教徒还要更强烈，更焦急，更沉重，也更多一些学识支持。

只是这一切，同某些时尚人士不大容易沟通。那些人不知黎凡特与古希腊的关系，不知阿拉伯与欧洲文艺复兴的关系，不知基督教与犹太教之间的忌言秘史，不知其他宗教背景下同样可能血迹斑斑(如美国、英国、德国等地大比例的“非穆”恐袭事件，包括挪威一基督徒2011年那次一口气杀掉76人)。当然，他们更没见过伊斯兰世界里同样随处可见的微笑、忧伤、礼让、清澈双眸……一句话，他们哪怕花十分钟翻翻书的兴趣也没有，更愿意在流行媒体的标题中找真相。

张承志早就放弃了小说，多年来只写散文，甚至是接近诗的散文。这大概是一个十分合适的选择。小说是一种不那么“清洁”的形式，至少就材料层面而言，需包容形形色色的人与生活，总是不避泥沙俱下的芜杂，因此不那么鲜明，不容易决绝。这种大众读物也不可能偏离大众思想情感的中值均线太远。相比之下，张承志似乎被对抗逼成了对抗，志在纯粹，行事苛严，总是在生活中高度苛严地挑选朋友、读物、活动、立场、表情、话题、场合、词句、饮食、着装、文体句法……以对抗心目中那些卑污势力的侵害或利用。这种无时不在的警觉，这种时时紧绷的排除法，与小说伦理和小说美学当然格格不入——至少是差别甚大。

他前期的小说《黄泥小屋》《海骚》《心灵史》等，其实已早有诗的趋向，相当于一种外人不易听懂的“举意”与“口唤”。

九

陈建功，1995年6月19日来信称：

我已经在四月份到全国作协来了，到这儿来的事，据说何志云已告诉你了，你在电话里说的，何志云也转告了。

当初你到海南闯荡,有一来信使我颇为感奋,就是你说你是“为了多一点儿经历”“老了多一点儿回忆”。我之所以答应他们,也是想起你那封信才决定的。

最近发现你的创作状态很好,看了几篇文章,很棒,为你感到高兴。特别是《世界》,我很感动。你的长篇我还没有见到,待见到后一定好好看。不过我觉得有些评论家和某些小报记者很讨嫌,把张承志、张炜和你“神化”,其实是把他们神化。我心想什么时候承志或你最好踹他们一脚。因为不踹他们的话,不定什么时候他们觉得“神话”够了,用完了,就该踹你了。当然这是玩笑,其实你根本不用理他们。我最近为了清理自己的思路,和王蒙、李辉对谈了一次,登在《读书》上,据说也有理论家要“争一争”。我根本不想争,对理论不感兴趣。前几年被批评界拖着鼻子走了几年,连小说都不会写了,好不容易才下决心不看批评了。

很早就认识陈建功。在他进入官场前,我们交往较多,像他这样说说内心话,哥们儿之间相互提醒、相互鼓励、相互通气的便函多见。

作家们大多牛气烘烘,自以为不乏拜将入相之才,治国安邦舍我其谁。其实这基本上是自恋的错觉。能真正带好一个村民小组或一个小公司的,我在生活中也没见到多少。说起来,论聪明资质、知识准备、协调能力等条件,陈建功倒算得上进入管理层的一个合适人选。只是他进入的不是时候——如果他想干什么大事的话。

这一点日后才可逐渐看个明白。九十年代中期的中国文学,已在经济、政治、文化各种变局的猛击之下有点晕头转向。较之此前“伤痕文学”“先锋文学”的一路匆匆补课,输血似已完成,前面一切自便。个人主义的最远思想历程差不多就在这里了。面对利益和思潮多元化的歧路纵横,很多人顿时失去了方向感。在这种情况下,一个缺乏方向感的作家协会,如同失去灵魂的一个庞然大物,还能干点什么? 既然思想和艺术的话题已没人说，没人愿说，甚至没几个能说得上，剩下的当然就只有利益。作战部变成了总务处；辩论台改成了菜市场。如果不是奖项、席位、版面、出国机会、项目经费、五星级招待等等，恐怕很多人都打不起精神去凑热闹。

给作家分配利益当然不算坏事。但这等事与文学混搭在一起，毕竟有点怪怪的。华尔街很有钱，海湾石油国家也很有钱，历代朝廷和豪门贵族都不差钱……在那里办一两个作协就定能推出惊世之作？好吧，即使干部们都忍得住，不搞权钱交易、权色交易、人情交易什么的，而且见什么人都微笑都握手都嘘寒问暖亲如一家——问题是：这世界什么时候用利益砸出过文学？好比一个又丑又恶的渣女郎，哪怕嫁妆再多，全身披金戴玉，能用钱砸出她的爱情？

很可能，砸来的都是些混混。比如拿十万元扶助一长篇小说项目，这事不能说是出于坏心，但肯定是一种培养混混和团结混混的有效机制——写小说（除非是残障或特困作家），竟要靠官费来出版和宣传，这种小说还用得着写？

这种官费护驾的温室小说印出来又有何用？

可惜我当时也看不到这一点，没法在复信中对他有所建言。

十

王鼎钧，2009年11月3日来信称：

不意有海南之会，得以深结文缘。弟在台湾成长，两岸在通邮通商之前已先通文，大作沿各种管道输入，同文捧读，赞佩创意，惊讶出红尘而不染，许为天人，思之犹昨日事也。海南之会，劳师动众，草草远人，何以克当。

先生对文学发展关怀如昔，增助之缘功不唐捐，受惠者已岂弟等一二人哉。感恩节将至,谨致贺忱。

如果有青年要学写散文,我总是推荐台湾散文一哥王鼎钧。《那树》《脚印》《活到老,真好》等堪为传世经典,其积学静水深流,其性情山明水秀,其才华排山倒海雷霆万钧,可读得我一再目瞪口呆。

因工作关系,我高兴地结交过不少台湾师友,如陈映真、洛夫、余光中、白先勇、郭枫、席慕蓉、罗门、张大春、黄锦树、林耀德(已故)等,包括给痖弦投过稿,在吴晟家睡过觉,同李昂吵过架。但一年年过去,一直没机会得见王鼎钧。直到那次在海口召开"王鼎钧散文研讨会",我才有机会握住那一只多少令我好奇和忐忑的手——这便是此信的缘起。

信中有一点误会:他想必以为那研讨会是我张罗的,故有"增助之缘""何以克当"等语。其实我只是偶然遇上,成为受邀者之一。我被主办方安排在台上坐了一下,那也是岛上老虎少,猴子坐上台。我并未办过什么实事。

我居然无法及时澄清这一误会,原因是我当时离开海南省作协已十年,王鼎钧来信试投那里,不幸被夹入一些杂乱报刊,一压就是两年多,直到最后才被某编辑偶然发现。不知哪位集邮爱好者擅铰邮票,把信封上的地址也铰去了一截。

没办法,我只知道他仍居住美国。

但愿他一切安好。

士与绅的最后遭逢

◎ 阿 来

今天我来谈谈李庄,谈谈对李庄的感受。因为我知道宜宾市里和区里正在做李庄旅游的开发,其中最基础性的工作,就是研究李庄文化。那么也许我的这些感受,就可以作为一个案例,可以作为一个游客样本,作为有文化兴趣的游人的样本,看他来到李庄,希望看到什么,或者说,他来在了李庄,有关中国文化所产生的一些联想,所有这些也许都可以作为当地政府对李庄旅游开发跟文化开掘的参考。我不是旅游规划专家,所以,我作为一个有文化的游客,只是希望在这一点上对你们有所启发,这就是我愿意来此谈谈李庄的原因。

其实我这次也只是第二次来李庄。两个月前吧,还来过一次,那是第一次。听说这个地方好多年了,读这个地方有关的资料、书籍,尤其是读我们四川作家岱峻的非虚构作品《发现李庄》,也有好多年,但不到现场,这种感受还是不够强烈。因为过去我们老是想,来到李庄的那些知识分子,如傅斯年、董作宾、李济、梁思成等这样一些人,他们是跟中国新文化运动相始终的这样的一代知识分子,如果只是讲他们如何进入到一个谁都没有预想到过的地方,在这个地方艰难存息,而且继续兢兢业业地从事使中国文化薪火相传的平凡而又伟大的工作——尤其是在抗战时期,中国文化面临巨大存续危机的时代——这样的工作更是具有非凡的意义。第一次我来李庄时，便忍不住说了四个字，“弦歌不绝”。这是一个有关孔子的典故。《庄子》上说：“孔子游于匡，宋人围之数匝，而弦歌不绝。”这种精神当然是很伟大的。这一部分事迹，在今天李庄文化的开掘中，已汇集了相当丰富材料，也有了较为充足的言说。

但我觉得，这并不能构成李庄文化的全部面貌，因为抗战时期，不同的学术机构、不同的大学，辗转到不同的地方，到桂林，到贵阳，到长沙，到昆明，到成都，到重庆……但在那些地方并没有产生像今天李庄这样有魅力的故事，那就说明这样的一种局面的形成情况并不是一个单向度的问题。就像今天讲在昆明的西南联大，怎么讲呢，大多还是像今天我们讲李庄那些外来的大知识分子的故事一样，讲他们如何在困难的条件下专注学问，如何在风雨飘摇的时势中不移爱国情怀，却很少讲出昆明跟西南联大、这个地方跟联合大学互相之间产生交互作用的过程。这也情有可原，因为那些机构大多在大的地方，在相对中心的城市，中央政府政令相对畅通的地方，所以与地方交互的故事，并不是那么多，尤其是他们跟当地民间各个阶层相互交往关系故事并不是特别多。

这其中好些地方我都去过。比如西南联大所在的昆明翠湖边，也曾在湖边曲折的街巷中怀想那些消逝了的一代知识分子的背影。

但为什么独独是李庄，一下子就在这么小的一个地方，来了这么多学术机构，而且，至少同济大学的到来，是由李庄的大户人家，也就是过去所说的有名望的乡绅们联名主动邀请来的。我觉得这里头一定是包含了某种有意味的东西，这个过程体现了某种特殊的价值，有特殊的意义存在。那这样的意义到底是什么？

第一次来过李庄后，回去我就老在想这个问题。

当时我就有个直觉，可能我们今天谈李庄的时候，谈外来的学术机构尤其是那些学术机构当中在中国乃至在全世界的不同学术领域都有显赫地位的知识分子，讲他们的故事讲得特别多。他们的故事应不应该讲？当然应该！但是在讲这些故事的同时，我们可能遮蔽了一些事实，那些被遮蔽的事实就是：当地人如何接纳这些机构，使得这些知识分子得以在这里度过整个抗日战争的艰难时期，在这个过程中，李庄人做了什么？更为重要的是，完成了这一义举的为什么是李庄？不是赵庄不是张庄？那么，这在当地它有一个什么样的道德传统，什么样的文化氛围，可以使得当年在李庄这个半城半乡的地方，由这些当地的士绅邀请这些下江人来到李庄，而且来到李庄以后，又给他们提供那么多的帮助，提供那么多的方便，那这其中一定还有很多湮灭在政治运动和漫长时光中的故事，等待我们的打捞与讲述。只有把这双方的故事都讲述充分了，才是一个真实的李庄故事，完整的李庄故事，更有意义的李庄故事。所以我觉得将来的李庄故事，一定是一个双向的挖掘。

寄住者的故事和接纳者的故事的双向挖掘。

那么，这个故事的双向挖掘的意义又在哪里？

我以为，通过李庄故事，可能还原一个中国传统社会的图景，传统社会最美好的那一面的完整图景——过去的几十年中，我们看待中国传统社会形态时，较多注意它不公平不美好的那一面，而对其美好的那一面关注是太少太少了。

在我看来，李庄故事里的两个方面的主角，恰巧是中国的上千年传统社会结构当中，两个最重要的阶层最后一次在中国历史中同时露面，在中国文明史上最后一次交会。我们知道中国有一个词叫士绅，在过去旧社会里，中国长期的封建社会当中，有时士绅是二而一的，但更多的时候，士是士，绅是绅，士是读书人，是读书以求仕进，以求明心见性的读书人；绅，是乡绅，是地主，是有产者，也是宗法社会中的家族长老。很多时候，士就是从绅这个阶层中培育生长出来的。在过去的社会，即便到了民国年间，到了同济、史语所、营造学社等中国最高级的学术与教育机构来到李庄的时代，士与绅有两个阶层在社会中的作用也是非常非常最重要的。他们几乎就是社会的中坚。士，士用我们今天的说法就是知识分子；绅呢，就是大部分在中国的乡村，聚集财富，维护道统，守正文化的有恒产兼有文化的，并且成为家族核心的那些人。大家知道，中国古代政府不像今天政府这么大、这么强势，所以政府真正有效的控制大概就到县一级，下边今天划为区乡镇村组这些地方，按今天的话就可以叫作村民自治。但是这个“民”如果像今天的农村，大家实力都差不多，一人平均一两亩地，几分地，大家都是这样的一两幢房子，文化是也都处于那么一种荒芜半荒芜的状态，没有宗族的、道德的、精神性的核心人物，所谓“自治”其实几乎是不可能的。但过去在乡村中，首先有宗族制度维系，同姓而居，同姓而聚，构成一个内部治理结构。从经济上说，因为允许土地自由买卖，就会形成土地相应向一些人手里集中，就会出现地主。大多数时候，地主不只是聚敛，他也施予，扶贫，办教育，等等。不管是宗族的族长，还是地主，还是小城镇上某种商业行会的领袖，这些人都叫乡绅。绅，他们在大部分时候构成中国乡村县以下的自治的核心阶层。而且不只是乡村，还包括乡村周围的小城镇，如李庄，也不是典型的乡村，它既是乡村，也是一个不小的城镇，因水运，因货物集散而起的城镇。总而言之，在封建社会当中，就是士与绅这样两种人成为中国社会的两个支柱，除了皇帝从中央开始任命到县一级的官员以外，他不再向下任命官员，王权的直辖到此结束。到民国时期政权开始向下延伸，乡绅中的某一个人，比如说李庄当时的乡绅罗南陔他可能当过乡长、区长，但这个恐怕更多也是名义上的，官与民互相借力，真实的情形可能是照顾到他的这种乡绅的地位与其在乡村秩序中所起的特定作用——在乡村自治或半自治中所起的作用。

这个时候，刚好遇到抗战全面爆发，于是，故事就发生了。没有全面的战争，这些知识分子，这些士，不可能来到这个地方。我觉得李庄故事的核心就是：在这里，中国士与绅来了一次最后的遭遇，最后的结合，然后留下了一段李庄故事。今天中国社会已经改天换地，我们大概可以说士这个阶层，也就是知识分子阶层还在，虽然在国家体制中的存在方式与民国时期也有了很大的变化，但还是继续存在。但是，绅，乡绅这个阶层却是永远消失了。今天国家政权不但到县，还到了乡、镇，还进了村，此前还经过了土地改革，土地所有者也变成了国家。土地私有制被消灭后，绅所赖以存在的基础就彻底消失了，所以从此以后绅这个阶层在中国社会当中是不会再有了。所以，我以为李庄的故事其实是中国乡村跟城市，不，不能说是城市，应该说是中国基层的乡绅们跟中国的士这个阶层最后发生的故事，而这个故事是这样美好，这样意味深长。

过去我们说到绅，得到的多是负面的印象。从第一次国内革命战争，就是红军时期以来，中国人习惯了一个词，叫土豪劣绅，习惯了给“绅”加上一个不好的定语：“劣”。过去乡村里有没有劣绅呢，肯定有的，但是不是所有绅都是劣的呢？那也未必。如果是这样，中国乡村在上千年历史的封建社会中，没有办法维持它的基本的正常的运转，如果绅都是恶霸，都是黄世仁，都在强占民女，都要用非法的方式剥夺土地和其他生产资料，农民都没有办法活，那这个乡村早就凋零破败，不存在了。但中国乡村在上千年的历史中一直延续到二十世纪五十年代初期，自有其一套存在的方式与合理的逻辑。当然，乡村这种秩序的瓦解也并不全是革命的原因。这种乡村制度的瓦解首先还是经济上陷入困境。其中重要一点，就是近代以来，现代工业的兴起，廉价的工业品从城市向乡村的倾销，造成了首先是手工业的凋敝。但因为城乡贸易的增加，自然会带来物流运输的增加，那么，那样一个特殊时期，是不是反而造成了李庄这个水码头的繁荣呢？

话有些远了，还是回到绅这个话题吧。

我来说说“绅”这个字是什么意思。这个字最早出现在汉字里头，是说古代的人都穿长衣服,所以腰上会有一条带子,绅的本意就是束腰的带子。《说文解字》里说:绅,束腰正衣,使貌正之。就是人穿衣服要有规矩,显出有一个庄重的样子。后来就从这个本意引申出来绅这个字一个新的意义,就是说凡可以叫绅的人,在道德上对自己是有要求的,他们在生活当中,在生产活动,在经商过程当中,是对自己有某种道德要求的。更不要说那些大的家族,绅作为家族的族长,一个家族祠堂的总的掌门人,他要平衡各个方面的关系,协调相互之间的情感。很显然,如果只是使用暴力,只是用阴谋诡计,恐怕很难达到为尊族中与乡里的目的。他还是依靠合于传统道德的乡规民约,依靠一种道德言行规范,来约束自己的言行。前些天我去扬州,参观一个地方,也是看到一个以前老乡绅的老院子,从这老宅子中抄到两副对联,其实这就是自古以来,中国乡绅阶层对于自己的约束和要求。用什么样的带子来维系他们的道德、维系他们的传统呢?这两副对联就是这家人的传家箴言。第一副的上联这样写的:“几百年人家无非积善”。说一个家族要在一个地方,在当地立足不是一代不是两代,是要在这里几百年传家,要在这里长久立脚,而且还要家世昌盛就要多做惠及邻里的好人好事。下联是:“第一等好事只是读书”。我们知道,过去乡下乡绅门前大多会有个匾额,匾额上大多书四个字“耕读传家”的,正是这个意思。第二副对联上联是:“传家无别法非耕即读”。说我们这些人家做什么事最好最长久呢?只有两件事,不是耕作就是读书。下联是:“裕后有良图唯勤与俭”。说使后代保持富裕不是传多少钱给他,最好的方法是学会勤劳与节俭。这其实不只是这一个家族的传家格言,而是中国古代以来乡绅们所秉持的一个久远的传统。

进一步说,过去的士,很多人都是从这些耕读世家出身的,如我们四川的“三苏”,一门三父子都通过科举考试成了士,而在没有成为士之前就是当地有名的绅。到了明代,新都的杨升庵一家,父亲是朝中高官,自己又考上状元。父子都没有出仕之前,就是当地的绅。他们的家庭，就是当地耕读传家的绅。如果我们愿意多下一点儿功夫，查一查抗战中来到李庄的那些士，傅斯年、李济、董作宾、梁思成、林徽因、陶孟和、童第周，等等，考察一下他们的家世，一代，两代，三代……大多都是来自乡村，来自乡村的绅这个阶层。

土地改革以后，绅中的一些人被划了一个成分，叫地主。这本来是一个中性的词，土地的主人。划定成分时，就有了贬义。之前，却应该是一个好的词吧。孟子说过“无恒产则无恒心”嘛，有了地就是恒产，有恒产就有恒心，所以这样的一种士绅耕读的传统，就决定了这些乡绅不是今天我们再用这个词时所说的，那些个不尊重文化的暴发户，那些第一桶金或许都带有原罪色彩的所谓土豪。那个时候的乡绅中土豪其实是有的，但也是少的，大多是耕读传家的大家族大乡绅，他们的发展是一步步走来的，除了财富的积累，同时也有道德与文化的长久积淀。所以当抗日战争爆发，国家和这个国家的文化都面临深重的危机时，这些李庄的乡绅们才能够懂得文化的价值，这些士的价值，才会主动邀请这些文化人，这些当时的士与未来的士来到李庄，托庇于李庄。今天大家都在挖掘李庄那封电报的故事，那不就是当地的乡绅们结合在一些，他们身份很复杂，有商人、有国民党的区长乡长、有乡间的哥老会首领，但这些都是乡绅在新的时代中出现的逐渐分化，也许，在寻常情形下，他们之间还有种种明里暗里的争斗，有各种利益的冲突，但这个时候，他们可以集合在一起，说邀请这些文化人，这些文化机构来李庄吧，让我们为保护中国文化，保护中国的读书种子做点儿事情。

在这样的时期，当中央研究院史语所及其他所、国立同济大学、中国营造学社等学术机构遇到困难时，很难想象从那么一个从来没有听说过的地方，有一群人联名发出电报邀请他们来到李庄。所以我觉得我们以后一定要把李庄的故事讲好，一定要讲出他背后的道理，而这个背后的道理恰好正是中国悠久的文化传统当中最最重要的那一个传统。绅这个阶层，不但一直在哺育中国士的阶层，他们还内在地坚守着一种精神，一种尊重中国文化人、读书人的精神。

前次我去板栗坳，看见史语所的人他们离开时还留了一块碑在那里，碑文写得很好，我想再给大家念一念，其实也就是记述了当时写乡绅收留他们的事情，还写出了张姓乡绅的家世。

这通碑叫“留别李庄栗峰碑铭”：

> 李庄栗峰张氏者，南溪望族，其八世祖焕玉先生，以前清乾隆间，自乡之宋嘴移居于此。起家耕读，致赀称巨富。哲嗣能继，堂构辉光。本所因国难播越，由首都而长江而桂林而昆明，辗转入川，适兹乐土，迩来五年矣。海宇沉沦，生灵荼毒，同人等幸而有托，不废研求。虽曰国家厚恩，然使客至如归，从容乐居，从事于游心广意，斯仁里主人既诸军政当道，地方明达，其为藉助，有不可忘者。今值国土重光，东返在迩，言念别离，永远缱绻。用是询谋，佥同醵金伐石，盖弇山有记，岘首留题，懿迹嘉言，昔闻好事。兹虽流寓胜缘，亦学府一时故实。不为镌传，以宣昭雅宜，则后贤其何述？

碑文开头就写了在栗峰传家八代的张家。张家不是穷人，穷人怎么接纳他们呢？“……移居于此，起家耕读……”注意刚才我讲过，这些士如傅斯年、李济他们这些人是深深懂得中华乡村传统的，所以他们说李庄乡绅如张氏这样的望族是起家于耕读的……而且一家人继续读书，不因为有点钱就荒废了，所以这个家族传了八代还是勤谨兴旺，耕读传家之人……碑文里几句话，说得非常简单，然后他们要走了，又说了几句话……说我们在这儿做研究，在战乱时候在李庄做研究，完全靠的是主人的仁厚。就这么一个短短的碑文，我在那儿看，我念了三遍，很感动。士这个阶层，他们自己就有很大的发言权，用今天的话叫作有话语权。而他们刻下这通碑的时候，就把绅对于士在特殊时期的庇护说了出来，大声说了出来：是为了“宣昭雅谊”，这是士与绅在中国最后一次遭遇所留下的雅谊。

古时候说，居高声自远。士都在高处的，知识分子的声音都是传得很远的，可乡绅呢？当地呢？而且这个阶层在接下来的几年，在我们的土地改革当中，这个阶层就已经消失了，大概中国以后也再不会出现这个阶层了，而他们的声音就消失了。所以我们今天要讲好这些士的故事，这些知识分子的故事，要把这个故事讲得更加完整全面，就不能不说出这些乡绅所代表的李庄人的故事。这个故事我们也要讲好。所以我有个建议，以后要着力做一些关于这些乡绅家世事迹的调查整理工作，在考虑李庄文化陈列的时候，也应该有一两个地方来说一说李庄本身的文化，李庄本身的历史。不然就不能说清楚为什么是李庄，不是王庄，不是赵庄，托庇了这些伟大的传承了中国文脉，中国学术机构与人士的道理何在？这个道理就是中国几千年传统文化中，耕读传家的乡绅文化当中，一种天然的对文化的追求和对文化的向往与尊重。

当然时代已经处于剧烈的变化之中，中国的乡村社会，中国的乡绅们也正在接受现代文化的冲击，虽然相较而言，他们还是更熟稔中国的传统文化，孔孟之道。有一个外国汉学家跟梁思成夫妇很好的，他谈到中国文化时，就说过，中国的乡绅们大部分其实就是儒家，他们自己就是儒家文化的传统的代表，对于现代的民主与科学思想还不是很了解。所以这里也有这样的故事，说李庄人对于同济大学医学院做尸体解剖是如何惊诧与不解。我相信这样的故事一定是有的。但这种故事该怎么讲，该以什么样的方式来讲，也是大有考究的。我觉得以后再讲这样的故事，应该要基于一种对传统文化以及对当地人的充分尊重，要基于历史学家常说的一句话叫“同情之理解”，我们要很正面地更详尽地讲这个故事，一定不要在讲这种故事的时候，变成简单的文明跟落后、文明跟愚昧那样的冲突，而把李庄当地人在这个故事当中漫画化了。这个不是对于接纳了那么多那么重的士的李庄人的尊重。即便他们在观念暂时不能接受，但他们后来不是就接受了吗？所以这里头有一个历史学的原则，我愿意再重复一次，就叫“同情之理解”，你必须站到他那个位置上，想他为什么会这样看待这个问题、这个新出现的事物？那是传统文化驱使，而不是他对文化本身的看法，如果我们漫画化了他们，就可能出问题，给来李庄的游客一个印象，原来这是一个非常愚昧的地方。

如果这里真是一个非常愚昧的地方，我们一来到李庄，就不会看见镇口就耸立着一座奎星阁。

奎星在中国古代文化中指的是北斗七星中的一颗，我记不得是在第三还是第四颗的位置，总之北斗七星中有一颗就叫奎星，又叫文曲星，是专门照应一个地方文运的。如果这是一个愚昧之地，那么为什么在李庄这个地方人们没有塑一个别的东西，比如商人奉为保护神的关公，关云长，而修了一座奎星阁？奎星阁为什么修得那么高？因为可以接应到天上昭示文运的奎星的光芒，使这个地方文运昌盛。这说明这个地方一直是尊重文化的。我第一次来，一看这个地方有一座奎星阁，我想这一定是一个有文化向往、尊重文化的地方。

在李庄故事的重新讲述的过程中，当地已经做了很多有意义的工作，比如那些知识分子，那些士在那么艰难的条件下，种种使得中国文化得以薪火相传的事迹。但原谅我觉得这还不够，我们还应该在另一个方向有做大的努力，做一些恢复跟重建当年当地乡绅文化的努力。只有这样，有了士与绅之间这么一种相互的印照，互相的激发，我们才真正会知道中国文化的活力所在的最大秘密。我们也才知道为什么那么多文化机构在半个中国四处漂泊后，能最终安顿在此地，扎根在这里，出了这么多成果和成就，而且是在那么艰难的条件之下，这是什么道理？在物质生活非常艰难的情形下，两个不同的阶层之间，当地人和外来人互相之间这种人情的滋润，对于当时来到这里的困窘无比的文化人来讲，我想，就是一份巨大的温暖和支持！

从很早以前，中国就是实行乡村自治的。从春秋时代开始，就出现了中国乡村的基本建构单位，出现了我们今天表达乡村建构的那些词。顾颉刚先生在他的《春秋》一书中说,春秋时代的乡村治理,或者说乡村的构建,最小的单位叫家,家上的单位叫邻,今天我们讲的邻那时其实是一个行政单位,邻上是里,再往上是乡,乡上是党。今天我们谈乡亲谈乡村的时候,经常还用这些词:邻里,乡党。北方人,尤其是陕西人特别喜欢说,我们是乡党啊。这代表一个地方的,其实从邻里到乡党,都是乡村结构。而且国家政府机关并不向你派出官员,大部分就是乡村自治。前些天我看到一个材料,说清代时,人口开始大增长,用了不到一百年时间,人口就翻了两番到了三亿多近四亿。为什么呢?因为这个时候从外国传来了产量高的作物,来了玉米、番薯,来了马铃薯,过去粮食产量低,自然形成对于人口增长的抑制,粮食产量高了后,人口自然大爆发。同时,在这样的情况下,清代的官吏跟明代相比,人口翻了两番,但吃行政饭的人,也就是公务员并没有增加。这就说明在这样一种情况下,乡村通过乡绅们自治,仍然是行之有效的。这些用束腰的带子绅作为命名的人们,在乡村是宗法权力的维系者,是经济生活的维系者,同时也是道德与文化传统的维系者。而正是他们对自己有约束有要求,这种传统才能够存之千年,而不被废弃。如果情形不是这样,如此这些人都是土豪恶霸,这种乡村治理早就被推翻,早就崩溃,废之不存了。

当然,封建社会从形式上是永远结束了,经过改天换地的土地改革,绅这个阶层是没有了。现在看来,当年的那些乡绅们,在中华人民共和国成立后还受到不公平过激的对待。但是今天的情况正在发生变化,我们可以坐在这里,比较客观地来反观这段历史了。而且我们谈的不是给谁平反的问题,而是谈一个文化传统问题,给一个历史现象一个合情合理也是合乎当时历史事实的文化解释。当年李庄那些乡绅,他们是有代表性的人,代表了中国传统文化的一些人。只有讲清楚他们的故事也才能把士和绅的故事梳理清楚。只有这样,只有有了他们充分的庇护与帮助，就如栗峰碑文中所讲的，“幸而有托，不废研求”，才有那封电报中那简洁而又恳切的话，“同济来川，李庄欢迎，一切需求，当地供应”。所以，当这些文化机构，这些士，这些知识分子来到这里，才能在抗战烽火中觅得一块平安之地，继续专注于自己的学问，自己的研究与教育工作，而弦歌不绝。使得这些人在困顿之中更加表现出谔谔之士最美丽的一面。

是的，就像传统文化决定了乡绅有乡绅对自己的道德与文化要求，知识分子对自己也是有道德与人格要求的，士对自己从来就是有要求。不像今天我们讲知识分子，条件已经过于宽泛，有一定学历就叫知识分子或者有个技术职称就叫知识分子，不是这样的。当然知识分子对自己的第一个要求就是有学养、有学识、有学问，但是只有这个是不够的，知识分子还要有风骨、有气节、有人格。我们在讲李庄故事时，讲士与绅时，有很多知识分子都可以作为楷模来讲。比如傅斯年这个人，可能就是中国的更符合士的要求的知识分子，很多的老先生、知识分子比如董作宾这样的人，他们更多的可能是专注于自己的学问，但是傅斯年这样的人不一样，他要过问国家的政治，他要干预国家的政治，但是你真正要让他去做官，他又不做官，蒋介石亲自请他吃饭，让他当议员，不当。但他一定要当好史语所的所长。那个时候情况不一样，傅斯年们不会觉得在大学里在研究机构里当领导就是做官，那时必须到政府任职才算做官。今天上述所有地方的领导都是官了，这是今天时代带来的变化，这个变化也带来知识分子的某些变化。当年抗战刚结束，李庄的摊子还没收拾，傅斯年就急急忙忙跑到了北京，他要恢复北大。这个时候国民政府已经任命了胡适当北大校大，西南联大要分开，清华归清华、北大归北大，但胡适还没有从美国回来。傅斯年在李庄的一摊子事还没有收拾的情况下，就跑到北京去了。有点儿争强好胜急于恢复北大，说不能让北大落在清华后面。北大当年撤离后，还有一部分教职工留在北京，在伪北大做事。傅斯年说胡适这个人学问比我好，但办事比我坏，别人让胡适快点回来接任北大校长，他却给胡适写信说，你不着急，你慢慢回来，我先去给你代理校长。因为怕你心软，对伪北大的人下不了手。他回去就一件事，只要是在伪北大干过一天的，当年北大撤离后还留在北京，在日本人手下工作的这些人，一个不留。当时，这些人也到政府去静坐上访，也有政府官员找傅斯年说算了吧，除了少数人真给日本人做事，别的也就是混口饭吃。傅不干，说为人没有这样的，我们是北大人，只要这些伪北大的人中有任何一个人留下来，那么对于那些历经千辛万苦，撤离到昆明、到李庄的这些人来说，就是不公平的。后来，他自己说我就是北大的功狗，我就是北大的一条狗，等我把那些人都咬完了，再把校长位子还给胡适。胡适学问大，却是好好先生，他干不了我这种拉下脸皮不讲情面的事情。所以我来当北大的狗，功狗。傅是文化人，他骂自己也是有学问的，这背后是有典故的。功狗这个典故是从刘邦来的。汉高祖刘邦平定了天下，对手下很多人论功行赏的时候，韩信张良等不服，问他，萧何不是跟我们一样帮你打天下吗？为什么萧何做丞相，我们就没有那么大的权力？刘邦说，萧何是功人，有功的人，你们是功狗，有功的狗。不是刘邦看不起那些人，他打了个比方，说好比上山打猎，你们呢像狗一样，是人家指出了猎物在哪里，你们就去追，你们就把猎物追回来。萧何呢，他是能发现猎物并指出猎物在哪里的人，然后计划好门道告诉你们怎么去得到猎物，所以他是猎人，你们是猎狗，但都有功，所以萧何做丞相，他的本事比你们大，他是功人，你们是功狗。这就是功狗的典故。所以说北大教授不会轻易骂自己为狗的，即便骂自己为狗也是要有典故的。所以这些知识分子是在这样一种环境里出来的，知识分子也是要报效国家的。

没来李庄前的史语所还发生过一个故事。一个人在中山大学毕业，曾在史语所工作一段时间。傅斯年把他派到我家乡一带的地方，今天甘孜、松潘、茂县那一带地方，去调查羌族语言，做羌族语言研究，然后，又去做藏族语言的研究，傅斯年对人要求很高，有时候又有点儿着急，几次调查报告拿回来都不满意，不满意这个人。这个人也很硬气，就不理傅了。这个人是爱国青年，还上过军校，突然他到了阿坝就不想回来了，傅斯年写信批评他，他就不回来了，不回来干什么呢？阿坝有个县叫金川县，那个时候已经很汉化了，当地有个绅真是个劣绅，当袍哥首领种植走私鸦片，没有人敢管，县长也不敢管。这个人就找到省政府说，我去那里当县长。当时任用干部的好处是不用像现在要经过副乡长、乡长，跟区长再当县长的这样的过程。上面说你真想去，真敢去，就去吧。那个时候史语所已经搬离李庄了，1946 年了，他就真去当了金川县县长。上任没几天，就准备对付那个劣绅，他说前任怎么就把他拿不下？我来把他拿下。他的做法很简单，他对手下人说，你们连《史记》都没读过吗？《史记》里有鸿门宴，我就给他摆一道鸿门宴吧。他真就这么干的，发请帖，请杜总舵把子了——那个劣绅姓杜，请到县政府赴宴。宴席中真的就跟古书里写的一样，酒过几巡，摔杯为号。那位姓杜的袍哥舵把子也有胆气，就敢到县政府喝酒，接到请帖就去了，去会会新到任的县长。真的当这人喝到半醉，就让县长的卫兵把这个人打死了。这位书生县长他真的觉得是为地方除了一大害。但他没想到，第二天，这个人的手下几百人就把县政府包围了，最后把他给杀了，这个史语所出来的人就当了几天县长。也许他不熟谙官场的一套东西，但正因为不愿意尸位素餐，不肯得过且过，自己丢了性命。但他确实用他的死，让国民党政府有了借口，马上派兵镇压，这个县一股尾大不掉的势力，从此被铲除。这是一个书生用他的死换来的。也许在今天现场这些富于行政经验的听众看来，他把这个事想得很简单，但我们确实可以看到，那个时代的知识分子身上，他确实有忧民报国的真切情怀的，而且他这种情怀在史语所这样一个特殊的知识分子群体所形成的氛围中得到巩固和强化。后来我遇到一个台湾史语所的人，我问他你们那儿是不是有他的档案，他说真有这个人，说他当年搞民族语言调查的油印材料还在史语所的学术档案里,还有傅斯年批评他的文字留在上面。然后他愤而出走,愤而去当县长,然后献身。这个人的名字叫黎光明。

我们可以看到围绕史语所的这种故事,我们可以看到那个时代知识分子身上蕴藏的精神与人格力量。我觉得这些故事都还有待于进一步发掘。现在是双向的故事发掘都不够,李庄的故事要更立体更完备更符合当时的历史语境。讲故事是一回事,怎么讲这些故事,用什么样的方式,用什么样的态度讲这些故事又是一回事,这其中都大有文章。有些故事如果处理得不好,就可能像医学院的尸体解剖故事那样,可能会简单化,漫画化。讲到说故事的方式与态度,还有个危险就是,比如说怎么讲梁思成林徽因及其他人的爱情故事,也是一个问题。因为今天我们所处的消费时代,这个故事如果讲得不好,就有可能像当下很多地方一样,只热衷于把林塑造成一个被很多男人疯狂追求的人,这既轻薄了林,也轻薄了那些美好的爱情故事。我们更应该把她作为一个知识分子的建树,尤其是作为一个知识女性在那样的年代里,一个大家闺秀沦落到一个乡间妇女的日常生活的焦虑中的对家庭的倾心维系,对学术研究的坚持表达出来。她的弟弟二战中死在战场上,她是怎么对待的,而不被这巨大的悲痛所摧垮,这是什么样的精神!即便说到爱情,她病得那么重,金岳霖专门从西南联大过来为她养鸡,这故事怎么讲,今天我们的故事讲得太草率了,不庄重,逸闻化。长此以往,李庄这样一个本身可以庄重的,意味隽永的故事慢慢就会消失它的魅力。当然关于这些知识分子,这些士的故事确实是太多了,还是要深入地挖掘。这些学人的后人大多还在,其中很多还是有言说能力的知识分子,也许他们出于对前辈的维护,提供材料的同时,也会规定或影响这个故事的讲述方式。这个当然要尊重,但规定性过强,也会出现问题,这也是需要加以注意的。

到了李庄,我又有新发现,我原来都没想到,在中央博物院突然找到了一个人叫李霖灿，这个人在我做有关丽江泸沽湖的历史文化调查时遇到过，遇到过他写那些地方的文字，后来，这个人就从我的视野中消失，不知所踪了。我在丽江做调查的时候，我就查到在二十世纪三十年代到四十年代有三个人写过丽江。其中两个是外国人，一个叫约瑟夫·洛克，一个是俄国人，叫顾彼德。洛克写的书叫《中国西南的古纳西王国》，顾彼德写的书叫《被遗忘的王国》。此外，我还找到过一本小册子，就是李霖灿写的。这是一本游记，当时散乱发表在报刊上，后来有人收集起来，出了一个小册子。那时候李是杭州美专的老师还是学生我记不起来了。学校派他到西南少数民族地区去收集一些美术资料，他就去了丽江和泸沽湖一带，在那个年代，中国人大部分还没留下那些地方的真实记录的时候，搞美术的李霖灿却写了一本跟泸沽湖跟丽江跟玉龙雪山这一带有关的大概几万字的书。至少对我有很重要的参考作用。但后来我就再也找不到这个人去哪儿了，从此再无消息，因为我觉得一个搞美术的，而在美术活动中再也不见他的名字，又没见到他继续从事文学书写，从此就断了线了。那次在张家祠，一下子见到他的名字，原来他加入中央博物院了，进了当时那么高的学术机构，就是源于他在丽江的那段经历。在那里，他从搜集美术资料入手，进而接触到纳西族的文字，并对此产生浓厚兴趣，半路出家，转而对当地的东巴语言和文字进行研究。编撰出了汉语东巴文词典。成了中国知识分子用现代语言学方法研究中国少数民族文字的中国第一代学者，也许今天我们很多学者还在沿用他创建出来的一些方式跟方法。所以要感叹，这个世界很大，但这个世界也很小，一个在我自己研究视野当中失踪了多少年的人，突然在李庄出现，而且，这个人已经从一个搞美术的人变成为一个语言学家。因此可以见得，在当时那么艰难的条件下，他们还在教学相长，还在努力尽一个士、一个知识分子的责任，以学术的方式研究这个国家，建设这个国家。这样的精神，对今天的知识分子来讲，有多么可嘉可贵，自不待言。

前几天我刚好去眉山的彭祖山，我有一个朋友在那儿搞养老地产开发，我去彭祖山一看，在当地档案馆一查，对彭祖山最早的文化考察，对当地汉墓的考古挖掘，也是当时李济所属的在李庄的考古所的人去做的，留下了很有价值的考察报告。那时，你就不得不感慨，在那么艰难的条件下，他们还在认认真真地从事他们的学术事业，有人甚至还到了敦煌，去临摹敦煌壁画，而且一待就是一年两年，天天跟傅斯年写信要钱。傅斯年就又从李庄出发，坐船到重庆，到教育部去求人，去骂人，把钱又要一点儿回来寄给大家花，就是用这样的方式在延续文脉，不使中断。所以我觉得我们要把李庄故事讲好，这些知识分子留下来的生动的故事也要进一步挖掘整理，而且这些整理要有更好的方式、更直观更生动的方式来呈现，今天我们可以有很多方式做出种种呈现，因为我们的博物馆学已经很发达，博物馆的方式已经有很多很多，我相信能够找到更好的呈现方法。

但是我觉得更重要的是，李庄的故事最精彩之处，就是刚才我讲的，中国的士跟中国的绅的最后一次遭逢，而这次遭逢从人文精神上绽放出这么美丽的光华，而且这在中国历史上一定是最后一次了。如果说知识分子这个阶层，士的精神还会继续在读书人中间继续存在的话，中国乡间的耕读传家的绅是永远不会再现了。

中国传统社会当中最重要的两个阶层在既是抗战时期，也是中国发生翻天覆地巨大的社会革命的前夜，绽放出来这样一种光华，呈现出来这样的历史文化现象，我相信无论我们怎么书写呈现，都绝不为过，也是具有非常特别的意义的，对我们构建我们民族文化的记忆，尤其是一个地方历史文化的记忆，这一章是非常重要的。从这个意义上讲，李庄是非常重要的，李庄是非常珍贵的，李庄是值得我们永远珍视的，因为只有在这样一个历史节点上，士和绅这样两个阶层在这样的时刻，都向中国人展示了他们品格中最美好最灿烂耀眼的那一面！所以我认为但凡对于中国文化怀有敬意，对于中国文化那些优质基因的消失感到有丝丝惋惜的人，都应该来到李庄，在这个地方被感动被熏染。

我记得老子《道德经》中有这样一句话——在我感觉中，老子是个悲观主义者，总感叹这个社会在精神道德上处在退化之中。所以，他说："失道而后德，失德而后仁，失仁而后义，失义而后礼。"他说这个世界本是按大道自在运行的，但人的弱点，人性的弱点，让人失去自然天道的依凭，而不得不讲求德，这已经不是自然状态了，只好用德这个东西来自我约束和彼此约束，只好退而求其次，"失道而后德"。但最后我们连德也守不住，就"失德而后仁"，当我们失去自我约束，所谓仁，就是我们只能要求我对别人好一点，别人也对我好一点，特别是统治者对我们好一点，我周围比我强大的人对我好一点，这也就是孔子说的仁者爱人。但仁也守不住，"失仁而后义"，说仁也不成了，就只好讲点义气。到义气就很不好了，义气就是我们这帮人扎在一起搞成一个小团体，小团体内部彼此很好，但对团体外面的人很差，我们想想中国的传统小说，《三国演义》里刘关张之间当然有义，但他们对别人就可能仁也没有德也没有了。《水浒传》里，宋江和李逵有义，宋江被抓了，李逵为救他不顾生死去劫法场，讲不讲义气？中国人觉得这个特别好，但我们看李逵从法场上救出宋江，往江边码头狂奔，一路抡起斧子就砍，砍到江边砍了多少人？对宋江有义对其他被他砍的人有义吗？用今天的眼光来看，李逵简直就是古代版的恐怖分子嘛，所以到义已经就非常不堪了。但是在李庄故事里我们回过头来看到，不管是这些知识分子，还是接纳他们的这些乡绅，我想先不说道，但至少还在德跟仁的层面上，在这个层面上我们来看到中国传统文化当中的这些因素，在不同方向上对不同层面的人都形成了某种有效的制约，使这些在达成了某种人格，达到了某种今天人难以企及的境界。这种关系用今天话来讲，还是一种充满了正能量的关系。所以李庄在传统文化维度上的教育意义肯定比中国武侠小说要强。中国文化，中国的人际关系到了要靠义来维护的时候，其实已经很不堪了。但是，李庄故事不是这样的，李庄故事还会给所有人以温暖的感染。

在今天这个已经高度组织化的社会，在社会深刻转型变革的时期，在时代剧烈的动荡当中，其实讲求义都很困难。背信弃义这个词，在中国语言中存在也已经很久了。想想这个局面，真是令人不寒而栗。而在那样一个动荡的时代当中，李庄这样一个地方，还保存了读书种子，还保存了文明之光，更重要的是通过士与绅这两个阶层的结合，保存了中国传统社会当中的那种基本的道德感，基本的人性的人情的温暖，这就是李庄让人流连忘返的所在，让人觉得李庄故事了不起的地方。

风过草原

◎ 熊育群

一

“加格达奇”，发音奇特，火车票上读着它，意义不明。K7042次火车一夜摇晃，抵达这座城市。这时是夜晚三点。加格达奇的黑夜已经没有了，天空曙日东升，阳光如风，天蓝地白。

我却困乏。脑子里晃荡的是昨天黄昏的映像——黑龙江高纬度地区，夏季的天空迟迟黑不下来，小小漠河站广场，四周的山，远远的山影像天空压倒的巨木。大兴安岭，其平缓就像谁在天际任性写下的斜斜一撇，墨迹浓重，不肯收笔。

上了火车，一条长得令人疲倦的峡谷，低矮的山脉——一道移动的无法穿越的幽深，囚禁了目光。山腰浮现的一片暮霭，也是洁白的，薄雾一般，水平地散开。它面前的峡谷形成了开阔的平原，偶尔的一个村庄、一个木材厂，像是谁遗弃在这绿得无边的世界，独立得像外星球的孤儿。

火车就在峡谷一侧的山腰上走，落叶松、白桦树、樟子松并不高大，它们在这样寒冷的地区生长缓慢，新栽的树木几十年里长得只有碗口粗。天上的云在夜色里仍然是明亮的。呼玛河、小波勒山、伊勒呼里山……一路寂寥地隐向更深的黑暗。

车上，有人打牌，有人酣睡，也有推销毛主席纪念像章的。我扭痛了脖子，只是痴望黑暗中不停闪过的树木，朦胧里它们有更暗的影子。陌生而湿漉的山河，只在今夜我能匆匆经过。

加格达奇三点就在白昼中了，街上不见一个人影。太阳光中的城市，睡梦并没有随着太阳一起醒来。我在它明亮的梦里，不明白这个城市的夜晚是否真的过去。我护着脑子里残留的睡眠，不被阳光驱散，于是，眼里的一切皆为梦境，它们成了睡眠的容器。

为着残梦，随车走向这座城市的一张床，我不说一句话。说话的只有当地一个女孩，樱桃小嘴，眼睛大而无神，从海拉尔赶来，就知道说从小册子上背下来的东西，有人问她加格达奇的意思，她瞪眼不语。我的思维触动了一下：她没有背加格达奇的含义。

想不到的是，我以为走了很远，加格达奇却没出大兴安岭。它甚至刚到这条山脉的中部。睡过一觉之后，我到了城外，鲜嫩无比的绿色生命展现出森林，树上的野果与地上的浆果，正加紧酿造着糖分。两三个月后，这片山地将成为一个白色的世界——在漫无边际的冰雪统治下，绿色只是一个梦想。北方绿色的丰盈、短暂让人心疼。忍不住从味觉上体味它的清鲜、切近：小小山丁子的酸涩与蓝莓的酸甜，品出的是大兴安岭夏天的味道。面对无边的绿，我伸出了手，抚摸一棵小树橄榄形的叶片，抚摸这2010年的绿，继而攥紧，抓住。一眼望去，不只是千树万树的绿在晃动，也有雪意从深处逼近。一个严寒的冬季隔得那么近——这年冬天，在呼伦贝尔草原将降下一个极端气温达零下46℃的冬天。

路上零星的撮罗子，树干与兽皮、桦树皮搭的圆锥形房子，已经不再住人了。鄂伦春人的离去，砖房的出现，证明了一个年代的逝去。他们去了加格达奇，与大量移民来的汉人，还有鄂温克、达斡尔人建起了一座城市。

鄂伦春人现代城市生活适应得很艰难，那些水泥的街道不能安放旷野上的灵魂，他们的直率、忠勇、剽悍、团结、不妥协的秉性，还有巨大的文化差异，都成了冲突的缘由。然而，他们无法回到简陋的撮罗子了。

我被北方辽阔无依的山川旷野撼动，被一种辽阔的穿越所激荡，想着前年冬天黑龙江冰天雪地上的行走，这个绿色嚣张的时节来一次从北到南的大穿越，一种大空间的概念鼓舞着我——站在中国鸡形版图的鸡冠之顶，中俄界河黑龙江就在脚下，我不能再向北了。对岸隆起的山坡抵挡着，山在新绿中裸露出白色峭岩——这已是俄罗斯的土地。黑龙江迅速地弯向地势平坦的一方，向着我的右手边转向身后。漠河北极村，中国最北的一个村庄，黑色肥沃的土地，大豆、土豆、玉米顶着一片一片肥厚的阳光，齐整整地铺出小平原。平原深处，村庄已经隐得很深了。

我就从这里转身南下，沿大兴安岭，进入内蒙古，再横穿呼伦贝尔大草原，越过燕山山脉，直抵北京。

一个小小民族拓跋鲜卑这时神秘出现了，让我这样的穿越不再是山川风物那样的单纯。当年，他们从大兴安岭的加格达奇出发，一路南迁，进入中原腹地。两三百年里，一个不起眼的原始部落，三次向南迁徙，生存方式从游猎，转入游牧，再到农耕，人类与土地的三种基本形态，他们一一经历，然后，入主中原，建立起一个强大的北魏！

这是一段令人震惊的历史！一个原始部落突然有了这样奇迹般的经历。这一路，他们经历了怎样的脱胎换骨、怎样的文明的历程？巨大的变迁在这茫茫草原上进行着，他们甚至没有文字，靠刻木纪契，五千年汉人所经历所积累起来的文明，他们仿佛一夜间就进入了。人类的文明也许无关乎进化，只是多样的生存状态？人类的智慧也无关乎知识？

一个山洞——嘎仙洞，就是这天中午突然出现的。这是拓跋鲜卑人出发的地方。1980年，有人在山洞石壁上发现了一块石刻祝文。这是1500年前的一队人马刻下的。刻字的那一年是太平真君四年（公元443年）。北魏皇帝派中书侍郎李敞来山洞祭祀祖先，他们北上四千五百余里，走了四个多月，用马、牛、羊三牲供品，学习汉人的做法：祭祖。这一情景被《魏书》记录。但是，漫漶的岁月让这个洞穴不知所踪了，甚至人们怀疑它的真实与否。

从一条峡谷拾级而上，爬几十米的山坡，坡上荒草萋萋，野花怒放，金莲花、马下芹、百日红、百日紫，艳丽得如染如灼。尖尖的山洞面对着峡谷，洞并不深，洞口有二十多米高，洞内能看到天空，阴天玉白色云层下，远近的山脉低低地连绵成一条曲线，横过山洞。以一个居住者的眼光来体会，饮食起居就在这样一个天然的山洞里，该是多么原始荒凉的生活！虽然洞内光线明亮，洞壁却吸去了光，一片漆黑。一切都是裸露的，是石头与天的原始组合，人在其间，几乎与动物无异。上千人在洞中生活，那会是一个什么样的情景？

这就是拓跋鲜卑先祖生活的地方。传说中的“毛”，拓跋鲜卑第一个史书记载的大酋长：“聪明武略，远近所推，统国三十六，大姓九十九，威震北方，莫不率服。”——这是眼前山林中曾发生过的史事。传递历史的语言哪怕口头语言，在如此洪荒之地孕育、产生，都是令我震惊的。

毛部族的人手握长矛，锐利的武器为石镞，一种灰白色砂岩长条石加工的石器，有柳叶形、桃形、三角形。也有兽骨做的骨镞。这些器物就埋在洞中泥土里。男人们带着这些武器去狩猎，去打仗。一只只狍獐丧命于矛与石器之下，还有鹿、犴、野猪。它们的皮被妇女缝制成了衣服、腰带，肉在陶罐中烧煮成美味佳肴。这些陶罐是女人们烧制的，野果、野菜也是她们上山采集而来。她们还负责驯化野鹿。部落里的人一起劳作，一起分享劳动的成果。

毛靠什么威震北方，让其他部落的人归服？传说是他的精明、强悍又无私，远近部落的酋长都敬佩他。

嘎仙洞四周荒无人烟，视野里，只有一栋坡屋顶的房，里面没有墙，几个女孩在这个巨大空间的一角围着炉子吃饭，她们生着圆脸，肤色偏黑，暑天里仍穿着秋装。风从草地窜入房内，带着几分寒意。她们是开电瓶车送我去山洞的导游。上车前曾提醒我要多加一件外套，森林中气温低。一路上她们有说有笑，一花一草的问答中，姑娘们洋溢的自豪，一座浩大的森林她们就是主人。

因为一个山洞，拓跋鲜卑莫名地与她们的人生发生了关系。她们从加格达奇来到冷清无比的森林中，只闻鸟语林涛。没人的时候，在宽敞如厂房的房屋一角发呆，偶尔走出门，望一望四面森林、平地上怒放的野花与疯长的野草。这里居然看不到一个男人。

嘎仙洞让拓跋鲜卑这个成为历史的民族，再一次出现在世人的视野。这个东胡部落联盟的部族，“鲜卑”可能就是部族对大兴安岭的称呼。在蒙语中，鲜卑是森林的意思。

大兴安岭和呼伦贝尔草原，几十万平方公里的土地，是中国历史的盲区。“威震北方”的拓跋鲜卑，为何离开山地丛林，走向草原？是人口增多，山林狩猎不能养活他们，需要更广阔的天地？还是短暂的白昼、漫长而寒冷的冬季无法忍受？嘎仙洞的深山老林里，只能容纳最原始的生活，走向平原似乎是人类成长发展的必然之路。

那条南迁的路线就这样豁然地展现在我的面前——让我这个久困都市的人，目光无限地伸展，像马背上的风。从加格达奇开始，这一刻，我对北方大地醉心的穿越，不再是地理山川了，半月的行程，我走了当年拓跋鲜卑人南迁的路线，出发地同样在嘎仙洞——大兴安岭北段东麓甘河上游，北纬50度以北。

拓跋鲜卑从嘎仙洞出发，一路到达过拉布达林、扎赉诺尔、孟根楚鲁、南杨家营子、苏泗汰、三道湾、皮条沟、和林格尔。时间就在公元前一世纪末至公元三世纪中。拓跋鲜卑人向着西南偏西而行，他们的行囊是世界上最简单的行囊，几乎全是动物的皮毛与肉，肩扛手提之外，也许驯养的鹿能驮点石木的器物；桦树皮的篮与袋，则装满衣服。一路走，一路安营扎寨、打猎，熊熊火光在茫茫山林里一次又一次点燃。

越过大兴安岭，沿着根河的水流走出森林。根河下游的拉布达林出现了，新的家到了。

我走的路线与他们是重合的。7月19日，沿省道行车400公里，向西南偏西越过大兴安岭，沿着根河，到达额尔古纳。

这一次远行，内心里有着一种逃避的念头，尽管空间的距离对我毫无意义。但是，长时间的奔走，陌生的环境，让我感觉进入了另一片时空，是二千年前的那次迁徙让山水变得古老，眼前的人事反倒成了背景。

二

大兴安岭并不险峻，它在天地间延伸，显得舒缓平坦。茂密的森林，遮天蔽日，这些高大的松树、白桦树和杨树，彰显了山的气魄。我竟然从北到南，沿着它的千里山脉走到了尽头。

这天上午，在茫茫森林中穿行，山岭仿佛是森林在起伏、攒拥，四面八方充满生命激情的奔涌与呐喊，它是北方涌动的夏季。这里仍然靠近俄罗斯边境。在布苏里的一个秘密军营，许多山头竟然被掏空了，几十米高的巨大油罐一串串藏到了洞中。一支浩荡的部队可以在一瞬间消失于无形。这是二十世纪末邻国间军队作战的一种方式，隐蔽像是潜伏。

从西面出山，土地低低地起伏，树林奔涌到草原边，如浪止于岸，戛然而止。

一片片平地出现了，长满了绿得鲜艳肥大的低矮植物，这是农民种植的土豆、大豆。偶尔出现的泥与砖砌的平房，整齐排列，却破烂陈旧。后院里的蔬菜疯长，仿佛短暂的夏季时间把它们压迫得从土地里一跃而起。村落里没有见到人影。是城市化抽空乡村的运动波及到了这片土地？他们迁移，新的背井离乡发生在每一个村庄，没有人不为好的前景而奔赴。家园的荒芜却成了令人揪心的场景。

根河是美的，这里的山是长长的坡地，几里长的草坡如瀑布一样流泻。翠绿与鹅黄的草地在太阳光下变化万千，深厚的绿沉积到了坡下，那是进入梦幻的森林。它们都奔向了根河，一片广阔的湿地出现了。根河之水就像宝石的蓝，藏在森林的绿中，闪着海洋一样的光泽。

草原裸露，起伏的大地上一道道交织的曲线，像天地的旋律，云朵投影其上，变幻、迁移。

"厥土昏冥沮洳，谋更南徙"，"此土荒遐，未足以建都邑"，这些说法似乎与我所见的山川不符，不足以成为继续南迁的理由。比起嘎仙洞，这里天地广阔，景色壮美。仿佛看得到二千年前拓跋鲜卑人眼里闪耀的惊喜。他们不用再去穿越茫茫森林，不用翻山越岭，不用害怕迷路、遭遇猛兽……

晚上，走进额尔古纳一户俄罗斯人家，男的是额尔古纳一位退休老师。一处工地，连排的住宅楼都已封顶。工地旁，一片低矮的房屋，有一栋平房，前面为花园，后院种着瓜果，屋内，地道的俄罗斯餐已经摆好。进门时，天就完全黑了。

席间，男主人拉起手风琴，女主人边跳边唱，《喀秋莎》《莫斯科郊外的晚上》《红梅花儿开》……熟悉的旋律于星空下飘浮，让我想起了额尔古纳河对岸的俄罗斯人。十九世纪他们从遥远的俄罗斯北方来到了额尔古纳河左岸。主人的亲戚就在河的对岸。他们如今来往少，每次去左岸，都要花大笔的钱，左岸的生活比右岸贫困了。

拓跋鲜卑到了这个大兴安岭与呼伦贝尔草原过渡地带，起伏的丘陵，可继续狩猎；宽阔的草场可以放牧；那些储备的动物，有了好的牧场。森林、草原地貌，与狩猎、游牧交织的生存十分契合。这是他们生存方式从游猎向游牧转变的过渡阶段。

从这里再往前走，将不能再依赖野生动物为食了，他们必须繁殖大量的牛、马、羊等食草动物。撮罗子也将消失，必须学会用动物的皮和毛搭起“蒙古包”，学会逐水草而居。

问题是，拓跋鲜卑为什么要舍弃这么美丽的地方？虽然匈奴已在西汉时从草原上被赶走了，但草原毕竟是荒寒之地，土地贫瘠，有白毛风那样恶劣的气候，湖泊远离牧场，放牧要靠勒勒车拉着水箱走，特别是氏族部落间，为争夺牧场、牲畜和水源，战争与抢劫被认为是天经地义，到处是血亲复仇的杀戮，很少有安宁的时刻。他们不知道草原的凶险？

大规模的迁徙，常常是被动的，要么是战火，要么是瘟疫，要么是自然灾害，拓跋鲜卑这个“威震北方”的民族，难道遇到了强敌的侵扰？

拓跋鲜卑高祖皇帝要迁都洛阳，怕众人怀念旧土，便宣称有大的军事行动，要南伐。这是一种集体记忆吗？说明拓跋鲜卑过去总是在战争中迁移？

一个民族改变自己的生存方式不亚于一场革命，对拓跋鲜卑人而言，仅仅丢弃桦树皮文化，心理上就有着不可割舍之痛！

《魏书·序纪》道出了大迁徙悲壮的一幕：“山谷高深，九难八阻，于是欲止。有神兽，其形似马，其声类牛，先行导引，历年乃出。始居匈奴之故地。”这一幕已表明了他们迫不得已的情状。举族迁徙是关乎生死存亡的大事。在这片产生过萨满教的土地，不乏神灵的传说。大迁徙没有神灵的指引，在这么无穷无尽的天地间，恐慌将俘获每个弱小的心灵。

草原，空荡荡的草原，它是一片海，一片干涸的海，它的起伏被魔法凝固了，只有牧人的马蹄奔跑起来时，它才开始动荡不宁。草原上生活过的扎赉诺尔人、东胡、匈奴、秽貉、丁灵、夫余、乌丸……这么多的民族、部落，像风一样消失。空荡之上的空荡，海洋似的收走一切，不留踪迹。匈奴、突厥,离开草原走向了中亚,走出了中国人的视线,多少个世纪后,他们走到了小亚细亚的土耳其高原,成了地中海那片土地上的主人。更多的民族没有了踪影。

拓跋鲜卑人走进去了,淹没了,他们也留不下痕迹。

迁徙路线是由他们留下的坟墓显露的。他们面对土地唯一能做的就是埋葬。他们把墓坑一个一个挖成竖穴,木做的棺材,前宽后窄,大多数无底。草原上的生活是从坟墓里找到踪迹的,墓葬中有铜器、铁器、石器、珠饰、金耳饰。最多的是骨镞、骨匕、骨锥、骨扣、骨饰、钻孔骨板、骨鸣嘀、骨弓弭、骨刀把……全是骨头的天下。这是狩猎民族的习惯。而桦树皮制作的弓袋、箭囊、壶形器、罐形器和"圆牌",又是森林民族的,他们走得离大森林还不太远。

渐渐地,墓葬中出土的骨质弓弭越来越少。作为对森林的留恋,桦树皮制器他们仍然不肯舍弃。

这时,他们到达了呼伦湖北岸。拓跋鲜卑在这里生活,直到第七代开始第二次南迁。

这一次南迁到达了匈奴人生活过的地方,那里已进入草原深处。他们与匈奴、丁令人错居杂处,原始的血缘氏族部落开始解体,地缘的多个民族结合的新的部落出现了。广阔的草原把他们分散开来,草原上众多的民族,乌桓、匈奴、丁令开始与拓跋鲜卑通婚,血缘的交混也是文化的交融。远在中原的汉人,他们的青铜、铁质武器和工具,通过交易运到了他们手上。这是新的文明历程的开始,是文明的启示、交融与养育。

孟根楚鲁、赤峰市的南杨家营子古墓群出土了铜带扣、环状双耳陶壶,已经没有石器,木棺、桦皮器、骨器也极少了,大兴安岭到了南方的尽头。

我到达这里,从海拉尔坐了一天一夜的火车。夜晚依然黑得那么深邃,星光挂在天上,遥远又神秘。

三

一踏上呼伦贝尔，大巴车一路播放《成吉思汗》。在茫茫草原上奔走，大玻璃窗，视野开阔。司机头上悬挂着电视机，朝前看，是成吉思汗成长与征战的故事，左右看，是这个蒙古人的神，当年驰骋的草原。当年他从额尔古纳沿着同样的路线走向南、走向西，一场场草原上的战争在我走过的土地上展开。到处是刀光剑影，呐喊，恐怖地嘶叫，冷兵器撞击的声音，冲天的火焰，还有那些发抖的手臂，那些犹豫的脚步，那些疯狂的冲锋，被仇恨遮蔽的眼睛……千年的寂静打破了，又复归于寂静。

剧情发生的地方，在车轮下扑来又退走，这样的重合就像天意。这是一种怎样的机缘，在同一个空间，消失了的历史，在如烟一般回退、重生，扭曲着幻化着现实里如茵如毯的大地，只觉蓝天深处的太阳就是那一次的照耀，光芒旧得簇新。

拓跋鲜卑人走后，额尔古纳成了蒙古族的发源地。蒙古人在草原又创造了一个传奇。

草原就像一面紧绷的战鼓，一个个民族一个个朝代，不断地把它擂响。草原是一张坚实的羊皮，生命如泼洒其上的水，总是留不住，滑落到它的周围。

黄昏，风吹在草原上，是如此浩荡。它是呼伦贝尔发出的呼唤，它在呼唤天上的云团，呼唤大地上的马蹄，呼唤土地上的草与花，也向地下的魂灵发出呼唤……它的呼唤是静静的，像一朵朵风中摇曳的花。

蒙古人相约不在草原上留下痕迹。成吉思汗打马走过如此广阔的世界，跨越亚欧大陆，一代叱咤风云的枭雄，大限来临，把自己交给草原，躺进土地，头顶的草原就像划开的海水合拢了，后人永远也找不到他的墓地。土地就是生命的源头与归宿。只有他的马鞍、头盔、桶，留下来供人祭奠。这是蒙古人的秘葬。他们消失的灵魂可以从任意一处草地下走来。

拓跋鲜卑人，在草原上躺下，他们把头朝向自己出发的地方——嘎仙洞。一口一口前高后低顶盖如脊的棺材，一路在草原上埋下。一路走，一路躺下，以这样头朝祖先故地的方式。他们是有故乡的人，他们思念自己的祖居地，这如游猎民族的胎记。当他们在中原取得政权，哪怕路途遥遥，也寻着来路回去，去祭奠先人。强烈的故土情感驱动着大草原上孤独的脚步。也许，迁徙路上，他们都在幻想着死后灵魂能够回到祖先的地方。他们走得不甘心、不情愿，但脚步却走到越来越远的南方了。

在呼伦湖沿圈河台地，两公里长的数不清的墓葬排列有序，头朝向祖先的故地。

拉布大林西山，一个氏族墓葬27座墓葬排列有序，也是头朝东北方向。

拓跋鲜卑人的棺材一直埋到了汉人的中原。汉人矩形的棺材也变成了前高后低顶盖如脊。这一形状成了中国人死亡的象征。

谁也不知道，这一走，拓跋鲜卑再也回不去了。即便祖先的嘎仙洞再次被发现，祭祀的祝文就刻写在洞壁上，但没有一个拓跋鲜卑的子嗣前来祭奠，哪怕来此上一炷香、叩一个头。这个民族，早已消失在岁月中，融进了汉民族的血脉。

拓跋鲜卑走进了草原，这些剽悍的原始猎人，想不到自己就是天生的战士。他们平日里狩猎就像行军打仗，一旦遇到马，就像插上了翅膀，来如飞鸟，去如绝弦。从此，长途行军甚至粮草也可以不要了，马疲可以换，人饥可以吃马。他们成了游牧民族，牛羊在作战时，就是一个可以随军移动的后方补给。

来自中原的青铜与铁，变成了锋利的箭，从奔驰的马背上呼呼射出……

无边的草原，拓跋鲜卑迅速膨胀，他们突然之间变得异常的强大！

就像一个巨人从草原上站起来了，草原上到处是他们的身影。草原之外，拓跋鲜卑左冲右突，到处是他们厮杀与劫掠的马群。男人娶妻，也是先抢后嫁。这一切像是一种狩猎。中原儒家的道德与草原是绝缘的。

这是冷兵器时代的奇迹，蒙古族因此打下横跨欧亚版图的大帝国，女真人因此建立金国，拓跋鲜卑建立了北魏。中原的汉人在诗中哀叹："誓扫匈奴不顾身，五千貂锦丧胡尘。可怜无定河边骨，犹是春闺梦里人。"(陈陶《陇西行》)"葡萄美酒夜光杯，欲饮琵琶马上催。醉卧沙场君莫笑，古来征战几人回？"(王翰《凉州词》)

四

拓跋鲜卑继续南迁，开始接近农耕文明。中原开始对他们产生巨大的影响，像一股强劲的磁力，他们景仰，甚至把自己部落的王子送到中原去接受汉文化的教育。

从蒙古高原下来，第一眼看到草原边上的城市平城(大同)，能够想象来自一千多年前的那一瞥，是多么令人震惊，拓跋鲜卑看到的是一幅多么不同的图像！炊烟袅袅是成千上万汉人的烟囱，它们给了拓跋鲜卑温暖和食物的欲望。锯齿形的双层城墙灰暗高大，城墙上耸立着瞭望塔。城墙内，密密的平房铺出的街道，铺面、院落与人流，多么兴盛的人间烟火啊！中原的汉族女子，风吹杨柳的腰肢，凝脂的肌肤，顾盼生情的双眸，莺莺袅袅的歌声，扑面的脂粉香……这一切对于荒寒之地的人，发出了巨大的吸力。尤其是在蒙古高原的冬季，寒风砭骨，雪暴横扫大草原，人和牲畜都缩进了小小的蒙古包，等待着春天的来临。这时走出草原，站在关口上，遥望平城，那是另一个文明另一种生存的图景啊。

平城是一个农耕文明的前哨，是古代高墙围出的城池的代表。

这样的温柔之乡，这样温文尔雅的礼仪之邦，还有高墙大院里金银财宝发出的幽光……拓跋鲜卑就是草原上的狼群，呜呜叫唤着。在他们扑过去的那一个瞬间，飞扬的尘土，嘶鸣的马叫，寒光闪亮的刀剑，让人战栗。

人的征服与占有的欲望，在草原民族尤其强烈，对于富庶的中原，他们一次又一次地冲动，都在马背上得到了最原始的表现。马蹄过处，汉人的血一次又一次横流。他们因富庶而付出了血的代价。

人类战争中，野蛮战胜文明的例子并非鲜见。西罗马帝国被野蛮的西哥特人占领就是一例，几乎与拓跋鲜卑占据中原同时发生。西哥特人的蛮力毁灭了罗马文明，拓跋鲜卑马背上夺得天下后，对中原文明生出了向往与热爱之心，就像一个进城的农民，在霓虹灯下有些失态，有些张皇，但镇静下来后，就开始学着城里人的做派去打扮去生活。

他们很快丢掉了自己原始的宗教，信了道教、佛教，非常虔诚地树达摩为中国佛教禅宗的始祖。

他们开始禁穿胡服，改着汉装；朝廷不准说鲜卑话，汉语做了通用语言；开始与汉人通婚，皇帝选汉女入宫，皇帝的兄弟娶汉族大姓之女为妃；甚至连鲜卑的复姓也改单音的汉姓，皇族拓跋氏改姓元，丘穆陵氏改姓穆，步公弧改姓陆……最后连籍贯都改了，迁都洛阳的鲜卑人籍贯都变成了河南郡洛阳，死后只能葬于洛阳，不得葬回旧土。

凿石为庙、刻石祭祖，这是拓跋鲜卑嘎仙洞就有的传统。他们到大同，然后是洛阳，选择凿石窟、雕佛像。云冈、龙门两大石窟开始大规模凿造，这是中原大地上没有出现过的佛教石窟艺术。在此之前，石窟艺术大约在一百年前出现在西域龟兹敦煌。在平城之西武州山，一个叫昙曜的沙门也许受此启发，开窟五所，镌建佛像各一，高者七十尺。

云冈石窟以平直的刀法，大体大面，衣纹处理简洁质朴，概括洗练，粗犷豪放，雕凿出了一个充满幻想与神秘色彩的佛的世界，把一股刚健之风带到了中原。尤其北派衣褶，外廓张如弓弦，角尖似翅羽，它是中国雕塑史上最重要的创作。中国雕塑艺术的第一道光环从云冈石窟开始闪耀。

从大同迁都洛阳，拓跋鲜卑在西晋故都之上建起了洛阳城。在洛阳开凿的龙门石窟，粗犷奔放之气受中原文化的影响，刀法变为圆刀，造像变得精细入微、一丝不苟，出现了褒衣博带的汉服，现实的人间气息占据了上风。开窟者为太武帝的玄孙慧成。龙门石窟刻匠技术、石料、雕饰布置都比云冈石窟进步了。

与中原文化进一步的融合，后来的塑像变得越来越小，刚强的刀法也随着时日失却了锋芒。但浓郁的中国雕塑作风与气派从此横空出世。

拓跋鲜卑把汉字刻进墓碑，中国著名的书法“魏碑”开始出现。

还有著名的少林寺、中岳庙、嵩山书院……

短时间里，一个野蛮部落统治下的国家，竟然留下了如此多的历史遗存，它们成为中华文明珍贵的文化遗产，这是文明史上的奇迹！

北魏灿烂的文化就像一道光芒，隔着漫漫时光，照射到了今天。

拓跋鲜卑实行“务农息农”“计口授田”，皇帝亲耕“籍田”，提倡儒学……这些人本主义的举措是他们质朴与本真的表现，充满人性的光辉。一股北方森林淳朴、豪放、粗犷、武勇的清新之气，涤荡在中原靡弱奢华风气之上，健康向上、质朴纯真终于成为北魏的新风向。

拓跋鲜卑的蛮力竟然滋补了中原文明，使之获得了重生。这是一种文化融合的新的历史模式。

五

走过拓跋鲜卑当年的迁徙之路，城市在草原出现：甘河、根河、陈巴尔虎旗、额尔古纳、满洲里……

天苍苍，野茫茫，草原上的新城，像从空中飞来，海市蜃楼的景象一幕又一幕。

城市是人类文明重要的标志。逐水草而居的游牧民以前无法发展出城市文明。但现代社会变了。草原上的城市没有城墙，也没有现代城市的郊区；没有菜地、工厂、车辆、森林，有的河流也没有。城市之外就是茫茫草原，荒无人烟。

这不是人们所惯见的城市，有无数的道路连接着乡村，那些稠密而破旧的房子，拥挤在城市的周围，到处是车和人……它们是一座城市扎向大地的根。

满洲里是拓跋鲜卑南迁到达的呼伦湖的北岸。草原上建了一片水泥的蒙古包。在大蒙古包吃蒙古餐，看蒙古人的歌舞。偌大的草原看不见一座毡房。羊群也难寻觅。蓝天之下，炽热的阳光直射，大地上热气蒸腾。高高的敖包在一处坡地上。我朝着它走进赤裸的太阳。

长坡起伏的草原空无人影。风把敖包之上的旗吹动。神灵在虚无中给灵魂以恐慌。这片拓跋鲜卑人生活过的土地，他们眷念故土的灵魂也许就在下面安息吧，也许飘浮着的云影就是他们在草原上的游弋。我望着大地上一处正在飞跑的云影，盼望它飞过我的头顶。这是天与地寂寞的游戏。空荡的草原，从前飘移着蘑菇似的蒙古包的大地，只有马蹄踏响、勒勒车吱呀的大地，如今游牧民族不再游牧了。他们开始定居，开始建造房屋。

我看到了远处草原上隐约的高速公路。草原上的城市，补给就来自这些路上的车辆。

午后进城。满洲里的繁华不比任何一座都市逊色。街道的建筑有着欧式风格，罗马柱、拱券、尖塔、穹顶、坡屋顶、大理石，巴洛克风的装饰，让你感觉置身于一座欧洲城市，却分不清年代与国籍。而楼宇简洁的造型，大玻璃、射灯，充满着现代的气息。它几乎是一夜之间建起来的，其新与繁华如同置身深圳。它的大街直接对着草原，移步走去，就是旷野，让整座城市陡生海市蜃楼之感。

街头电声喇叭的叫卖，铸铁的马车、人物雕塑，路灯下的长椅，街头的交谊舞、流行歌手的演唱，俄罗斯人的商店，满街行走的中国人与俄罗斯人,俄文的灯箱广告,还有穿过城市边缘地带的铁路,十几条轨道交错而过,停满了装载货物的高大车皮……一座因铁路而兴建的边境城市,一百年里冷清荒凉,突然间,灯海一片,吹着草原送过来的凉爽的风,草原上的云低低地飘过头顶,即使夜幕降临,仍然发出绵白的光,恍惚并错落着时空……

六

与草原告别,是在赤峰克什克腾,这里群山起伏。

这天黄昏,我沿着北面一座山坡慢走,各种颜色的花草,长到齐膝的高度,小小花朵七月就在萎缩,一根根被风吹弯了腰,在一阵一阵剧烈的摇摆中,充满了生命的韧劲。不禁弯腰抚摸起它们。每一股风,都被晃荡的花草昭示于山坡,它们短暂、飘忽、左冲右突。花草的细瘦、稀疏,夸大了风的强度。

上到山脊,发现南山坡的草不同于北坡,它茵茵一色,柔软、密集,这是羊群吃的草。

在小山上远眺,天阴沉着,四野只有风声。牵马的牧民已经走远。一只鹰飞过。山离住地有几里路远,我突然想自己走回去,在草原这个最后的夜晚,想一个人独自面对草原,听一听草原黄昏的声音,看着天色一点点昏暗。一个臆想中的远走高飞也终于结束了。高海拔的寒冷在风中变得愈来愈强大。

明天车往南行就进入河北地界了,大片的农田将出现,而眼前的牛羊将随草原一起走进记忆。巨大的现实在这一刻显得有些虚无。

远处的车,灯光在阔大的夜色里是机器睁开的眼。有一种像鸟类又像虫鸣的叫声,在路边沟壑里叫着,声音在前行,我无法看清是什么东西。叫声停息,路的另一边又起。世界陷入黑暗之中,变得愈加空荡,空荡得让人觉得草原从来就没有发生过什么,只有苍暝如故。乌兰布统战场倒像是一个传说，这片土地的安宁是如此深，像从没有过岁月没有过历史。

哀痛袭来。不是这似真似幻的战争，是我自己困顿的情感，生命的锐痛。现代科技像层出不穷的病毒，恶毒的人心也随之突然强大。战场上刺向胸膛的长矛早已锈蚀，而杀戮之心仍在暗处跳动，跟随着空中无影无形的信号，嫁祸、诬陷……也许，我从来就没活明白过，不理解人性最幽暗的部位。

天地黑得无法分开，脚也有些趄趔，但驻地已经近了。我的脚步声千里之外也许有一只耳朵正在窃听。

第二天一早，从赤峰乌兰布统南下，经塞罕坝森林公园，过内蒙古与河北的界河，翻越七老图山，进入围场满族蒙古族自治县，遇一个个清朝皇帝征战、围猎的地方。草原与森林在此交织，松树、杨树、杏树、槐树、桃树占据了高地、山冈、河谷，它们绿得沉郁，绿得茵茵叠翠。

庄稼地在七老图山下出现，玉米、土豆、大豆、西瓜，甚至水稻，各类植物宽大的叶子，都在交来一个绿色世界的答卷。

车到隆化县，路边的水果摊，二三十斤重的大西瓜，切开来红得似血。苹果、梨、杏、桃，还有各种甜瓜、香瓜，圆圆的堆起红、黄、绿各种色彩，与山坡上、峡谷间的绿色树木和农作物呼应着。一栋栋红砖的平房，一村一村聚集在田野上，一垄垄绿色的菜地围绕着它们，一条蜿蜒的伊逊河溪水奔腾，散淡的炊烟，鸡鸣狗吠，孩子的打闹，生活的场景就这样全然转变了。

就是这条伊逊河，让拓跋鲜卑又一次从大地上浮现——他们中的一支到达了伊逊河两岸，在这里生活。他们织起了长辫，开始把这比嘎仙洞更雄伟宽阔的山谷当作新的家园。那时北魏尚未建立。“暧暧远人村，依依墟里烟。狗吠深巷中，鸡鸣桑树颠”。陶渊明写下这首田园诗时，正是拓跋鲜卑进入伊逊河的时候。一个农耕文明之地，自古如斯，依然是一样的炊烟人家。

别具只眼

我们要在大自然里,找自己的亲属,找自己的根和床。

记住乡愁，就是记住春天

◎ 郭文斌

记住乡愁，就是记住社稷。

记住乡愁，就是记住祖宗。

记住乡愁，就是记住恩情。

记住乡愁，就是记住根本。

记住乡愁，就是记住春天。

这是我做百集大型纪录片《记住乡愁》文字统筹时脑海中一遍遍闪过的句子。由中宣部、住房和城乡建设部、国家新闻出版广电总局、国家文物局组织实施，中央电视台组织拍摄的百集大型纪录片《记住乡愁》于 2015 年 1 月 1 日正式开播。

尘封了百年的传统文化实体，以百集纪录片的形式重回岁月和大地。这些节目，既是一出出生命大题，又是一份份绝好的答卷。格物、致知、诚意、正心、修身、齐家、治国、平天下。在这 100 个“考场”里，一次次展开，一次次收起，仁心写，义举答，子子孙孙答不够，一答就是百千年。

我看到，但凡得高分的家族、村落，他们都有共同的遵守，没有忘记国家社稷，没有忘记祖先，没有忘记恩情，没有丢掉根本。但凡兴旺的家族，都有家谱、祠堂、祖训，并且像守着生命一样守着这些家谱、祠堂、祖训。仁义礼智信,孝悌勤俭廉,在这些土地上,已经化为人们的思维方式、生活方式、工作方式。

我还看到真正的励志和制度,真正理解什么叫师道尊严、什么叫商道贾德。

我发现晋商成功的秘密并不全在经营里,徽商成功的诀窍并不全在谋略里;还发现幸福原来也在五常十义里,甚至就在一餐一饮、一草一木里。

看着这些台本,我突然觉得,人一旦没了故乡的概念,一切病象就要来了。现代人生活在城里,没有一个共同的地理凝聚力,房子常常换,漂泊感就来了,漂泊感带来无根感,无根感带来焦虑。不像古人,不管走多远,心系故乡。

太多的故事让人泪眼婆娑。甘肃哈南村是一个把"忠"自觉化的村落。战时,他们把"忠"用于卫国;和平时,他们把"忠"移于建设。据记载,明初时朱氏祖先立下赫赫战功,朱氏后人便把"忠勇传家"作为家规祖训写进了族谱。历史上,朱氏一族先后有 11 人为国捐躯,从军报国也就成为哈南村的传统。每逢外敌入侵,"母送儿,妻送郎,父子争相上战场"催人泪下的场面,就会在这个小村庄里出现。汶川地震后,哈南村也是重建速度最快的村落之一。在安徽屏山村,明嘉靖年间,舒善天进京赶考,高中探花,衣锦还乡之际,发现相依为命的老母病倒家中,便弃官侍母,直至终年。还是屏山村,在电影《一江春水向东流》中成功塑造"抗战夫人"王丽珍的人民艺术家舒秀文,当年一月挣 30 块大洋,会把 25 块寄回家里。在山西静升村,王氏十六世祖王寅德与人合伙做生意,对方早亡,他把属于对方的钱分文不少地还给人家后代。做月饼的吴丽霞家,如此在乎月饼切开后的匀称,不单是讲究月饼的品相,更是考察做月饼的人心是否匀称。他们相信,心匀称,手下的活无不匀称,心不匀称,手下的活难以匀称。

读一出出台本,我就像是在给祖先的老屋拂尘,给祖先的德容擦灰,给祖先的衣襟掸土。我是那么急切地想等到下一出,又是那么紧张地看着每一出,一遍不够,两遍不够。多少次,我的键盘上落下一个不肖子孙的热泪。就连晚上做梦,都在乡愁之中。

作为炎黄子孙,我们是多么幸运,我们有这么伟大的传统,这么优秀的祖先,这么智慧的文化,这么可爱的同胞。作为一个作家,我是多么幸运,能够以这种方式,亲近我们伟大的传统,为祖先尽上一份小小的孝心。

在这些节目中,我看到的孝悌忠信礼义廉耻故事,远比在任何一部小说中读到的精彩。很难相信,倘若没有这40个摄制组长达9个月的艰辛打捞,任凭他们淹没、流失,对中华民族来说,将是何等的损失。

有了这100集,我们就可以回答,人类将走向何方。有了这100集,我们就可以回答,子孙将向哪里去。有了这100集,我们就有了底气。孔子不但是中国人,而且正在以乡愁的方式活在大地上。端午不但是中国的,而且正在以乡愁的方式活在大地上。我还看到了二十四孝的现代版,看到了精忠报国的现代版,他们有名有姓,有脸有面。

此刻,我更加笃定,只要我们把根留住,只要我们回到根那里,一切都不是问题。因为春来草自青,草的答案不在草本身,而在春那里。

乡愁中的传统,传统中的乡愁,正是我们一刻都不能离开的春风。

汉长安与骆驼神话

◎ 红 柯

2004年底迁居西安，快十年了，西安南郊大小雁塔、曲江全是唐长安的遗址。老家岐山地处关中西部宝鸡地区，即古老的周原，回老家去西郊长途汽车站赶班车，必过西郊大庆路丝路群雕，因为在天山十年的缘故，每见到丝路群雕中雄壮的石骆驼就会想到丝绸之路。西安东门外的八仙庵每周日早晨古董贩子书贩子云集于此，隔三岔五去淘旧书算是一大乐事。若有朋自远方来，就相邀去城墙内广济街回民巷品尝清真小吃，再拐向大皮院化觉巷观看中国最古老的清真大寺，一千多年前唐代的清真寺。陕西回民沿丝绸之路向中亚腹地迁徙时，在中国乌鲁木齐和伊犁、哈萨克斯坦、吉尔吉斯斯坦以及李白出生的托克马克修建的清真寺一律叫陕西大寺。很少去北郊，最远就是火车站附近北门外的大明宫遗址。北郊未央区对我来说都是史书上所记载的秦阿房宫、汉未央宫。2014年9月初有机会去北郊看汉长安遗址，坐地铁到钟楼进入市中心，再到西华门坐238路公交车跑整整两个小时到汉长安遗址。下车时问司机公共汽车多长时间来一趟？司机告诉我大概一小时一趟。

汉长安遗址临近渭河，属于肥沃的河滩地带，陕西人把这片沃土叫关中的白菜心心。大秦王朝当年从咸阳东扩，已经把新城区从渭河北岸延伸到辽阔的河南。秦太短暂，只在河南修了离宫，项羽焚毁的是河北的主城区。楚汉决战，韩信在前线猛攻，萧何经营关中，发关中兵及粮草，刘邦屡败屡战，死缠硬磨耗尽了项王的元气。萧何另一壮举就是在秦的河南离宫所在地王气十足的龙首原上修建未央宫，让刘邦感受到了做皇帝的尊贵和威仪。汉武帝时，张骞就是从未央宫前向西凿通西域。西安西郊大庆路上的丝路群雕只是一个标志，丝绸之路确切的出发点应该在汉长安未央宫。汉长安未央宫如今只剩下几截黄土夯筑的城墙根，两千三百年的风霜雨雪，留下的残余部分依然散发着远古的雄风。展厅里有瓦当有陶俑有大气磅礴的空心砖。我对骆驼更感兴趣。

1984年秋天大四第一学期，我在宝鸡购得上海书店刚刚出版的繁体字竖行排印的斯文·赫定的《亚洲腹地旅行记》。最先吸引我的是这本书的封面，黑白相间中一匹挂着铃铛的骆驼，驼峰上的赫定状如骆驼，可谓形神兼备，封面的文字为深红色，古朴大气犹如汉代石刻画与画像石。1985年大学毕业留校任教，1986年秋天我携带大学时购买的一千册书包括斯文·赫定的《亚洲腹地旅行记》、马坚先生翻译的《古兰经》、范长江的《塞上行》《中国西北角》以及古波斯诗人萨迪的《蔷薇园》《果园》和哈菲兹的诗选，沿丝绸之路西上天山。萨迪说过：一个诗人应该前三十年漫游天下，后三十年写诗。中国古代，尤其是唐代诗人都有壮游天下的传统，所谓“读万卷书行万里路”，跟波斯诗人所见略同。

古长安曾经云集了多少波斯阿拉伯的商人学者，今天的西安依然保留着波斯阿拉伯文化的痕迹。关中与西域血脉相通。先秦甚至更早的周穆王曾漫游昆仑，与西王母相会，周人就来自塔里木盆地，《穆天子传》算是周人的怀乡之书。周公筑洛阳，“兹宅中国”，周人东迁彻底告别大西北彻底中原化了。去年上海文艺出版社出版的我的长篇《百鸟朝凤》就是写故乡岐山，核心就是青铜器。周人逃离家园时把青铜礼器全埋在地下。汉朝重振旧山河,不再是天子巡游,而是张骞这样的孤胆英雄,一百多人的外交使团,几经周折十三年后回到长安时只剩下甘父相随,甘父本是降汉的匈奴人。张骞两次出使西域前后三十年,匈奴女人与他生有一子。草原民族有英雄意识,有英雄气的血性汉子不分民族人人敬仰。那是个大时代,英雄时代,凿通西域的张骞,牧羊北海十九年的苏武,血战数月斩杀数万匈奴将士、绝境中投降匈奴的李陵及余部,娶匈奴女人后来形成北方草原新兴民族黠戛斯,唐时灭了回鹘汗国称雄漠北,黠戛斯即后来的柯尔克孜族,与中亚吉尔吉斯为同一民族,创造了史诗《玛纳斯》,诞生了艾特马托夫。

笔者西域十年,深切地体验到大漠草原民族的率真豪气,陌生人相逢,几杯酒下去顿成知己。关中地处大西北相当于伸向中原的桥头堡,也是游牧民族与农耕民族的交汇处,历史上的民族大融合,重点在关中,关中简直就是一座大熔炉,五胡乱华,最终是鲜卑北魏的彻底汉化,形成强大的关陇集团,诞生了伟大的隋唐王朝,李世民家族就有一半鲜卑血统。究其源头,应该是张骞凿通西域的功劳。关中文化基因就是一种开放姿态,容纳各种文明,从五胡到延伸万里的丝绸之路,波斯文明、印度文明、阿拉伯文明、包括罗马的基督教文明。直到近代,这种开放性包容性的古风依然充满生机。陕西文学第一代领军人物柳青,陕北吴堡人,大多吴堡人都是明代江南吴地移民。柳青身上有江南血脉,江南的细腻与北方高原的粗犷造就了一代文宗。另一位短篇小说大师王汶石是山西人,秦晋隔河相望,皆属黄土高原。其他艺术门类的大师就更多了,长安画派的领军人物石鲁是四川人,赵望云是河北人,何海霞,满族,北京人,他们落脚关中,一手伸向生活,一手伸向传统,创立崭新的长安画派。秦腔大师魏长生是四川人,大西北各族民众喜爱的秦腔艺术被这个四川人推向顶峰。

秦始皇和汉武帝聚天下豪强于咸阳于茂陵,汉唐时的五陵少年应该是天下豪强之精华。欧洲的崛起是从哥伦布发现新大陆开始的,而人类历史上最早的新大陆的发现者应该是张骞，张骞泅渡的是茫茫瀚海，更让人惊叹的是张骞开通的丝绸之路给沿线人民带来了繁荣与富足，中原的丝绸瓷器漆器药材输往西域，西域的葡萄西瓜苜蓿石榴进入中原。哥伦布给欧洲人带回了财富和市场，给美洲的原住民带来了灾难，美国学者在《枪炮、病菌与钢铁》一书中有详尽的描写。十九世纪七十年代德国地理学家李希霍芬来到中国考察后写了一本书《中国》，正式提出“丝绸之路”这个观念。李希霍芬的学生瑞典人斯文·赫定比老师走得更远，终身未婚，五次来中国，最长的一次达九年，最后一次来中国时快七十岁了，帮助国民政府勘测从中原到新疆的铁路线。斯文·赫定是清末民初来中国边疆探险考察的洋人中对中国最友好的一位。欧美包括日本的探险家们在西域瀚海总是想到伟大的张骞和玄奘。在天山脚下读这些探险家的著作我感慨万千，我们的探险家都在古代，都在汉唐，到了大清王朝，边疆成了流放地，纪晓岚到了乌鲁木齐，洪亮吉、林则徐到了伊犁，也是坐着牛马车晃晃悠悠大半年。再也没有张骞班超玄奘苏武的豪气了。

泅渡瀚海，马都不行，一定要骆驼。这也是长安成为丝绸之路起点的关键所在。中原大战冯玉祥西北军在甘肃征几千峰骆驼，到西安还好好的，出潼关到洛阳全死掉了，沙漠之舟最远只能到长安。我们可以想象前后三十年穿梭于瀚海的张骞已经跟骆驼融为一体了，彻底地骆驼化了。司马迁《史记》所谓：“张骞为人强力，宽大信人，蛮夷爱之。”简直是对骆驼的刻画。骆驼吃苦耐劳的韧性尤其是耐干旱的能力，作为农耕民族象征的牛都不能与之相比，骆驼的脑袋跟马脑袋一样俊美，骆驼的眼睛跟羊眼睛一样深情，骆驼兼备了大漠草原牲畜诸多优点，也兼备了中原农耕地区诸多牲畜的优点，如果真把戈壁沙漠看成滔滔瀚海的话，骆驼可谓水陆两栖动物，神勇无比。张骞第一次出使西域十三年，归来时长安都轰动了，长安百姓满朝文武及汉武帝见到的是一个罕见的骆驼，张骞再次出使西域，骆驼就不再稀奇了，骆驼包括骆驼驮来的西域宝贝已经进入汉人的日常生活。张骞出使西域前后三十年,几代人享用过的东西再寻常不过了。我们今天见到的汉朝瓦当空心砖,石刻,石像画,种种器物无不充满纯朴粗犷厚重大气的品质与风格,我以为都是骆驼的气质透入了汉人的血液与心灵。骆驼成功地焊接了西域与中原,农耕与游牧,骑手与农夫,所有汉代的器物都带有骆驼蹄子与嘴唇所特有的丰厚,也带有骆驼宽阔雄壮的腰背所特有的下垂中包含着的巨大升腾而起的伟力。霍去病墓前的马踏匈奴的石马全是往下垂,垂放收敛中自有一股雄浑的力量,静立中自有一种博大的动,一种整体的气势。如李泽厚所言:没有细节,没有修饰……突出的是高度夸张的形体姿态,是手舞足蹈的大动作,是异常单纯简洁的整体形象。“在汉代艺术中,运动,力量,气势就是它的本质。”(《美的历程》)气势来自于速度,来自于“笨拙”,精致不会产生气势,过于精致是一种不自信的表现。瀚海的粗犷大气融入中原,最终成为一种审美趣味。

笔者在西域十年,在准噶尔盆地第一次见识沙尘暴席卷而来,盆地底部干裂的沟壑都被狂风吹响了,惊恐中我真正体验到什么叫气势,什么叫大气磅礴。后来去阿尔泰,途经乌尔禾魔鬼城,那些史前动物一样的雅丹地貌在大风中鸣叫长啸,天风吹响大地,我马上想到中原老家的笛子、箫以及鸡蛋大的埙。后来我写散文《大自然与大生命》、写长篇《乌尔禾》,让羊跟骆驼一样横渡沙漠瀚海,渡过瀚海的羊,人们叫它永生羊,不能杀掉去吃,要放生,永生羊是通神的。西域归来我的小说在《人民文学》推出时,李敬泽最早写了评论《飞翔的红柯》,其中一个关键词:速度,正是西域瀚海给我的恩赐。李泽厚比较了汉唐宋石像画和陶俑,唐俑也威武雄壮,但缺少气势,太过华丽鲜艳,宋石像画细微工整精致,气势与生命的质感与汉代不能相比。我最心仪的骆驼只能在我人到中年的时候,经历了种种磨难,以长篇《喀拉布风暴》来完成旨在打通天山与关中。陕西关中人张子鱼西上天山,新疆精河人孟凯东进西安。一般人都知道西安,而偏远的精河另有一番魅力,相传蒙古王爷的妃子不慎落入河中有了身孕,西域这种生命力极强的河流很多,比如阿尔泰的额尔齐斯河,比如让猪八戒怀孕的子母河,精河更威猛罢了。如此河水浇灌的大地,沙漠深处生长罕见的地精,都是动物的精液与植物种子结合而成的,其中骆驼的精液所生的地精几近人形,不但沟通人类的各个民族,还沟通天地万物,神人一体。陀思妥耶夫斯基也是在中亚草原额尔齐斯河边罕见的暴风雪中体验到上帝与人同在,巴赫金也是在中亚的大漠草原领悟到陀思妥耶夫斯基小说的魅力,所谓复调,应该是各种生命的合唱,是人与他者共鸣后的和弦,最终形成浩大的旋律,而不是简单肤浅的节奏。

人生树下

◎ 王开岭

“维桑与梓,必恭敬止。”语出《诗·小雅》,意思是说:桑树梓树乃父母所栽,见之必肃立生敬。父母者,为何要在舍前植这两种树呢?答案是:“以遗子孙给蚕食、具器用者也”(《朱熹集传》),即让子孙有衣裳穿、有家具使。后来,“桑梓”便成了“故里”的代称。

树,不仅实用,还意味着福佑、恩泽和繁衍,不仅赐人花果和木质,还传递亲情和美德,还承载光阴与家世。树非速生,非一季一岁之功,它耐受、持久、长命,春华秋实,像一位高寿的家族长者,俯瞰儿孙绕膝。

所谓“荫泽”“荫蔽”“荫佑”之说,皆缘于树。

有祖必有根,有宅必有树。再穷的人家,也能给后人撑起一大片树荫。

这是祖辈赠予子嗣最简朴最牢固的遗产了。

幼时,父亲带我回乡下祖宅,院子里有一棵粗壮的枣树,上住鹊窝,下落石儿。逢孩子哭闹,祖母便将房梁上的吊篮钩下,摸出红油油的干枣来。后来,老人去世,老屋拆迁,“老家”便没了。

虽非桑梓,但我知道,此树乃祖辈所植,在其下纳过凉、吃过枣子的,除了我,还有我的父亲,还有父亲的父亲……它是一轮轮人生的见证者，见证了他们从跌撞的蒙童、攀爬的顽少，变成拄杖的耄耋……

这样的树，犹若亲属。

老人们讲，闹饥荒时，都是树先枯、人后亡，因为果腹的最后一样东西，是树皮。人，只要熬到春天就不会饿死了，因为这时候，树抽芽了。

几千年来，凡村首，必有一棵神采奕奕的老树。民谣中唱，“问我祖先何处来，山西洪洞大槐树”“祖先故里叫什么，大槐树下老鹳窝”。树，是家舍的象征，是地址的幡旆。离家者，最后一眼回望的是它，返乡者，远远眺见的也是它。

游同里古镇，听到个说法：江南殷实人家，若生女婴，便在庭院栽一棵香樟，女儿待嫁时，树亦长成，媒婆在墙外看到了，即登门提亲。嫁女之际，家人将树伐下，做成两只大箱子，放入绸缎做嫁妆，取“两厢厮守”之意（谐音“两箱丝绸”）。

多美的习俗！女儿待字闺中时，对该树的感情定是窸窸窣窣的微妙，那是自己的树啊，盼它长大，又怕它长大。想想吧，像儿伴一样耳鬓厮磨，像丫鬟一样贴身随嫁，多么暖心，多么私密，多么亲昵。

我若有女，必种一棵香樟。

那年去贵州，走到从江县的月亮山，遇一苗地，叫岜沙。它给我的第一印象是：林子可真密啊！那些人、房子、生活，全是躲在翠绿里的。撞见人，感觉他不是走出来，而是突然从绿潭里钻出来。林中有径，当你跨外一步，去沟边小解时，才醒悟了森林的“森”字，那“木”真是密密匝匝、层层叠叠，难以落脚。

岜沙，即苗语“草木茂盛”。

恐怕再没有比岜沙人更膜拜树的族群了，男子蓄起直直的发髻，象征山上的树干，而身上的粗布青衣，模仿树皮。

在岜沙，凡重大活动和节庆仪式皆在林中进行，祈愿、盟誓、婚约的“证人”是大树，大伙有了心事，也去向大树倾诉。按俗约，盗木者除了退赃，还要罚一百二十斤米、一百二十斤酒、一百二十斤肉，请族人谅恕。

最触动我的，是岜沙人的葬礼。一个婴儿降生时，村民会替之栽一棵树苗，祈祝他像它一样茁壮、正直、坚韧。待他年迈去世，家人就找到那棵树，凿空作棺，去密林深处下葬，不设坟头，不立墓碑，最后，在平填好的新土上，埋下一棵小树苗，预示生命再次启程，也象征灵魂的回家之桥。(若黑发人早逝，则取用长辈的树。)这一切，要赶在太阳落山前完成。

他们是大森林的孩子。森林里诞生，森林里消失。

“我们都认得哪棵树是自己的祖先。”岜沙人说。

有一棵树，将陪伴一个人出生、长大，直至死去。除了葱茏，生命在世间不落任何痕迹。

这是我听过的关于人和树最好的故事。

那天，夕阳西下，听着山风和鸟鸣，我坐在岜沙的石头上，心想——

在这个世界上，每个人都应有一棵关系亲密的树。

至少一棵。

我们要在大自然里，找到自己的亲属，找到自己的根和床。

那年的欢喜

◎ 郑彦英

应该是1966年，我上高小，暑假的时候，咸阳北塬上的马庄逢集，母亲给了我两毛钱，叫我带三个弟弟到集上逛逛，顺便买一斤盐。

一到集上，小弟弟兴奋地指着吃食摊子嚷嚷："油糕，麻糖，还有馄饨。哥，妈不是给你钱了么！"

我一声喝住了："还要买盐呢！一斤盐两毛钱，能吃半年。一碗馄饨两毛钱，一吧嗒嘴就没了！"

小弟弟没敢再吭声，二弟和三弟见我瞪眼，也都噤了声。

集市东头是百货店，那里卖盐，但是要到那里，必须穿过叫卖各种吃食的街道。我就在街道上走得很快，唯恐哪个弟弟被哪个美食勾住了。当然最担心的还是我的小弟弟，就抓着他的手走，没想到他走到一个炒凉粉摊跟前，猛然挣脱我的手，坐在凉粉摊前的条凳上。

二弟和三弟都看着我，其实我也被炒凉粉那特别的香味馋得直咽口水，但我还是去拉小弟弟："走，买盐去。"

小弟弟不走，死犟着坐在凉粉摊子前，我把他提起来，他又坐下去，如一摊泥。

凉粉摊师傅很懂公关，知道我主事，就不看我，有意大声叫卖："吃一口能解一年馋，才五分钱一盘！"说着就开始炒，油在鏊子里发出吱啦吱啦的声音，拱得我肚子里的馋虫乱爬。

我不再吭气，心里盘算着，吃一盘凉粉，就要少称二两半的盐！于是我吼："走，不走不要你了！"

但是小弟弟铁了心，我吓不倒他，他硬着头死坐着，不看我。

我实在没法了，捏着口袋里的两毛钱，转过身，背对着三个弟弟和凉粉摊子。但是，炒凉粉师傅的每一个动作，我都听得清清楚楚，特别是炒到最后，铲锅底那一层黄灿灿的凉粉锅巴的时候，师傅有意铲得浅，铲得慢，一下一下地，引诱着一街的人。

凉粉铲到盘子里了，筷子重重地放到矮桌上，随后，放凉粉盘子的咯噔声响在小弟弟的面前。

我还是不转身，我知道三个弟弟这时候肯定都看着我，等我发话。

二弟拽拽我的衣服，小声地："哥！"三弟见我不吭声，走到我面前，怯怯地看着我。我低下头，深深地吸了一口气。

这时候小弟弟说话了："哥，闻着把人香死咧，我只吃一口，剩下的你三个吃。"

小弟弟这一句话感动了我几十年。当我转过身来的时候，看见小弟弟眼巴巴地看着我，我软软地说了一句："吃吧。"他立即笑了，拿起筷子，却只夹了小小的一点儿，放到嘴里，没敢嚼，似乎在等着凉粉化在嘴里，等到咽的时候，声音却很大，我知道那是和着口水咽下去的。

小弟弟站起来，把筷子递给我，真诚地说："哥，好吃得不得了，里头还有豆瓣酱呢！"我说："我不爱吃凉粉，你三个吃。"说着把筷子递给二弟。

二弟和三弟推让着，一人吃了一口，又让我吃，我自然还是推。小弟弟夹起一筷子炒凉粉送到我嘴前面，那棕红的酱色，那飘忽的白色蒸气，顿时攻破了我的所有防线。

我吃了，我有意咽得很快，却不张嘴，让那美味在嘴里回旋。同时把筷子递给小弟弟。

小弟弟又推，我便把凉粉在盘子里分成三堆，让他们一人吃一堆，然后把筷子咯噔往矮桌上一放，说："你们吃，我去付钱。"

我怎么也没有想到，三个弟弟吃了两堆，剩下一堆，让我吃，我问是谁没吃，二弟说是小弟弟没吃，留给我。

我没有再说活，其实也就小小三块，我吃了一块，夹起两块，一下子喂到小弟弟嘴里。

回到家里，母亲见我们弟兄四个满面红光，就招呼我们吃饭。我把盐袋放到盐罐子上，母亲掂了一下，笑着说："吃饭。"

从这天开始的几个月里，我总觉得饭菜的味道淡了，少放了盐。我悄悄地问几个弟弟，他们也说感觉出来了，不敢问。

多年以后，我问母亲那天掂出盐的重量没，母亲笑着说："咋能掂不出来?！"

我又问："你知道我们把钱花在啥地方了？"母亲笑笑说："五分钱买了四个娃的欢喜，还有比这便宜的事么！"

住在香港岛

◎ 王小妮

一 久远的记忆

由春天转到夏天,今年有两个月,我是在香港度过的。

最早去香港是在刚来南方的1985年,也是春天,整整三十年了。

那也叫去香港吗,找边防支队,办边防特别通行证去的只是深圳的沙头角中英街。人们排长队过去,开始两脚站在中方这侧,眼睛瞄着英方那侧,慢慢蹭过去,钻进那边的店里,货品挨样看过,趁着门口没有英方警察也没有中方边防军,赶紧溜回自己这侧,和偷渡客的心理相近。过街那边去,买十块港币四只的芒果,或成箱的公仔面,或力士香皂,或大包味素,不辞辛苦地提回来。

大约二十年前的二十世纪九十年代初,在沙头角的酒店住过一星期,每个早晨看成群的港人一家老少来酒店餐厅饮早茶,见很多婆婆的耳垂是豁开的,颤颤的抖着的肉,不知是不是该怪金耳坠太重,家中太殷实。不久又去香港的九龙住过一星期。再后来多次转机经过,但在香港岛住三个月是第一次, 而2015年的香港是过去那三十年里没有过的低沉低调。

二 香港岛

香港的中心在香港岛,它是香港第二大岛,虽然面积只有整个香港的百分之七,却有一百三十多万人生活在这儿,大约占香港总人口的六分之一。

一百年来,这个世界最拥挤最繁华的地方不断有不同风格的建筑渐续耸立,互相拥塞又犬牙交错,看上去各自和谐地相依着。

港岛偏西,坐落着尽人皆知的香港大学,我就在港大半山上住。

稍有留意,能从当地"红的"司机和周末市民举家游览校容的神态里感到普通百姓对这座香港最高学府的始终不变的仰望。

香港地铁在二十世纪七十年代初开始建设, 最早通车的在 1979 年,而港铁通到香港大学是新近的事。我住山上的两个月,常在地铁香港大学站的电梯口看见穿黄色 T 恤的港铁职员为乘客引领指路。平时经过校内长廊,只要望向地铁站,一定能看到他们忙前忙后,微微躬身,脸上有笑容,引导乘客上电梯,稍有疑问,都会耐心讲解。特别是周末,遇到扶老携幼来游港大的市民,他们更会细心关照。

在广东生活久了,听到他们招呼着"早晨"和"慢慢行",那种街坊间的温软亲切都被简短的粤语带出来, 想到二十世纪九十年代初带孩子坐火车从北方回南方,听到周围人说广东话,孩子的第一反应是"真亲切"。

三 大学

香港大学有很多地方和内地高校不同, 最直观的感觉是太挤了,几乎没什么开阔的空间,没有很多名校的大草坪。港大学生多走读,学校无法提供充足的宿舍,学生们每天要从香港各地赶来上课,有些要转几种公车,地铁通了,终于便利了很多。香港地铁修得艰难,实在是受地理环境限制，半山地形复杂，空间狭促。据说香港大学地铁站的站台升到大学的电梯口，要直直地拔地而起七十米。

正是地形所限，港大是在香港岛上依山逐年扩建的，这个建设的过程现在还在继续，学校里现在还有楼房在改建施工。

港大最早的历史能追溯到1887年的香港西医书院，后来这所学校和另一学校合并，1911年，香港大学正式注册成立，到1916年第一次毕业典礼，只有二十三个毕业生，可见它起初规模不大。建筑也只有靠海岸平地上那栋带尖顶的丰楼。当时的学校还没有像现在“步步上山”。

从香港大学地铁站通向学校的长廊里布置了很多历史老照片，有西装革履的男生和穿裙装的女生。早年能读得起港大的，多是富家子弟，有人是坐汽车带随从和佣人来上课的。

港大毕业生里，众所周知的有孙中山，他的立像现在在校内荷花池边，并不高大。但是塑像写实，有特别的亲和感。另外知名的还有张爱玲、朱光潜、许鞍华，等等。

慢慢看老照片，能了解这所百年大学经历的辉煌和磨难，包括二战时候被日军轰炸后的塌陷的屋顶断壁。无论怎样，这所大学都端坐在港岛的半山上，它主楼的尖顶，大块基石和铺地花砖，容留着不同时代青年人的勇气、求知欲和真知灼见，守持着它所秉承的精英姿态。

不同时期兴建的楼房挤在逐渐升高的校园里，有些衔接得生硬，时间长了，生出了特殊的港大味道。楼缝间多角角落落，每一栋楼每一转角都可能藏有故事。比如庄明月楼的各种传说和衍生出来的暗喻，好几个女生都同我提起，一开头就停不下来。又比如，位于后山的校长宅邸开满花朵的后院，坐着一尊朝向海湾的粗筒大铁炮。

四 港大后山

好多港大学生没去注意后山上有座滤水厂，从那儿走小径再向上，有龙虎山环境教育中心，我叫它小白楼。

关于香港的名字，有一个说法是，当年最早登岛的英兵在香港仔上岸后，遇见一个挑担子的女人，英兵问这里是什么地方，女人用客家话随口说了一句，被英兵听成了香港。很快，这些外来者开始失望，他们发现整个香港岛缺淡水，山石结构不容易打井，他们说港岛就是一块大石头。从那时候起，淡水供应成了大问题，特别在人口陡然增加以后。征集各方意见后，开始修建蓄水塘和滤水厂。现在从太平山顶西望，能看见靠近港大的薄扶林水塘，它建于1863年，是香港第一座蓄水塘。

海水冲厕也是香港特色，在大学里能看见标记冲厕海水的专用管道。

沿着校内的后山走，可以看到很多人工垒砌的石壁间留有泄水孔和一级级向下的排水渠，山水不断汇流，始终在向水塘蓄水，即使早已经有了广东引来的东江水。现存的年轻人不太知道香港在二十世纪六十年代初，由于大量难民拥入和遭遇干旱，供水出现困难，1963年制定过严格的限水令，每天居民供水只有四小时。

学校的后山也叫龙虎山，山顶有1901年为加强海防设立的炮台遗址，从这里可以俯瞰维多利亚港的西口，日本攻占香港时，炮台多次遭飞机空袭，有守军伤亡。

港大的学生也可能不知道龙虎山环境教育中心。越过大学道向丛林中走不远有两栋白房子，100年前这里是滤水厂的员工宿舍。两栋建筑，分别属于一级历史建筑和二级历史建筑。前一栋是西式风格，早年是香港水务署高级职工宿舍，高级员工多为英国人；另一栋建筑风格中西兼有，是普通工人宿舍，中国工人住这里。

第一次去环境教育中心，有个正在布展的小伙子主动过来介绍。而我注意到屋脚下，一个个布满黑土的槽里，有刚发的绿芽，每一槽都有标签，有的写着“空心菜”，有的写着“禾”，小伙子说它们刚刚下种，准备给来参观的孩子们看看我们的食物是怎么长大的。后来再去过几次,眼看着菜苗和禾苗在长高,渐渐油绿。

环境中心向游客介绍龙虎山的植物和动物,平日里都开放,当然是免费的,它属于港大和环境署,小伙子是港大在读研究生。

五 大学的异同

全世界的大学有一点相同,年轻有活力。

不同的地方远比相同多,和内地的大学比,香港大学不一样的地方很多,除一目了然的建筑,多是一些很容易忽略的细部。

港大没有高音喇叭,没有不断更换的大红大蓝的标语横幅,没有大清早的列队出操。两个月的时间里,认识了各种各样的老师和同学,感觉他们都更是独自的个体,自己忙自己的,不在自己没兴趣的事情上耗费时间精力。

内地高校内外各种小吃摊和小店多,常围满学生。在港大,即使校内餐饮也安静,不声张,在这里,“吃”显得远没有那么重要,市井气没那么浓重。事实上港大的餐馆不少,包括素食馆和社会救助机构的非营利小店。

也许和走读有关,港大的学生更匆忙,走路飞快,漫步的和闲聊的很少。每天在不同教学楼之间转场的十几分钟,是人声鼎沸也行色匆匆的时候。学生们说,平时紧跟着课表跑,即使半路上遇见好朋友也常顾不上打招呼。

一位从内地来的本科生告诉我,刚入校的新生多能获得学校的宿舍安排,他们叫“舍堂”。在舍堂住满一年后,学校和周围环境都熟悉了,也到了下一届新生入学的时候,会重新分配舍堂,继续留住很难,要符合很多硬指标。

升到大二,大家多去校外租房,学校会有补贴。一位同学来自河南，同三个女生合租了离学校比较近的房子。“三年死租”，意思是三年内不加房租，五十多平方，月租金一万三千五百港币，在房价不断升高的港岛，算是很幸运的了。

听说，香港大学在2014年招收三百名内地本科生，招外国留学生也是三百人，不包括研究生。

在电梯里，几次遇到讲韩语的女孩，是来这里学汉语的韩国人。

香港以外的学生在大一就开粤语课，是必修课。

我问她们：能逃课吗？

她们说：不能随便旷课，会有出课记录的。

港大的各种课外讲座多，都想去听是不可能的，一个周末晚上，几场讲座同时开始。讲座海报都贴在告示栏。整个校内的标识，英语多过汉语，好多海报是双语的，也有些只是英语。

有位研究语言的同学告诉我，香港的学生更把汉字当成应用工具，很少有母语感，他们的基础教育里没有统一的汉语拼音，不同的学校教不同的汉字拼写方法，据她了解有七种之多。用键盘打汉字得用偏旁部首，比较起来，直接使用英语更方便快捷。对于在香港读书长大的孩子，汉字和英文一样，都是工具，他们的母语是粤语。从内地来读书的学生很快就把汉字输入法改成繁体，很多简体字香港的同学不认得。

中午以后，很多学生活动开始，太阳伞下面摆出各种摊位。我关注做中国贫困地区教育的“香港大学学生会中国教育小组”，他们的口号是“生命点燃生命”，具体的项目是“致力改善贫困地区的教育情况，为国内面临失学的学生筹募学费，组织考察团到内地山区学校义教，进行家访并同时监察善款运用”。他们的口号是：“你有没有想过，原来二十元等于贵州农村学生一月的学费，每月捐助二十元，虽然看似微不足道，但只要有十二人的参与，就足以负担一个贫困学生一年的学费。你的点点付出。足以为贵州农村学生带来无限的改变。”这个机构“非宗教,非政治,非牟利,不受薪”。

当然更多学生去看漫画,找好听的音乐、好玩的手工制作或尝尝韩国小甜食,他们被更时尚的东西吸引。学生活动开始后的校园长廊像个热闹的集市。

我在校内的住处要不断地爬山爬山,陡直地望下去,有个运动场地,有时候学生在拉弓射箭,有时候撤了箭靶打网球,在屋子里能听到箭射进草靶或网球弹落地面的不同响声。

港大是没有人守校门的,它全开放。周末时候,学生明显少了,校园里换成各种各样推儿童车和老人轮椅的,好奇地到处巡视。

一次一个路过的儿童碰响了消防报警装置,几秒钟里,从三个方向跑来三个穿白色上衣的警卫人员。

校内行人最多的通道上有个鲜明的标志,是火警集中处。

也常有穿校服的中学生排队来参观,到处拍照。他们说到考取港大,跟内地孩子考取北大的感觉差不多,如果不是去英美读大学,很多香港孩子当然首选港大。

后山的一大早,先有各种稀奇古怪的鸟叫,是那位种禾苗的研究生告诉我的,这山上有一百二十种鸟类和八十种蝴蝶。如果是周末,随着太阳升起,登山的人多了,树间隐约传出他们的讲话声。

我要离开的时候,正临近期末,考试集中,一位同学说,常常学校的各餐厅会在考试日免费发苹果,同学们都可以来领,意思是平安考过,是一个祝福。她说,看见发苹果一定告诉我。可是今年发苹果的场面,她也错过了。

倒是住处柏立基的餐桌上,每天有一只苹果或一只橙。晚上,几乎没客人,餐厅师傅阿伟系围裙出来,每说话必微微前弓身子,好彬彬有礼的师傅。忙过一天的餐饮,他能轻松聊几句了,聊了才知道他读过很多书的。

六 怎样描述香港

该怎样描述香港才更贴切？

大家都知道在老歌里把它唱成“东方之珠”，但它需要不断地被重新定位和认识。就像每天都在变化的每个港大的读书人。

这个问题我想了很久，看过一些回忆录，去过历史博物馆，问过，一些有经历的人。

有个有趣的角度，从香港人口变迁的数据来看：

1841 年估计全港有七千人。

1845 年有了最早的人口统计，香港人口二万三千八百一十七。

1861 年是十一万九千三百二十一人。

这一段的人口剧增，和太平天国起义、内地战乱、难民拥入有关。

1900 年义和团起义，随后的军阀内战，香港人口增加到二十万。

抗战开始，1939 年日军占领了广州，大量逃难者拥入香港，人口激增到一百六十万。

而 1941 年香港也沦陷，港人又逃向内地，二战结束的 1945 年，香港的人口只有六十万。

随后不到五年，到 1950 年，香港人口达到了二百三十六万，几乎激增四倍。

在内地饥荒四起的 1960 年，香港人口三百零一万。

后来不到二十年间的 1979 年，香港人口五百万，其中 39%是二十岁以下的青年人。

这些陡增陡减的数字，背后是一个个肉身的人在流动，几乎都伴随着饥饿、奔跑、恐惧、困苦、匮乏，一个人有一个故事，一万个人就可能讲出一万个故事。

我想，香港对内地而言，像个荷包，有时候它鼓起来，有时候瘪下去，内地遇到灾难困苦，它会鼓起来，用它狭促的陆地和海域，去容纳那些需要庇护的,而另一些时候,人们转去内地或海外讨生活,把它空空瘪瘪地留在海边。对流民,它是一块稳定的福地,鼓鼓瘪瘪能伸能缩,才是香港岛久远而富有张力的特别功能。

刚到香港的时候,听一位教授说:我们香港好奇怪,内地好的时候,我们不好,内地不好的时候,我们就好,就是这个样,真不知是为什么。

一百多年的时间里,给数以百万计的流民落脚生根,先给他们衣食淡水和谋生机会,再让他们和他们的后辈能够进学堂读书,成为这片土地的主人,把它擦亮,变成真正的东方珠宝。是不是可以说,有了大学的香港似乎不只是荷包,还可以是故乡,是香袋,是锦囊?

故乡的人，他乡的我

◎ 马 语

一

没有人相信我是病人。

我是在黄河岸边割草、放牛长大的孩子。曾一直为自己的身体很自豪，我就是黄河边石壁上自由行走、奔跳的那一只黄羊，或广阔田野上无人管束的那匹小马。初到这个城市的时候，我曾在它的体育场那细沙石子铺成、长满一片一片青青蒺藜的跑道上，一气儿跑十来圈。可现在，在新修成的世纪广场的塑胶跑道上，仅能跑下一圈来。东沙的老城墙是我以前经常去的地方，那里清风徐徐，空气澄澈，四季都有鸽群从空中飞过，可以一览这个城市的全貌。好几年了，我再没爬上去过，每次只是在老城的石板街上，前后走一圈，抬头望向东沙那段老城墙兴叹。

大约在我五岁的时候，就跟着老祖母去马家坬四山里干活儿，村前过河，村后上梁，大多是采药、打草、淘水浇菜园子。初春，大地一派荒寒，马家坬那些向阳的山坡上苜蓿先露出绿芽，我跟着老祖母采苜蓿叶尖儿回家做饭吃。山野里静得只有蜂虫的一些声儿。山坡上，嫩绿丛中那一簇簇紫蓝色的苜蓿花，在阳光下静静地燃烧着——每次给老祖母买去痛片的时候，我的脑际都会浮现这一幕。

二十岁那年的夏天，我从榆林的师范学校毕业，被分配到三边高原一个叫石洞沟的地方教书。无边的沙原和碱滩上散落着好多房子，名为石洞沟，其实不见一片石头，就是李季写《王贵与李香香》的地方。我去的时候，正赶上财政困难时期，连教师工资都发不出。直到放寒假，只领到两个月的工资，不过三百来块，扣过学校灶上的伙食费，还完小镇街道上那个小卖部的赊欠账，已是所剩无几。

临近年关，学校已放寒假。一个人漫无目的地来到学校下边的街上，此时的小镇若潮涨，花花绿绿，各种年货在街道两边的门店前堆得像小山一样，从村寨里来赶集采购年货的庄稼人，提着大包小包，每一辆驴车上都塞得满满当当。午后的斜阳给小镇镀了一层暖暖的金色，使得年味更浓郁，我却立在供销社的门前呆若木雕。

参加工作后第一次回故乡，我总得给父母亲人带点儿什么吧。我总不能就这样两手空空回去吧。我徘徊了半下午，眼看太阳就要落下去了，还是没敢走向那家小卖部，两天前学校发工资，我刚把半年来欠下的钱全还了。我向小镇西头的那家药店走去，虽然没怎么打过交道，但我知道这小镇上平日里没多少人，药店掌柜肯定知道我是学校里的老师。我吞吞吐吐向店掌柜说明来意，不出预料，那店掌柜让我随便拿，我说就赊一大瓶去痛片。他却同时给我拿过来一大盒三株口服液和一只五〇五神功元气带，说过年了这些送给老年人都是上好的补品。他还特别强调那“神功带”，说老年人的好多老毛病都能治，这几天买的人特别多。我来的目的很明确，还是只买了去痛片，能拿上这一大瓶去痛片，已是喜出望外了。临跨出门，我看见店掌柜还在为我没给老祖母买上那只“神功带”一脸的困惑。

从石洞沟起身，坐班车辗转几站回到了神木县城。在南关的旅社，打问到了一辆回故乡那一带的拉炭的破卡车，数九寒天，五六个人“搭”在敞篷车厢的炭块子间，一辆破卡车在满山满路的大雪地里哼哧着前行。在拐过一个山峁时，车停下不动了，司机从车头下钻出来喊刹车管挣断了。其时离我们村已不是很远，但天马上就要黑下来，坐车的人步行到就近一个叫张家沟的村里夜宿。下车时，我的包短了一个，恰恰就短了装有那瓶去痛片的小包，真是绳挑细处断。

第二天回到家，老祖母听说我回来了，就像孩子似的，还没用谁上去请，拄着根木棍，就从坡梁的上院下到了我们家。因为买了去痛片，所以饼干呀蛋糕什么的都没买。可是老祖母来了，我又拿不出去痛片。我没有解释，让老祖母听到我把一大瓶去痛片竟然在半路上丢掉了，将会怎样心疼啊。

马上就是大年，我向小伙伴二柜借了一辆自行车，到距离三十多里地的小镇上，向同学借钱买回了一大瓶去痛片。也许，这一生，我真正算得上回报老祖母的，就是我给她买的那些去痛片。从十六岁嫁到马家坬，她走过八十多年了，浑身不论哪个地方有毛病，都是吃上两片去痛片；即使没毛病的时候，她可能也想吃上两片。

二

寒冬或过节，煮肉、蒸馍，要做那些费时费事的饭菜时，老祖母才去打一小簸箕黑炭，平常全是庄稼的秸秆当燃料，一半在灶膛里燃着，一半掉在外面，柴火烟从灶口的柴草上蹿出来，熏得人直流泪……一个一辈子用衣襟擦拭眼泪的老婆婆……

童年的早上，我们去采草叶尖尖上的露珠，一路上，不让它掉了，回来给老祖母滴在眼上。

哪想，成年后，眼疾几乎折磨了我十多年，即使现在也时有发作。眼睛干涩，有时真像有盐浆水从眼底泛上来，在我们这个城里几家大医院都看过，治不好。也去西安的大医院看过，不同的医生甚至说给我完全相反的病因。后来我是从民间打问到一个偏方，去药店买了些决明子，回来装入枕头，眼疾才渐渐好些了。

老祖母却用炊烟、牛粪、禾谷、豆秆、柴垛、鸡屎、鸟鸣、狗吠、风雪……的气息，治自己的眼病。特别是那棵老杏树，春风吹拂的时候，站在院畔上仰望的老祖母，满眼雪白的杏花。四季的夜里，临睡前，出来上茅房，老祖母也不忘观看西南山头的星星，这是她一辈子的习惯。那时她常给我们说，清晨草叶上的露水，是星星落了变成的。

还有那些村路。打年老不出山后，老祖母就整日坐在院畔的老榆树下，望着村前村后，用南瓜藤蔓一样的村路擦洗眼睛。旧场梁下来的那个人，是去南儿家的；东沟岔出来的那几个人不是本村的，他们路过这里去菜园沟赶集；前石畔上往回走的那两只绵羊是海明家的……望向马家坬的四山，覆盖了层层墨绿庄稼的山野，或雨里雪里的山岭。天不够清澈的时候，或有黄风的时候，她用那只布满麻点的手遮额，极力望向远处。

日头出来前的仰望已成了老祖母重要的一种信仰——她望向天际的残星，与它们交换着眼神；并反复辨认东方的浮云。天的阴晴决定着村里人一天的事务和四季庄稼的长势……

三

到了上个世纪末，我从基层到了榆林城里的报社工作。

半年后报社又要招人，还要我们先进来的几个人参与统一的招聘考试，恰恰我没考上，面临着卷铺盖回原单位的局面。临去的时候，一向冷落我的那个单位，召集全体干部吃喝了一顿为我送行，说我由县里一个不被人知的小单位一下去榆林市里的报社当记者，天大的喜事啊。现在却被退回来了，灰溜溜的，走投无路。但说什么，我也不能背着铺盖卷再回县里那个单位。

命运，总是这样沉浮起落，凭这支笔，最终我没有被报社打发掉，而是“留用察看”。就我自己而言，当时哪怕让我留在报社扫厕所都行，只要让我抓住那根稻草。

我是拼上老命了。

为不延误稿子刊出的时间，我在一天内服用了七粒快克，一是我想感冒快些好了，二是后面的几粒是在药物反应头脑昏沉的情况下，不知吃过了没有而吃进去的。当夜我的眼睛几乎僵直了，自己说着话，却听着像别人在说话。为了赶一篇大稿，我差不多是连写几天几夜，正值酷暑，一边伏案写作，一边喝着藿香正气水……常说这次写完后好好休整上一段，帮助妻子干点儿家务活，让这个沉重的家庭和我一起“解放”一点儿。

我十九岁中专毕业，到乡下教书，从一个小村爬到了城市，流了多少汗，淌过多少泪，只有自己知道。这二十多年，我基本没干过什么家务活，饭更是没做过几顿。除了在单位工作，我还要读书、写作。时常会提醒、告诫自己：工作上的事，应付；写东西，慢慢地来。可是这样的誓常发，就像喝酒的人常发誓说自己再也不喝了。

长年累月，身体这部车磨损严重，浑身的零部件都松动了。我家橱柜上五爷当年挎的药箱里，胡乱装着各种药物。在没有什么大病的情形下，我哪儿不舒服了就在那里面翻翻找找，哪怕是消食片。

看见它，我就会想起童年时五爷的那只保健箱，它没有褪色，有时从故乡的梦里而来。那只记忆里的“百宝箱”，回头想想，其实里面并没装多少东西，最多也就几种药，青霉素、四环素、葡萄糖。更多的时候，五爷用的是那一小扎粗细长短不一的针——“一根银针治百病”，一村的孩子，远远地看见他就跑了。

五爷的马家药店，三间小平房，里面有听诊器、血压计、体温计、药品架。那年春天，五爷用村里给的十七元钱进了第一批药，把那只不到两平方米的药架摆得满满当当，屋外门面墙壁上用墨汁刷写了“马家药店”几个大字。

四

这几年，留守乡村的老弱病残耕种着广阔的土地，播种机、锄草机、收割机、打场机、铡草机、三轮车……各种农机具，由政府补贴发放给农民。祖祖辈辈与乡下人相依为命的牛、驴等畜力大都退役，乡下的牲畜差不多就剩下羊了。

羊是封山禁牧的天敌。山路上，不时有小车驶过，扬起一路黄尘。有的是从城里回家来办事的，但大多是乡政府逮羊的车。逮不着羊，他们知道这不等于没有人出来放羊了，而是放羊人变得更狡猾了，就和他们打游击战。

封禁最紧的怕数我们那个乡了。我们那个乡，历史上就是驿站古渡，历来是出官的地方。前几任乡官都提拔到县里任了要职，交通局长、水利局长、城建局长。现在这一任乡官也已排上了队，生怕哪个地方出了岔子，只要发现苗头，立即斩草除根，所以他干脆让干部们下乡到村里，做说服群众的工作，把羊都卖掉。卖到了别的乡，与他也就没关系了。大羊叫小羊咩，一群一群的羊，被赶到菜园沟的集市上卖了。村道上、土路上，再也见不到黑乎乎的羊粪蛋了，那些亘古以来滋养着马家堌四山头庄稼的羊粪蛋。

舍养后，不活动的羊生病的更多，特别是尿结石，就是那些小羊羔，刚才还欢奔乱跳，一下子尿泡就爆炸了，神仙都没得救。那时五爷成天忙不过来。现在，全乡十村八里把羊全赶走卖掉了，五爷彻底没事干了，锁了马家药店的门，离开大山。就在那个冬天，一场大雪下得小村的老人们直至过了腊月初八才出门行动。五爷的马家药店的房顶也被积雪压塌了一半，几根木头斜刺着，窗户上残存着几片碎玻璃，石灰墙上“马家药店”几个字依稀可见。

一个星期天的上午，我到兴榆大道上的马家药店给老祖母买去痛片，老远就看见排队看病的人已排到了街上。拿了一大瓶去痛片，我压根就没打算不掏钱，我在马家药店买去痛片也不是两三回了，从来也没白拿过。但作为老祖母的亲孙子，我从来没见过五爷的儿子亮儿三叔给老祖母带回过去痛片。我来马家药店买去痛片，只是想看看找五爷看病的人有多少。哪想到，三叔竟连一句礼让的话都没有。我感觉气特别不顺，在城里他一遇上过不去的事就来缠我。

春节回乡，轮流请喝酒，不论坐在哪家的炕头，说话声音高的就是三叔，围绕着三叔的话题最多。大家只是礼节性地与我说话。走哪儿我都是带本书，没话说的时候，我就坐在角落里看书。在村中央打谷场峁子上，父老乡亲围着三叔的宝马，左看看右摸摸，羡慕他像神一样，三叔受尽了乡人的抬举。

有一天，药检局执法人员从马家药店拉走了一大车药品。每想到他回到村里那做派，我就气恼。我黑着脸没好气地说，你整天和药检局那帮人在一块混，还能叫他们把你的药查扣了？三叔说话的口气明显比平时软和了，他说这回来的人一个都不认得，刚打问清楚，他们搞交叉检查，是另一个区药检局的，还是突然行动。我态度决绝。三叔仍追着我，唾沫飞扬地给我讲道理，都是走过场，咱打多少输赢的赌？不信你看，这次查扣回去那么多家药店的药，最后还都得让药店拉回去。我在这个行当混了多少年，我还不清楚？年年都是这样。现在像咱这些地方药检局的管理，好多都是以罚款为主，并不真正管理。封门、搂货，店主去把钱出了，再把货拉回来。好多时候，连真药都被他们拉走了。

那天下午，他又让五爷给我打来了电话。被迫无奈，我只好硬着头皮想办法，最终三叔被查扣的一大车药一件不少地又拉回来了。

五

我始终想不明白，我身上的病毒为什么那样难祛除？

先是脚，每过一段时间，脚趾间就奇痒不止，就得用药粉泡脚，从早些年就开始了。还有我的手，数年间，每到春天，两只手掌一层一层地脱皮，直要脱到里边的新肉磨出血。还有我身上的皮肤，每到冬天，浑身没有任何症状，却瘙痒不止，不是这里就在那里，数年间去西安寻医问药，都没有良药。

秋天的时候，我去了一趟西藏。早就听人说藏医神奇，果然诊断出了我的病因。快回家前，我起了一身的疹子，除了脸上手上。回到城里，我当晚就去马家药店找五爷，开了十几服中草药，另加了涂抹药水；吃到一周的时候，没有一点儿好转的迹象。直到半个月后，那一层疹子才褪掉了。

早年间一位医生曾对我说，这病怕是血液里的问题，虽然从皮肤表面看一切正常。这次开药，五爷也是这样诊断的。五爷说表皮的光鲜，无法保证血液中没有病毒。这么说来，完全有可能是藏药把潜藏在我血液中的病毒给排出去了——到了冬天，困扰我多年的皮肤病真就没再来过。

从西藏回来，我开始反复忏悔，剖开内心，细数那一桩桩一件件势利的往事。怀想着在云朵间穿行的时间，日夜念着那离天最近的地方。

幸好从西藏回来时我带了两块石头。一块是在天湖边上捡的，那是大地上离天最近的湖，清澈的湖水波翻浪涌的海子，一望无际，与天相接。另一块是在巴颜喀拉山北麓的卡日曲——黄河源头，那数尺宽的流水边拾的，江河源头的水冲刷过，白云擦洗过，亿万年的阳光和时间之风沉淀于其中。

我从来没有像这般珍视过石头。写作的桌前，我用它们压着稿纸，或某一本大师的书。写不下去了，翻开研读大师的书：鲁迅、海明威、卡夫卡、左拉、马尔克斯、昆德拉、凡·高、契诃夫……这时，我的思绪江河奔流。甚至就在我面前的稿纸上，我清楚地听到那湍急澎湃的水声，江声激荡出的雷鸣……这样的写作连接着地气，饱浸江河之水汽。

从小我就是一个痴于望天的孩子。童年在村西寺河畔放羊的时候，我坐在大青石头上，望着西山梁上的那一抹晚霞，各种猜测与幻想，似山峦，似马群，也像河流，出现了一头巨象，有时又像一群火红的猎狗……记得我们六七个孩子，为此争论得面红耳赤，不仅叫骂出了对方爹娘的名字，还翻出了祖先几辈，有时还动了拳脚……

六

黄河岸边，大山群岭，那些种田的路，野羊、狐狸经过的路，野藤荆条纠扯的路，风雪弥漫的路，星辉霞光铺满的路，就是五爷走了四十年的行医路。

日夜与泥巴和草药打交道的手，在城里这大药店，配出了不同的方子，同样那几种药材，只是每种草药克数不同，效果就不同，有时直接用的就是偏方。

马家药店所在的那条街道上，那些见识过各类"先进武器"的老病号们，一个一个病情有了好转。张家的小儿，吃什么都吐，去过了多家大医院都束手无策。五爷的一个方子，农村山崖上生长的那圪针枝枝和灶膛炉壁上的柴灰面面放在一块儿熬了喝，把小儿的病治好了。还有这条街上王家的女人，多年眼疾，看物像罩了一层天蓝色，她曾到大医院做过手术，都说是神经性疾病，用激素冲洗治疗也无效果，来五爷这试了一下偏方，结果，病情开始好转，视力也比原来好多了。

起初，五爷真还有些胆怯。渐渐地，他已摸到了些经验，凡是来他这看病的，都是病人又领来的病人，几乎都是些跑过各大医院，见识过超导核磁共振、大型数字减影C臂机、血液透析机、冰冻病理切片诊断机……各种各样仪器的病人。五爷也并非土老帽，改革开放之前，他还被公社推荐去北京的中医大学进修过两年。也是命运多舛吧，被人顶包，没能分配到县医院上班，一气之下他连乡镇卫生院都没去，又回到了他的马家药店，当起了真正的赤脚医生，说得更准确一些是兽医。而且有了自己的另一番事业——收集整理民间偏方。

我来找五爷。老远就看见马家药店——那四个金光闪闪的大字。几百平方米的大店，人头攒动，五爷的桌子前围了一圈看病的人。五爷给我开的方子是，夜里不要写，不要读书了，那样会折寿命的。我无语，对我来说，这一剂药，同样属于致命。

从药店出来，一个人走在返回的路上，《命运》之声不断在耳畔响起。这声音若大河浩浩奔流，而贝多芬自己却什么都听不见。

七

梦里我常常回到草药茂盛的小山村！

她曾给了我黄土块一样的身体和生命！

童年，石坡、草林就是我们的幼儿园，放牛割草、采药萦绕着我童年的记忆。在那些千丈石崖的半崖之上，只有山羊才敢走过的古道上，阳光里，山羊在自由吃草，二哑、九娃和我一个拽着一个的手，在石头间寻找山丹丹花，开得那样浓艳，香味刺鼻的山丹丹花！其实我们是想找到老祖母讲过的灵芝草……那时我们采回的药材大部分都卖给了五爷。

进村出村的路上，来来往往的那些外村的人，我们注意看他们要往谁家走，结果一个一个大多是去了马家药店，找五爷看病抓药。

其实村里的孩子有了病，大多还是老祖母给看。五爷常常被外村的人请去看病。老祖母给我们看病，最常用的就是扎针、拔罐。拿剃头的刀子在后背或额头上划个小口子，将两根火柴擦燃，投入罐子，往血口处一按，用指头弹两下，长牢了。再就是熬喝苦菜汤，也有用仙人掌捣碎敷的，用各种秸秆熬了汤浸泡、擦洗的。当然也会用五爷药店里常用的那几种西药片。总之，病都看好了，有时甚至一把黄土，往上一按，伤口就好了。那是富含多少微量元素的泥土，那是多么芳香的泥土。一村的孩子都健健康康长大成人了。

一豆麻油灯、一盏洋灯，就能让马家药店的玻璃窗户那么明亮！后来房檐下挂了一只马灯。二十世纪八十年代末，我们村通上了电，又换了那只戴搪瓷帽的电灯泡……那些风雨之夜，外来人看见那盏灯，就找到了马家药店。

在云贵高原上的一个希望小学，我向孩子们讲述了这些故事：在村西寺河畔，五岁的我拉着一只大山羊，山羊跳上一个土塄坎吃草，我也拽着缰绳爬上去了。当山羊啃完那丛青草跳下来的时候，我却下不来了。老祖母常常给人们讲述这个故事。

回望陕北高原，讲故事的老祖母似乎还在旧宅院塬畔梁上伫望。一个白发小脚老婆婆，在小路上走走停停。我的几个爷爷和叔父早就不许她出门下地了，可谁也管不住她。在人们都出山、收秋大忙之际，她一个人到窑塬畔梁上来，一会儿捡拾着撒落在路上的麦穗，一会儿佝偻着腰身，拄着拐棍望向四山里收割的人们。山风轻轻拂动着老祖母的白发，从地里吃饱后独自回村的羊儿从她身旁经过，南去的雁阵从她头顶飞过。忽然间，我看见老宅院下边马家药店灯火并未熄灭，它一直闪耀在岁月深处，在几辈人的记忆里……

一个人的方式

◎ 王月鹏

失败者

一篇千字文，就像一千个孤独的夜晚，每一个被写下的字都像一座山，我的攀登，不过是把自己陷入更大的孤立无援之中。在别人早已习惯了自我保护的时候，我还在一次次把自己逼向绝境。我看到了更多的自己，那个陌生人在我的体内微笑，他的从容和淡定，一如那些远逝的岁月。

写作到如今，我更多面对的是巨大的虚无感，所谓价值与意义变得暧昧不清。在闹市里，我看到巨大的虚无，它试图挽留那些拒绝讨价还价的人；在钢筋混凝土之间，我看到虚无，像是一些倍感亲切的柔软事物；在我的梦呓之中，虚无即是一次醒来。我看到与梦境截然不同的黑夜，看到一个陌生的自己。倘若不写作，我还会做些什么？还愿意做些什么？倘若不迎接这巨大的虚无，日子将会流落何方？我更喜欢按照自己的方式去写，可以紧张，也可以松懈，完全的自由状态，不在意任何的外在目光。一旦写作成为“任务”，哪怕仅仅是对完成时限的某个要求，都会让我陷入巨大的焦虑中，原本属于形而上的精神享受，一下子变成了现实中的无边苦海。事实上，我时常陷身于漫漫无边的苦海之中。我不懂得拒绝,最后所有的退路都集中到了一个人的内心,再也没有回旋余地,我被束缚在自己的内心之中。被束缚的写作,在我这里是一件最痛苦的事。我无法把自己从自己的手中解救出来。我的一只手忙碌不堪,一只手不知所从。一只手如何打败另一只手,这对我来说是个无法绕避的问题;当所有的问题都不再是问题,我依然是自己的问题。

比分秒更为细小的时间,比一生更为漫长的等待,同时在一个人的身上发生。这个人不管是跋山涉水还是驻足守望,哪怕一贫如洗,他的内心始终有着最汹涌的爱。爱这个世界,爱这个世界上的所有人。并不仅仅是爱自己。甚至,在很多时候,我是不爱自己的。我对我的人性弱点,对我的内心惶惑,都有更为深入的了解,因为更近,更真实,我时常无法信赖和爱这样的一个自己。

谣言是真的,诺言是假的,这几乎成为当下的一道风景。在一个嘈杂的时代,那些最优秀的人大多潜隐在嘈杂之外,他们按照内心的诉求,在社会和他人的既有规则之外,建立了属于自己的规则。

我活在自己的世界里,无视其他规则,只是偶尔会远远地打量它们,像一个懵懂的孩童,又像一个安详的老人。

这条把我引向失败的路,是命定的一部分。我踏上这条路,此生此世不再回头。

我不会为失败而哭泣。我愿意为那些我并不知晓的事物而遗憾。被错过的它们,像千万支针的影子,交叉重叠于我的体内,勾起我的关于疼痛的记忆。

一个失败者,心里装着这世间最珍贵的骄傲。或者说,成为这个时代的失败者,是我所以为的光荣。

征 服

我早已疲惫不堪。可是我在拒绝被征服的同时,依然想要征服一些什么。

像是一堆柴火,在某个角落里暗自燃烧,它与光和热无关,它想要做的仅仅是燃烧,燃烧是它此生的宿命。阴暗的天气,潮湿的环境,并不能阻挡一堆柴火的选择,它们在暗夜里,在心灵的角落里,向着一个人绽放。

我愿把所有的燃烧视作一次绽放，把所有的回望当作一种牵挂。我试着悲悯地看待这个世界上的所有,并且付出善意的理解。纵然一次次被冷箭射中,我依然相信善良是可能的,爱是可能的,命运是存在的。有一双高处的手,终将平衡人世间的一切失重。

现实的状况是,我总是难以逃避一次又一次的被打扰。我的时间是由别人串联起来的,那些时间在我的手中,只是一些断了线的珠子,孤零地存在。无论是讲述还是被讲述,这些珠子一样的时光,都不足以承载一个真实的我。然而,我确实是由这些碎片组成的,我的每一天的时光宛若一粒粒的珠子,被拿起,又被放下。我的手中有一团麻线还没有厘清,有一天我将亲手用这条长线串起那些珠子,缚住我自己。

身陷世俗目光的束缚之中,我想用另一种方式把自己缚住。这是我之于我的解脱。

我的意志像一把装在衣兜里的利刃，在不经意间一次次被刺伤的,总是我自己。关于这样的不经意,从启程的那一刻我就已经明白,一把随身携带的刀对于漫漫长路将会意味着什么,我坦然接受沿路发生的一切,包括自己对自己的伤害。一把装在衣兜里的刀,让我在奔波的麻木和疲倦里,随时会有一种痛感在肉身的某个地方发生。

我是一个仍有痛感的人。可是这样的痛感总是来得如此强烈,让我猝不及防,不堪忍受。我把脚印丢给身后,我的心是被这些脚印驱赶着，去完成对于一条路的验证。

速度想要征服道路。欲望想要征服人性。太多的目光想要征服这个埋头赶路的人……我不相信所谓征服。花朵之间的语言，我们并不能听懂；石头与石头之间的密语，从来就被我们忽略。所有的存在都不过是散了线的珠子，包括生活本身。一只青蛙想要征服的不过是井底一样的天空。天空的完整意义对一只青蛙来说是没有意义的。没有一片云彩，也不会有一个人，去试图说服一只井底的青蛙，它积攒起所有力量可能逾越的，仅仅是一个井口，而一只青蛙对一个井口的逾越，对于大地与天空来说几乎是无意义的。

大地的伤口已经太多太多。井口也是伤口的一种存在形式。一只青蛙，以及太多的青蛙，把地面的创伤当作了自己的和他人的天空。

大地上越来越拥挤的车辆，它们不遵守基本规则的鸣笛与奔跑，让我的内心万般纠结。

走自己的路，沿着心灵的轨迹，缓慢地去走。

我可能征服的，唯有我自己。我想征服的其实只是我自己。

在扎根的同时也飞起来

那时我只希望自己是一个有“根”的写作者，不曾想过还得有一双翅膀，在扎根的同时也要飞起来，至于飞向哪里，则是飞起来之后的事了。

我在书房里枯坐的时间并不久，可是我偶尔觉得距离这个社会已经很远很远。朋友的电话打过来，向我说一些事情，我从这个遥远的电话里知晓并且判断我的处境。对于身边的人与事，除了亲人，除了极少数的友人，我从来就没有真正在意过其他。我的心在远方，我不是不爱那些伸手可触的现实利益，只是我知道有比它们更重要的东西值得去追求。对于世俗的生活，我随遇而安，并无奢求；对于文学，我是有野心的。一个用生命来写作的人，一个把生命中所有的时间、精力和热情几乎毫无保留地投入到写作中的人，怎么会对自己无所期待呢？文学是我的宗教，寄予了我的生命意义。平静的生活里，自有一份不曾表达的汹涌，它们日日夜夜拍打着我的心扉，告诉我应该怎样对待生活和自己。我拒绝了太多的东西才来到这里，我只想爱得纯粹，爱得心安，我只想像我一样活着。那些不经意间的闪念，沉默中的诉说，都是我所信赖的。我更希望笔下的思考是广袤夜空中的萤火，而不是什么熊熊燃烧的大火。我曾有过对燃烧的渴念，这份强烈的渴念经过现实的磨合与审视，很快就变成了同样的警惕。一个成熟的思考者，是该对大张旗鼓的言行保持必要的距离，对以“真善美”为幌子的东西保持本能的警惕。

还有非此即彼。有时是这样的；有时不仅仅是这样的。随着年岁的增长，我很少做出非此即彼的判断，它太简单，无法涵括和表达这个现实的复杂性。对外界的事物，我越来越宽容；然而对自己，我变得日渐苛刻。不管外面的世界发生了什么，有一条底线是任何人与任何事都不可碰触的。

当我们做出选择的时候，倘若不懂得做出相应的舍弃，背负的行囊必将越来越重，脚下的路亦会不堪重负。

从很多作家的文章中，我看到了他们对生活和现实的从容自信的把握。真正的作家理应怀着对生活的热忱和对现实的关注而写作，同时他也应该深知生活并不仅仅是他所看到和表达的那样，生活还有更多的未知领域和更多的可能性。那些被文字呈现的现实，仅是现实的横断面，是写作者想当然地赋予了它作为整体的意义。其实，它仅仅是一个人的现实横断面，仅仅是与整体有着千丝万缕的关联而已。

打开自己。超越自己。在扎根的同时，也飞起来。我不知道将要飞向哪里，只知道向着更高的高处一直飞去。

一个人的方式

我并不希望所有的空间都被占满，然而我对自己的书房却无力整理和打扫；我并不希望时光飞逝，然而此刻却是如此漫长；我并不希望所有的飞鸟都活在屋檐下，然而天空却了无痕迹；我并不希望他们的野心能够实现，然而土地被占用生态被破坏是我们每天都只能面对的现实；我并不希望这个世界如此冷漠，然而承担良知和道义底线的总是那些最卑微的人……

我对外部的世界无能为力。我对我自己无能为力。我对那些与我无关的事物无能为力。我对那些与我有关的事物无能为力。我的体内涌动着无穷尽的力量，可是我无能为力。

我不懂得瞭望，也不习惯畅想。我只愿注视一件事情，从最细微的地方体恤它的艰难也享受它带给我的心安。因为长久的注视，我时常有恍惚之感；因为恍惚，我更深地体味到了艺术的不可言说的魅力。我不热爱琐屑的日常生活，它们像是千万只手，拉扯我，摇晃我，试图让我偏离我在的轨道。在所有的道路中，我只认可这一条；同行的人，我更信任的是我的影子。纵然所有的道路不过都是通向同一个终点，我也将这样走下去，一直走下去。

我更爱那些老旧的事物。然而我把房间里多年没有翻动的物品，全部当作废品清理掉了。我一直以为它们留在那里对我是有意义的，将来在某一天，我会翻动它们，从中发现一个久违的自己，得到我想要得到的安慰。事实上，它们越积越多，最后在我的心头形成了一种压迫。我被我的过去压迫，不得翻身。我偶尔埋怨这世上无人能够帮我把压在心头的重物挪走，我忘记了我还有一双手，一双有时忙碌有时无所事事的手，我把这双手更多地用在匍匐前行上了。我不想征服一条道路，不想对未来寄予所谓梦想。我对新时光没有太多奢望，只想按照若干年来的样子度过它们，那些未知的时光，其实是我久违的友人，即使容颜变得苍老,他们依然怀着一颗不变的心。我面对他们,绝不放弃面对我自己。面对我自己,也是我面对世界的方式;一个人的扪心自问,也是我与世界的一种对话。那些被别人津津乐道的,我并不在意。我的世界里不全是实在的事物,有些虚无,有些看不见的事物,被我捧在手里,倍加珍惜。

后来我才明白,这世间最珍贵的不是仰望星空,而是对于日常生活的信仰,在日常的琐屑中践行自己的信仰,重新发现一份完整生活。而这一切,唯有以个人的名义才可实现。

做一个内心有秩序的人

也许对我来说,所有的时刻都与此刻相关,此刻亦将与所有的时刻相关。这是一个不可分割的事实,我对这个事实的忽略,直接影响了我对自己与对世界的看法。其实我从来就不是孤立的,始终处在一种说不清的联系和纠缠之中。此刻的我并不仅仅是我。

真实与真实感不是一回事。太多的事情是真实的,太多真实的事情却并不给我们真实感。突破常规,丧失底线,人的最后一点尊严也被撕毁,我宁肯相信它们是虚幻的。真实感让人蒙羞。

然而它们毕竟是真实的。这个渐渐被打开的世界,千疮百孔。

我所看到的,并不是最大的真实。最大的真实存在于看不到的暗处,像一些罪恶在疯狂滋长。

一个内心有秩序的人,不管这个世界如何繁杂,他都不至于慌乱不堪。他的脚下是有根的。他懂得处理内心事务,当他放纵地思考,放肆地书写,他找到了内心与外界的某种平衡。我必须说出,这种平衡只是一个附加的结果,我更看重的是书写本身,对于这个不堪重负的世界,郑重是最起码的态度,纵然身心已被改造成了一个产品,我仍然希望某些部分永远拒绝被改造,比如大脑。只要大脑是自由的,身体即使受到禁锢，也是自由的。

当我陷入纠结，这世界并不澄明，并不能给我安慰和开脱。那些亲历的事情渐行渐远，我仍然没有走出它们投射的影子，它们的影子越拉越长，直到成为一条道路。烈日炎炎，影子里集聚的不是阴凉，是寒意。这是我犹豫了很久才决定告诉你的，我的看不到尽头的路，唯有你懂得我的无望和希望。

我之所以不想说出我正在做的事情，是担心漏气。写作尤其如此，漏气的写作是不值得期待的。一个气球的力量就在于向高空飘去，然后在某个瞬间爆裂，悲壮且美丽的爆裂。当我看到那些虚张声势的写作，当我看到那些提前被宣告的写作，忍不住替他们担心。

房间里的空调散发着冷气。我们在谈论文学，谈论这些年走过的路，谈论文学所馈赠给我们的。一个理想主义者的遭遇更加凸显出来。文学带给我们一些问题。文学也让我们发现了更多的问题。在集体无意识的当下，我珍视这样的一种问题意识，它让我没有盲从，没有迁就外在的世界，也没有迁就我自己。

榅桲考

◎ 朱颂瑜(瑞士)

我有一个习惯,每逢到一个新地方去旅行,都要到当地的农贸市场去走一走,了解一些地方风物,满足自己的好奇心。如果碰到有我不认识的水果,还会郑重其事把名字记下来、拍照存念,或者趁机买来品尝一番。有点像交新朋友,先握个手,混个脸熟,再慢慢去了解它们的籍贯、背景、喜好和性情,以便下次有人不认识的时候,自己也能装模作样介绍一下。

从亚洲到欧洲,再向北美和中美延伸,在过去十几二十年的时光里,我有幸去了不少地方,自然,也就品赏过不少新奇之物。渐渐发现,这种习惯竟也在不经觉中使我认识了水果界的很多新朋友,懂得万物花开,各见性情,同样,万物结果,也是各有滋味。

每年十月左右,欧洲有榅桲上市。来欧洲生活以前,我并不认识它,所以初见时感觉当然是别样的惊讶。成熟的榅桲果呈明黄色,表皮有一种绒布的质感,长得跟苹果和梨都相似,像是两者的混合体,有"木梨"的别称。由于水分极少,属于耐放型的水果,能一直卖到次年的春天。

榅桲树是古老而珍稀的树种,我从书里读到过,它原产于伊朗和土耳其,后传入中国,集中在西北干燥地区种植,以新疆为主。至于进入中国的具体年代,书中并没有交代,估计是踩着一串清脆硬瘦的驼铃声而来。后来偶然翻读古籍,读到北宋孟元老在《东京梦华录》中介绍中秋时令时写到“是时螯蟹新出,石榴、榅勃、梨、枣、栗、孛萄、弄色枨橘皆新上市”,从时间上去推论,断定孟元老和我所说的是同一种果子。

中国民间有过关于榅桲的谬误。我从梁实秋的《雅舍谈吃》的《馋》里头曾读到过这样一段:“我有一位亲戚,属汉军旗,又穷又馋。他的儿子下班回家,顺路市得四只鸭梨,以一只奉其父。父得梨,大喜,当即啃了半只,随后就披衣戴帽,拿着一只小碗,冲出门外,在风雪交加中不见了人影。约一小时,老头子托着小碗回来了,原来他是要吃榅桲拌梨丝!从前酒席,一上来就是四干、四鲜、四蜜饯,榅桲、鸭梨是现成的,饭后一盘榅桲拌梨丝别有风味(没有鸭梨的时候白菜心也能代替)。这老头子吃剩半个梨,突然想起此味,乃不惜于风雪之中奔走一小时。”

还有老舍在《四世同堂》里关于榅桲的描写。从乱坟岗子逃命般赶回家的冠晓荷,回城后只想吃一点好吃的安抚一下受惊的身体,他买的吃食里,有两罐子榅桲,一些焙杏仁儿。

这两段话里头的榅桲,根据老北京们的描述,实则是一款蜜饯,从满语而来,材料为一种单核儿的山楂,比一般的山楂个儿小,特别解馋和解油腻。由于在满语里,“酸酸甜甜”的发音是“温普”或者“温朴”,故此就跟汉语古籍里头的榅桲相混淆了。

国内的朋友几乎没几个人认识真正的榅桲,据说只有在大西北和新疆地区尚有种植。我不知道真假,不过东南亚地区还有一种叫“太平洋榅桲”的水果,口感如杧果青,又叫南洋橄榄。只是,太平洋榅桲又是完全不同于榅桲的另一种水果,泰国和越南等地的市场上常有出售,当地人喜欢撒上酸梅粉吃,很有东南亚风味。想想下巴都会发酸,这个留着以后再说。

以我有限的眼界去评价,在植物界,论树形、树叶、花朵和果实都同样出类拔萃的,榅桲可占上一席之位。榅桲树枝叶扶疏,叶片为厚实的深绿色,呈鹅蛋形或长圆形,形态极美。榅桲树大概每年四到五月开花，花朵端丽，色如朝霞，与野果子桃金娘的花朵尤为相似。

花落结果的榅桲，果子最先呈青色，慢慢再由青绿转向明黄。果实熟透之时，在阳光的照射下，金光灿灿，让人禁不住就会联想到关于它的许多故事。了解希腊神话的朋友一定记得当中常有关于"金苹果"的描述。其实那里头说的金苹果，就是榅桲。甚至有研究推测，夏娃生活的伊甸园位于榅桲的产地高加索区域，所以诱惑夏娃的禁果极有可能就是榅桲。

遗憾的是，外表极美的榅桲，肉质却是无法恭维，厚硬而粗，毫无汁液，对于我这种从小在岭南佳果的滋润下长大的人，是有点不屑的。我婆婆家所属村子的一位瑞士农人就种有一株榅桲，有一年我们在树下聊天，他自己就曾指着树上的榅桲跟我说，这些家伙生吃时，口感是又酸又涩。

"既然不怎么好吃，那何苦还留着它们呢？"我不假思索便冲口而出向农人提问。

"一定要是很好吃的东西才能留下来吗？"农人竟转过头来这样回答我，让我一时语塞。

说的也是。那天夜里，我刚好在微信里读到一篇帖子，是旧时中国南方乡间野果子的一个汇总。让人感慨的是，细读之下竟发现它们当中的大部分，不知道从什么时候起已经从我们的生活中一一退了场，以致现在的小朋友甚至是年轻人都不再认识了，十分可惜，更不利于生物多样性的延续和保护。

生吃不怎么好吃的榅桲却有一种特殊的芬芳，而且果胶含量很高，适宜加糖做成果泥或者果酱。我曾经陪我的婆婆煮过榅桲果酱，那种香甜之气馥郁，像热恋时的爱情。南欧有一种用榅桲做的零食，是以榅桲和糖一起慢慢熬制而成，成品接近山楂糕的样子，我在一些酒店的自助早餐上偶有见到。过去自酿酒还不需要申请牌照时，不少种有榅桲的瑞士农人到了冬天都会自己烧榅桲酒，有些人独爱榅桲酒特殊的酒香。

村子里头还有一种生僻的水果不适合鲜吃,叫欧楂,就是西洋山楂。它是落叶乔木,属于苹果的亲戚。刚刚成熟时的欧楂如石头般硬,所以不适合马上吃用,要放到腐烂柔软时方能入口,味道跟北京冰糖葫芦的山楂颇为相似,是一种真正化腐朽为神奇的奇特之物。

在欧洲贫朴的年代，欧楂是为数不多能在冬天吃得上的鲜物,有点给人赖以充饥的意味。这株欧楂年纪倒是不大,就种植在村里头民俗博物馆的院子里。虽然在物流发达的今天已经没有人再去馋它们了,但欧楂树却依旧花开花落,丰熟穰穰,在静美的乡村里守着四季的往复。亲手栽种这株欧楂的瑞士老人亲口告诉我,他希望村里的人会记得那些艰难的苦日子。

扯远了。回到榅桲上我忽然想起,过去我在研究中国香道史的时候,曾经读到过一种用榅桲制作的古方名香,叫笑梅香,就曾学着做,以四时之鲜为自己图个清雅之趣。它的具体做法是:用小刀将榅桲割开顶子,从截面下刀挖出内核,然后将沉香和檀香的细末填到果实的空腔里。

填好香末以后,再把截切下的顶子重新扣回果实上头,用麻缕纵横缠缚。然后以生面团在榅桲外裹上厚厚的一层。我把裹上面团的榅桲果埋入烧烤尾声的炉灰之内,等慢火把它煨透成黄熟后,就除去榅桲表层的面团。烤过的榅桲果加以研磨,果肉与其内的香末融为一体,就成了氛息独特的香膏。

事后有朋友调侃我说,诗情画意太多的人肯定是闲工夫多。这话把我说得有点不好意思,一时不知道该如何回话。但偏偏我就喜欢干这样无聊的事,喜欢从一个榅桲的温度去发现异族的生活美学,也一并拾遗我们古人的雅趣,把这好与不好的日子都过成是滚烫的。

喜马拉雅之风

◎ 李 亮

尼泊尔的太阳似乎更大更白炽一些。但那些从雪山深处一路奔腾而来的大河依然冷冽。也许正是这种炽热与冷冽的交接碰撞,使得尼泊尔人的生活迸发出强烈的对比和丰富的层次感。或者,皑皑雪山并未阻隔切断飘动在印度大陆上的色彩丝带,它们穿越了雪山继续在尼泊尔铺展荡漾开来。有了这种来自文化与大自然的呼应与内在的联系,从植物到衣着、建筑,尼泊尔所有的色彩都带着热度和巨大的感染力。

有一种名叫黄金花的菊花在尼泊尔似乎颜色纯度更高,它们被穿成丰满的花串用来表达一些礼仪。与旅人初次相见时,尼泊尔的朋友合掌微笑着说"Namaste",并把这样一串潮湿柔软的黄金花戴在旅人脖子上。一时间阳光耀眼,一种陌生奇异的喜悦感随即环绕着身心,像是生命中一些原本简单却极难察觉的欢乐感被重新清洗与链接。不需要歌唱与热情的队列,摒弃虚伪的掌声与礼仪性的笑脸,这是如此简单干净的仪式。阳光下,这些花串因紧密聚集而显得更加饱满隆重,每朵花的每一层花瓣边缘都如同镀金一般明艳,像一份简单而热烈的心情。

另有一种黄色的小花要轻巧一些, 在尼泊尔深山中的寺庙边,它们也被穿成精巧的花串儿，等候着某些宿命式的来访。想象着这些小小的花朵被从枝头心怀感激地摘下，又被轻柔地穿成串儿等待着献给神灵的情景。对于一个尼泊尔家庭，这样的工作也许只能换得一点微薄的贴补，但劳作的过程却始终充溢着花朵的芬芳，这芬芳就像那些疼痛生活中偶尔抬头看到的星光，总给人带来巨大的抚慰。

捧着这些小黄花穿成的花串，赤足踏进寺庙，地面上浸漫着从山中流下来的泉水，清澈而冰凉。当鲜花被献给神灵，寺庙的钟声敲响，阳光从稠密的树木间隙洒下来照射在寺庙的金顶之上，旅人在瞬时感觉自己或也曾经是喜马拉雅山脉中的一片冰雪，在被阳光蒸发成云气之后，就那样一路飘着飘着，后来又变为一滴雨水降落在现在的故乡。而当下在这深山安静的寺庙中，旅人似乎是久未归家的游子，借着某种机缘，从而回来完成了某种对喜马拉雅山的回馈与回归。

在尼泊尔的另一些角落，巨大无蕊的白色曼陀罗正带着豪华的神秘与纯洁盛开枝端，那五角星形的花朵如某些永恒旋转的星辰，使人眩晕与迷失。它的枝叶毒性巨大，但花朵却曾在过去的豪华宴会上被侍女们柔软的手指采摘并盛放于精美的盘中，据说前来参加宴会的人只需拈花一嗅，便会得到一种莫可名状的喜悦与兴奋。这是一种神奇的组合，黑色的死亡深渊与洁白如乳的欢喜交织一处。在这个信奉印度教的国度，曼陀罗像是某些隐秘存在的入口，被神秘地安排在路边，在人们行走的步履之中，也许只需一个长久的沉思或是一个瞬间的顿悟，智慧之门就会无声地打开。

而那些街道两旁的居所，房屋一律都被繁花装扮，深深浅浅的橘色槌形花朵甜蜜而喧闹地从叶间垂下，像是枝蔓里蕴藏着的所有欢欣都从某些节点上焰火般明亮地喷发出来。屋檐上，矮墙上，这些焰火一簇又一簇，使一条又一条街道都因之而散发一种全身心的喜悦。

在山间，一棵三角梅的花树使空气都刹那凝固在它周围并同时被洇染上绮丽的色彩。花树并不高大，却举着一树繁盛明艳的玫红色花朵立在那里。旅人们都不由得停住了脚步,像是突然见到一个梦中的景象一般,时光一时静止了,只有蚂蚁在树干间漫步。一些专属于它们的门一定在花树的某些地方,门里面一定都是花朵们轻声细语的交谈声。

更多的花朵和树木则隐藏在喜马拉雅山中,它们总是离人群更远一些,像是含蓄的丽人或隐士,只等着机缘巧合的刹那,才会与旅人的目光相遇与辉映。

有一首叫作 *Resham Firiri*(《木棉花开》)的民歌几乎响起在尼泊尔的每一个角落,重复而跳跃的笛子伴奏听起来很欢快,若是尼泊尔中年男子来唱,那种略微沙哑但沉着的音色伴着手鼓响起在暮色中时,旅人们的心都要融化了。

木棉花开了
木棉花开了
你是何时开的花呢
花落似白鸟翩翩飞下
白色的鸟一直在飞
你是否很累很累
是否想停下来休息
还是你梦想飞去更远的地方

当歌词呈现出来的时候,我们还是发现,无论身处何时何地,这些精灵般的花朵们在带给人们心灵愉悦的同时,永远伴随着对爱,对生活,对生命的怅惘和眷恋。Resham Firiri, Resham Firiri,歌词被反复咏唱着,鼓声似乎永不停歇,夜晚的篝火熊熊燃烧起来,花朵们开放和飞旋在这如梦似幻的生命中。

更多的色彩和形式美在世俗中,它们在这个雪山脚下的国度里毫不掩饰自己的热烈。

在尼泊尔行走的路途中永远充满着未知的兴奋。通往乡镇的道路两旁那些有着强烈色块对比的房子,那些把高纯度的颜色缠绕围拢出曼妙纱丽的女人,那些前去参加盛大节日的队伍。朱红配着翠绿,艳黄配着紫罗兰,藏蓝配着金色,在这些搭配映衬中,人们的眼神却因之更加分明起来。看着某些尼泊尔孩子的大眼睛,那种白与黑没有一点杂质,你几乎会由这样的眼睛想到中国的太极图案,一样的简单却深邃,像是混沌初分时天地瞬间清明的折射与光辉。

尼泊尔人多崇奉印度教——相比之下,印度教的神是个庞大有趣的队伍, 而组成这个队伍的成员几乎都有着如同世人一般的情感经历。这些情感经历使人们在神的传说故事中看到了人间情感的影子和升华,也看到了自己的理想,印度教诸神因而更具生命力和亲切感,同时也似乎具备了更多的可信赖性。每日清晨沐浴之后,人们先把最新鲜的花朵与大米、朱砂粉献给神,朱砂粉涂抹到神像上之后,再把神像上的朱砂涂抹在自己和家人的眉间,意为已得到神的祝福。这个鲜艳的印记不仅是崭新一天的开始,也是人群之中同一种信仰的讯息与相互辨识的标志。

宗教与生活总能激发出人们热烈的情感与创造力, 在尼泊尔,尤以木雕和建筑最能体现出这种狂热和奇迹般的创造能力。尼泊尔年代久远的住所和寺庙多数都以木头为材料,工匠们在木板上雕刻出镂空的孔雀花窗,雕刻出寓意吉祥和智慧的图案,又雕刻出每一个佛龛上最细微的花纹。关于住所中的每一个雕刻的细节将会产生的效果,诸如光线透过尼泊尔式花窗时所能产生的奇妙光感,那些木雕师内心一定是明朗的,他们知道这种设计所有可能产生的一切场景与情愫。每当有人坐在这样一扇花窗边时,某段时光正被棂孔过滤成通透柔软的多个小光柱洒开在窗边的木桌上或是地面上,这些有着相同形状的光斑你可以掬在手中,也可以让它们柔软地扑在脸上身上。当时那光或是阳光，或是月光，又或是某位执灯少女从通道这边轻盈地走到那边去时手中的灯光。不同的温度色泽，不同的瞬时感受。这简直是光的魔法。在这样的魔法中，一定曾有不少人迷恋其中，迷恋着生命中诸如此类的安静时刻。

尼泊尔旧式民居多是二层木楼，有时楼上的窗户会悬挂着粉色窗帘，柔软的棉布被风微微鼓荡着，很是旖旎。底层的木门则无一不雕刻着吉祥图案，如佛教八宝等，这些图案有时会有一些中国线描的韵律感在其中，由此便可以观想不同文化在广阔大地上游走或驻足的行迹。

驻足于民居旁的唐卡店内，年轻的画师并不会因陌生人的打扰而在笔下出现任何偏颇。在他的眼睛中，没有青年特有的躁动，一切的出现似乎都并不突兀，一切的发生都像他面前正在绘制的故事般有着来龙去脉，有着纠缠的缘分和业力。梵文六字大明咒低低唱响在小店中，檀香把浓烈的味道推送在旅人的鼻尖——这时再看那些细致入微的唐卡或画中的曼陀罗，便会觉得画中的世界真有一种感召力。在流畅的金边勾勒下，绿度母的澄净，黄度母的沉稳，白度母的纯洁，层层叠叠的建筑，以及那些有着特殊寓意的花纹，这所有的图像无一不在店门外踱进来的天色中散发一种微光，这种微光相对于繁复描画出的内容更能打动人，似乎画中那熠熠生辉的世界就筑建在小店中的另一个空间之内，这些唐卡只是一面面镜子，使那些琼宇楼阁和居住其中的神们现了形。店内店外还有一些旅人一时不能了解的图画，风格迥异的画风和陌生的文字让人敬畏生命与智慧之浩瀚。

尼泊尔的广场遍布寺庙建筑，寺庙梁柱和门头间装饰着姿态各异的木雕印度教诸神，缠绕的巨蛇，姿态各异的瑞兽，律动的水纹，升腾的火焰，层层叠叠的对比烘托反倒衬托出神们的静然气度。虽然这些木雕全然只是木头本身的色泽，但朴实中却彰显着一种艺术性的自信。一些低处的寺庙石柱浮雕被前来祈祷的人们用手掌和朱砂打磨得面目模糊，但却让人丝毫不觉冒失与突兀。远处近处的鸽子们在广场上飞低飞高，风正一遍一遍把寺庙边沿装饰着的藏红色布幡从一边轻轻掀起，继而把一个个弧形的波纹从这边缓缓抖动到另一边去，时光在这藏红色的波纹中真的就慢下来了，静下来了，从容得仿佛广场上那些孑然一身却酣然熟睡的流浪者。

也许旅人还沉浸在对生命最极限的思考当中无法自拔，可随着道路一转，眼前的另一番景象便瞬间汹涌着淹没了刚刚肃穆的心。这寺庙的另一侧的广场上正是怎样的一番人间欢腾呀。人们正聚集在这里忙碌着各种祈福仪式。宽大的树叶被缝制成碗和碟盛放着食物和鲜花，劈开的木柴按序堆放成神秘的形状，彩色画粉正描绘出一个个对称的图案，僧侣们围拢出一圈又一圈金黄色的法会会场。广场旁的诸多小店售卖着各种旅人们叫不出名字的法器与物品，其间有不少孔雀羽扎成的团扇，扇子中央贴着彩印的印度教湿婆神一家，或是象鼻神甘尼许与克里希纳，这些团扇在肃穆的法器当中显现着的全然是一种暖洋洋的世俗幸福，令人心生亲切。在旅人的心念流转间，各种祈福的念诵与歌声，各种交织流动的色彩，各种不同的面孔与表情都在这一处这一时混合出一种巨大感人的气氛——如果说寺庙背后的火葬场弥漫着的是一种关于死亡的原始静默，这里则升腾着同样原始的关于活着的全部热情，二者之间的对比展示出怎样的一种生命完整性，这种完整性在广袤的天空之下轰然有声却又似乎悄寂怆然，令人动容。

这样，当见到落日的余晖又一次把尼泊尔山上的某一面土墙渲染成微冷的黄色，而土墙边正坐着一位静默地望着远方的老人时，旅人的眼睛终于流出了泪水。于这茫茫生命之海，我们永远张望着的究竟是什么，是那看似每日消失却又在次日重新交还人间的高处的光吗？

一些幸运的时刻，旅人们会在白天看到一些少女，她们一律画着极粗黑的眼线并使之延长到两边的鬓发当中去，额头上又涂抹着金色描边的藏红底子，并在额心画出另一只睁着的眼睛。这样的妆容有着奇异的神秘与美感,加之她们头上扇形大帽子上穿缀着的各色“宝石”和珍珠,以及帽子两边蓬松垂下的层层红缨和衣裙的另一种冷艳红色,女孩们看起来简直是从空而降的长颈鹤群,又或是神的使者。她们手捧鲜花,应邀前来参加某些商场开业时的庆典活动和表演,在周遭充满现代化气息的商场环境对比下,这群女孩像是尼泊尔从前时光与现在时光的一个华丽搭扣,旅人的视觉因此可以顺畅地通往尼泊尔民俗的幽深之处。

而每个夜晚来临时,加德满都一些小酒馆中的另一些少女便会扭动起腰肢,歌唱着世俗生活的种种美好与乐趣。站在酒馆门外向里望时,除了酒馆搭建的小舞台上有一片明亮之外,门内其余都隐藏在昏暗之中。小酒馆咚咚咚的手鼓声飘得并不是很远,偶尔在风中还有些模糊,但那台上的少女们却因此而显得更加明艳与清晰。

不知是否和海拔有关,尼泊尔人歌唱时的声线始终悬于高处,像是某种高山上的植物在风中震颤有声。男人们的歌声如沉甸甸的枝条和树叶在旁边铺垫,女声则挂在男声的枝头,颤巍巍的,几乎介于破音的边缘,但却又始终保持着那一点微妙的分寸,一如初冬了还没掉下来的果子般,果实中早已熟成了果沙,且每粒果沙都在手鼓和其他乐器的声波中闪烁发光。

和着这种高声线摆动着的还有女孩们脖子上佩戴着的尼泊尔项链。很多米粒般的单色塑料米珠被穿成若干串,或按照相近色穿出渐变的层次和几何图案。白天在某些店铺中看到它们时觉得普通,但在这小酒馆内的舞台灯光照射下,这些晶亮的项链在女孩们颈上便荡漾出一种水滑的艳光,伴随着舞蹈动作,这种艳光几乎可以用波光粼粼来形容了,女孩们的肤色也便因此而显得白皙而细腻,她们的身姿也显得更加柔媚而婀娜。

随着女孩们轮流响起的歌声,夜的脚步也向更深处悄悄地挪移着。尼泊尔的女人们不会来这里,她们或许正坐在自家的木雕花窗旁为某些事而陷入沉思,或逗弄着自己的孩子们,那也是属于她们的好时光。小酒馆内的男人越来越多,他们多是结伴而来,进来了便被招呼坐下,然后点一些小吃啤酒之类。台上的女孩们此时看起来更加明艳了,她们的眼睛顾盼生辉,不时加入与客人的互动。每到需要合唱时,往往就是乐曲最为欢快的段落了,这时,台上台下的舞姿和歌唱声便交融一处,客人们也大多会跟着节奏手舞足蹈起来,但舞姿绝对不是那种大城市迪厅内的放浪形骸,无论女孩还是客人们,都始终有一种优美的矜持和真挚的感觉在每个动作里面。一首歌往往是耳听着眼看着接近尾声或就要告一段落了,这时,台上一位年纪稍长的女子便再次扯出一根悠长的声线来,似乎在挽留,又似乎是在询问和留恋,而客人往往也会再次高兴地接唱下去,如此反复几次,客人尽兴,客人带来的朋友们也可尽兴。在这样的歌唱和舞蹈里,处处闪现着尼泊尔乡村舞蹈的影子,由此也可推想这些且歌且舞之人的命运曲线。扎根于乡村土地深处的东西,即便是被包装了霓虹,那种原始气息依然让人有迹可循。只要不丧失舞蹈的初衷,不丧失对根系的追溯,相信这些女孩们即使每个夜晚都要跳同样舞蹈,她们也还是能够得到相应的来自舞蹈深处的欢乐。

不知这样的场景会在每个夜晚持续多久。退出来,再向里看,那方小小的舞台依然那般明亮,每一句歌唱,每一片移动着的色彩,每一声手鼓的敲击都使尼泊尔之夜如此迷幻。

在距尼泊尔首都加德满都一百二十公里的地方,旅人长梭形的木船正轻柔地驶过奇旺丛林边缘。大河水流汩汩,众多水葫芦正顺着水流向着一棵植物能到达的最远方悠然前行。鸟儿翻飞间露出光彩灿灿的羽毛。暮色温柔地笼罩下来,水天一色中,高大疏朗的树木们是静默着的竖线条和斜线条,河流上方的木桥则划出一道悠长慵懒的横线,桥上牛羊和行人鱼贯而行,叮叮咚咚的牛铃声与流水的声音交织一处,使得整个画面更加空灵而深远。河边住户们的木秋千正被夕阳染了一角。尼泊尔乡村少年骑着自行车驶过小路,犹如乡野自由的风。

夜晚时,寄宿在丛林边的旅店中,人们在巨大的非洲风格的亭子下燃起篝火,点燃马灯。马灯橘色的光旁边,壁虎们沉静着等待,木材燃烧的青烟则升上去氤氲在亭盖之下,继而溢散出去与湿润的夜雾弥漫在一起。不时有陌生的动物叫声从对面的丛林中传来,并由一边飞快地掠到另一边去,似乎能够穿透人的灵魂,令人激动而略微恐惧。想象着白天所进去过的丛林此刻应该是什么样子,那些植物们在月色中相互攀谈,动物和鸟类在属于自己的领地活动或安静栖息。一棵杀树藤正悄悄向着周围某棵树盘桓而去。那是神秘而充满生命律动的世界。

奇旺丛林五里外的小镇是旅游者的集散中心,街道两边的店铺内货物琳琅。每个傍晚,寄宿在丛林边的旅人们都会坐着敞篷的破旧吉普车一路颠簸着去往小镇观看传统舞蹈表演。风从辽阔的平原上伴着夜色大面积地漫过来,车厢内,人们的头发在风中欢乐地舞动,身体也随着颠簸而抖动着,宛如原始部落之舞。自由的时刻大抵莫过于此,不需要豪车盛装,只要和风与路途,外加简单的能敞开着与自然亲近的心。

小镇上表演的多是尼泊尔塔鲁族传统的民间歌舞,亚热带气候与平原以及广袤的丛林给予了人们野性的血液,当这种野性通过歌喉和肢体动作传达出来时,就成了婉转却不萎靡的淳朴歌唱,成了粗犷却不简陋的力量之舞。小伙子们变换着队形与动作敲击着光滑水亮的木棒,噼啪噼啪的声响就是整支舞蹈的音乐伴奏,即便是节奏越来越快,动作越来越快,腾挪跳跃之间他们也绝不会乱了阵脚,失去与伙伴的合作。一名打鼓少年手脚细长,身材看起来很孱弱,但从他走上来站在舞台中央的那一刻起,某种巨大的力量便似乎注入了他的身躯,他几乎是很轻松地手腕一抖,便有一串激越的鼓声飞溅出来,随即,连贯的鼓声像一条欢腾的河流倾泻而下,淹没了台下所有的观众,这鼓声甚至有种可以穿越辽阔平原直向喜马拉雅山而去的力量。打鼓少年此刻看起来与鼓融为一体了,他把血液中本身就有的搏动转换成了鼓声,他的整个生命似乎都是为鼓而来。女演员们则围绕着少年和少年的鼓声旋转旋转,脚脖子上的舞铃飒飒作响,似乎有麦子成熟的气息从她们的身上散发出来。其余的孔雀舞、火舞等,无一不充满原始的魅惑。到表演的结尾,观众会获邀上台和演员们一起跳舞,嘭嘭嘭的鼓声中,人们围成圆圈,暂时没有了国界的隔阂,没有了年龄的差异,有的只是融洽一处的欢欣。

再次乘坐吉普车返回旅店时,早已是皓月当空,星辰点点。同行的尼泊尔少年在风中说着自己的梦想,他说要赚足够的钱,行游世界,尽量远地去往远方——旅人一边听他这样说着,一边看着更远处闪烁的星,心中一时怅惘起来,不知道怎样的远方才算是最远。